안개 시린 달

안개 시린 달

발행일	2019년 11월 30일

지은이	조선화		
펴낸이	손형국		
펴낸곳	(주)북랩		
편집인	선일영	편집	오경진, 강대건, 최예은, 최승헌, 김경무
디자인	이현수, 김민하, 한수희, 김윤주, 허지혜	제작	박기성, 황동현, 구성우, 장홍석
마케팅	김회란, 박진관, 조하라, 장은별		
출판등록	2004. 12. 1(제2012-000051호)		
주소	서울특별시 금천구 가산디지털 1로 168, 우림라이온스밸리 B동 B113~114호, C동 B101호		
홈페이지	www.book.co.kr		
전화번호	(02)2026-5777	팩스	(02)2026-5747

ISBN	979-11-6299-982-0 03810 (종이책)	979-11-6299-983-7 05810 (전자책)

이 도서의 국립중앙도서관 출판예정도서목록(CIP)은 서지정보유통지원시스템 홈페이지(http://seoji.nl.go.kr)와
국가자료공동목록시스템(http://www.nl.go.kr/kolisnet)에서 이용하실 수 있습니다.
(CIP제어번호: CIP2019047807)

(주)북랩 성공출판의 파트너

북랩 홈페이지와 패밀리 사이트에서 다양한 출판 솔루션을 만나 보세요!

홈페이지 book.co.kr　•　**블로그** blog.naver.com/essaybook　•　**출판문의** book@book.co.kr

조선화 장편소설

안개 시린 달

권력자를 꿈꿨던
신라의 귀녀 貴女
정금의 이야기

북랩 book Lab

———————————————————— ⌘ ————————————————————

이 책을 내 아버지께 바칩니다

———————————————————— ⌘ ————————————————————

목차

1

여
문
달
빛

'풍월주 설화랑'의 행차는 자주 있는 일이어서 별다를 거 없었으나, 그가 딸 '정금'을 대동하고 나설 때면 동시전에서 남천을 잇는 길은 북새통을 이루기 다반사. 어린 여자아이의 행차가 뭐 대수겠냐만, 여기엔 그만한 이유가 있었다.

시조인 '혁거세'의 어미이자 수많은 '서라벌' 어미의 마음속 수호신인 선도산 신모가 자신의 분신이라며 달덩이를 안겼다는 정금의 탄생몽.

이러한 것은 일찍이 없었던바 순식간에 널리 회자되며 사람들의 호기심을 자극하고 세간을 현혹했다. 게다가 푸른 눈빛이며 이상스레 빛을 내는 피부, 은은히 풍기는 동백향까지. 그 생김과 기품이 가히 신모의 현신이라 일컫기 부족함 없을 정도로 빼어났다.

점차 자라면서는 서라벌을 휘어잡고 있는 '미실'의 어린 시절 모습을 닮아간다는 중론까지 퍼져, 일부러 정금을 보기 위해 설화랑의 가택을 찾는 귀족들이 문전성시를 이룰 정도였고 미실 역시 친히 설화랑의 집을 내방하기도 했다.

설화랑은 귀한 태몽만큼이나 정금의 교육에 남다른 공을 들였다. 그림, 무용, 서책. 다른 여인에게서 여러 자녀를 얻었지만 아비로서의 애정 같은 건 애초에 없었던 그가 오직 정금에게만은 최선의 힘을 기울였다. 정부인인 '준화'의 소생으로 유일한 적녀이기도 했고, 그 외 가치 또한 충분했으므로.

정금의 나이 열다섯이 되도록 이 '대단한' 상징을 볼 수 있는 것은 일부 특권층에 한정되었다. 하여 백성들은 그저 풍문으로만 존재의 신비로움을 가늠하거나 설화랑의 집 앞에서 기운이나마 받길 축원하는 것이 다였다.

오직 꿈 하나로 정금은 화랑과 낭도를 관장하는 선문의 우두머리에 불과했던 설화랑에게 일정 이상의 보이지 않는 세를 가미해주었고, 특히 아직 불교를 받아들이지 못하고 있던 수많은 백성의 지지까지 얻어줬다.

정금이 열다섯을 넘어서자 공공연히 설화랑은 사적인 행차에 정금을 대동하기 시작했다. 이것은 곧 서라벌 백성들에게 볼거리이자 잔치가 되었다.

오늘도 예외는 아니다.

할 수 있는 모든 장식을 가미한 수레와 남다른 풍모를 내뿜는 것에 더해 화려한 몸치장까지. 마치 선계의 사람인 양 고아한 정금. 미리 통보된 행차에 일찍부터 모여든 사람들은 눈앞에서 신모의 현신을 볼 수 있다는 설렘으로 술렁댄다. 병자며 아이를 기원하는 여인 등 각각의 다양한 사연들이 오직 한 여자아이를 기다리는 군심으로 하나가 된다.

시조궁에서 집으로 오던 '파명'은 동시전에서 때맞춰 행차와 마주친다.

평소와 달리 어수선하고 들뜬 분위기에 의아하던 그는 사람들이 주고받는 대화를 들으며 조금 있으면 나타날 존재에 대해 알게 된다. 그 역시 자자한 소문의 주인공을 모르는 바는 아니었지만 달리 대단한 가치를 부여하고 있지는 않았다. 일면 있을 수 없는 일이며 설사 신모가 현신했다 해도 그 여인은 아닐 것이기에.

집에서 기다릴 어머니를 생각하며 절룩대는 바쁜 걸음을 옮기는 파명에게 귀족과 딸의 행차 따위 갈 길을 방해하는 거추장스러운 것 이상도 이하도 아니다. 해지기 전 북천 너머 왕경 외곽의 '사락리'까지 가려면 부지런히 서둘러야만 한다.

인파 저편으로 줄줄이 따르며 호위하는 낭도들과 위풍당당 말을 타고 앞서는 설화랑의 모습이 보인다. 아비의 골이 볼품없었지만 풍월주의 위까지 올라 호령하는 자. 작은 키와 뚱뚱한 몸에 남모를 자괴감과 위축을 느껴 늘 모양새를 잘 드러내지 않고 소수의 측근들만을 대동한 채 출입하던 이전과는 다른 행보다.

하늘거리는 쪽빛 장막이 드리워진 수레가 가까이 오자 인파는 일시 한쪽으로 쏠린다. 수레 속 존재가 드러나기도 전부터 일부 사람들은 수레를 향해 두 손을 모아 축원을 드리고 일부는 수레의 털끝이라도 만지려 다가선다.

그러나 손길들은 주변 호위에 의해 철저히 차단되었고, 결국 경외의 눈으로 가마 속 존재를 바라볼 뿐이다. 한껏 세를 과시하며 앞장서던 설화랑마저 한순간 초라한 들러리가 된다.

이 아비규환 중 대여섯쯤 되어 보이는 여자아이가 넘어졌지만, 아까부터 어미의 손을 놓친 아이에게 관심을 두는 이는 없다. 애초부터 수레에 별 관심 없던 파명을 제외하고는.

비록 절름발이지만 열여덟이란 나이에 비해 기골이 장대한 파명은 사람들을 밀치고 아이를 일으켜 세운다. 울 듯 말 듯 입술을 깨물던 아이는 괜찮냐고 묻는 파명과 눈이 마주치자 굵은 눈물을 뚝뚝 떨어뜨리며 고개를 끄덕인다. 어미를 찾아줄 요량으로 일단 아이를 안아 올리며 두리번댄다. 이때 눈앞을 지나는 수레 속 정금의 모습이 서서

히 들어온다. 사람들의 성화에 정금은 수레의 장막을 거두고 얼굴을
드러내던 차다.

푸른빛을 내는 커다란 눈은 새침하고 작은 얼굴엔 자부심과 오만
함이 가득하다. 인파 속에 우뚝 솟은 파명과 자연스레 눈이 마주친
다. 눈물이 그렁대는 와중 행여나 놓칠세라 경탄스레 바라보는 아이
와 파명을 번갈아 훑던 정금은 알 수 없는 미소를 짓더니 이내 고개
를 돌린다. 얼핏 스치는 찰나의 표정이나 그것은 어린 소녀에게서 나
올 수 있는 게 아니다. 복잡하고 미묘한, 입술 꼬리만 살짝 움직이는
닳고 닳은 조소.

"정말 신모님 같아. 예쁘다…."

파명에 안긴 아이는 연신 감탄을 해대며 수레가 사라지도록 눈을
떼지 못한다. 저 사람이 신모의 현신?

어린 시절, 낭도였던 아비 '운용'은 아들인 파명이 자신의 뒤를 이어
낭도가 되길 바랐으나 선천적으로 절름거리는 다리를 갖고 태어난 탓
에 일찌감치 포기했다. 대신 생각한 바가 있어 아들을 데리고 서라벌
곳곳의 사당을 돌아다니곤 했다.

언젠가 선도산 중턱에 있는 신모사당에 파명을 데리고 가 화상을
보여준 적이 있는데 당시 운용은 한참을 그윽하게 신모를 바라보다
이런 말을 했다.

"신모님이 현몽하여 그대로 만든 것이라고 했지만 사실 '누린지'는
자신이 평생 사모했던 여인을 그린 것이다. 화공은 사사로움을 벗어
나야 하지만 때로는 그 사사로움으로 인해 아름다움과 거룩함이 탄
생하는 것인지도 모르겠다."

아버지를 따라 어린 파명도 화상에 집중했다. 까무잡잡하고 둥근

얼굴, 초점이 풀린 듯 어디로 향하는지 알 수 없는 작은 눈, 자애로운 미소. 다 감싸 안을 듯한 풍요로운 분위기는 마치 어머니의 모습과도 같이 소박하면서도 친밀하고 따스했다. 그러면서도 초탈한 여운이 감도는 분위기를 잃지 않았다.

누린지가 사모한 여인이라고 했지만 실제 신모님 역시 반드시 저 모습일거라, 누군가로 현신을 했다면 다른 누가 아닌 시조궁의 천군인 '모진', 그녀일 거라 파명은 생각한다.

저 풍월주의 딸은 전혀 다르다. 투명할 정도로 흰 얼굴, 쏘는 듯한 눈빛, 감히 누구도 범접하기 힘든 우월한 분위기를 내뿜는다. 인정할 수 없다.

'소하'는 오랜만에 집으로 온 파명을 위해 정성껏 저녁을 차린다. 평생 운용을 존경했고 자신에게는 과분한 사람이라 여겨 항상 스스로를 낮추며 온 마음을 다해 섬기고 사모했으나 그 눈은 늘 다른 곳을 향했던 사람. 그러나 원망 한번 없이 한결같은 마음을 줬고 이제는 그를 닮은 아들 파명에게 헌신을 다하는 여인.

깡마른 왜소한 체격과 작은 키에 못난 얼굴이지만 부지런하고 정갈한 여인. 삶의 가장 큰 자랑이자 기쁨인 아들을 위해 며칠 전부터 하나씩 준비한 음식을 한 상 가득 차려 들여온다. 각종 나물과 오늘 아침 잡은 닭, 찐 채소와 삶은 달걀, 산딸기를 넣은 떡까지. 만족감에 스스로 대견해하며 소하는 파명에게 수저를 쥐어준다. 굳이 춘궁기가 아니라도 밥상은 거하다. 하물며 이런 춘궁기에야.

낭도 운용이 귀방화랑 '세호랑'과 남다른 관계를 유지한 덕에 사후에도 세호랑은 남겨진 가족을 돌봐줬고, 그 덕에 이들 모자는 비교적 넉넉한 생활을 했다. 철철이 필요한 가재도구며 음식 등을 보내주고 특별히 어린 파명을 시조궁의 동관으로 넣어주기까지 했다.

아들과 머리를 맞대고 밥상에 앉아 소하는 그동안 일어났던 이런저런 일들을 들려준다. 개인적으로 가장 좋아하는 시간이다.

"'아령'이가 다리를 다쳤다. 니 온다하니 준다며 나물 많은 데를 뒤지고 다니다 굴렀다. 한 번 찾아가봐라. 덜렁대긴 해도 심성이 착하고, 뭣보다 너라면 만사 제치는 게 고맙고 예쁘다. 다친 와중에도 행여나 바구니에 담아놓은 나물 어디로 갈까봐 그거 주워 담고 있더마. 가실 아지매 말로는 이제 혼인도 해야 하는데 한사코 안가겠다 버틴다는데 아무래도 그 이유가…."

이쯤에서 파명의 눈치를 살피던 소하는 별다른 반응이 없자 닭다리 하나를 뜯어 아들의 밥 위에 올린다.

"먹어봐라. 살이 찰지다."

일단 화제를 돌린다. 늘 보는 무표정이지만 볼 때마다 오금이 저릴 정도로 차다. 이럴 때마다 다시금 절실히 느낀다. 운용의 아들임을.

파명과 동갑인 아령은 소하가 은근히 점찍은 며느릿감.

도무지 이성이나 혼인에 별 관심이 없어 보이는 아들이 아예 시조궁에 머물까 소하는 내심 불안했다. 잘난 얼굴이 넘쳤음인지 태어나면서부터 장애를 갖고 있어 스스로 그러한 것들을 포기한 건 아닌지…. 죄책감이 없지 않아 아들에게 더욱 최선을 다했던 소하는 때문에 하루라도 빨리 아들이 짝을 지어 가정을 갖고 정상적인 삶을 누리길 바랐다.

아령은 어릴 적부터 봐온 바, 어두운 분위기인 파명과는 달리 밝고 긍정적이며 무엇보다 파명을 많이 따르고 좋아해주는, 까무잡잡한 얼굴에 건강하고 밉지 않은 얼굴까지, 소하로서는 더할 나위가 없었다.

"요즘도 바느질하시느라 날밤 새고 그러십니까?"

"아니다. 그저 세호랑댁에 인사로 남는 시간 옷 두어 벌 지어드리는 거 말고는 다른 집 일거리는 이제 안 받는다. 걱정 마라. 니가 하지 말라는 것은 안 한다."

파명의 눈치를 살피며 소하가 빠르게 답한다.

음식을 말끔히 비운 파명은 직접 상을 들고 나가 뒤처리를 한다. 다리를 다치지 않았다면 벌써 사립문에 얼굴을 빼꼼히 내밀며 특유의 익살스런 표정으로 천연덕스럽게 보고 싶었다 말할 아령이다. 웬만하면 절룩대며 기어코 오기라도 했을 텐데 많이 다친 모양이다.

그러나 마당에 서서 그득한 별들을 보는 파명의 머릿속에 아령의 걱정 같은 건 없다. 대신 낮에 봤던 여인에 대한 생각만이 가득하다.

"거짓되고 오만한 귀문의 모습이다. 참으로 가증스럽다."

화가 나고 짜증이 인다. 구체적인 이유는 모른다. 단지 신모님과 닮지 않았단 게 이유의 전부일지도 모르나, 파명은 과하게 비난을 한다. 소하가 이부자리를 펴고 자리끼를 베갯머리에 두고 나올 때까지 우뚝 선 채 같은 말을 수없이 되풀이하며.

감히 신모님과 천군님의 존귀함을 훼손하는 무리라니. 이 나라 왕이라 할지라도 있을 수 없는 일이거늘, 한낱 풍월주의 여식 따위가.

보명궁의 내밀한 곳에 위치한 미실의 침소를 드나들 수 있는 특권을 지닌 이는 많지 않았다. 그건 정금도 예외가 아니었다. 늘 아버지와 같이 들어가는 곳은 서역의 물품과 커다란 창, 비단 장막이 이곳저곳 현란하게 드리워진 널찍한, 이른바 공식적인 장소였다. 그러나 그곳에서의 알현이 끝나면 정금은 안내를 받아 밖으로 나가고 이후 아버지와 미실은 다른 장소로 사라지곤 했다. 작은 문을 통해 연결된, 온통 침향나무로만 지어진 미실의 침소.

"어쩌면 저리 내 어릴 적과 똑 닮았을꼬, 볼 때마다 참으로 기이할 정도구나. 머지않아 서라벌의 모든 남정네가 저 아이로 인해 고뇌의 밤을 보낼 터. 호호호. 공은 천하의 보배를 얻었구려."

큰 키에 남정네 못지않은 장대하고 비대한 체격을 지닌 미실은 세월의 흔적을 가리고자 치장과 화장에 심혈을 기울였다. 이미 꽃다운 나이가 한참 지나 노화가 역력히 드러나는 그녀의 스러져가는 미모는 아슬아슬했다.

정금은 어렴풋이나마 느낀다. 늘 같은 말로 칭찬하는 미실에게서 묘한 질투와 적대감이 뿜어져 나오는 것을. 나이 든 여자가 어린 여자아이에게 드러내는 감정치고는 적나라하면서도 도가 넘는.

아버지는 알까? 저 여인이 내게 느끼는 그 미묘한 감정을.

미실의 칭찬에 그저 행복한 미소를 머금으며 마냥 좋아하는 설화랑은 어린아이의 그것처럼 천진하다. 이곳, 저 여인 앞이 아니라면 어디서도 볼 수 없는 아버지의 표정이지만 정금은 미실과 대면할 때면 항상 어렵지 않게 보는 것이다.

늘 의문스럽다. 아름다움이 최고의 선인 미실이 어찌 오래도록 아버지와 끈끈한 관계를 유지하는지. 객관적인 관점에서 설화랑은 미실의 선을 충족시키기엔 꽤나 거리가 멀었으므로.

"과하십니다. 제 여식이 아무리 출중하기로 궁주님과는 감히 비견될 수 없습니다. 미련한 백성들이 그저 신모님을 망령되게 여식과 함께 일컬으나, 본시 그 본질은 궁주님께 있는 것을 누군들 모르겠습니까?"

"이런, 공께서는 여식을 왜 그리 못 미더워하시는지. 듣는 내가 다 민망할 정도이외다. 허나 공의 말이 허언일망정 설레이는 걸 보니 나 역시 아직은 미흡한 여인인가 하오."

이미 익숙해진 대화 내용. 은근한 분위기. 아버지와 미실 사이에 오고가는 끈적한 시선. 이 와중 정금이 할 일이란 그저 아무것도 모른 다는 듯한 순진한 미소를 짓고 순수한 표정과 경외의 눈빛으로 자신을 낮추며 미실을 바라보는 것뿐. 이것이야말로 정금에게 미실이 원하는 것임을 일찌감치 터득했다.

상기된 표정으로 찻잔을 들어 올리던 미실은 문득 중지에 끼고 있는 푸른 옥가락지를 빼 정금에게 건넨다. 망설이며 아버지를 바라보자 설화랑은 고개를 끄덕이며 정금을 채근한다.

"소녀를 후하게 대해주시는 것만으로도 과분한데 이렇게 손수 끼시던 패옥까지 주시니 가히 몸 둘 바를 모르겠습니다."

"오~ 말하는 것을 좀 들어보시오, 어찌 저리 영특하고 흡족한지. 너의 눈을 보니 본시 이것의 주인은 너인 듯하여 내어준 것이니 과히 부담 갖지 말거라."

정금의 말에 미실은 더욱 비대한 몸을 꿈틀대며 요염한 분위기를 내뿜는다. 몸짓 하나하나에서 손짓에 이르기까지, 어느 것도 자연스럽지가 않다. 모두 남에게 보이기 위해 치밀하게 계산되어진 듯한. 다른 이의 시선으로 스스로의 몸을 객관화시켜 바라보며 행동하는. 그러기에 그것은 보는 이에 따라 아름답고도 고혹적이었으나 적어도 정금의 눈엔 천박하기 이를 데 없다.

누대에 거쳐 왕의 여인이었으며, 수많은 서라벌 화랑의 연인이었으며, 지금은 내 아버지의 정인이자 세종 공의 부인. 제나라 '문강'보다 더한 여인이로다.

이 순진해 보이는 어린 여자아이에게 그러한 경멸을 당하는 걸 아는지 모르는지 미실은 매우 만족해하며 정금과 인사를 나누었고, 늘 그렇듯 단순한 얼굴로 딸에게 나가 있으라 명하는 아버지를 뒤로하고 탈출하듯 정금은 미실의 처소에서 나온다.

역한 곳을 벗어난 듯 숨을 크게 들이마신 후 기다리던 유모와 언제나처럼 쭉 뻗은 회랑을 따라 궁중 서고로 향한다.

정금이 별다른 불만 없이 매번 궁중을 따라오는 이유는 서고에 갈수 있다는 것이 가장 크다. 보도 듣도 못한 수만 권의 책 속을 헤매며, 기분에 따라 읽다 덮다를 반복하다 보면 서라벌의 작은 여자아이 정금은 다른 사람이 되어 별천지에서 노니는 것이었다.

유모 '난주'는 거의 포기 상태로 멍하니 정금의 하는 양을 바라보다가 잠이 들곤 했다. 여인으로 태어나 책을 넘치게 좋아하는 것이 좋은 것만은 아니란 게 난주의 지론이다.

정금은 유난히 자주 우는 아이었다. 준화가 정금을 낳은 지 얼마후 세상을 등져 어미의 빈자리를 느껴서인지 날을 새면서까지 울기 일쑤였고, 누구의 손에서도 쉬이 잠드는 법이 없었으며 지치지도 않고 울었다.

갓난아이는 자신의 미래를 내다본다지. 유달리 울어 제치는 아이라… 가히 좋은 것은 아닐진대. 이 대단한 집안의 유일한 적녀로 태어나신 애기씨께서 무에 그리 서러우셔서….

자신의 젖을 빨 생각도 없이 그저 줄기차게 숨이 넘어가도록 울어대는 정금을 물끄러미 바라보며 난주는 혼자 중얼대곤 했다.

"애기씨, 저는 아직도 궁중이 얼마나 아름답고 넓은지 제대로 모르오. 남들은 궁에 갔다 왔다고 부러워하며 물어보는데 정작 해줄 말이 하나도 없소."

늘 서고에만 처박혀 있다가 돌아오는 것에 대한 불만이다. 이 좋은 봄날 퀴퀴하고 어두운 곳에서 또 지루한 시간을 보낼 생각을 하니 30대 초반의 난주는 벌써부터 좀이 쑤셔댄다. 불만을 모르는 것은 아니었으나 정금은 듣는 척도 않는다.

"유모도 책을 좀 보면 어때? 그림책도 많아."

"아무 내용도 모르고 그냥 그림만 보는 게 뭔 재미가 있다고요. 그리고 저는 서고처럼 어둡고 바람도 안 들어오는 데는 싫소. 꽃을 보고 나비도 보고 푸른 하늘도 보고 나무 냄새도 맡고. 이런 게 훨씬 좋소. 애기씨가 책을 좋아하듯이 난 이런 것들이 좋다 이런 말이지요. 아직 어려서 잘 모르시겠지만 세상엔 책보다 더 좋은 게 아주 많소."

설화랑 선문의 유화였던 난주는 중추절 사흘간 이어진 잔칫날 여러 낭도와의 관계 끝에 정확히 아비가 누군지도 모를 아이를 갖고 낳았지만, 바로 잃었다. 슬픔에 빠져있던 그녀를 설화랑은 정금의 유모로 집안에 들였으며, 이에 때때로 정금을 상전이 아닌 자식을 대하듯 했다. 동글동글하고 귀염성 있는 외모의 난주는 긍정적이고 가벼운 성격 탓에 가라앉은 분위기가 감도는 설화랑의 집안 내부에서는 다소 생뚱맞게 느껴질 때가 많았다. 엄격하게 상전을 대하는 예의를 갖추라고 다른 이들에게 제재를 받아도 그때뿐이었다. 이와 더불어 말도 많고 오지랖도 넓었다.

"난 애기씨처럼 귀골로 태어난 것도 부족해 아름다운 얼굴까지 지니고서 그리 하시는 건 잘못됐다 여기오. 벌써 애기씨를 염두에 두는 혼처가 얼마나 많은데. 특히 무오랑은 저 같은 사람 눈에도 더할 나위 없는 남정네로 가슴이 뛰는데… 애기씨는 참말 이해를 할 수가 없소. 어떻게 그런 분보다 책이 더 좋을 수가 있냐는 거요.”

얼핏 보면 난주가 내내 떠드는 동안 아무 말도 없는 정금이 매우 인내심 넘치는 것 같지만, 사실 정금은 그녀의 말을 아예 듣지 않고 있다. 무슨 말을 해도 절대 자신을 이해하지 못할 거란 걸 알고 있었다. 그것은 태어나고 자란 환경과는 상관없는 본질적인 것이었기에 유모가 다른 신분의 사람이 된다 해도 바뀔 건 없을 터.

난주가 양껏 떠들도록 내버려두는 건 정금이 해주는 최고의 대우였다. 그 말을 듣던 듣지 않던 상관없이.

정금에게 궁중의 것이라고 해도 별달리 호기심을 자극하는 건 없었다.

사람들은 다 같은 표정과 같은 몸짓, 같은 옷을 입었고, 나무와 꽃은 늘 보던 것이고, 화려한 서역 물품이야 이미 집에도 넘치는바. 어쩌다 궁중에서 하는 식사는 온통 기름진 것들뿐이어서 이 또한 취향이 아니었다. 하늘을 찌를 듯 솟은 건물도 처음에야 탄성을 자아냈지 자주 보자 별다를 게 없었다. 변함없이 이색적이고 호기심을 자극하는 건 서고 내의 책뿐.

난주의 구시렁대는 소리를 제치고 나지막하게 일정한 선율이 흘러들어온 건 막 그녀가 무오에 대한 새로운 이야기를 꺼내려던 차다.

약한 듯 강하고 끊어질 듯 이어지는 감미로운 피리 소리는 순간 두 사람의 발걸음을 멈추게 한다.

“이게 뭔 소리래? 어디서 나…”

쉿! 더 이상 지껄이지 못하게 난주를 저지하며 정금은 소리의 정체를 찾아 온 신경을 집중한다. 나무가 울타리 치듯 서 있는 곳, 그 안

한가운데 공터가 가까워질수록 소리는 더욱 생생해진다. 유모에게 따라오지 말고 서 있으란 신호를 하고 정금은 최대한 발소리를 죽여 소리에 다가간다. 호기심에 가슴이 뛴다.

설화랑이 미실과 은밀한 시간을 보내고 있는 동안 '문노'는 '세종'과 대면하고 있었다. 딱히 이렇다 할 직책이 없는 무인인 문노를 세종은 각별히 신임해 사소한 일만 생겨도 불러 상의하곤 했다.

문노는 사실 궁중에 출입하는 것을 달가워하지 않았다. 궁중 사람들 사이에 알게 모르게 감도는 미묘한 신경전이나 알력다툼 역시 끼어들고 싶지 않았다. 오늘도 여러 번 다른 핑계를 대고 거절하다 더 이상은 명분이 없어 궁으로 들어온 터.

터울이 많이 나는 이부동생 '유노'를 매우 아끼는 문노는 세종에게 올 때마다 대동해 소개하곤 했는데, 유노는 간단히 절을 올리자마자 늘 도망치듯 빠져나와 혼자 피리를 불며 문노를 기다리곤 했다.

갸름하고 윤기 나는 흰 얼굴과 긴 눈시울, 붉은 입술, 여인과 같은 나긋한 몸매와 부드러운 손을 지닌 유노는 섬세하면서도 극히 아름다운 자태를 지녀 세속의 사람이 아닌 듯한 신비로움을 자아냈다. 거기다 피리 부는 실력이 신기에 가까웠는데, 문노는 이것을 자랑스러워하여 출입마다 자신의 상징마냥 유노를 데리고 다니며 드러내고 아꼈다.

유노와 정금이 만난 때, 정금의 나이 16세 유노는 17세다.

주변의 아주 작은 소리에도 예민하게 반응하는 유노. 피리 소리에 다른 어떤 소음도 끼어드는 걸 용납지 않는 그다. 그런데 귀에 사라락 여인의 치마 소리가 들려온다. 즉시 이맛살을 찌푸리며 피리에서 입술을 떼고 신경질적으로 소리의 정체를 확인한다.

소녀다. 난생 처음 보는 소녀. 그러나 친근하고 익숙한 얼굴. 어여쁘다는 것만으로도 다 표현될 수 없이 고귀한.

소녀가 날 쳐다본다. 저 표정은 무엇일까? 왜 저런 표정으로 날 보는 걸까? 내가 기억하지 못하는, 그러나 날 알고 있는 사람인가?

"방금 피리 소리, 랑께서 부신 것이오?"

한동안 서로가 빤히 쳐다보다 한참만에야 정금이 묻는다. 막상 질문은 했지만 정금은 스스로 바보 같다 여긴다.

"그것이 궁금하여 날 방해한 것이라니. 여기서 나 이외에 피리를 불 만한 사람은 없지 않습니까?"

담담하지만 강한 어조로 대꾸하는 소년의 말투가 심히 거슬리지만 정금은 다시금 묻는다. 외모에서 풍기는 느낌과는 전혀 다른 목소리요 말투다.

"그 소리가 참으로 신묘하여 가히 인간이 내는 소리 같지 아니하여 물은 것입니다. 말하자면 칭찬이오."

애써 기분을 드러내지 않으며 정금은 부드럽게 말한다.

"설마 내가 인간이 아닐 리는 없지 않겠습니까? 신묘하다 하시니, 심히 과하여 몸 둘 바는 모르겠습니다. 그러나 저는 지금 낭주의 칭찬보다는 방해를 받았다는 것이 더욱 큰지라 그만 자리를 비켜줌이 어떠하신지? 정 그대로 거기 계시겠다면 제가 자리를 비키겠습니다."

참으로 오만하고도 못 배운 자로다.

"여기는 수많은 이가 오가고 거하는 궁. 그대의 피리 소리는 나 외에 다른 이가 들을 수도 있거니와 나 말고도 방해할 자가 널린 터. 방해가 그리 랑에게 큰 결례라 한다면 애초 이런 곳에서 불지 말고 골방에 숨어 불지 그랬소."

순간 기분이 상해 정금이 쏘아붙인다.

"그런데 말입니다. 다른 이들은 들을지언정 방해하지 않고 발견할 망정 보이지 않습니다. 이것이 예의요, 궁 사람들의 일반적인 행동입니다."

정색을 하며 정금을 힐난한다. 자존심이 매우 상한다. 그러나 딱히 할 말이 없다.

정금이 별다른 반응을 보이지 않자 유노는 그만 자리를 털고 일어선다. 채 다른 말이 나오기도 전에 휙 지나쳐간다.

"넌 누구냐? 어느 가문의 누구냐?"

급하게 정금이 묻는다. 기분이 상한 탓에 더 이상 존대를 붙이지 않는다. 피식 웃으며 유노는 정금의 얼굴을 찬찬히 훑으며 느릿하게 말한다.

"가문이라… 저한테는 그런 거 없습니다. 그저 주인 어르신을 모시는 비복일 뿐."

내내 아슬아슬한 심정으로 정금을 바라보던 난주는 이쯤에서 자신이 나서야 한다는 책임감이 든다.

"애기씨, 그만 가입시다. 저런 지체 낮은 자는 무시하는 게 상책이오."

유노가 빠르게 사라진 후에도 정금은 자리에 서서 움직이지 않는다.

"저자의 눈 봤어? 사람이 저런 눈을 가질 수 있다는 게 이상하고 신기해. 피리 소리도 그렇거니와 이상한 기분이 들어."

정금의 성격상 분노해야 맞거늘 전혀 다른 언사다.

"뭐가 또 그리 이상하고 신기하십니까? 저자는 그저 피리를 조금 잘 부는, 주인을 따라 궁에 들어온 미천한 자일뿐이오. 아이고, 우리 애기씨 늘상 책만 읽고 사시더니 정말 큰일이시네. 어서 가입시다. 여기서 시간을 지체하는 통에 서고는 못가고 바로 어르신께 돌아가야 할 판입니다."

말 안 듣는 송아지 한 마리를 끌고 가듯 난주는 정금을 몰아댄다.

"모시는 주인어른 함자라도 물어볼 걸…"

못내 아쉬워하는 정금을 난주는 의아하게 바라본다. 사람에 그리 호기심을 드러낸 것도 처음이려니와, 무엇보다 평소 정금 같으면 용납하지 못할 아랫것의 방자함을 그다지 신경 쓰지 않는 것 역시 놀랍다.

"또 혼자서 피리 불고 온 게냐?"

다른 날과 달리 일찌감치 세종과의 만남을 마치고 묵묵히 서서 문노는 동생을 기다리고 있었다. 황망한 걸음으로 문노에게 다가가며 유노는 그저 빙그레 미소만 짓는다.

"다음엔 세종 공을 같이 뵙자. 널 궁금해하신다. 피리 소리를 듣고 싶어 하시지만, 네가 절대 사람들 앞에서는 부는 법이 없다는 걸 잘 말씀드렸다. 대신 너와 이런저런 이야기라도 나눠보시고자 한다. 싫으냐? 싫으면 굳이 하지 않아도 된다. 본시 공께서 음악에 조예가 깊으시고 관심도 많으셔서 그러는 것이니 싫으면 굳이 배알하지 않아도 된다."

"아닙니다. 저 같은 자에게 관심을 두시는 것만으로도 영광인데 제가 어찌 싫을 수가 있겠습니까? 다음엔 그리하겠습니다."

세종이 문노에게 어떤 존재인지 모르는 유노가 아니다. 이미 사라진 나라 '가야' 유민의 미래와 문노가 남몰래 꿈꾸는 가야의 재건에 조금이나마 도움이 된다면 목숨도 내놓아야 할 시점. 세종은 왕실 최고의 어른이요, 그의 부인은 미실이 아니던가. 서라벌 권력의 중심에서 왕실을 좌지우지하고 화랑을 한 손에 쥐고 있는 존재. 미천한 자신을 거둬 주고 친동생으로 대해주는 것만으로도 유노는 문노에게 커다란 빚을 진 상황이었다. 그러할진대 어찌 거절을 할 수 있겠는가?

사람 만나기를 꺼려하고 문노 외엔 누구와도 자리조차 함께하지 않는 유노의 성격을 아는지라 문노는 감사의 마음을 담아 고개를 끄덕인다.

가야 왕실의 여인인 어머니가 아랫것과 사통해 아이를 낳았을 때, 아이는 살아야 할 가치가 없는 존재였다. 당연히 죽어야 할 목숨이었던 유노를 살린 게 문노였고, 그는 유노를 지켰으며 곁에 두었다.

그러나 아무리 문노가 남달리 아껴줬다지만 뭇 사람들의 멸시와 냉대를 어린 시절부터 느끼고 어머니는 물론 아버지의 사랑마저 받지 못하고 자란 유노는 예민하고 사람에 무관심하며 냉소적인 아이로 자랐다. 피리를 부는 시간 외 유노가 진정 행복해하는 순간은 없었다.

문노 일행이 궁문을 나설 무렵, 공교롭게도 역시 막 궁문을 나서려는 설화랑 일행과 마주친다. 순간 설화랑은 마뜩찮아 하는 기를 감추지 못하며 입맛을 다신다. 문노와 유노가 먼저 정중하게 예를 다한다. 할 수만 있다면 그냥 지나치고자 했던 설화랑은 상대가 그리 나오는 탓에 별수 없어 그저 시늉으로 예를 받는다. 이건 어디까지나 문노에게만 향한 것, 유노는 아예 무시한다.

이들의 냉랭한 분위기 옆에서 소년, 소녀 역시 묘하고 복잡한 심경을 드러내며 서로를 응시한다. 정금이 먼저 시선을 피하며 문노에게 예를 보인다.

"네가 정금이더냐? 오, 많이 장성하였구나. 참으로 아름답구나."

복숭아처럼 두 볼이 발그레한 정금에게 인자한 미소를 지으며 문노가 칭찬한다. 새삼스러운 칭찬도 아니건만 정금은 유독 부끄러운 기색으로 감사를 표하며 슬쩍 소년의 정체를 묻는 듯한 눈초리로 유노를 쳐다본다. 분위기상 절대 주인을 모시는 아랫것은 아니었다.

이미 설화랑은 유노의 존재를 알고 있었지만 정금은 들은 바가 없다. 문노가 채 다음 말을 잇기도 전에 설화랑은 급히 정금을 채근한다. 이어 대충 문노에게 하직 인사를 하고 먼저 궁을 나선다.

문노와 아버지의 사이가 나쁘다는 것을 익히 알고는 있었지만, 굳이 급하게 자신을 끌고 나오다시피 하는 행태가 정금은 이해되지 않는다. 내내 뾰로통한 표정을 감추지 않다가 급기야 집에 도착하자마자 불만을 표한다.

"보아하니 문노 공 옆에 있던 랑은 사사롭게 공과 관련이 있어 보였건만 그리 무시를 하고 나오시니 이 무슨 결례인가 싶어 황망할 따름입니다. 아버지답지 않습니다."

"설마 번지르르한 낯에 마음이 미혹되어 그러는 것이냐? 그게 아니라면 네가 그런 자를 어찌 궁금해하는지 모르겠구나. 관심 둘 가치도 없는 자다. 비루한 자와 말을 섞는 건 문노 하나로 충분하다. 세종 공은 무슨 심산으로 그자를 늘 불러들이는 건지. 가야의 족속들은 이 서라벌에 아무런 도움도 되지 않건만. 아까 문노 옆에 있던 자는 '비조부'댁 '문화' 낭주의 사자로 장식품처럼 문노가 항상 데리고 다닌다. 천하디천한 자이니 알 필요는 없다. 내가 조금만 더 미적댔다면 감히 문노 그자는 내 딸인 너에게 그 천한 피붙이를 소개했을 것이다."

자신의 출신 때문에 여러 난관이 있었던 터라 유독 설화랑은 타인의 출신에 집착했다. 하여 출신이 미천한 자와 동등한 입장이 되는 것을 극도로 싫어했다.

비록 아비가 서라벌의 귀골일망정 어미는 가야의 핏줄인 문노가 자신보다 뛰어난 자질과 인격으로 많은 이들에게 숭앙되고, 게다가 사사건건 자신과 대립하는 것에 설화랑은 경쟁심을 넘어 열등감마저 느끼고 있었다. 스스로 애써 이를 인정하지 않고 있을 뿐.

더 이상 말도 못 꺼내게 하는 아버지 대신 이쯤 되면 여기저기 오지랖 넓은 유모에게 더 자세한 걸 알아보는 수밖에 없다고 여긴 정금은 즉시 처소로 와 넌지시 난주에게 묻는다. 긴말 할 것도 없이 기다렸다는 듯 난주는 술술 아는 걸 다 분다.

"깜짝 놀랐소. 옥골선풍에 피리 소리가 신묘해 설마 했는데 그분이 문노 공의 아우님이었다니. 모르는 사람이 거의 없을 정도로 유명한 분이요. 어머니가 아랫것과 통정해 낳은 분이라 천대받았지만 워낙 생김이 수려하고 피리 부는 솜씨 또한 대단한데다 문노 공이 각별히 아껴 지금은 아무도 함부로 못하지러. 선문의 수많은 유화들이 그분 때문에 가슴앓이를 한다고 들었소. 아마 이름이 유노랑일 겝니다. 얼마나 냉정하신지 아무리 유화들이 난리를 쳐도 눈길 한 번을 안 주신답니다. 그래서 더 애간장이 녹는다나 어쨌다나."

여기까지 말하고는 뭐가 그리 즐거운지 난주는 혼자 까르르댄다.

"애기씨도 여인은 여인이셨소이다. 역시 사람의 마음은 다 같은가 보오. 그림 같은 얼굴을 보고도 마음이 동하지 않는다면 사람이 아니지러. 그래도 이쯤에서 호기심을 멈추시소. 어르신이 아시면 난리 날 일입니다. 어르신은 이미 무오랑을 애기씨의 배필로 생각하시고 계신 듯한데…."

특유의 의뭉스런 눈빛으로 난주는 정금을 놀리듯 코를 찡긋한다. 선을 넘기 직전인 유모를 향해 정금은 정색하며 쏘는 눈으로 경고한다. 신나서 떠들던 난주는 이쯤에서 입을 다문다. 차를 올리겠다며 급히 자리를 피한다.

"출신이 그러할진대 감히 내게 그런 행태를 보였단 말인가?"

생각할수록 괘씸하고 화가 난다. 특히 시종 무심한 눈길을 보냈던 게 더욱 짜증스럽다. 누구도 그런 눈을 하지 않았다. 아니, 할 수가 없었다. 아름다운데다 선도산 신모의 화신이라 추앙까지 받는 존재인 내게. 아이를 안고 마치 도전하듯 평가하듯 쳐다보던 다른 사람이 떠오른다. 비슷한 눈길을 보내던. 방자한 것들.

난주가 칡차와 수수경단을 받친 채반을 들고 온다. 정금이 앉아 있는 의자 앞 소나무 탁자에 채반을 올린 후 연꽃 문양이 새겨진 세 개의 등잔에 불을 붙인다. 동시에 창 앞 봉황이 새겨진 작은 향로 역시 피운다. 그보다 먼저 마당의 석등에는 불이 밝혀졌다. 은은한 향이 불빛과 함께 퍼진다.

난주는 이 시간의 정적과 편안함, 아늑함을 좋아했다. 짐짓 단아한 자세로 찻잔에 적당히 우려진 칡차를 따르며 정금의 눈치를 본다. 여느 때와는 다른 분위기가 영 마음에 걸린다. 빠르게 내가 오늘은 또 뭔 입방정을 떨었나 계산한다.

"칡차가 속의 화를 다스려준다 하더이다. 흰자위가 붉은 눈에도 좋고. 전에 영흥사 스님이 그렇다 하셨소. 경단은 조금 전에 빚은 거요. 오늘따라 어쩌나 쫀득한지 그냥 맛만 본다는 게 서너 개를 그 자리서 없앴지러. 잡숴보시소. 호호호."

냉큼 경단 하나를 집어 정금의 입에 갖다 댄다. 뚱해 있던 정금은 난주를 흘기듯 보다 입을 벌리고 받아먹는다. 쫄깃하면서도 구수한 경단을 오물대다 차 한 모금을 마신다. 기분이 나아진다. 나른하면서도 속이 따스해진다. 정금이 먹는 걸 본 후에야 흐뭇한 표정으로 난주도 경단 하나를 집어 먹는다.

"유모, 낮에 궁으로 갈 때 말이야… 그 사람 기억나? 그, 여자아이 안고 서 있던 키 큰 남자 말이야."

어느새 경단을 하나만 남기고 나머지를 다 입으로 밀어 넣고 있던 난주는 누굴 말하는가, 멍하니 정금을 보며 찹찹 입안 가득한 떡을 씹어댄다. 덧붙여 다른 설명을 하려던 정금은 난주를 보더니 그만 됐다는 표정으로 다시 찻잔에 입을 갖다 댄다. 사람이 한둘도 아니고 덜렁대는 유모가 기억할 리가 없지.

"아, 그 소년랑 말씀하시지러? 기억하지러. 제가 알던 사람이랑 너무도 많이 닮아 순간 흠칫해서 기억해요."

"기억나?"

"아무리 사람들이 많아도 그런 사내는 눈에 확 들어오지러. 게다가 전에 알던 누구랑 희한하게도 닮았으니… 그런데 왜 그러시오? 애기씨 아는 사람이요?"

"아니, 아까 길에서 본 그 자랑 궁에서 본 그 자가 묘하게도 같은 느낌이어서. 아주 드문 느낌을 주는 자들인데 그런 자를 하루에 두 번이나 보다니 신기해."

줄곧 먹어대던 난주는 갑자기 침울해진다. 잠시 둘 사이에 깊은 침묵이 흐른다. 본시 변덕스럽고 호들갑스러운 난주라 그러려니 하지만 지금 난주의 감정 변화는 좀 급작스럽다. 아무리 그녀에 대해 궁금한 게 있어도 정금은 절대 먼저 묻지 않는다. 가만있어도 알아서 술술 다 자백하기에.

"제가 선문에 있을 때는 철마다 거하게 며칠씩이나 잔치를 열었는데 지금은 그게 없어져 아쉽소. 고만고만한 유화들끼리 몰려다니며 잘생기신 낭도님 흉도 보고 연서도 보내고 서로 속마음 다 털어놓고 놀기도 많이 했는데… 다른 선문이랑 달리 우리 선문에는 풍류남아 분들이 참으로 많았소. 그 풍모가 가히 빼어나고 옥적 또한 잘 부는 이들이 많았건만. 엊그제 일만 같은데 벌써 이리 유수처럼 세월이 흘렀다니 인생사 허망하고 아쉽소. 지금은 다들 선문에서 나와 뭐하고 사는지… 보고프고 궁금한 이들이 많은데, 에휴.”

느닷없이 십수 년 전의 일을 꺼내더니 기다란 한숨을 내쉬며 난주는 등잔의 불을 아련한 눈으로 응시한다. 비록 상처만 남았지만 그때의 시간을 늘 그리워하는 그녀다.

“낭도들 중에 운용이란 자가 있었소. 코가 우뚝하니 어찌나 잘난 낭도였는지 무리 속에서도 독보적이었는데… 애기씨가 저잣거리에서 봤던 딱 그 랑처럼 생겼었소. 이미 혼인한 낭도였지만, 유화들 중 그 낭도를 안 좋아한 사람이 없었을 거요. 물론 저도 좋아했지러. 그런데 기세가 웬만한 화랑보다도 도도해서 유화 따위 쳐다도 안 봤소. 낭도들은 부인이 있어도 유화 하나둘쯤은 거느렸건만 운용은 그런 게 없었소. 사람의 마음이란 게 이상해서 그럴수록에 더 그 낭도가 좋아지더마. 그래도 잔칫날은 분위기가 또 다르기에 우리는 운용이 어떤 유화랑 어울릴지 내기도 하고, 어쨌든 우리 유화 중 하나일거라 여기며 가슴 두근댔는데, 운용랑이 잔칫날에 부인을 데리고 왔지 뭡니까. 그런데 이 부인이란 여자가 우리 유화들이랑은 비교도 되지 않는 여자였소. 사실 우리는 운용의 처가 당연히 월궁항아일 거라 믿었소. 헌데, 보다보다 그런 박색은 또 처음일 만큼 못난 여자. 순간 내가 저 여자보다 뭐가 못해 운용랑의 선택을 못 받았나 싶어 수치스럽고 화나고 샘나고, 세상에 그렇게 다정한 부부가 없더라. 일부러 유화들한테 더 이상 다가오지 말라 경고하려고 그랬는가는 몰라도 기가 차더라. 그냥 주는 대로 술을 마시고 아무 낭도하고나 정을 나눴소. 지금 생각해봐도 제정신이 아니었소."

자조 섞인 미소를 짓더니 난주는 찻잔을 마치 술잔인 양 차를 따라 단숨에 들이킨다. 그동안 난주에게서 수많은 수다를 들었지만 이렇게까지 속 이야기를 하는 건 드물다. 그 시건방진 자를 닮은 낭도라….

"보고 싶어?"

"누구요? 아, 보고는 싶지만 볼 수 없소. 이미 이 세상 사람이 아니지러."

어느덧 난주의 눈에 눈물이 맺힌다.

"좀 됐소. 그 낭도가 세상을 버린 지는. 병으로 죽었다고도 하고, 전쟁에서 직속 화랑 대신 활을 맞고 전사했다고도 하고. 잘난 사내라 세상을 버리는 것도 어쩌면 그리도 잘났는지."

더 말을 시키면 안 될 듯해 정금은 피곤하다며 그만 침상에 오른다. 눈물을 훔치며 난주는 정금에게 이불을 덮어준다.

"일찍 주무이소. 오늘 궁에 다녀오시느라 피곤하실 텐데. 차는 놔두고 등불은 나가면서 끌 터요. 석등 때문에 많이 어둡지는 않을 게요. 게다가 보름이 가까워 달빛도 좋으니 뭐."

정금이 서서히 잠에 빠지는 걸 어머니 같은 미소로 본 후, 찬 밤공기가 스며들지 않게 휘장까지 치고 방을 나온다. 완전히 들어찬 모양은 아니나 달빛은 교교했고 밝았다. 한숨인지 시름인지 알 수 없는 소리를 가만히 내뱉으며 달을 쳐다보던 난주는 새삼스레 운용과 시전에서 본 소년을 나란히 떠올린다.

"운용을 닮았어. 아주 많이… 그 사람이라 해도 믿을 만큼…."

시조사당에서 파명은 달포에 한 번 집에 들렀다. 한 번 오면 사흘 정도 머물다 돌아가곤 했는데, 오직 이날만을 기다리며 사는 두 여인 아령과 소하는 그들의 남자 파명에게 최선의 노력을 다했다. 각기 다른 류의 감정이었지만 그들에게 파명은 절대적이었으며 대체 불가의 완전무결하고 유일무이한 특별함이었다.

"파명아, 넌 언제 혼인할 생각이야?"

나무를 패느라 정신없는 파명을 졸졸졸 따라다니며 쉴 새 없이 떠들어대는 아령이다. 대부분 파명을 만나 가장 먼저 하는 첫마디는 혼인이다.

집에 올 때마다 파명이 하는 일은 정해져 있다. 나무를 한다거나 물을 긷는다거나 집안 여기저기 손을 본다거나. 촌락 사람들 대부분이 누에를 치고 농사를 짓는 것과는 달리 소하는 바느질 솜씨가 빼어나 간간이 부탁받아 옷 짓는 일만을 했다. 나무며 기타 남정네이 손이 필요한 부분은 어릴 적부터 파명이 알아서 해왔으며, 비록 달포에 한 번씩 온다 해도 한 번 올 때마다 달포 분량의 나무를 해놓고 가는지라 불편은 없었다.

"생각 없다."

"에이, 거짓말~ 사내로 태어나 기집 생각 없단 사람 못 봤다. 자고로 사람은 짝을 지어 자식을 낳고 해야 사람 몫을 하는 거다. 너는 어찌 남보다 잘난 사람이 남보다 못한 생각을 하누?"

"내 걱정은 말고 너나 어서 짝 만나 혼인할 생각 해라. 다리 다쳤다

하더만, 나 따라다니는 거 보니 멀쩡해 보이는구마."

군이 아령이 자신에게 혼인 이야기를 주구장창 꺼내는 바를 모르는 건 아니나 조금이라도 여지를 주고 싶지는 않다. 어릴 적부터 같이 나고 자라 이성보다는 동성처럼 느껴지는 아이다. 줄곧 감정을 표출하는 아령이 부담스럽지만 밉지는 않다. 그렇기에 더욱 조심하는 것이다.

혼자서 마냥 자유롭게 살고 싶다. 좁디좁은 서라벌 땅에서 벗어나 드넓은 대륙과 서역을 나다니고 싶다. 하지만 아직은 그리할 수가 없다. 어머니… 어머니 이외의 다른 이와의 인연은 거추장스럽고, 무엇이 되었든 자유롭고 싶은 자신의 발목을 잡는 건 참을 수 없다. 그럴 만한 가치가 있는 것 또한 없다. 지금 처지에서 아이를 낳은들 그 아이에게 좋을 건 뭐란 말인가. 천한 신분을 물려주고 다시 천함은 대를 이어 끝없이 전해지고. 이보다 더한 비극이 또 있을까?

"안 그래도 내가 그것 땜에 살고 싶지가 않다."

아령의 말을 한 귀로 흘리며 파명은 부지런히 나무를 한데 모아 묶는다.

"우리 아부지 땜에 내가 못 산다. 촌주 노인네가 나이가 마흔이라든가? 촌주라 그 노인이 그래도 살림은 편한가 본데 아 늙은이랑 날 엮을라 하는 기다. 복숭아꽃마냥 어여쁘고 어린 날 그런 늙은이랑 엮을라 하는데 니는 말이 된다 여기나? 울 아부지보다도 나이가 많다. 하도 기가 차서 내 대꾸도 안 했더만 싫지 않아 그런다 여겼나 아부지가 대놓고 매파를 놓을라 하더라. 그래서 지랄지랄을 다 떨었다. 딸자식 인생을 짓밟아도 분수가 있지. 내사 차라리 죽고 말지 그런 사람과 한 이불 덮고는 못 산다."

멀리 뻐꾸기 소리가 들리고 지천에 널린 봄꽃과 파릇한 풀냄새, 나무를 묶는 파명의 억센 손과 팔뚝을 보며 아령은 야릇한 기분에 휩싸인다. 자고로 모든 것이 설레는 계절이다. 당장이라도 파명이 저 넓은 가슴에 날 안아주면 얼마나 좋을까… 이 풀밭에 날 눕히면 어떡하지? 얼굴이 벌게진다. 가슴이 뛰며 숨쉬기가 힘들어진다. 힐끗 파명의 기색을 살핀다.

아령이 뭔 소리를 지껄이든 말든 어느새 나뭇짐을 다 묶고 지게에 올린 후 갈 준비를 하는 파명의 얼굴은 무심하다. 유난히 높은 콧대 때문인가, 무표정할 때면 더욱 냉정해 보인다. 참말 사내가 아니다. 나 같은 여인네랑 단둘이 있는데도 도시 흔들림이 없다.

나물을 캔단 명목으로 내내 파명을 졸졸 따라다니던 아령의 바구니엔 봄나물 하나가 축 처져 담겨있다. 그걸 들고 급히 파명을 따른다. 집까지 따라갈 기세다.

중간에 만난 또래 여자아이들이 아령과 파명을 쳐다보며 낄낄댄다. 창피해할 만도 한데 아령은 도리어 당당하다. 그들을 다 합쳐도 자신의 미모에 버금할 이가 없다는 자신감과 파명과 자신을 뭐 있는 것처럼 바라보며 연결하는 게 기쁘다. 같은 마을의 이와 혼인을 앞둔 '옥몽'이가 유일하게 파명에게 인사는 한다.

"왔구나, 나무 많이 했네."

"옥몽이구나, '우럭' 성이랑 혼인날 잡았단 소리는 들었다. 혼인날은 나도 할 수만 있다면 참석할 거다."

"아니다, 굳이 일부러 날 맞춰 올 필요는 없다. 앞으로 줄곧 보고 살 처진데 괜찮다. 니 왔단 말 듣고 우럭 오라비가 안 그래도 안부 궁금해 하더마."

손사래를 치며 옥몽이 말한다.

"옥몽아 너 나물 캐러 올 때마다 멀찌감치 우럭 오라비도 보이더만 어째 오늘은 없나?"

아령이 주변을 둘러보며 묻는다.

"동시전에 어른들이랑 살림살이 보러 나갔다. 사람이 새살림을 낼라 하니 어찌 그리 필요한 게 많은가. 장만하고 준비해도 끝이 없다. 춘궁기에 뭔 혼인이냐 하지만 이럴 때 마을 사람들 배불리 대접하는 것도 공이라 맘먹고 준비한다. 내 혼인날까지 다 준비가 될까 걱정스럽다. 그래도 혼인날 입을 오라비 옷이랑 내 옷은 파명 니 어무이한테 부탁해놔서 그나마 그거 하나 시름 났다. 니 어무이가 웬만치 솜씨가 좋아야 말이제."

처음으로 파명이 빙그레 웃는다. 다른 집 일거리를 이제는 안 받는다던 소하의 말이 떠오른다.

"참말 부럽다. 어릴 적부터 옥몽이는 늘 우럭이 오라비한테 간다 하더만 결국 그리되네."

일행과 헤어지고 오며 아령은 한숨을 내쉰다.

"사람이 이 복 저 복 다 해도 연모하는 사람이랑 평생 함께 사는 것보다 더한 게 있을까. 옥몽이는 뭔 복을 타서 저러는가. 노인네한테 혼담 들어온 거랑 옥몽이를 연결해 생각하면 참말 눈물이 다 난다."

"니 부모님은 너라면 끔뻑 죽는 분들인데 니가 싫다 하는 혼인을 강제로 시키시겠나? 그리 싫으면 하지 마라. 짐승 강제로 교배하는 것도 아닌데 뭔 걱정을 그리 하나?"

"그래도 소용없다. 골족 잉첩으로 가거나 괜찮은 배필감 구해오기 전에는 어림없다. 생각 같아서는 평생 어무이랑 같이 살고 싶지만, 딸자식은 무조건 남한테 보내야 할 일 다 한 마냥 맘이 편하다신다. 촌 주 늙은이가 혼담 말 나오기 시작하믄서부터 우리 집에 그럴 수 없게 잘한다. 늙은 게 여우다."

대놓고 말하지는 않지만 아령의 의도는 뻔했다. 제발 날 잡아줘. 너라면 우리 부모님도 좋아하실 거다. 애써 모른 척하는 파명이 원망스럽다. 앞서 걷는 파명의 뒷모습을 보며 아령은 무거운 숨을 내쉰다.

비록 다리는 절지만 큰 키와 뚜렷한 이목구비, 몸 전체에서 풍기는 남다른 품위. 게다가 파명의 아버지는 낭도였다. 서라벌 전역에서 잘난 사내들만 모여 그중 엄선된 자들이 되는 낭도는 한 촌락에서 한 명 나오기도 어려운, 그만큼 대단하고 영광스러운 일이었다.

본시 파명의 아버지도 어머니인 소하도 이 마을 사람이 아니었다.

운용은 낭도 시절 사락리로 와 터를 잡았다. 30세가 넘어 선문을 나올 즈음엔 병부에 귀속되는 것도, 대체로 낭도 출신이 촌으로 돌아오면 맡을 수 있는 향리의 장도 마다하며 아무런 직책도 없었다. 이는 사욕이 없는 청아한 자로 받아들여져 더더욱 마을 사람들에게는 동경의 대상이요, 함부로 할 수 없는 출중한 사람으로 인식되었다. 하지만 그가 어디 출신인지는 누구도 알지 못 했다.

소하는 어린 시절 부모를 여의고 사락리에 사는 먼 친척 되는 집으로 와 더부살이를 하고 있었다. 딱히 인물도 뭣도 없는 소하가 운용과 혼인을 하게 된 건 놀라운 일이었다. 유독 사이가 좋은 부부였던 이들 사이에서 절름발이인 파명이 태어났을 때 사람들은 하늘이 이 부부애를 시샘해 그런 거라 입방아를 찧었지만, 여전히 그들은 남들 보기에 행복했고 어린 파명은 아버지의 뛰어난 외모를 그대로 물려받은 아이로 뒤처질 게 없었다.

사립문을 들어서는 아령의 빈 바구니를 보며 '가실'은 잔소리를 한다.

"아이고 낼모레 혼인할 년이 천방지축 저리 싸돌아다니니 내가 저걸 다리몽댕이를 패서 앉혀놓을 수도 없고. 망아지 같은 너를 내가 어째야 하는가 말 좀 해보그라. 어이? 험한 일 안 시키고 골족남네 애기씨들처럼 키웠드만 그게 다 허사라. 차분히 좀 들어앉아 좋은 일에 살림 사는 법을 좀 배우란 말이다."

평소와 달리 어미의 잔소리에 일절 대꾸 한마디 없이 입을 한 자나 내밀고 아령은 냅다 방으로 들어간다. 붉은 얼굴 모양이 곧이라도 울음이 터질 기세다. 파명이 시조궁에서 올 때면 끝 간 데 없이 밝고 더할 데 없이 즐거운 아령이다. 그런데 오늘은 영 기세가 심상찮다.

비록 잔소리는 했지만 딸의 모양이 여간 안쓰러운 게 아니다. 이유야 뻔하다. 슬그머니 방문을 열고 고개를 들이민다. 다리를 모아 세우고 주저앉아 방바닥만 응시하는 딸을 보며 가실은 조심스레,

"그만 마음 잡그라. 어릴 적부터 그리 했어도 무심하니 니한테는 눈길 한 번을 안 주는데 니는 자존심도 없나? 그저 기집은 자기 좋단 사내한테 가는 기 최고다. 아령아, 아가."

방바닥에 뭔가 툭 하고 떨어진다. 닭똥 같은 눈물을 툭툭 떨구며 아령은 어깨를 들썩인다. 급히 가실은 방으로 들어가 딸 앞에 퍼질러 앉아 머리를 쥐어박는다. 최대한 목소리를 낮추며,

"아이고 이것아. 이 무슨 청승이고. 어이? 참말로 가지가지 한다. 니 지금 또 파명이 꽁무니 따라다니다 온 거 맞제? 참말로 니를 어쩌냐."

"어무이, 나 시집가기 싫어. 파명이 말고는 아무하고도 혼인 안 한다고. 근데 파명이 그놈은 나한테 별 마음이 없어. 아무리 눈치를 줘도 미동도 없어. 어무이 나 참말 죽고 싶어."

이쯤에서 아령의 울음보는 본격적으로 터진다. 엉엉 소리 높여 우는 딸을 가실은 연달아 쥐어박으며 엉덩이까지 들썩인다.

"파명이는 그만 포기하라고 내 몇 번을 말하나. 그놈은 눈이 하늘에 매달려 있어 니는 눈에도 안 찬다. 기집은 자고로 자기 이쁘다 하는 남정네 만나 사랑받고 사는 기 최고라. 촌주가 나이는 많아도 좋은 사람이다. 거기다 살림도 넉넉하고. 니 아껴주고 편안하게 살게 해줄 기다. 그기 얼마나 큰 것인지 니는 아직 모른다. 어미가 다 이유가 있어 니를 그짝으로 보내려는 기다.-

"어무이, 나는 사람도 아니가? 기집은 마음이라는 것도 없냐고. 마음에도 없는 싫은 사람 사랑받으면 내가 행복할 성 싶으냐고? 왜 어무이는 내 마음은 아랑곳하지도 않나? 나는 말이제, 하루만 살다 죽어도 파명이 기집으로 살다 죽고 싶다. 이게 그렇게 큰 욕심이여? 어? 왜 그렇게 내 마음을 모르나 왜? 나 정말로 파명이를 연모한다고. 파명아~ 이 나쁜놈아~ 이 무심한 놈아~!"

딸의 말에 가실은 입을 다문다. 억눌렀던 설움이 폭발하자 아령의 울음은 그칠 줄을 모른다. 꺼이꺼이 소리를 지르며 몸부림을 친다. 이 심각하고 다소 우스꽝스러운 광경 사이로 새된 소리가 들린다.

"배들이 불러 터졌다. 참말로 가관이다. 주제에 감히 촌주님이 데려가 주면 감사하며 황감히 여기지는 못할망정 아무리 물정을 몰라도 분수가 있제. 기집년들은 이래서 굶겨야 한다. 배아지들이 불러 터지니 연모 찾고 자빠졌제. 사내놈들처럼 일도 억세게 못하는 거 먹이고 지금까지 키운 것만도 감지덕지해 다소곳하니 부모가 정해준 데로 가 보답은 못할망정 참말로 지랄을 한다 지랄을 해."

언제 왔는지 아비 '가시라기'가 핏대를 세워가며 모녀를 윽박지른다. 안 그래도 사나운 인상이 더욱 구겨져 오금이 저릴 지경이다. 그 모습에 가실은 튀듯이 일어나 급히 마당으로 나간다. 신도 신는 둥 마는 둥 머리를 조아리며 안절부절못한다. 아비의 소리에 아령은 일단 울음소리는 멈췄지만 아직 어깨가 심하게 흔들린다.

"못 멈추나? 어디서 재수 없게 울고 지랄이고? 어이? 곧 촌주님 댁에서 날 잡으라고 사람이 올 터니 그리 알고 어미한테 일이나 배워라. 저 천방지축인 것을 데려가 주는 것만도 감사한데 가서 부모 욕 먹이지 말고. 저런 것도 자식이라고 내가 참말 남부끄럽다. 에이."

가시라기와 아령 둘을 불안하게 번갈아보던 가실은 급히 물을 떠와 다소곳이 가시라기에게 올린다. 가실을 내려다보며 옥죄듯 다짐을 둔다.

"저년 간수 잘하그라. 촌주님이 다른 건 몰라도 소문 안 좋은 기집은 절대 용납 못한다. 다른 바라는 거 하나 없이 그거 하나 바란다. 촌주님도 지금까지 혼인 안 하고 살며 여자 소문 한번이 없었다. 그기 쉬운 줄 아나? 하여 당연히 여자도 그래야한다 하더마. 알겠제?"

"말해 뭐하겠습니까? 걱정 마소. 저게 망아지 같아도 이상한 짓은 안 하고 다니요. 지금은 저래도 가서 새끼도 낳고 하다 보면 철도 나고 뭐 잘 살기요."

"검실검실 우악시런 아들놈들은 줄줄이 세상 버리고 저 빙차리 같은 딸년 하나 살아서 이래 사람 속을 썩이는 거 보믄 나도 자식 복 참말 없다. 곧 혼인할 년 팰 수도 없고. 아이고, 저년을 어째야할꼬. 어디서 절름발이 놈한테 눈이 돌아서는. 지 애비가 낭도 아니라 뭐였어도 지금은 못난 어미에 아비 없는 절름발이 놈인 것을. 그런 놈이 하는 꼬라지를 생각하믄 내사 기가 찬다. 그놈 하는 꼬라지 보니 머

잖아 큰 코 다칠기다. 사람이 분수를 모르고 살믄 하늘이 벌을 주는
건 당연한 기다."

가시라기 역시 자신의 딸이 어릴 적부터 파명을 남다르게 여긴다는
걸 모르는 바는 아니다. 그 역시 한때는 파명을 사윗감으로 점찍어둔
적이 있었다. 그러나 그것도 파명의 아비가 살아있었을 때의 말. 이
후 가시라기는 일방적으로 자기 딸만이 파명에게 목을 매는 꼴이 견
딜 수가 없었다. 다 같은 처지에 마치 상전이 아랫사람 보는 듯하는
꼬라지가 눈꼴사납고 귀족의 도움으로 다른 집들보다 살림이 넉넉한
것도 싫었다.

하지만 이제 곧 사정이 바뀐다. 아령은 두품을 지닌 촌주와 혼인을
할 것이며 자신은 그의 장인이 되는바, 아무리 시조사당에 몸담고 있
다지만 사당의 종이나 마찬가지인 파명과는 다른 신분이 된다.

어디 그뿐이랴. 사락리에서만이 아니라 더 나아가 모량부에서마저
자신의 지위에 버금갈 사람은 거의 없게 된다. 꿈같은 일이 머지않았
는데, 그런데 저 속없는 딸년이 이 지랄을 하고 있는 것이다.

"여튼 저년 단속 단단히 하고 파명이랑도 더 이상 어울리지 못하게
해라. 한 번만 더 파명이랑 어울리거나 저런 꼬락서니 보이면 내 당신
이고 저년이고 둘 다 사달을 내고 말기다. 알겠제?"

파명이 나뭇단을 짊어지고 들어오는 걸 보자 소하는 얼른 나가 맞
는다. 불 때기 좋게 나무를 패는 아들을 흐뭇한 얼굴로 지켜보며 손
빠르게 다 팬 나무를 집어 차곡차곡 정리한다.

"제가 다 알아서 정리할 건데 어머니는 왜 그러십니까?"

"힘든 일도 아닌데, 나무 해온 사람이 더 힘들제. 나는 니랑 이렇게

같이 있는 기 제일 좋다. 신경 쓰지 마라."

어느새 아버지마냥 훌쩍 자라 그의 얼굴 그대로, 목소리며 성품이며, 모든 게 그대로인 게 소하는 마냥 행복하다. 운용을 잃은 후 오직 아들 하나만 보며 살아온 세월이다.

해가 넘어갈 무렵, 아들이 패온 귀한 나무로 정성스레 밥을 하고 반찬을 준비한다. 온갖 나물과 삶은 달걀, 쌈 채소, 인절미, 소금 속에 묻어둔 생선까지 굽는다. 역시 한 상 가득 정갈하고 푸짐한 저녁이 차려진다. 채식을 좋아하는 파명을 위한 밥상은 늘 풍성한 나물과 채소로 가득하다.

"끼니마다 뭘 이리 많이 차리십니까? 그냥 어머니 드시던 대로 주라는데도 그러십니다."

"내가 좋아서 하는 거니 말리지 마라. 거문대족님네들이 먹는 산해진미도 아닌데 뭘 그러나. 나한테 니는 그 사람들보다 더 높은 사람이다. 그런데 이 정도만 차리니 못하는 거지. 넘칠 거 하나 없다."

"이런 춘궁기에 이래 먹는 것이 미안해서 그러지요. 남들이 욕합니다."

"남들이 뭔 상관이가. 내가 내 아들 챙겨 먹인다는데. 그리 말하면 이 나라 욕 안 먹을 귀족님네들이 있나? 우리가 나쁜 짓 해서 먹는 것도 아니고 다 니 아부지랑 니가 고생한 대가로 먹는 긴데 더 말 말 그라.-

생선살을 발라 파명의 밥 위에 놓아준다. 먹기가 바쁘게 이제는 나물을 올린다. 따끈한 숭늉을 들여온다. 그러는 동안 소하는 밥 한술 뜨지 않는다. 늘 아들이 다 먹고 나면 부엌으로 밥상을 물린 후 아궁이에 앉아 남은 걸 먹는다.

복잡한 심정으로 파명은 그런 어머니의 모습을 바라보곤 했다. 아무리 말려도 소용없고 심지어 화까지 내는 어머니.

파명이 시조궁에서 지낼 때면 거의 끼니를 건너뛰거나 그저 물 말아들이마시며 먹는 것에 도통 신경을 안 쓰다가 파명이 오는 날이면 저렇게 아들이 먹고 남은 음식을 먹는다. 만족스럽고도 행복한 얼굴로.

남은 음식으로 끼니를 챙기는데 밖에서 누군가 부른다. 입을 닦으며 고개를 내미는 소하의 눈에 엉거주춤 서 있는 가실이 보인다. 급히 나가 맞는다.

"어쩐 일이시오?"

"저녁 묵고 있었는가?"

가실이 파명 있는 방을 힐끔대며 묻는다. 인기척에 파명이 방문을 열고 내다본다. 급히 나와 인사를 한다.

"오야, 얼굴이 훤하니 보기 좋다."

얼굴 가득 미소를 지으며 파명을 바라본다. 방으로 안내하는 소하를 가실은 부엌으로 밀고 들어선다. 뭔가 긴히 할 말이 있는 분위기다. 소하와 마주 보고 앉았지만 머뭇대며 가실은 막상 쉬이 말을 꺼내지 못한다.

"내가 참말 어렵게 생각 끝에 왔네. 그냥 말이라도 해보는 기 후회가 안 될 것 같아서…"

무슨 말인지 짐작이 간다. 그러나 소하는 가실이 말문을 열도록 기다려준다.

"참말 딸년 하나 있는 기 웬수가 따로 없다. 사람 맴이 억지로 되는 기 아니라 그러기도 하겠지만 도대체가 억지만 부려대니. 어미 심정으로 이리 왔다. 지 아부지 알믄 난리가 날기다만은. 파명이 말이다… 안 되겠제? 아령이 그년이 파명이 아니믄 안 되겠다고 죽자고 저러는디, 어쩔라고 저러는가 모르겠다."

소하는 고개를 끄덕이며 가실의 말에 수긍한다.

"지사 뭐 아령이라면 더할 나위가 없지요. 안 그래도 파명이한테 몇 번 운은 떼봤지만 고놈아가 워낙에 무뚝뚝하고 아직은 혼인 생각이 전혀 없어서 말이 안 먹히더만요. 아무리 아들이어도 그리 나오니 지도 어려워 뭐라 할 말이 없소."

"그래, 그렇지? 본인이 맘이 없다는데 뭐라 하겠는가? 내 알지만 그래도 주책스럽게 이리 와봤네. 크게 신경 쓰지 마소."

괜한 짓을 했다 자책하는 마음으로 돌아가는 가실의 뒷모습을 보는 소하의 마음이 착잡하다.

내일이면 다시 돌아가야 하는 파명은 어머니의 방으로 베개를 들고 들어간다. 아쉬워하며 늦게까지 아들의 이부자리를 봐준다는 이유로 미적미적 조금이라도 함께 있으려 하는 어머니의 마음을 알기에 오늘 밤은 아예 같이 자기로 결심한다.

나란히 누운 모자는 한동안 말이 없다.

"거기 어르신들은 잘들 해주시나?"

"네."

"먹는 것도 잘 먹제?"

"네."

"대제가 끝날 때까지 한동안은 이제 못 오제?"

"네."

"한밤중에 뭔 놈의 뻐꾸기는 이리도 구슬프게 울어대는가 모르겠다."

"네."

어미의 말에 파명은 그저 같은 대답만 한다. 가실이 왜 왔는가는 묻지 않고 소하도 말하지 않는다.

해마다 서라벌은 수많은 제사가 전국적으로 행해졌다.

중요한 제사로는 명활성 남쪽 웅살곡, 8신에게 드리는 제사가 열리는 신성북문, 전국 산원에서는 선농신에게 견수곡문에서는 풍백에게, 탁저에서는 우사에게, 본치유촌에서 영성에게 올리는 것들이 있었다. 이외에도 사성문제, 부정에, 일월제, 오성제, 기우제, 등이 앞서거니 뒤서거니 모든 산천에서 열렸으니 가히 서라벌은 신들의 나라였다.

그중에서도 시조사당에서 열리는 대제는 그 규모가 다른 것들과는 비교가 되지 않을 정도로 광대했으며 참여하는 사람들 또한 왕을 제외한 대부분의 귀문들과 멀리서라도 이것을 구경하려는 백성들까지 모여들어 인산인해를 이루는 제사였다.

본시 시조에 대한 제사에 왕의 참여는 필수였다. 그러나 나을에 김씨 왕들의 시조를 모신 신궁이 세워지고 난 후, 왕실의 존엄성과 왕위의 초월과 왕권의 강화를 위해 점차 나을 신궁이 중요하게 여겨졌고 더욱 신성시되었다. 이것은 왕과 연계되거나 그에 의해 등용된 신료들의 지지를 받으며 형식적으로나마 시조궁의 제사에 왕이 행차하던 관례마저도 깨버렸다. 예전 같으면 상상도 못할 일들이 세월의 흐름과 변화에 의해 일어나고 있었다.

그러나 백성들에게 시조신은 여전히 숭앙되었으며 절대적이었다. 일부 박씨 세력 역시 만만찮아, 아직은 나을 신궁과 더불어 시조묘는 서라벌 최고의 신성한 장소였다. 게다가 시조묘 한컨에 마련된 포석사는 역대 화랑들의 신상이 모셔졌으며 왕실 가족들의 길례가 행해지기도 했다. 이는 시조가 세운 서라벌의 특별한 후손으로서 더욱 정당성을 얻을 수 있는 것으로 그 장소가 주는 의미는 막강했다.

이른 새벽부터 떠날 준비를 하는 파명에게 소하는 떡 보따리를 안긴다.

"쉬엄쉬엄 쉬다 가며 먹어라. 조반을 먹고 가믄 좋겠구만 워낙에 바쁜 길이라…."

못내 아쉬워하며 소하는 말끝을 흐린다. 그렇게 사립문을 나서 한참이나 아들을 따른다. 그만 들어가라는 파명의 말에 알겠다고 대답만 할 뿐 소하는 돌아설 기미가 없다. 나는 걱정하지 마라 같은 말을 되풀이하며 아들과 조금이라도 더 같이 있고 싶어 소하는 작은 보폭을 옮긴다.

걸어 걸어 마을의 중심인 우물까지 왔을 때, 우물지기 '귀바우'가 마침 우물 출입문을 열며 파명에게 인사를 한다.

서라벌에서 우물은 매우 중요한 곳으로 취급되어 마을마다 우물 주위로 보호막을 설치했으며 우물지기를 두고 일정한 시간이 되면 출입을 막아 우물이 더럽혀지는 걸 방지했다. 시조 역시 나정 우물에서 탄생한바, 단순히 사람들에게 식수를 제공하는 것 이상의 의미가 있었다. 하늘과 사람을 잇는 공간이요, 해와 달을 상징하는 성스러운 곳으로 마을을 지키는 신이 거주하는 곳이라 여겼다.

"지금 가나? 조심히 가그라. 어무이가 많이 서운하시겠소."

우물 옆 오두막에서 혼자 사는 나이 서른의 총각 귀바우는, 검은 피부에 곰 같은 덩치, 곰보투성이인 얼굴이지만 서글서글한 눈매며 정겨운 말투가 이를 상쇄했고 무엇보다 자신의 직책에 대한 책임과 사명감, 자랑스러워하는 마음이 대단했다.

"네, 성도 수고가 많습니다."

"서운한 거야 말해 뭐하겠냐만서도, 중요한 일을 하러 가는데 어미가 방해하믄 안 되제. 괜찮다. 나야 뭐."

따지고 보면 소하와 몇 살 차이도 안 나건만 귀바우는 꼬박꼬박 어무이라 부르며 깍듯이 어른 대접을 한다.

"파명이는 볼 때마다 인물이 더 좋아지구마."

어제 그제 우물에서 파명을 만날 때마다 하던 말을 또 하는 귀바우에게 소하는 만족스런 미소를 보낸다.

"귀바우야 니도 사내답고 잘난 인물이다. 니 혼자 저 집에서 나오는 걸 보니 을씨년스럽고 맘이 안 좋다. 니도 올해는 짝 만나 따숩게 겨울을 나야 하지 않겠나?"

아들 인물 칭찬을 하는 데야 소하도 가만있을 수만은 없어 한마디 한다.

"이 인물 좋다 할 사람이 있어야 말이지러. 내가 파명이 절반만 해도 소원이 없겠습니다."

소탈하게 웃으며 귀바우가 슬쩍 파명을 쳐다본다. 쓸데없이 시간이 지체되자 파명은 어머니에게 여기서 작별하자며 대화를 자른다.

"아이고 갈 길 바쁜 사람 두고 내가 뭔 짓인가 모르겠네. 그래, 내가 더 방해를 하믄 안 되제. 그만 가그라."

마지못해 소하가 파명의 등을 민다. 성큼성큼 멀어지는 아들의 뒷모습을 보며 소하는 결국 눈물을 훔친다. 마을을 둘러싼 방풍림을 지나도록 한 번도 뒤돌아보지 않고 그렇게 파명은 시야에서 사라진다. 한 번은 돌아볼 법도 한데, 마음 한구석 서운함을 느끼며 한없이 서 있는다.

사방은 어느덧 완연히 환해졌고, 멈춰있던 마을이 서서히 움직이기 시작한다.

물을 긷기 위해 몇 명의 사람들이 우물로 온다. 그중에는 아령도 보인다. 소하를 보고 이미 파명이 떠난 걸 짐작했지만, 별말 없이 퉁퉁 부은 얼굴로 그저 조용히 도르레를 내려 나무 두레박 가득 물을 푼다. 물바가지 들어 올리는 것을 귀바우가 돕는다. 내쳐 독에 부어주기까지 한다. 하는 대로 내버려 두는 아령.

"어디 아프나? 얼굴이 말이 아니다."

걱정스럽게 귀바우가 묻지만 아령은 묵묵부답이다. 소하는 짐작되는 바가 있어 아령의 시선을 피하며 집으로 향한다.

"곧 쓰러질 것 같구만 물독을 이고 집까지 갈 수나 있겠나?"

귀바우는 물독을 번쩍 들어 올린다. 채 아령이 말릴 새도 없이 앞장서 걷는다. 어처구니없이 귀바우를 쳐다보던 아령은 포기한 듯 귀찮단 표정으로 그냥 뒤를 따른다. 집에 다다르자 비로소 아령은 귀바우에게서 물독을 뺏는다.

"아부지 알믄 또 난리 사달이 난다. 그거 이리 줘."

아령의 머리 위로 물독을 올려주는 귀바우의 얼굴이 걱정으로 가득하다. 마치 물독과 함께 그대로 아령이 땅속으로 꺼져버릴 것 같은 위태함이 느껴진다.

쌩, 하니 집으로 들어가는 아령에게서는 고마움은커녕 찬바람까지 인다. 가슴이 아파온다. 귀바우는 말로 형언할 수 없는 쓸쓸함과 아픔에 한숨을 내쉰다. 답답하다. 화도 난다. 무거운 마음을 안고 우물로 가는 귀바우의 뒤로 가실이 아령의 등짝을 때리며 타박한다.

사람의 마음이라는 기 참말로 얄궂다. 내가 어째 이러는가? 이라믄 안 되는 긴데.

아령을 바래다주고, 아침을 지을 물을 길어 한가득 독에 퍼 담은 후 귀바우는 쪼그리고 앉아 일렁이는 독 안을 쳐다본다. 못난 얼굴이 일렁임에 따라 더욱 일그러진다.

"참말로 못났구나. 어째 이리도 못났으까. 얼굴도 모르는 어무이 아부지가 이리 원망스러울 수가 없다. 내 잘못은 없다. 내가 뭘 어쩔 수 있단 말인가?"

다리가 저리도록 그리 쪼그리고 앉아 귀바우는 끝없이 중얼댄다. 마을 전체에서 조반 짓는 연기가 피어오르지만 귀바우의 집만은 차갑고 스산한 어둠 그대로다. 뒤늦게 누군가의 집에서 닭이 운다. 소리로 봐서는 아침부터 닭을 잡는가 보다.

유노의 아버지 '걸중'은 금관가야 왕족의 핏줄인 '문화'의 수레를 몰며 말을 관리하고 호위까지 맡던 자. 자신의 말을 관리하던 걸중에게 문노의 아버지 '비조부'는 부인의 호위를 맡겼다. 가장 믿을만한 자에게 부인의 안전을 맡긴 것이다.

30대 중반의 나이로 문화가 유노를 낳고 숨을 거둔 후, 비조부공과 몇몇 사람들은 세인의 질타를 받지 않는 관습적인 선에서 망자를 위한다는 명목과 함께 눈엣가시 같은 존재 걸중까지 없앨 방도를 마련했다. 곧, 걸중을 문화와 함께 묻는 순장을 결정한 것이다.

이미 오래전 왕령으로 순장은 공식적으로 없어졌지만 아직도 사사로이 행해졌고, 특히 지금은 사라진 나라 금관가야 왕족의 후손들에게는 당연한 장례 절차였다.

이때 10대 후반이었던 비조부공의 장자 문노가 그 불가함을 주장하며 문화의 장례는 미뤄지고 있었다. 완강하게 버티는 문노에게 비조부공은 절충안을 제시했다. 말이 좋아 절충안이지 그건 거의 일방적인 협박이었다.

말인즉슨, 만일 문노가 고집을 버리지 않는다면 갓 태어난 유노를 비롯해 평소 낭주를 모시던 시종들까지 순장을 시키겠다는 것. 한 명으로 끝낼 것인지 여러 명으로 할 것인지.

문노로서는 선택의 여지가 없었다. 갑론을박이 진행되는 와중에도 정작 함께 묻힐 걸중에 대해서는 아무도 관심이 없었다. 순장 당할 미천한 존재의 의사 따위는 애초에 별 상관이 없는 것이었다. 오히려 모시던 상전과 함께 묻히는 것을 영광으로 여겨야 하지 않겠는가.

유모의 젖을 양껏 빨고 새근새근 잠든 아들을 바라보며 걸중은 가슴이 미어졌다.

천대받을 운명. 태어남 자체로 죄인인 운명. 그럼에도 천지사방 울타리 하나 없을 운명. 어쩌면 머지않아 누군가의 손에 쥐도새도 모르게 참혹히 살해될 운명. 차라리 지금 죽느니만 못하다.

"가자…"

걸중은 굳은 결심을 했다.

이를 악물고 굵은 눈물을 떨어뜨리며 아이가 덮고 있는 이불을 끌어당겼다. 손이 떨렸다. 평생 검을 쥐던 손이 이불을 잡으며 떨었다. 아이의 얼굴을 보지 않으려 고개를 돌린 채 걸중은 이불로 아이의 얼굴을 덮었다.

이제 누르기만 하면 된다. 그러기만 하면, 아이도 운명을 벗어나고 나 역시 편히 부인을 뒤따를 수 있다, 망설이지 말자, 모든 게 아이를 위한 것이다…

우레 소리가 들렸다. 하늘이 무너진 것인가. 엄청난 소리에 흠칫 놀란 걸중은 손을 멈추고 돌아봤다. 눈을 부릅뜬 문노가, 단 한 번도 보인 적 없는 험한 표정으로 걸중을 향해 소리쳤다.

문노를 보는 순간 걸중은 그만 철퍼덕 몸에서 힘이 빠지며 그대로 곧추세웠던 한쪽 다리를 눕히고는 바닥에 주저앉았다.

급히 이불을 거두고 아이의 상태를 확인하는 문노. 아이는 여전히 새근대며 잘 잤다. 안도의 한숨을 쉬었다. 걸중 역시 안도하는 숨을 내쉬었다. 아이를 잠시 내려다보던 문노는 걸중 앞에 앉아 덥석 그의 손을 잡았다. 놀란 눈으로 걸중은 문노의 손을 거부하는 몸짓을 취했다. 문노는 더욱 세게 손을 잡았다.

"니가 걱정하는 게 뭔지 안다. 하지만 그런 일 없도록 하겠다. 약속한다. 누구 못지않은 사내로 내가 보살피겠다. '수로' 태조왕의 이름을 걸고 맹세한다."

의외의 말에 걸중은 긴가민가, 문노의 다음 말을 기다렸다.

"어머니의 장례가 치러지기로 결정이 났다. 미안하다 막지 못해서. 비록 네 순장은 막지 못했지만, 이 아이만은 내가 지키겠다. 누가 뭐래도 아이는 내 동복아우다. 그러니…"

문노는 다음 말을 차마 잇지 못했다. 믿을 수 없다는 듯 문노를 쳐다보던 걸중은 이내 고개를 숙였다. 침묵이 흘렀다. 잠시 후 매우 침착한 어조로 말했다.

"공의 말에 저는 아무 걱정 없이 달게 부인을 따릅니다. 참으로 감읍할 따름입니다. 주제넘지만 마지막으로 공께 이 불손한 자가 넘치는 부탁 하나만 하자면, 아이를… 아이의 이름은, 공의 끝 자를 딴 유노로 명명해 주시기를…."

문노는 고개를 끄덕였다. 걸중이 흐릿한 미소를 보였다.

비교적 조용히 행해진 장례에서 걸중은 문화의 관 위에 엎어진 상태로 생매장됐다. 비록 땅속에 묻히지만 우러러 하늘을 보지 말란, 죽어서도 부인을 잘 보필하란, 순장일지언정 반듯한 자세로 고이 묻힐 권리마저 박탈한.

20대 중반의 걸중은 이렇게 생을 마감했다. 감히 신분이 맞지 않은 여자를 사랑한 대가는 참혹했다.

걸중이 지위가 있는 자였다면 문화에게 남편이 있는 것쯤 아무 일도 아닐 수 있었다. 비조부공의 부인이 되기 전, 문화는 '호조' 공의 잉첩이었고 그 와중 사통한 자가 비조부였으니. 서라벌의 혼도와 성이 그러했으나, 비천한 출신의 걸중에겐 용납될 수 없는 일이었다.

오래전, 비조부공의 조모였던 '선혜' 왕비는 시복 '묘심'과 사통했다는 이유로 내침을 당하였다. 게다가 비조부공 역시 문화와 사통을 하여 문노를 낳았고, 이후 문화 역시 그 아랫것과 사통을 한 것이다. 마치 집안의 대물림처럼 이어진 이러한 현상을 비조부는 아들 문노를 위해서 완전히 근절하고 새로운 가풍을 정립하여 가문을 다시 세우고 싶었다. 그러기 위해 누군가의 희생은 불가피했고 본보기가 된 것이 걸중이었다.

문노의 유노에 대한 사랑은 지극했다.

본시 사람됨이 의기가 있고 인자하여 아랫사람을 대함에 있어 내몸 대하듯 하던 바, 다른 이에 대해서도 그러할진대 동복아우인 유노에 대해서는 말해 무엇하리.

격검에 능하고 의기롭고 문장 또한 잘하는 문노의 기상은 수많은 사람들의 동경의 대상이었다. 미실 또한 그 뛰어남을 알아 일부러 불러 봉사란 직책을 주려 했으나, 문노는 거절했다. 미실의 난잡함과 무도함을 평소 못마땅하게 여기고 있었고, 미실과 가까운 설화랑과는 근본적으로 추구함과 나아감이 달라서였다.

설화랑으로서는 부러움의 대상이자 열등감을 부추기는, 거기다 미실의 관심까지 앗아가는 문노가 곱게 보일 리가 없었다. 그는 문노에게 다음 풍월주의 위를 물려줄 생각이 조금도 없었다.

그러나 미실의 부군인 세종 공의 생각은 달랐다. 여러 번 전장에서 공을 세웠으나 전혀 보답을 바라지 않는 문노의 사람됨과 풍모를 오래전부터 사랑하여 늘 가까이 두길 원했고, 심지어 감히 신하로 삼을 수 없다 하며 형이 되어줄 것을 요청할 정도였다. 하여 당연히 설화랑의 뒤를 이어 풍월주의 위를 내려줄 요량이었다. 문노에게 풍월주라는 직위보다 더 어울리는 것은 없다 여긴 탓.

설화랑은 본시 옥적을 잘 불고 사내기물악이란 가야금 곡을 지을 정도로 음악에 뛰어났다. 뿐만 아이라 청유를 즐기며 아름다움을 향유하는 것을 최고의 덕으로 삼았다. 그러나 문노는 무사를 좋아하고 협기를 최고의 덕으로 알았다.

유노는 어릴 적부터 음악에 대한 남다른 감각을 지니고 있었다. 뭐든 한 번 들으면 바로 음률을 이해하고 알았으며, 특히 피리를 불며 많은 시간을 보냈다. 물론 문노의 지도하에 격검을 익혔으나 선천적으로 체력이 약했거니와 사람됨이 싸움과 검술을 싫어해 자연을 즐기며 오직 음악만을 추구했다.

설화랑의 선문에는 음악에 조예가 깊은 자들이 많았다. 화랑뿐만이 아니라 낭도들 역시 춤과 음악 등에 뛰어났는데, 문노는 자신이 부족하여 채어줄 수 없는 유노의 뛰어난 부분과 추구하는 바를 설화랑의 선문에서 얻을 수 있지 않을까 갈등했다. 근본적으로 자신과 유노의 성향은 맞지 않았다.

딱히 이렇다 할 위가 없는 문노의 수하들은 대부분 출신 또한 낮고 가야 유민들이 많은데다 초택에 거하며 오직 문노의 풍모를 사랑하여 모인 자들이었다. 밤낮으로 무예를 익혀 전장에서 공을 세우고 인정받아 위를 높이고자 하는 자들인지라 음악이나 향가 등에 관심도 없었고 그것을 향유할 상황도 되지 못하였다.

이러한 분위기 속에서 유노는 홀로 겉돌기 일쑤였고, 이는 문노가 가장 마음 아프게 생각하는 부분이었다. 그러던 차에 유노와 함께 설화랑을 맞닥뜨린 것이다.

"어떠하더냐, 풍월주는?"

저녁상을 마주하고 문노가 묻는다. 아직 부인을 얻지 않은 문노는, 아버지인 비조부가 세상을 뜬 이후로는 매양 유노와 끼니를 함께했다.

말하는 바를 쉬이 알지 못하겠다는 눈으로 유노는 문노를 쳐다보며 의아한 표정을 짓는다. 유노의 숟가락에 생선살 한 점을 뜯어 올려준 후 문노는 작심한 듯 말을 잇는다.

"알다시피 설화랑의 선문은 우리와 다르지만 뛰어난 부분이 많다. 특히 그 기상이 우아하고 아름다워 너의 성품과 맞지 않을까 한다."

문노가 올려준 생선을 입에 넣고 씹으며 유노는 도통 대구가 없다.

"우직한 사람들 속에서 너의 섬세함이 행여 상처 입거나 무뎌질까 두렵구나."

문노의 뜻을 모를 리 없는 유노는 음식을 다 삼키자 조용히 말한다.

"저는 그저 좋아서 피리를 불뿐, 이상 무엇이 되거나 더한 어떤 걸 원치 않습니다. 오직 저의 마음을 위해 불 뿐입니다. 이러할진대, 아무리 유려한 음악들 사이에 거한다 한들 제 마음이 불편하면 무슨 의미가 있겠습니까? 형님은 과히 걱정 마십시오. 제가 그리 곡을 연주하고 늘 함께할 수 있는 건 다 형님 아래 있기 때문입니다. 만일 다른 곳에 거하게 된다면 저의 귀는 즐거울지라도 마음은 종시 불편하여 더는 제 입으로 가락을 연주할 수 없게 될 것입니다. 이 점, 형님이 알아주셨으면 합니다. 때문에 차후 그에 대한 어떠한 걱정도 저를 위하신다면 하지 마십시오. 저는 지금 이대로가 좋습니다."

유노의 말에 문노는 감읍한다. 아직 어리게만 봤던, 늘 돌봐주고 자신이 나서서 앞길을 열어주고 보살펴줘야만 한다는 생각을 했던 아우가 이리 확고한 생각을 가지고 표현할 거라고는 기대하지 않았다.

"이런, 이 형의 생각이 짧았구나. 네 이렇게나 깊이 생각하거늘. 오히려 내가 부끄럽다. 오직 내 판단으로 널 위한다 여기는 것이 전부라 생각하다니."

형제는 함께 저녁을 먹은 후, 차를 마셨고 이 자리에서 유노는 오직 형을 위해 피리를 분다. 다른 사람 앞에서는 절대 피리를 부는 법이 없는 유노가 문노 앞에서만은 자주 연주를 했다.

단아하고 정갈한 자세로 피리를 부는 유노의 자태와 울려 퍼지는 소리가 흡사 선계의 것인 양하여 문노는 내내 황홀감에 휩싸인다.

희고 부드러운 얼굴선, 도톰하고 붉은 입술은 어머니 문화의 모습이다. 크고 기다란 손가락은 비조부의 그것이다. 더하여, 도무지 사람의 입이 부는 대로 저 작은 곳에서 나오는 것이라고는 믿어지지 않을 정도로 소리는 미묘하고 아름다웠다.

세상 어떤 여인보다도 아름답구나…. 나의 아우….

나른한 기분으로 소금 연주를 듣는 문노의 자세는 평소와 달리 흐트러졌고, 마음 또한 따라 풀어지며 이런 생각에 이르자 문노는 자조 어린 미소를 슬쩍 내비친다.

서른이 되도록 여인이라고는 가까이하지 않고 오로지 검술과 협객들과의 우의만을 최고로 여기며 살아왔다. 삿된 생각이 끼어들라치면 스스로 자제하며 마음과 육체를 수련하는 것에 더욱 정진했다.

늘 그의 곁에는 여인 대신 유노가 있었다. 그것만으로도 충분했다. 마음이 없는 오로지 육체만을 바라는 여인에 대한 욕망은 천함이었고, 그것은 절대 문노 자신에게는 용납될 수 없는 일이었다.

숨을 들이쉬고 내쉴 때마다 들썩이는 유노의 어깨가, 어깨를 따라 흘러내리는 검은 머리가, 날렵한 허리가 문노를 자극한다. 손을 내밀어 만져보고 싶다. 저 고혹적인 움직임을 느껴보고 싶다. 자극받고 싶다. 얼굴이 달아오르며 호흡이 가빠진다. 가슴이 뛴다. 자기도 모르는 사이 몸이 꿈틀댄다.

순간 흠칫 놀라며 문노는 자세를 바로잡는다. 아직 유노의 연주는 계속되고 있었지만, 문노는 이쯤에서 주체하지 못하고 방을 나오고 만다.

이게 뭐란 말인가. 이런 저속한 감정은.

화끈대는 얼굴을 느끼며 문노는 혼잣말을 한다. 도저히 믿을 수가 없다. 내가 방금 느낀 게, 움직이던 본능이.

피리 부는 것을 멈추고 가만히 문노가 나간 자리를 바라보던 유노는 차 한 잔을 따라 마신다. 이미 식어버린 차는 차가웠고 문노가 나가며 살짝 열어놓고 나간 문틈으로 들어오는 바람 또한 차가웠다.

유노는 생각한다. 문노의 번민을. 그러나 알고 싶지 않다. 생각은 하되 알고 싶지는 않은 그것. 결코 확실히 알지 못할 것이기에.

한 잔을 비우고 다시 한 잔을 마실 즈음, 유노는 당돌했던 여자애를 생각한다. 모든 세상이 자기 발아래 있고 두려울 것이 없어 보이는, 세상을 다 알아버린 듯 굴지만 실은 아무것도 모르는, 한껏 위엄 있게 말하지만 아직 어린애의 약함을 고스란히 드러내는 눈과 얼굴.

빙그레 미소가 지어진다. 과장되었던 몸짓이, 부족함이 귀엽다.

온통 어렵고 넘치는 진중함과 차가움 속에서 웅크려 살던 유노에게 여자애는 신선한 공기처럼 낯설면서도 호기심을 자극한다. 마음이 풀어지며 새하얀 깃털이 나폴나폴 살포시 가슴 언저리를 맴돈다. 자꾸만 웃음이 난다. 낮에 궁에서 있었던 만남과 상황이 꿈결처럼 야릇하면서도 나른하게 마음을 휘감는다.

풍월주의 딸, 위화랑공의 손이자 이화공의 조카….

모르던 바는 아니나 손을 내밀어 깃털을 잡으려는 순간, 아득한 벽이 보인다.

뜨거운 얼굴과 몸을 추스르지 못한 채 처소로 와 문노는 옷을 다 벗어 던지고 술에 취한 사람마냥 침상에 쓰러진다. 이불에 얼굴을 묻고 억지로 잠을 청한다. 마당의 석등과 창으로 스며드는 달빛이 유난히 밝아 거슬린다.

살풋 잠이 들 무렵, 꿈인 듯 생시인 듯 누군가가 방으로 들어선다. 누구지? 흐릿하던 모습이 점차 또렷해지자 문노는 자리에서 벌떡 일어나 앉는다.

네가 어쩐 일로? 유노가 다가온다. 옆에 앉는다. 그윽한 눈으로 자신을 바라본다. 얼굴이, 자태가 하도 고와 정신이 아찔하다. 진한 향이 풍긴다. 입술을 포갠다. 향이 더욱 강해지며 감각이 예민해진다. 뜨거운 입김이 몸 구석구석에 닿는다. 손 마디마디에 뜨거운 몸이 느껴진다. 무서울 정도로 모든 게 극으로 치닫는다. 죽음의 공포마저 밀려든다.

"아…."

신음이 새어난다. 죽어도 좋을 듯하다. 차라리 이대로 죽고 싶다. 이런 세상이 있었구나, 이런 게….

"아, 아, 악!!!"

극으로 다달은 순간, 비명과 함께 문노는 눈을 번쩍 든다. 사방이 고요하다. 발가벗은 온몸이 땀으로 흥건하다. 수치스러움과 자괴감이 몰려든다. 자기혐오가 미칠 듯이 몰려와 견딜 수가 없다.

다음날 이른 아침, 문노는 홀로 비밀히 세종을 찾는다. 한참을 머뭇댄 후 어렵게 말을 꺼낸다.

"공께서 늘 말씀하시던 사내의 사사로운 일신의 성취가 소신 불민하여 이제야 가하다 여겨지니, 늦은 감은 있으나 아직 생각해주시는 바가 있다면 그 뜻을 받을까 합니다."

생각지도 않았던 문노의 말에 세종은 반색한다.

"참으로 듣던 중 반가운 소리오. 연유가 어찌 되었든 그리 생각이 든 것만으로도 더할 나위가 없어 내 그저 흡족할 뿐이오. 힘껏 손써보겠소. 감히 공의 짝으로 걸맞은 이가 있을까 싶지만 하늘이 사람을 내릴 땐 다 분에 맞는 짝도 함께 내리는 터라, 반드시 공이 아름다이 여길 사람이 있을 거라 여기오."

세종의 처소를 나오며 문노는 한없이 우울해진다. 더 이상 자신을 이렇게 방치해서는 안 된다는 절박감과 억지로라도 여인을 찾아야하는 상황이 받아들여지지가 않는다. 스스로에 대한 믿음이 생기지 않는다.

"내가 어찌하여 이 지경이 됐단 말인가, 어쩌다 여기까지…."

기분까지 나빠진다.

세종은 문노가 돌아간 후 급히 미실을 찾는다.

아침부터 무슨 급한 일인가, 의아한 얼굴로 맞는다. 아직 늦잠에서 덜 깬 나른한 표정과 자태를 수습하며 세종을 안쪽으로 안내한다.

부부가 아침을 같은 장소에서 맞이한 게 언제던가? 벌어진 앞섶을 여미며 우아하게 세종 앞에 앉는 미실의 자태는 고혹적이다. 살짝 드러나는 속살도 여전히 희고 곱다. 그러나 그러한 것들은 더 이상 세종의 눈에 들어오지 않는다.

한때는 세상을 다 줄 정도로 사랑했던 여인. 가진 걸 다 버려도 아깝지 않을 여인. 가지지 못한다면 차라리 죽는 것이 더 낫다 여겨졌던 지난 시절. 딱히 어떤 계기가 있었던 것도 아니었다. 그저 시간과 함께 마음이 희미해져 갔을 뿐. 그렇다고 다른 여인을 마음에 품은 것도 미실이 싫어진 것도 아니다.

"문노 공 말이오…"

앉자마자 세종은 문노 이야기부터 꺼낸다. 미실은 실망한다. 마음 한구석 설마 하는 생각도 없지 않았건만, 기껏 신하 한 사람을 언급하려 아침부터 처소까지 찾아왔단 말인가. 그러나 조금의 드러냄도 없이 온화한 미소로 미실은 세종의 말을 경청하며 다음 말을 기다린다.

"적당한 짝을 지어줄까 합니다. 아무래도 문노 공이 사고무친인지라 혼자 찾기는 힘들 테고…. 아까 공이 직접 찾아와 힘들게 부탁하더이다. 하여, 나보다는 궁주가 이런 쪽으로는 더 나을 듯해 상의 드리러 왔소."

자신을 못마땅히 여기며 내리는 벼슬까지 물리치는 자가 썩 고울 리 없었지만, 근본적으로 문노의 사람됨과 특출남만큼은 인정하는지라 미실은 세종의 말을 긍정적으로 받는다.

"참으로 기쁘시겠습니다. 늘 문노 공이 혼자인 걸 마음에 걸려 하셨는데 먼저 직접 부탁을 하다니요. 그렇지요. 세상 어떤 남정네도 여인 없이는 완성되지 못하고 바로 서기 힘들지요. 힘써 찾아보겠습니다."

미실의 대답이 끝나자 조금의 지체함도 없이 세종은 돌아가 버린다. 찬바람이 이는 뒷모습을 무표정하게 바라보던 미실은 혼잣말을 한다.

"흠. 공께서 아끼는 문노가 머지않아 제 사람이 되겠습니다. 사내란 다 똑같더이다. 여인에 의해 이리저리 휘둘리고 잘만 길들이면 어떤 충견보다도 말을 잘 들으니까요. 그 고고하고 신선인 양 하던 문노는 과연 어떨지 기대됩니다."

'윤궁'은 미실과는 종형제고 본시 진흥왕의 아들인 '동륜'태자의 비였으나, 그가 개에게 물려 세상을 뜬 후 홀로 딸 '윤실' 하나만을 키우며 지내고 있었다.

전부터 미실은 윤궁을 문노의 짝으로 생각하고 있었다. 그러나 그러기엔 문노의 위가 윤궁에 비해 낮은 것도 흠이었고, 무엇보다 문노가 미실을 싫어하는 데다 종시 여자에 관심이 없어 보여 그냥 묻어두고 있던 차였다.

문노는 일단 내 사람으로 만들면 여러모로 쓸모가 많은 자였다.

딱히 이렇다 할 위가 있는 건 아니었으나, 가야 왕실의 후손일 뿐만 아니라 가야의 상징이자 정신으로 추앙받고 있다는 점, 수많은 서라벌인들의 존경을 받는다는 점, 전장에서 또한 공이 많다는 점, 무엇보다 그 인품을 왕실과 거문대족들 역시 인정하며 높이 쳐준다는 것.

그러나 제아무리 거문대족이라도 쉽사리 수하에 두기 어려운, 자신 또한 유일하게 마음에 두었으나 자기편으로 끌어들이지 못한 사람인지라 미실은 만족스런 미소를 짓는다.

윤궁은 미실의 부름을 받고 궁으로 들어온다. 동륜이 죽은 후 대궁을 나가 사량궁에 거하던 윤궁으로서는 실로 오랜만의 대궁 나들이다. 윤궁은 마치 낯선 곳을 들어서는 듯한 기분으로 궁문을 지난다.

미실은 윤궁을 사뭇 아꼈다. 무엇보다 단아하고 바른 품성, 그럼에도 자신과 다른 미실에게 반감이나 못마땅함을 갖지 않고 인정해주는 아량과 그릇이 여인의 치마폭 속에 갇혀 살기엔 아까운 존재라 여기며 늘 탄식했다.

미실에게 살포시 엎드리며 인사를 드리는 윤궁을 자세히 뜯어보던 미실은 조금 이맛살을 찌푸린다. 기대에 미치지 못한 모습이다. 불과 달포 전, 사량궁을 직접 찾았을 때만 해도 비록 홀로 돼 아이나 키우는 과부지만 싱그럽고 어여뻤다. 그런데 그사이 그녀는 이런 모습은 찾을 수가 없을 정도로 찌들려 있었다.

"어허, 네 아랫것들은 대체 수발을 어찌 드는 것이야? 왜 이리 상한 게냐? 얼굴을 마주하기 민망할 지경이구나."

미실의 반응을 예상했음인지 윤궁은 여유롭게 수궁의 미소를 짓는다.

"부군을 여의고 혼자 아이를 키우는 과처의 모습이 이만하면 가하지 뭘 더 바라겠습니까?"

"네 아직 젊고 왕실의 여인으로서의 위가 있거늘 어찌 그리되도록 내버리고 관심을 두지 않는 것이냐? 이리 황망할 데가."

"그런데 어찌 부르셨는지요?"

그만 말을 자르는 윤궁을 찌증스런 표정으로 보던 미실은 이내 목소리를 가다듬고는 진중하게 말을 꺼낸다.

"네 문노 공을 아느냐?"

"문노 공이라 하면, 비조부 공의 자제이자 얼마 전 야설국을 정벌하는데 공을 세운 바 있는 자 아닙니까?"

"그러하다. 아직 위가 높지는 않지만 그 사람됨이나 명성은 너도 익히 들어 알 것이다. 하여, 내 너와 문노 공을 맺어줄 요량이다. 그와 같은 자를 놓치는 우를 범하지 않길 바랄 뿐이다."

윤궁이 홀로 지내는 동안 미실은 그녀에게 혼인에 대한 말을 꺼낸 적이 없었다. 오히려 윤궁에게 다른 소문이 날까 주변을 단속시키며 보호했다. 어린 시절부터 자신과는 사뭇 달랐던 아우를 미실은 일면 자랑스러워했기에 세간의 입에 사사로이 오르내리며 맑음이 더럽혀지길 원하지 않았다.

미실의 말은 거의 강압이다. 이쯤 되면 거절이란 있을 수 없다.

문노라면 윤궁도 두어 번 지나치듯 본 적이 있었다. 신궁의 제례 때 세종을 보필하며 참석한 모습, 동륜이 죽었을 때 세종과 함께 있던 모습, 이게 다였다.

강직한 인상의 다부진 체격, 그동안 봐왔던 서라벌의 사내들과는 조금은 다른 느낌의 사람. 윤궁은 이를 그가 가야 출신이기 때문이라 여겼다.

뭐랄까, 조금도 파고들어갈 구석이 없어 보이는, 앞뒤 꽉 막힌 사람이랄까? 여인은커녕 술과 음악 인간이 즐길 수 있는 모든 것을 다 멀리하고 오로지 창검과 책만을 가까이하며, 세속에서 살지만 홀로 산간에서 수도하며 사는 사람 같은. 어떤 것에도 조금의 흔들림도 없을 듯한. 감정 없이 오직 이성만이 가득한.

어떤 식으로든 문노의 인상은 강했다. 호기심은 있었으나 관심은 없었다. 위 또한 자신과는 맞지 않았기에 전혀 생각조차 해본 적 없는 사람을 미실은 말하고 있는 것이다.

"그렇게까지 말씀하시는 데는 다 이유가 있을 터, 저는 그저 따를 뿐입니다."

"역시 너구나. 넌 늘 그래왔지."

만족스러워하며 미실은 시종에게 물건을 들이라 명한다. 아무 장식이 없는 붉은 나무함이 윤궁 앞에 놓인다. 희고 도톰한 미실의 손이 함을 열자 진한 향이 풍긴다. 뚜껑이 달린 작은 옥그릇과 비단 보자기, 익히 윤궁에게도 낯익은 화장도구가 빼곡하다.

"보름 후 너와 문노가 만날 자리를 마련하겠다. 그때까지 이것들로 정갈하게 가꾸도록 하여라. 옥그릇 속에 든 건 꽃잎과 약초들을 가루로 빻은 것이니 이것을 이 옆 화장수와 섞어 매일 바르고, 보자기 속의 것을 목욕물에 타서 몸을 가꾸거라. 쯧쯧, 사내 없이 홀로 아이만 바라보고 살아 꼴이 말이 아니다만, 네 근본은 빼어나니 보름 정도만 내가 준 것들로 가꾸면 예전의 자색을 회복할 거라 여긴다."

말없이 함을 받아드는 윤궁에게 미실은 다시 일침을 놓는다.

"어렵게 성사한 자리니 날 무색하게 만들지 말거라."

누군들 무슨 상관이랴. 어차피 동륜은 이 세상 사람이 아니니 그가 아니라면 다 같은 것을.

"문노 공의 위가 문제라면 그건 내 너의 위신이 깎이지 않도록 잘 처리하마. 머지않아 설화랑을 이을 자가 결정될 터인데 내 이미 준비한 바가 있느니."

일어서는 윤궁에게 미실은 다짐을 둔다.

어린 시절부터 바라봐온 단 한 사람. 늘 혼자만의 바라봄이었지만 존재 자체로 행복을 주던 사람. 항상 다른 여인을 바라보는 사람이었지만 단 한 번의 원망도 하지 않았고, 이제는 동류을 보듯 윤실만을 바라보며 살아가는 윤궁. 소망이 있다면, 전생과 현생을 함께했던 동류과 다음 생까지 함께하게 되길 바랄 뿐.

사람의 감정이란 알 수가 없고 가볍기가 깃털과 같으니. 작은 입김에도 이리저리 흩날려 쉽사리 잡히지도 않는바. 오랜 시간 한 사람을 가슴에 품었던 무거움이 자그마한 깃털이 되어 어디론가 사라져버리는 건 순간이었다.

미실의 궁에서 마주한 문노는 윤궁의 기억 속 사람이 아니었다.

동류에 대한 마음은 무조건적인 것이었다. 티끌 따위 있을 수 없는 맑고 청아한 것이었다. 그저 그라는 존재 자체가 내 자신이었다. 그냥 그게 전부였다.

갖고 싶어지는 사람. 만지고 싶어지는 사람. 여자이고 싶어지게 만드는 사람. 문노와 눈이 마주치는 순간 윤궁은 지금껏 스스로 추악한 감정이라 여겼던 욕망에 휩싸인다. 생소한 감정에 가슴이 뛴다. 그에게서 풍기는 사내 내음이, 굵은 목소리가, 남자다운 몸이 그러했다.

찻잔을 들어 올리는 굳은살이 박힌 문노의 커다란 손이 미세하게 떨린다. 긴장한 듯 크게 숨을 들이키는 넓은 가슴을 힐끔 쳐다보는 윤궁의 마음에 이미 동류은 없다. 문노의 행동 하나하나에 온 신경을 집중하며 그에게 비춰질 자신의 모습에 최선을 다한다.

윤궁을 야릇한 미소를 지으며 관찰하던 미실은 두 사람만 남겨둔 채 자리를 비워준다.

"윤궁의 표정이 밝지 않은 걸 보니 아무래도 문노 공이 맘에 차지 않는 모양입니다."

미실에 끌려 나오다시피 하던 세종이 못내 아쉬워하는 표정으로 걱정한다.

"그리 보셨습니까?"

느긋한 목소리로 미실이 대꾸한다. 주변인들을 다 물린 후 한동안 아무도 두 사람 근처에 다가가지 않도록 명한다. 의아하게 세종이 미실을 쳐다본다.

"내 아우가 드디어 음이 양을 갈구하는 욕구를 알게 되니 실로 문노 공의 공이 큽니다. 우리는 조금의 틈만 만들어줄 뿐, 알아서 봇물이 터질 터이니 이제는 기다림이 가하다 여겨집니다. 이리도 쉽게 진행될 줄 미처 몰랐는데, 아우도 우리 핏줄이요, 여자는 여자인가 봅니다. 또한 인연은 따로 있나 싶기도 합니다그려. 사람의 일은 한 치 앞을 모른다더니. 오랜만에 저와 후원을 거닐지 않으시렵니까? 꽃들이 만개해 참으로 정신이 산란할 정도로 향이 지극합니다."

남겨진 두 사람 사이엔 묘한 기류가 감돈다. 어색해하는 문노와는 달리 윤궁은 다소 편안한 몸짓으로 차를 마시며 찬찬히 문노를 살핀다. 자신의 몸 구석구석을 살피는 윤궁의 눈을 느끼자 문노는 눈에 띄게 긴장한다.

문노의 순진함에 윤궁은 더욱 마음이 흔들린다.

"공의 드높음에 많이 미치지 못하지만, 조금의 가당함이라도 공의 마음에 있다면 저는 그저 감읍하며 받들 생각입니다."

당돌할 만큼 직선적인 윤궁의 말에 그만 들이키던 차가 목에 걸려 문노는 연달아 기침을 해댄다. 눈이 벌게지며 눈물까지 찔끔댄다.

놀라 문노의 팔을 잡던 윤궁은 웃음을 참지 못한다. 사내가 이리 귀여울 수도 있구나. 웃어대는 자기를 그렁대는 눈으로 쳐다보는 문노의 입술에 손가락을 갖다 댄다. 그 손 그대로 얼굴을 닿을 듯 말 듯 훑는다.

움찔했지만 문노는 거부하지 않는다. 그냥 윤궁이 하는 대로 내버려 둔다.

단아하고 아름다운 여인이다. 기품이 넘치는. 이런 여인이 저 섬섬옥수로 내 얼굴을 만진다. 이 여인이라면 그만 타협할 수 있을 것 같다. 극한 자기혐오에 미칠 것 같은 이 감정을 없애줄 수 있을 듯하다.

얼굴을 스치는 윤궁의 손을 문노는 한 손으로 가만히 쥔다. 다른 손이 윤궁의 어깨 언저리에서 흔들린다.

평생 여자를 모르던 몸과 수년 동안 남자를 모르던 몸은 순식간에 달아오른다.

그저 남자에게 지배당하고 남자가 움직이는 대로 따르기만 하는 것으로 충분했던 윤궁은 능동적으로 문노를 이끈다. 자신의 몸 아래에 누워 움직이는 대로 시시각각 반응하며 변하는 문노의 얼굴을 보며 윤궁은 극한 쾌감을 느낀다. 마음껏 취하고 마음껏 느끼고 마음껏 움직인다.

다음 풍월주의 위는 이날 문노로 확정된다. 이는 미실의 강한 뜻으로 설화랑의 뜻과는 별개였다.

설화랑의 어머니는 '금진'이다. 그녀는 초대 풍월주 '위화랑' 공의 딸이자 '준화' 낭주와는 이복자매다. 사사롭게는 이모가 되는 준화 낭주와 설화랑의 혼인은 순전히 정략적인 것이었다. 3대 풍월주 '모랑'의 과처이자 4대 풍월주 '이화랑'의 동생인 준화는 또한 비처왕의 외손녀이기도 했다. 비천한 할아버지, 유화 출신인 할머니를 둔 설화랑에게 준화는 위를 높여줄 가장 큰 무기였다.

준화와 혼인하기 전 설화랑은 이미 미실이 내린 여인에게서 세 명의 아들과 여섯 명의 딸을 두고 있었으나, 준화와 혼인을 한 동시에 그들을 내보내고 준화를 정궁부인으로 삼았다.

모랑 공을 잊지 못하는 준화와 미실을 사랑하는 설화랑의 결합은 두 사람 모두 행복하지 못한 것이었다. 소 닭 보듯 하는 생활이 어어지는 와중에도 설화랑의 준화에 대한 예는 깍듯했다. 정치적 동반자이자 꼭 필요한 존재에 대한 최소한의 예였다. 이것은 선을 넘지 않는 정중함이요 냉정한 존중으로 여인을 대하는 바와는 본질적으로 다른 것이어 부부의 정이나 남녀의 애틋함 같은 건 없었다.

정금을 낳고 바로 준화가 세상을 떠날 때, 처음이자 마지막으로 설화랑은 진심을 담아 준화의 손을 잡고 그녀의 마지막에 눈물을 쏟았다. 그러나 어찌 보면 이 역시 연장자이자 이모에 대한 예일 뿐.

정금은, 준화도 그렇다고 설화랑도 닮지 않았다. 희한하게도 미실의 어릴 적 모습을 그대로 닮아 있어 누구보다 설화랑은 정금을 아끼고 기대도 컸다. 특히 신모의 태몽은 그 남다름을 더해주는 길몽이었다.

설화랑의 커다란 그림은 장차 이 아이를 서라벌의 신모, 왕이 될 아이를 낳는 사람, 즉 왕비로 만드는 것이었다. 위화랑의 손이자, 성스런 신모의 현신인 자신의 딸은 자격이 충분한 것이다. 그러기 위해서는 누구보다 '무오'가 필요했다.

무오랑은 당시 진흥왕의 둘째 아들이었던 '금륜'과 '도화녀'의 아들이다.

도화녀는 김씨 왕들의 시조를 모신 나을 신궁의 신녀였다. 귀기 서린 묘한 미모로 금륜의 마음을 뺏고 많은 사랑을 받았다. 그녀는 남다른 예지력이 있었는데 귀족들은 남모르게 그녀에게 미래를 묻곤 했으며 공공연히 사적인 주술행위를 시키곤 했다.

신궁의 신녀는 신당에 모셔진 신을 모시며 이에 대한 제사와 왕실의 기복을 위하여만 쓰임을 다하도록 되어 있었다. 그러나 도화녀는 이를 어기고 몇몇 귀족들의 정적 제거를 위한 주술행위와 제를 남모르게 지내주곤 했다.

이는 금륜의 비호하에 이뤄졌는데, 대부분의 저주 주술은 금륜의 정적들에게 해를 가하기 위함이었고, 그중 가장 주요한 인물은 형인 태자 동륜과 그 일당이었다. 이는 금륜이 후일 왕위에서 폐위되는 빌미를 제공했으며, 결정적으로 신궁의 신녀인 도화녀가 사사롭게 왕의 아이까지 낳아 더욱 부채질을 했다. 아무리 성골이라 하더라도 신궁의 여인을 건드릴 수는 없었다.

도화녀의 아들로 태어난 무오는 어머니의 미모와 아버지의 장대한 체격을 그대로 물려받아 빼어났을 뿐 아니라 귀신을 보고 부린다는 소문이 날 정도로 주술적 능력까지 겸비하고 있었다. 타고났다는 말도 있었으나, 무오가 어릴 적 도화녀는 아들을 비밀 교리와 주술을 몰래 설파하는 한 밀교 사찰에 보내 키우게 했는데 이때 얻은 능력이란 게 일반적인 중론이었다.

사람들은 이런 무오를 두려워했고 일면 동경했다. 금륜이 진지왕으로서 왕위에 있은 지 2년 만에 폐위되고 도화녀가 죽임을 당한 후에도 무오는 미실의 비호를 받았고, 궁을 떠나 살고 있었지만 왕족으로서 대우받으며 진지왕의 적자들과 같은 지위와 부를 누렸다.

이는 언제든 그가 왕위를 계승할 자격이 있다는 것을 의미하기도 했으며 남다른 능력과 더불어 많은 이를 수하에 두기에 충분한 상황이 되었다.

사실상, 무오의 아버지 금륜은 미실에 의해 쫓겨난 것이나 다름없었다. 왕자 시절, 그는 미실과 남모르게 정을 통했다. 그리고 왕비로서의 미래를 약속했다. 결국 미실의 도움으로 왕위를 차지했으나 사람의 마음이란 게 간사해 뭔가를 가지면 이전의 약속 따위 대수롭지 않고 쉬이 지켜지기도 힘든 법. 금륜은 나이 든 미실이 더 이상 이성으로도 정치적 동반자로서도 매력이 없어 보였다.

그러나 이는 금륜의 실수였다.

선천적으로 호색한인 금륜에게 미실은 젊고 아름다운 여인들을 공급했다. 물론 여인들은 모두 미실에 의해 교육받은 자들이었다. 그녀들에게 금륜의 정치적 기밀이 누설되었고 미실이 이를 금륜과 측근들을 이간질하는 데 역이용하여 금륜은 곤란을 겪기 일쑤였다.

주위에 득실대는 미실의 측근들을 없애고 자신의 측근들로 채우려던 계획이 오히려 자신의 측근들을 하나둘 없애야 하는 상황으로 치닫고, 동륜을 죽음에 이르게 한 행위까지 드러난 금륜은 사실상 왕으로서의 모든 정당성이 사라졌다. 그럼에도 끝까지 이를 인정하지 못한 채 미실을 여전히 적대하며 모든 것을 자신의 뜻대로 관철시키고자 하는 고집을 꺾지 못했다. 결국 금륜은 쫓겨났고 도화녀는 죽음에 이르렀다.

이렇듯 무오에게 미실은 원수나 마찬가지였으나, 그는 절대 미실과

적이 될 생각이 없었다.

외모가 빼어나고 주술적 능력을 지닌 무오를 미실은 크게 대우해줬다. 아름다움은 최고의 덕목이자 사람을 움직이는 가장 큰 힘이었다. 미실의 기조 중 최고는 아름다움이었으며 비록 그 아비는 자신을 배신했으나 무오는 다른 존재였다. 여러모로 쓸모가 많은.

실제로 진지왕이 폐위된 후, 미실은 궁의 약사마저도 쉬이 병세를 잡지 못하는 병으로 앓아누워 있었다. 어린 소년이었던 무오가 사흘 동안 미실의 처소에 머무르며 이상한 주술행위를 펼쳤고, 딱 사흘째 되는 날 새벽 늙은 여우 한 마리가 궁의 담을 넘어 어디론가 사라진 것을 몇몇이 목격한 뒤로부터 미실의 병세가 차도를 보였다.

이때 미실의 치병을 무오에게 맡긴 이는 설화랑이었다. 밀교의 비기를 동경하던 그는 무오의 재능에 신뢰를 가졌고, 일찌감치 무오와 친분을 유지하며 자신의 사람으로 만들었다. 문제는 미실이었는데 이로 인해 미실로부터도 신뢰를 얻어냈던 것이다.

무오는 보기 드물 정도로 우람한 체격과 관옥 같은 외모로 타고난 무장이자 전형적인 왕족으로서의 풍모를 지니고 있었다.

10대 시절 미실이 짝지어준 여인과 혼인을 하였으나 첫아이를 낳다가 세상을 뜬 후 내내 혼자였다. 일찌감치 설화랑의 선문에 들어가 그와 함께 하며 화랑으로서의 시간을 보냈고 유화들과 즐기기도 했으나, 다른 화랑들처럼 유화들과의 사이에서 후손을 잉태시키지는 않았다. 선택된 고귀한 여인 이외에는 자신의 귀한 핏줄을 이을 수 없다는 신념 때문이었다.

무오는 정금이 어릴 적부터 가족을 제외하고 가장 많이 봐온 사람이었다.

언제였는지 확실히 기억나지 않는 어느 날, 어린 정금은 치마를 벗어 던지고 집 뒤뜰에 있는 석류나무에 올랐다.

꼭대기에 걸려 있는 붉고 탐스런 저 석류, 그걸 기어코 손에 넣고 싶었다. 아랫것에게 따 달라 할 수도 있었으나, 저것만은 제 손으로 쟁취하고 싶었다. 긴 막대기를 휘두르고 온갖 방법을 다 동원해봤지만 도무지 석류는 손에 들어오지 않았다. 더욱 안달이 났다.

결국 마지막 방법을 동원할 수밖에 없었다. 거추장스러운 치마를 벗어 던지고 정금은 나무에 올랐다. 가지를 잡고 발을 걸치고⋯ 처음 해보는 도전이었으나 조금씩 석류에 가까이 다다른다는 쾌감에 잔가지가 몸 여기저기를 찌르고 있다는 것도 모르고 그저 나무에 오르는 것에만 집중했다.

"조금만 더, 조금만⋯."

석류가 손에 잡힐 듯한 곳에 다다랐다 여긴 순간, 그만 약한 가지가 부러지며 정금의 몸은 그대로 추락했다.

눈을 감았다. 세상이 빙글빙글 돌았다. 아무 생각도 들지 않았다. 위험도, 아픔도 느껴지지 않았다. 오히려 포근함마저 들었다. 한참 만에야 정금은 눈을 떴다.

누구? 형형한 검은 눈동자가 빤히 내려다보고 있었다. 나무에서 떨어지는 정금을, 아니 그 전부터 무오는 정금을 지켜보고 있었던 것이다. 그리고 정금이 나무에 오르자 나무 아래에서 만일의 사태를 대비하고 있었다. 결국 추락하던 정금은 무오의 도움으로 안전하게 착지했으나 이후 사태는 걷잡을 수 없는 쪽으로 흘렀다.

무오는 유모 난주와 정금 처소의 모든 아랫것들을 한데 모아 직접 매질을 했다. 상전을 바로 모시지 못하고 그런 위험한 상황이 되도록 내버려뒀다는 게 이유였다. 주인인 설화랑에게조차 매질을 당해본 적 없는 가복들은 크게 술렁였다. 놀라서 말리는 정금에게 무오는 엄격한 얼굴로 말했다.

"낭주, 귀한 몸은 함부로 행동하면 안 되지요. 혼자만의 몸이 아니고 그에 딸린 목숨이 많으니. 낭주의 사사로운 행동 하나에 수많은 벌레 같은 목숨이 사라집니다. 오늘은 일단 경고만 할 것입니다. 허나 차후 같은 일이 벌어질 땐 낭주께선 벌레들이 어떻게 사라지는지 두 눈으로 보시게 될 겁니다."

설화랑은 자신의 집에서 무오에 의해 벌어지는 일에 침묵했다. 오히려 은연중 무오가 하는 행동을 만족하며 바라봤다. 아버지에게 울며 매달렸을 때, 타인인 무오가 하는 행위의 부당함을 부르짖었을 때, 설화랑은 정금의 정해진 운명을 알려줬다.

"언제고 네가 여인이 됐을 때, 넌 무오랑의 사람이 되어 평생을 함께할 것이니 지금부터라도 그의 말에 순응하며 따르는 버릇을 키우거라. 그리고 때가 되면 온 서라벌은 저 사람의 손에 들어갈 터인데 우리 집이야 더 말할 것이 무예냐"

"저는 무오랑을 이해할 수 없습니다. 위험한 상황을 가장 먼저 발견하고 지켜본 이는 오히려 무오랑입니다. 그러나 그는 내가 떨어지도록 보고만 있었습니다. 그래놓고 이제 와서 아랫것들을 매질하며 꾸짖습니다. 이것은 맞지 않는 처사입니다."

정금의 말에 설화랑은 당황한다. 맞는 말이다. 그러나 짐짓 헛기침을 하며,

"무오는 누구보다 너를 잘 알고, 무엇보다 너의 자유를 존중한다. 하여 그리한 것이다. 그러나 아랫것들은 다르다. 그들은 어떠한 상황

에도 상전의 안전을 도모하고 위험을 미리 막아야 함에도 게을리했다. 만일 무오랑이 아니었다면 너는 크게 다쳤을 터다. 그러니 더는 다른 말 말고 더하여 기강까지 잡아주는 무오랑에게 감사를 표해야 할 것이다."

비록 매질에서 홀로 제외되긴 했지만 이후 난주는 단 한시도 정금을 홀로 두지 않았으며, 무오는 집안 아랫것들에 설화랑 못지않은 상전이자 장차 정금의 배필로 대우받으며 정금의 사적인 것에까지 영향력을 행사했다.

늘 자신에게만 미소 띤 얼굴을 보였지만 정금은 무오가 두렵고 무서웠다. 자라면서는 점차 묘한 적개심과 반항심까지 생겨났다. 자신의 의지와 감정과는 별개로 정해지는 것들과 무오가 요구하고 간섭하는 것들 모두. 특히 이 집에서 설화랑의 적녀로서 유일무이했던 자신의 지위와 고유한 권한을 뺏겨버린 듯한 상실감과 억울함.

무오는 침략자이자 약탈자였다. 그로 인해 자행되는 모든 것이 부당했다.

하루하루 정금이 자라는 것을 무오는 지켜봤고, 특별한 날엔 늘 정금을 대동하고 출입하였으며 하나하나 챙기고 간섭했다. 그러나 정금도 호락호락한 편은 아니었으니.

궁에 다녀온 후부터 정금은 유노에 대한 호기심을 떨치기 힘들었다. 그 모습이 비루하다니…. 넘치도록 아름답고 당당한 모습 어디가 비루하단 것인지. 타고남이 그러하다는 것인데. 참으로 견주어지지 않는 기준이로다.

"무오랑께서 오셨습니다. 어서 건너오시랍니다."

가복의 전언에 난주는 즉시 정금의 머리를 손질한다. 얼마 전 무오가 보내온 쪽빛 머리꽂이로 특별히 장식하고 숙고 끝에 옷을 고른다.

난주가 하는 대로 맡기고는 동경도 보지 않고 정금은 아버지와 무오가 담소를 나누고 있는 별택의 후원 정자로 향한다. 늘 그렇듯 짜증과 반항심이 밀려든다.

멀리서 정금의 모습이 나타나자 무오는 시선을 고정하고 정금이 가까이 다가오도록 눈을 떼지 않는다. 볼 때마다 부쩍 자라있는 모습이다. 살굿빛 치맛자락을 끌며 모란꽃 만발한 나무 아래로 걸어오는 정금의 자태가 그림과도 같다. 가슴이 설렌다.

정자에 오른 정금은 흐뭇한 미소를 머금은 무오를 향해 가볍게 목례를 한 후 설화랑의 옆 의자에 앉는다. 지극히 정중하다. 늘 그렇듯 무오는 정금이 마실 차를 따라준다. 이쯤이면 설화랑은 알아서 자리를 비킨다. 정금이 차 한 모금을 마시도록 무오는 아무 말 없이 하는 양을 지켜본다. 쏘듯이-적어도 정금의 눈에 늘 무오의 눈빛은 이렇게 느껴진다. 숨이 막힌다.

찻잔을 놓자마자 정금은 무오의 얼굴을 정면으로 응시한다. 도전적으로 두 눈을 본다. 참으로 마주하기 힘든 눈빛이로다. 입꼬리를 살짝 올린 채 정금의 눈을 받는 무오의 표정은 여유와 의아함이 함께 뒤섞여 묘하게 번득인다.

"낭주께서 오늘 내게 하실 말씀이 남달리 있으신 듯합니다."

빈 정금의 찻잔을 채워주며 슬쩍 무오가 떠본다.

"세상은 날 아직 어리다 합니다. 내 비록 신모님의 형상이라 칭송받지만 아버지의 여식으로서는 한없이 어린아이일 뿐입니다. 그러할진대 랑께서는 늘 저에게 과한 관심을 주시니 일면 이해하기기 힘듭니다."

알 듯 말 듯한 표정으로 자신을 응시하는 무오의 시선이 싫다. 어떤 것으로도 흔들림이 없는 저 표정. 도무지 속을 알 수 없는 저 표정. 마치 다른 이의 속을 다 꿰뚫고는 머리 꼭대기서 조종하듯 바라보는 저 표정.

뭉개버리고 싶다. 자신감 넘치는 얼굴을 저 반듯하게 잘난 얼굴을 여지없이 짓눌러버리고 싶다. 전에 없던 감정이 치솟는다. 그러나 최선을 다해 감정을 숨긴다.

"아버지의 뜻이 제 뜻일 수는 없다는 것을 아셨으면 합니다. 더욱이나 마치 결정된 것처럼 저를 랑의 뜻대로 이끌려 하시니 참으로 견디기가 힘듭니다. 저는 장차 내 어머니가 날 세상에 내놓으신 뜻에 합하여 누구의 여인이 아닌 정금이라는 존귀한 자로 살 작정입니다."

마치 새가 지저귀는 모습이라도 보는 것처럼 무오는 귀엽다는 표정으로 정금이 떠드는 소리에 미소 짓는다. 진지함 없는 그 모습이 더욱 정금의 심기를 자극한다. 귀신을 본다는 매서운 눈과 주술을 읊는다는 입술이 한없이 흐물대며 능청스럽게 변한다.

"독서에 심취해 계신다는 말씀은 많이 들었습니다만, 늘 낭주께서는 내 생각보다 넘치셔서 저를 놀라게 하는구려. 참으로 흐뭇합니다만, 그래서 낭주가 원하시는 바가 무언지 저는 잘 모르겠습니다."

무오의 질문에 정금은 잠시 숨을 고른다. 이 자 봐라….

"난 내가 하고픈 것만 하고 내가 선택한 일만 하고 살 거란 걸 말씀드리는 것입니다. 이것은 사람에 관하여서도 다를 바가 없습니다. 그러니 아버지를 움직여 저에게 뭔가를 강요하지도 바라지도 말아주세요."

"아, 귀하신 낭주를 소신이 어찌 불편하게 만들 수 있겠습니까. 조금이나마 낭주의 마음에 거리낌이 있다면 저는 그 어그러짐을 바로잡기 위해 최선을 다할 작정입니다."

어떤 말을 해도 정금 앞에서 표정이 경직되고 날카로워지는 법이 없다. 늘 잔잔한 어조로 여유가 넘치고 유연하다. 이런 모습이 정금을 더 질리게 한다.

"말씀은 늘 하해와 같아 가히 소녀가 더할 것은 없으나 그 행함을 받는 마음이 늘 불편하니 이 어찌 된 연유인가 합니다."

비꼬는 말이다. 무오가 입술을 깨물 듯 웃는다.

"내 낭주를 생각함이 그대에게 흡족하지 않다하여 없거나 부족한 것이 아님을 알지 못하신다 하여 아쉬움을 품지는 않습니다. 왜냐, 오직 낭주이기에, 낭주에게만 주는 특별함임을 스스로 자인하게 때문이지요. 아직 이것이면 족합니다. 낭주는 그저 그렇게 커가시면 됩니다."

더는 말을 섞기도, 마주하고 싶지도 않다. 이쯤 자리에서 일어선다. 바로 같이 일어서며 무오가 덧붙인다.

"머지않아 시조묘의 대제에 참석해 참배 드릴 요량입니다. 풍월주께서도 낭주와 더불어 오실 터, 그때 뵙도록 하겠습니다. 그대의 모습이 벌써 기대가 됩니다."

유들거리는 말투가 심히 거슬러 답은 없이 형식적인 목례만 하고 정금은 그만 휑하니 자리를 뜬다.

정금이 사라진 후 무오는 홀로 앉아 차를 들이킨다. 후원 못가 연잎 위로 개구리 한 마리가 폴짝대는 모양새를 바라보며 어머니가 탄식하듯 했던 말을 떠올린다.

뭇사람을 사로잡아 모든 마음을 현혹시키지만 어찌하여 단 한 사람의 마음만 못 가지는 운명을 타고 난 것인가. 세상 부귀는 다 가지면서 왜 딱 한 자리만은 가지지 못하는 운명이란 말인가. 아름다움과 남다름을 하찮은 감정으로 소비하지 말거라. 이생에 주어지지 않은 사람을 탐하며 스스로를 망치는 것은 가히 어리석은 자의 행태이다. 그런 건 그저 아침이면 사라지는 이슬보다 덧없는 것이다. 제왕의 운명을 타고난 내 아들아, 바라건대 한없이 냉정하여라. 바닷물보다 더 차가워져라. 그렇게 널 지키거라.

무오는 웃으며 뇌까린다.

"어머니, 감정 따위가 운명이라니요. 수없이 변하는 것을 움직이지 못할 리 없습니다. 또한 세상을 다 가지는데 어찌 단 하나를 못 가지겠습니까. 나는 다 가질 것입니다. 내가 원하고 내게 필요한 모든 것을. 다 이룰 것입니다. 그것이 내 운명입니다. 모든 것을 아시지만 정작 당신 아들의 운명만은 틀리신 겁니다."

해마다 한 번 행해지는 시조묘의 대제는 자잘한 제사와 달리 그 규모가 가장 컸으며 때문에 준비과정 또한 엄격했다. 이 모든 건 천군이 지휘하고 엄격히 관리했다. 실로 천군의 가장 막대한 권한이자 임무가 이것이라 해도 과언이 아니었다.

시조궁 최고의 천군은 남해차차웅의 여동생인 '아로'로부터 맥이 이어져 대대로 여인이 맡았다. 천군의 직을 수행한 지 일정 기간이 지나면 천군은 대제 때 다음 천군을 지명했다. 대체로 기존 천군 아래에서 오랜 시간 보필해온 20대 후반에서 30대 초반의 여천관들 중에서 다음 천군이 선택되는데, 이는 전적으로 천군이 결정하였다.

다음 천군을 지명하기 전, 천군은 백일 동안 기도를 하며 시조의 신탁을 기다린다. 신탁은 주로 꿈을 통해 이뤄지거나 천군에게 시조신이 접신하여 지목하기도 했다. 이렇게 선택되는 다음 천군은 대제 때 수많은 귀족 앞에서 당당히 위임되어 달포 간 기존 천군과 함께 공동 천군의 위를 유지하다 유일무이한 천군의 위에 올랐다.

달포의 공동 통치 기간이 지나면 기존 천군은 살아서의 소임을 다했으므로 이제는 천상으로 가 시조를 모시기 위해 자결을 한다.

천군은 시조궁 내에서만 거주했고 대제나 큰 전쟁 전·후, 가뭄 때 행하는 제사를 주관했다. 이미 시조에게 바쳐진 몸이므로 뭇 남자들과는 거의 접촉하지 않았다. 천군을 호위하는 이도 여성 천관이었으며, 그녀가 가까이 접촉하는 남자라고는 '동관'이라 불리는 15세 이하 소년 천관들뿐이었다.

여천관들은 주로 궁에서 중요한 직책을 맡았고 중간에 궁을 나가거나 혼인을 할 수 있었던 것에 비해 남천관들은 혼인을 할 수 없었고, 여성들에 비해 천관이 되기도 쉬운 게 아니었다. 어린 시절 동관으로 시조궁에 들어왔다 하더라도 천관이 되지 못하고 15세가 넘으면 궁에서 내쳐지기 일쑤였다. 또한 천관이 되었다 하더라도 이들의 지위는 다른 여천관들에 비해 낮았으며, 그 대부분은 시조묘의 잡일꾼이거나 시위대였다.

그럼에도 서라벌의 많은 사내는 천관이 되려 했다.

시조궁에 소속된 여성들이 두품관리의 딸로만 구성된 데 비해, 남자들의 신분은 그 제한이 없어 거의 천민들이 주를 이뤘다. 이들은 일단 시조궁에 들어가면 평생 먹고살 걱정이 없을 뿐만 아니라 남겨진 가족들에게도 물질적인 보상이 주어졌고, 시조궁 내에서는 잡일 꾼에 불과하지만 시조궁을 벗어나서는 두품을 지닌 이들과 같은 대우를 받았다. 때문에 인물 좋은 아들을 둔 백성들은 어떻게 해서든 시조궁에 넣기 위해 뒷거래를 하기도 했다.

간혹 여천관들과 남천관들 간에 불미스런 일이 생기기도 했다. 그런 경우엔 둘 다 궁에서 나가야 했는데, 여천관은 아이를 가진 상태에서도 별다른 제약 없이 궁을 나갈 수 있는 것에 반해, 아이의 아버지인 남천관은 그 길로 궁에서 내처질 뿐만 아니라 그동안 시조궁에서 받은 것들의 절반 이상을 되돌려주어야만 했다. 되돌려주지 못할 경우에는 하옥되어 변방의 병사로 전쟁에 끌려가거나 중노동에 투입되어 빚을 갚아 나갔다.

여천관은 시조궁의 천관이었다는 이유로 아이를 가졌을망정 다른 사람과 얼마든지 혼인할 수 있었다. 잠시나마 시조를 모신 몸으로 그 성스러움이 남다르다 여겼고, 아이는 시조가 주신 복된 아이라 여긴 탓이었다.

여천관의 집안에서 남천관의 빚을 탕감해주고 두 사람을 혼인시키는 경우도 간혹 있었으나, 그들의 신분 차 때문에 이런 일은 매우 드물었으며 대부분 시조궁에서 싹튼 사랑은 남천관의 일방적인 고통으로 끝났다.

이번 대제는 현재의 천군이 주관하는 마지막 제사였다.

이미 오래전부터 그녀는 다음 천군을 위한 기도를 드리며 자리를 넘길 준비를 하고 있었다. 천군의 위는 기간이 딱히 정해진 것은 아니었다. 어디까지나 천군의 재량이었는데, 스스로 '때'가 되었다 여길 때가 그 '때'였다. 그러나 대부분은 육신의 아름다움이 완전히 사라지기

전을 '때'로 삼았다.

'모진'은 나이 30여 세에 천군의 위에 올랐다. 10여 년의 세월 동안 수많은 제례를 주관하고 지냈지만 이번을 마지막으로 준비하는 그녀를 지켜보는 파명은 착잡하다.

10여 세 무렵 처음 시조궁에 들어온 이래 지금껏 바로 옆에서 천군을 모신 파명이다. 15세가 넘으면 천군을 모시던 동관들은 천군전을 나와 다른 직책을 가지게 되어 있으나 파명은 18세가 되도록 여전히 천군을 지근에서 모시는 파격적인 대우를 받고 있었다. 하여 모진은 어머니 소하보다 더 많은 시간을 함께 보냈으며 또 다른 어머니라 해도 과언이 아닐 존재였다.

신단에 향을 피우고 정화수를 정성껏 바치고는 저녁기도를 올리는 모진을 물끄러미 바라보던 파명은 가슴이 아린다. 이제 저 모습을 볼 날도 얼마 남지 않았구나….

청아하고 성스러운 얼굴과 그에 걸맞는 눈부신 흰옷으로 온몸을 감싸고 차가운 바닥에 앉아 기도를 하는 천군은 이미 천상의 사람이었다. 참으로 고아하고 아름답다. 누가 감히 저 자태를 따를 수 있으리오.

모진을 가장 근거리에서 모시는 두 사람. 호위하는 여천관과 파명. 두 사람은 천군의 기도가 끝나도록 조금도 눈을 떼지 않는다.

기도를 마친 천군은 저녁식사를 한다. 식사를 마치도록 파명은 옆에서 자잘한 심부름을 하며 시중을 들다 식사 후 천군이 목욕을 시작하면 비로소 저녁을 먹는다.

천군이 잠자리에 들어야 파명의 하루일과가 끝나는데, 모진은 바로 잠자리에 들지 않고 또다시 차를 청한다. 근래 들어 쉬이 잠을 이루지 못하고 차를 청하는 날이 잦았다.

창가로 드리운 나뭇가지가 밤바람에 살풋 흔들리는 와중에도 여전히 달빛은 교교하고, 신단의 향불 내음은 열려진 창 안으로 굽이쳐 들어온다.

"요즘 내가 어느 때보다 행복하다는 걸 아느냐?"

모진이 낭랑한 목소리로 속삭이듯 말한다. 찻잔을 들어 향을 살살 일으키듯 이리저리 흔들며 천군 모진은 미소를 짓는다.

"오래전, 내가 시조궁에 들어오기 전 한 수행자를 만난 적이 있다. 그분은 온 세상을 돌아다니며 많은 걸 보고 많은 사람을 만나고 수없이 죽음의 고비를 넘긴 분이었다. 바다 건너 저 먼 곳의 한 부족 이야기를 해주시더구나. '게타이'란 이상한 이름을 지닌 그 부족은, 아이가 태어나면 슬피 울고 사람이 죽으면 기뻐 잔치를 벌인다고 한다. 이 힘든 세상에서 앞으로 살아갈 아이를 생각하니 슬프고, 고통스런 세상을 드디어 벗어나니 기쁘다는 것이다. 그냥 행위나 보여주기 위한 잔치가 아니라 진심 마음으로부터 우러나 슬퍼하고 기뻐한다고 한다."

오늘따라 향불내음이 진하다 생각하며 파명은 모진의 말을 경청한다.

"시조께서는 늘 내게 은혜를 베풀어 주셨다. 난 처음 시조궁에 들어올 때부터 알고 있었다. 장차 내가 천군이 될 거란 것을. 온전히 나는 시조를 위해 바쳐진 몸이란 것을. 이후 한 번도 인간적인 걸 꿈꿔본 적이 없다. 그런 건 내 운명이 아니니."

모진은 잠시 뜸을 들이다,

"너에게 보여줄 게 있다."

침상 아래에서 조그만 함을 꺼낸다. 그것은 붉은 보자기에 싸여 있었고 모진은 경건하게 보자기를 풀고 함을 연다. 붉은 칠이 된 함안에는 비취 장식 칼집에 든 단도가 오롯이 자리하고 있다. 의아한 눈으로 파명은 모진을 쳐다본다.

"이건 천군들에게만 대대로 내려오는 것이다. 과연 이것의 쓰임은 무엇일까? 파명아, 난 이 작은 것으로 '마시루' 천군 그분을 시조님께 보내드렸다. 그리고 다음 천군 역시 이것으로 날 시조님의 품으로 보내줄 것이다. 그날을 위해 난 늘 이것을 갈고닦았다. 고통 없이 시조님께 날 보내주기 위해 다음 천군은 공동통치 달포 동안 급소를 아주 잘 찌르는 법을 수련한다. 단 한 번으로 끝내기 위해. 시조님께 상처 많은 몸을 드리는 건 아니 될 것이니."

칼집 속에서 날카롭게 빛나는 단도를 뽑아 드는 모진에 일순 파명의 낯빛이 변한다. 빛이 심히 섬뜩하여 눈 뜨기도 버겁다.

"성스러운 자결은 없다. 단지 그렇게 포장될 뿐. 이게 나쁘다는 것은 아니다. 그러나 천군… 그분을 보내드린 이후 난 단 한 순간도 아프지 않은 적이 없었다. 다음 천군이 보이지 않는다. 마시루께서는 꿈에서 신탁을 받으셨다 했다. 그러나 난 아무리 기도를 해도 보여주지 않으신다. 이건 무얼 말하는 것일까. 파명아, 이번 대제가 끝나거든 넌 그만 시조궁을 나가거라. 온 세상을 돌아다니고자 하는 너의 포부를 안다. 부디 그렇게 살거라."

잠시 숨을 고르는 듯 모진은 남은 차가운 차를 다 들이킨다. 충격적인 이야기를 담담히 말하는 입과 달리 눈빛은 미세하게 흔들린다.

"영원한 건 없다. 시조묘의 위세가 전 같지 않아. 누구 탓이 아니다. 그저 성심껏 시조님을 모실뿐. 우리가 할 일은 그것뿐. 그러나 이곳에서 네 미래를 찾지는 말거라. 뜨는 해와 지는 해가 같은 위치에 있을 수는 없는 일. 내 인생은 여기서 마무리된 후 천상에 가서도 시조님이 거하시는 곳에서 거할 터이지만, 네 운명은 예가 아닌 듯하다. 파명아, 운명은 정해진 것이다. 그러나 무엇이 더 낫다 할 수 없는, 가늠할 수 없는 절대적 가치가 있는 것이니 오롯이 네 너만의 운명을 살 거라."

여기까지 말한 후 노곤한 표정으로 모진은 다시 단검을 소중히 함에 넣고 뚜껑을 닫는다. 답을 할 말을 찾지 못한 파명은 그저 망연히 천군의 하는 양만 바라본다.

"그만 건너가 자거라. 하루하루가 소중하구나. 나도 그만 잠자리에 들어야겠다. 혹시 오늘 밤이라도 시조님이 내 꿈에 나와주실지도 모르니."

마치 뭐에 홀린 기분으로 파명은 천군전을 나온다. 갑작스런 천군의 말도 그러하려니와 그 사실이 충격적이고 생각지도 못한 것이어 믿어지지가 않는다. 물론 죽음이 새삼스러운 것은 아니다. 그러나 모진의 입을 통해 죽음을 듣고 그것이 자결이 아닌 당하는 것이란 사실을 듣고 나니 모든 것이 새삼 다르게 느껴진다.

하루하루가 소중하다는 모진의 말은 더욱 가슴을 후벼 판다.

누구보다 신실한 시조님의 숭배자이자 백성들의 숭앙을 받는 존재인 천군 모진. 오직 그녀 때문에 파명은 지금껏 시조궁에서 버텼고, 그녀로 인해 자유를 버리고 천관으로 남는 미래를 생각했던 터. 당연히 자신의 뜻을 모진은 기뻐하며 이끌어줄 거라 여겼다. 격려하고 대견해할 거라 여겼던. 그런 그녀가 뜻밖의 말을 한 것이다.

혼란스러워 정리가 되지 않는다. 대제를 앞두고 천군은 왜 내게 저런 말을 해주신 것인가.

막 열 살이 되었을 무렵, 아버지 운용은 전염병으로 갑작스럽게 세상을 떴다. 장례를 마치자마자 세호랑의 손에 이끌려 파명은 시조궁에 들어왔다. 이미 그전부터 운용과 이야기가 된 사항인지 여부는 알지 못했다. 그건 어머니 소하도 마찬가지였다.

들어가면서부터 파명은 천군전에 거했다. 말귀를 잘 알아먹고 뭐든 빠르게 일을 해내 모진의 총애를 받았다.

이미 천군의 곁엔 갓난아기 때부터 시조궁에서 교육받은 12살 소년 동관 두 명이 있었다. 그런데 전염병의 여파로 두 명이 한꺼번에 세상을 뜬 후 천군은 파명 한 명만을 동관으로 두었다.

시조궁에서 일하는 소년 동관들은 많았다. 공통적으로는 호위천관이나 시조궁의 수비대가 되기 위해 기본적으로는 무예와 기본적 학문을 배우며 각기 다른 여천관들을 모시고 있었다. 보통은 어릴 적부터 엄격하게 교육받고 시험을 통과한 아이만이 천군을 모시는 동관이 되었지만 파명은 들어가자마자 천군전 동관이 되었다.

이유는 하나였다. 시조가 천군에게 현몽하여 파명을 곁에 두라 했다는 것.

모진은 귀족가의 딸로는 드물게 나이 20세에 시조궁에 들어왔다. 대부분 두품관리의 딸이 집안의 명예나 현실적인 이유로 시조궁에 들어오는 반면, 모진이 스스로 밝힌 시조궁에 들어온 이유는 역시 시조의 현몽이었다. 그런데 때맞춰 당시 천관 마시루 역시 모진과 같은 시조의 현몽을 경험해 처음부터 모진은 남다른 취급을 받았다.

그렇다고 모진의 시조궁 생활이 평탄했던 것은 아니었다.

두품관리의 딸이 대부분인 여천관들은 귀족가의 딸인 것도 부족해 들어오자마자 천군의 남다른 관심을 받는 모진이 예뻐 보일 리가 없었다. 시조궁 밖이라면 감히 막대할 수 없는 신분인 모진이 여기서는 엄연히 자신들의 아래인바, 모진이 자기발로 시조궁을 나가도록 괴롭히며 종용했다.

어느 해, 대제를 하루 앞두고 희생으로 쓸 돼지 세 마리가 우리를 탈출하는 사건이 일어났다.

이들은 좋은 종자로 오래전부터 특별히 먹이고 관리해 덩치며 힘이 매우 좋아 잡기가 쉽지 않았다. 각기 다른 방향으로 도망간 돼지를 잡기 위해 모든 남천관들이 총동원돼 뒤를 쫓았다. 그러나 시조궁 뒤 산림이 울창한 곳으로 도망간 돼지를 잡는 건 쉬운 게 아니었다.

돼지라는 동물이 얼마나 영악한지 이들은 각기 다른 곳으로 도망갔고 심지어 나무나 풀이 우거진 곳에 숨어있거나 땅을 파 몸을 은닉하기도 해서 모두 진땀을 흘리며 혈안이 되었지만 도무지 성과를 거두지 못했다.

이제 와서 다른 돼지를 쓸 수도 없었고 만일 찾지 못할 시엔 대신 관리를 못한 천관들이 모두 쫓겨나고 책임을 추궁당할 상황이어 천군에게는 비밀히 모두 사색이 되어 안절부절 못하였다.

모진은, 돼지에게 대제를 방해하려는 악귀가 씌어 유인했으며 악귀를 쫓아내야만 대제를 치를 수 있을 것이라 소리쳤다. 사태가 급박하고 시조궁에 들어올 때부터 남다른 사연을 지닌 모진의 말이라 천관들은 지푸라기라도 잡는 심정으로 모진이 하자는 대로 따랐다.

일단 비밀히 궁 한 구석에 급하게 만든 단 위로 향불을 피웠고, 이 초유의 사태가 일어난 건 시조의 뜻에 반하는 불순하고 음험한 마음을 가진 자들이 신성한 시조궁의 기운을 막고 악귀를 불러들인 때문이라 말하며 평소 모진을 괴롭히던 여천관 일당을 잡아들여 앞에 꿇렸다.

"여인들이여, 어제 시조께서 현몽하여 불같이 호통을 치시기에 내 모골이 송연하여 큰 사달이 날 걸 예측했으나 이리 황망한 일이 일어날 줄이야. 시조께서 말씀하시기를, 사악한 계집들이 시조궁의 청아함을 망치고 스스로 악귀를 불러들여 대제를 망치려하니 계집들의 피로 그 희생을 대신할지니 내 뜻을 전하거라 하시니."

얼떨결에 잡혀 온 그들은 마치 죄인처럼 모진에게 심문당하며 낱낱이 자신들의 죄상을 토설하고 시조의 자비로 기운이 정화되어 그만 악귀가 물러나고 돼지가 돌아와 주기를 기원했다. 잘못하면 돼지 대신 자신들이 생으로 바쳐질 상황이 된 것이다.

모든 천관의 냉랭한 시선 속에 그녀들은 울며불며 시조전에 절을 하고 기도했고, 모진의 발밑에 엎드려 도움을 요청했다. 아무런 표정 변화 없이 오로지 엄숙한 얼굴로 이들을 내려다보는 모진에게서는 범접할 수 없는 미래 천군으로서의 위엄이 넘쳐났다.

한바탕 난리가 지나가고 모두 일구월심 돼지들만 기다리던 차 새벽이슬이 내릴 즈음 거짓말처럼 돼지들은 제발로 걸어 우리로 들어왔다.

이 일로 이후 감히 모진을 건드리는 이는 없었고 오히려 천군 못지않은 존재로 대우했다.

누구보다 본인들이 절박해서 난리를 치는 이 광경은 그러나 일면 우습고도 희한했다. 조소 어린 미소를 짓는 모진의 모습은 득의만면한 것을 넘어 섬뜩할 정도였다.

달빛을 보며 모진은 속삭였다.

"우매한 무리는 어쩔 수 없이 뛰어난 한 사람의 손아귀에서 놀아나는구나. 그래서 계급이 있고 저급한 다수는 노예가 될 터. 돼지란 것들은 배고픔을 참지 못하는 것들인 것을. 마땅히 내쫓더라도 사람이 주는 먹이에 길들여진 것들은 다시 제발로 구속되어 먹이를 갈구하는바, 이토록 자명한 이치를 모르고 휘둘리니 이 얼마나 우습고도 어처구니없는 일인가."

일부러 돼지를 내몰 때만 해도 모진은 이 정도까지 성과를 기대하지는 않았다. 그러나 사람들은 어리석었고 쉬이 신을 앞세운 으름장에 넘어갔으며 두려움에 떨었다.

"이거 너무 쉬워서 오히려 미안해질 지경이구나."

파명은 어떤 식으로든 천군이 죽도록 내버려두지 않으리라는 결심을 굳힌다. 그게 제 아무리 신성한 죽음이고 시조의 곁으로 가는 영원한 천상행이라 할지라도 아직은 아니다. 이전까지는 그저 애잔하고 안타까우면서도 그것을 회피할 생각은 차마 하지 못했다. 지금은 아니다. 그러나 자신은 미약한 소년일 뿐이고 아무런 힘도 없다.

파명은 확실히 알지 못한다. 천군이 자신에게 그러한 이야기를 한 의도를. 그러나 분명한 건, 천군의 말이나 눈빛에서 간절한 그 무엇을 봤다는 것. 그것을 파명은, 요청이라 여겼다. 도움의 요청. 그렇다면 이유 불문하고 받아들여야만 한다. 목숨이 위태로울지라도.

신궁의 위세가 높아지고 일부 왕족들이 불교를 받아들이면서 시조궁의 위세가 점점 하락하고 있는 상황에 심지어 왕조차 대제에 참석을 하지 않자 그 지원이 점차 줄어들고 있는 와중이었다. 점점 천관들의 이탈이 커졌고, 무엇보다 왕이 대제에 참석하지 않는다는 건 더이상 천군이 정치에 아무런 영향력도 행사할 수 없게 됐다는 것.

오래도록 왕은 시조신의 대제에 참석했고 그때마다 나라의 중대한 사안을 천관에게 묻고 답을 얻곤 했다. 천군의 의견은 신의 뜻으로 여겨져 그대로 반영이 되었다. 그러나 이제는 정치에 영향을 주기는 커녕 존재 자체마저도 위태롭게 되어가고 있었다.

이런 때에 열리는 것인 만큼 이번 대제는 여러모로 큰 의미를 갖고 있었다. 게다가 10여 년을 위에 있었던 천군이 자리를 다른 이에게 넘겨주는 제례인 만큼 수많은 이목이 집중될 터였다. 비록 실권은 미약해졌으나 아직 천군이라는 상징성은 엄청난 것이었기에.

파명은 생각한다. 천군은 무너져가는 시조궁의 위상을 위해 자신의 위를 내놓는 것이리라. 그러나 내가 느끼는 바와 같이 천군 역시 아직은 때가 아니나 시류에 밀려 억지로 내린 결론인지라 기존에 이뤄졌던 방식이 아닌 다른 방식으로 천군의 위를 이양하고 그 후를 지키고 싶은 것이리라. 그래서 내게 말을 한 것이리라.

시조궁 내에서는 새로운 파벌이 등장한 지 오래였다. 기존 천군에 대해 반발하며 새로운 천군을 서둘러 올리라는 압력과 천군의 능력에 대한 의문이었다.

그동안 수많은 천재지변과 가뭄으로 시조궁은 제사를 지내고 천군은 기도를 올렸지만 상황은 더 악화되기 일쑤였으며 전쟁에 대한 신탁도 어긋나는 게 다반사였다. 반발하는 사람들의 불만은, 시조궁의 위세가 떨어진 것에 현 천군의 무능력이 큰 몫을 했다는 것이었다. 어떤 천군보다 기대가 컸던 만큼 실망은 배가 되었다.

해마다 시조궁엔 엄청난 재정적 지원과 거문귀족들의 헌사가 있었고 백성들 또한 기복을 원하며 재물을 바쳤다. 이 모든 건 천군의 지휘하에 사용되고 관리되었다. 세금 또한 시조궁은 면제되었다. 모든 것은 신의 재산이었기에 천군 외엔 재산을 나눌 수도 만질 자격도 없기 때문이다.

그동안 천군들은 이 재산을 가난한 백성들을 돕거나 흉년에 내놓기도 했고, 천관들에게 아낌없이 나눴다. 그러나 모진이 천군이 된 이후로 간간이 위와 같은 일에 작게나마 재산을 쓰긴 했으나 그마저도 점점 줄어들고 이후로는 신성한 재물은 오직 시조를 위해서만 쓰여야 한다는 이유로 대제 외엔 어떤 재물도 내놓는 법이 없었다.

그런데 이러한 재물을 알게 모르게 천군이 빼돌린다는 말이 나오기 시작했다. 워낙 시조궁의 재물에 대한 건 비밀리에 다뤄졌고 극비였으며 천군에게만 그 사용 권리가 있다 보니 확실히 드러난 바는 없었으나, 이에 대해 많은 천관들은 의문과 불만을 지니고 있었다. 신의 현몽으로 일찍부터 남다름을 드러냈던 현 천군에 대한 사람들의 불신은 커져갔다.

허나 그런 것 따위 모른다. 알고 싶지도 않다. 그저 파명 자신이 아는 건 딱 하나, 천군이 죽임을 당한다는 것. 그것도 아직은 위를 내놓을 때가 아니나 일부 천관들에 의해 내몰리다시피 해서 억울하게 내놓게 된다는 것. 그리고 신성한 죽음의 엄청난 비밀을 다른 누구도 아닌 자신에게 털어놨다는 것. 수많은 백성들은 아직도 모진 천군을 신성시한다는 것. 이것만이 중요하다.

아직은 갈피를 잡지 못하겠다. 어떤 식으로 천군을 도울지. 그러나 다음 천군에 의해 모진이 죽임을 당하게 놔둘 수는 없다.

늘 시조에 대한 신실한 믿음으로 경건하게 사는 모진이 파명에게는 어떤 신보다 신성했고 존경스러웠으며 전부였다. 신성한 죽음이 무엇이란 말인가. 그것은 그냥 죽음일 뿐인 것이다.

애초에 파명은 시조신에 대한 아무런 믿음도 신념도 없었다.

이곳에는 그저 남이 이끄는 대로 어린 시절에 들어왔을 뿐이고, 이곳에서의 생활은 아버지가 세상을 등진 후 집안 형편에 큰 도움이 되었을 뿐이다. 낭도가 되길 원했지만 태생이 절름발이인 탓에 부모가 원하는 바를 이뤄주지 못한 대가를 지불하기에도 충분했다.

태어나 파명이 처음 마음을 열고 기대며 따른 사람이 모진이었다.

어머니인 소하와는 일상적인 대화만을 나눌 뿐, 속에 감춰진 갈증을 그녀는 이해하지 못했다. 모진의 배려로 다른 천관들과 달리 파명은 달포에 한 번씩 집에 갈 수 있었지만, 그저 홀로 외롭게 아들만을 기다리는 소하에 대한 책임감에서의 방문일 뿐 모친에 대한 그리움이나 간절함 같은 건 없었다.

곧잘 모진은 파명과 속 깊은 이야기를 나누곤 했다.

아버지의 제사를 지내고 온 날 저녁 모진은 파명에게 물었다.

"넌 죽음이 뭐라 여기느냐?"

한 번도 진지하게 생각해본 적 없는 것을 묻자 파명은 당황했다.

"시조님의 천상을 믿느냐?"

이 또한 마찬가지. 아니, 애초 이것에 대해서는 불신만 가득했다. 파명은 차마 말은 못하고 그저 천군의 눈치만 살폈다. 모든 건 눈에 보이는 것만, 느끼고 만지는 것만 의미가 있다고 여기는, 있는 그대로의 생각을 감히 천군에게 말할 수는 없었다. 그것은 천군에 대한 반역이자 시조궁에서 머물 자격 자체가 없는 사고다. 무엇보다 모진에게 실망을 주고 싶지 않았다.

"파명아, 죽음을 두려워하지 마라. 죽음 다음엔 더한 게 있단다. 그것은 네가 믿는 그대로일 수도, 아닐 수도 있으나 고래로부터 수많은 식자들은 죽음 다음을 아름답게 가르쳤단다. 나는 서라벌인들에게 가르치지. 시조님의 천상을. 훗."

"음… 시조께서 왜 서라벌인들에게 고통을 주시고 왜 서로 다른 지위를 부여하셨는지 그 이유를 저는 미천하여 잘 이해하지 못하나, 일부 사람들이 말하듯 윤회라는 게 있다 하더라도 그것은 제가 스스로를 인지하지 못하는바 제가 아니라 여기기에 지금의 나와는 별 상관이 없다 여깁니다. 그러니까… 모든 차별이 전생에 의한 것이라 생각하면 이해가 되나, 그것을 보상받기 위해 현생을 착하게 살고자 온갖 고통을 감내한다 하더라도 다음 생의 보상이 현생의 나와는 별 상관이 없게 여겨진다는 것입니다. 송구하오나, 모든 가치는 지금 이 순간, 나일 때만 있는 것이지 내가 없어지고 내가 아니면 아무런 소용도 없는 것이라…."

흥미롭게 파명의 말을 듣던 모진은 슬쩍 미소를 지으며 찻잔을 들어올렸다.

"사람들은 흔히 죽음을 말할 때 '장자'를 들먹인단다. 춘추시대 '여희'라는 여인이 있었다. 그녀는 '여융'이란 나라의 여인으로 진헌공의 애첩이 되어 부귀영화를 누렸지. 여희는, 처음 진나라에 끌려올 때는 두렵고 불안했으나 막상 진나라에 와 궁에서 살다보니 그 두려움이 쓸데없었다는 걸 느꼈다. 장자는 여희를 빗대어 우리가 죽음을 두려워하는 건 죽음 이후를 모르기 때문이고, 막상 죽음 이후는 우리의 생각보다 두렵지 않을 거라, 여희의 일화만 봐도 알 수 있다고 하였다. 그러나…."

자신의 말에 귀를 기울이는 파명을 흡족한 얼굴로 보며 모진은 천천히 다음 말을 이어갔다.

"여희의 부귀영화는 오래가지 못했단다. 아들은 죽임을 당하고 그녀는 연못에 빠져 자살을 했다. 완벽한 건 없단다. 세상 어떤 식자의 말도 단지 한낱 인간의 말일뿐, 그것이 절대 진리는 아니기에 넌 네가 믿고자 하는 바를 믿으면 되는 거란다. 이걸 강요할 수는 없어. 네 비록 이곳에 거한다 하여 마음속 깊이 우러나지 않는 신심을 지니려 힘들이지 말거라. 모든 세상의 중심은 너 자신이고 네가 만든 게 진리란다. 다른 이가 가르치는 걸 받아들여 그것을 진리로 여기지는 말란 것이다. 그리하여…"

모진은 가늘고 긴 손가락을 들어 흘러내린 머리를 귀 뒤로 넘겼다. 그런 후 가볍게 턱을 괴며 느릿하게 말했다.

"나는 믿는다. 시조님을. 내 비록 천군이고 시조궁의 모든 천관을 관장하지만, 이것은 내 믿음일 뿐이니 다른 천관들의 마음은 상관하지도 끼어들 생각도 없다. 사람은, 사람이라는 탈을 쓰고 살아내는 것만으로도 힘든 존재들이다. 이러한 미진한 것들에게 신은 참으로 많은 걸 요구하는 것일 수도 있다."

일단 여기까지 말하고 모진은 자신의 생각을 어찌 여기는지 묻는 얼굴로 파명을 웃으며 쳐다봤다.

그녀는, 늘 파격적이었다. 늘 대단했다. 늘 파명의 생각을 넘어섰다. 그래서 좋았다. 게다가 파명의 마음속을 꿰뚫어 그에 합당한 말을 해줬다.

맹목적으로 천군을 존경하고 숭앙하는 소년 파명은 결심한다. 반드시 그녀를 구할 것이다. 그녀가 없는 세상이란 내게 아무런 의미도 가치도 없기에. 모진, 존귀하고도 존귀한 분이여. 나의 여왕이시여…

아령의 혼사는 빠르게 진행됐다.

혼인 열흘 전, 많은 재물을 싣고 미래의 처가댁에 온 촌주는 마냥 싱글벙글 홍안의 소년처럼 들떴다. 이 행차는, 자신의 세를 과시함과 동시에 미래의 어린 신부와 그 집의 위신을 세워주기 위한 일종의 보여주기용 행사였다.

촌락민을 사실상 통제하며 그들의 권력자로 군림하는 촌주답게, 그가 사락리에 납셨을 때 그 직속 9개 마을의 장이 모두 참석해 촌주의 행차를 마중했으며 사람들은 마을을 정돈하고 음식을 장만했다.

자못 왕의 행차 못지않은 분주하고 화려한 행차에 꼭두새벽부터 아령은 단장을 하느라, 가실과 가시라기는 잔치 뒷수발을 하느라 이미 제정신이 아닐 정도로 흥분했다.

"참말 내 딸이지만 이리 이쁠 수가. 천상선녀가 하강한 것마냥 이쁘다. 촌주님도 널 보면 얼마나 기꺼워하며 좋아하실까나."

가실은 단장을 마친 아령을 보며 기쁨을 감추지 못한다. 짐짓 무관심한 척했지만 가시라기 역시 딸의 모습에 흡족한 듯 헛기침을 연발한다.

태어나 처음으로 사람들에게 대우받고 부러움의 대상이 되어 은근한 권리를 누리는 맛이 쏠쏠했다. 애물단지 딸. 아들들 다 잡아먹고 혼자 살아남은 쓸모없는 밥버러지 정도로만 치부했던 아령이 이리 자신에게 부귀영화를 가져다줄 거라고는 꿈에도 몰랐다.

작년 한가위, 아령은 고삐 풀린 망아지마냥 이 마을 저 마을 온갖 잔치에 끼어 춤을 추고 노래를 부르며 즐겁게 보냈는데, 이때 촌주의 눈에 그 모습이 남다르게 박혔다.

이미 청춘을 보낸 초로의 촌주 눈에 아령의 모습은 가버린 청춘의 상징이었으며 아련한 그리움이었다. 보는 것만으로도 즐겁고 싱그러웠다. 남들과 같은 보통 나이에 혼인을 하였다면 딸보다도 어릴 여자에게 촌주는 빠르게 빠져들었다.

중간에 사락리 장을 봐 마음을 전하고 간간이 몰래 마을로 와 아령을 보고 가곤 했지만, 어린 소녀의 눈에 촌주 같은 노인이 들어올 리 만무했다. 그러나 아령의 마음 따위야 알 바 아니었다. 나만 좋으면 된 것이다. 게다가 아령과는 비교도 되지 않을 신분이 아니던가. 상대적으로 신분이 더 높은 남자가 낮은 신분의 여인을 취하는 데 장애는 없었다. 그러할진대 마음쯤이야 뭐 대수겠는가.

가실의 청찬과 기웃대는 마을 사람들의 감탄에도 정작 아령의 낯빛은 어둡다.

아령에게는 꿈이 있었다. 이 꿈엔 늘 파명이 있었다. 잘난 사내 파명의 짝이 되어 그를 닮은 아이들을 낳고 날마다 말수 없는 그 옆에서 재잘대고 맛있는 것도 함께 먹으며 사는 삶. 간혹 실수를 저질러도 파명은 넉넉하게 감싸주고 그런 파명에게 아령은 반성하는 의미로 너스레를 떨며 마음을 풀어주고는 함께 같은 이불을 덮고 누워 서로를 안은 채 잠자리에 들고, 그렇게 시간이 흘러 아이들이 자라면 모두 혼인을 시키고 흰머리가 된 둘은 서로 의지하며 여생을 유유자적 보내는.

그런데, 정작 그 사내는 아령이 혼인을 하든 말든 아무런 관심도 없고, 잘난 사내 대신 늙은이에게 마지못해 가야하는 삶이 된 것이다.

"내가 이리도 어여뻤구나… 이 모습을 파명이가 봐주면 얼마나 좋을까. 이 어여쁜 모습으로 파명이의 여인이 되는 거라면…."

울컥해 눈물이 난다. 오늘따라 더욱 파명이 그립고 보고 싶다. 모두 원망스럽다. 사흘 후 혼인날에도 파명을 볼 수 없다. 무정한 놈. 여인으로서가 안 된다면 하다못해 어릴 적 친구로서의 정도 없단 말인가.

동경 속 모습이 흐려진다. 굵은 눈물이 툭 하고 떨어진다. 먼저 발견한 가실이 당황해하며 얼른 닦아준다. 그러나 닦기가 무섭게 또 눈물이 떨어진다. 안절부절 가실은 누가 볼세라 딸의 등짝을 가만히 친다.

사람들에게서 등을 돌리고 앉은 아령의 어깨가 들썩인다.

"촌주님이 당도하셨다~!"

이 소리와 더불어 사방이 더욱 분주해지고 아령을 구경하던 사람들이 일시에 잔치가 열리는 마을의 공터로 향한다. 방엔 오롯이 아령과 가실만이 남는다.

절차상 잔치가 시작된 후 아령은 나가게 돼 있었다. 그러나 촌주는 벌써부터 아령을 기다리는 눈치다. 사람들의 덕담과 음식들이 나오고 각 마을의 장들이 돌아가며 술을 권한다. 그러나 이들을 촌주는 건성으로 대하며 자꾸 가시라기에게 눈치를 준다.

함박웃음을 지으며 상석에 앉아 뿌듯함에 어깨가 내려올 줄 모르던 가시라기는 금세 촌주의 마음을 읽는다. 급히 직접 아령에게 내달린다.

아령이 눈물을 뚝뚝 흘리고 있는 꼴을 본 가시라기는 후다닥 문을 닫고 소리를 낮춘 채 윽박지른다.

"미쳤나? 오늘이 무슨 날인데 이짓거리를 하고 있어? 얼른 못 그칠까? 일을 망칠라고 직정을 했나. 닥치라."

차마 딸에게는 더 이상 아무 말도 못하고 불똥이 가실에게 향한다.

"얼른 차비 못 하겠나? 진즉 아령이 달래지 않고 뭔한 거여. 지금 촌주님이 기다리신다. 조금이라도 잘못해 일 그르치믄 니는 뼈도 못 추리고 쫓겨날 줄 알아라. 어서 아령이 다시 단장시키고 나갈 준비 하그라."

문을 열고 나가기 전 그는 다시 한번 다짐을 둔다. 행여 아주 사소한 거라도 촌주의 심기를 거슬려 일이 엎어질까 전전긍긍하는 가시라기다.

"잘들 하라. 다시 말하지만, 조금이라도 촌주님 눈에 거슬리는 짓거리 하믄 가만 안 둔다. 알았나? 하여간 기집들이란 쯧쯧."

가실은 급히 딸의 화장을 고쳐준다.

"보란 듯이 떵떵거리고 사는 기다. 니는 이제 아무도 함부로 못할 대단한 여인이 되는 기다. 그러니 그만 울음 그치라. 어이? 이쁜 우리 딸, 착한 우리 딸."

아령은 겨우 추스르고 가실을 쳐다본다.

불쌍한 어무이… 평생을 아부지에게 억눌려 기 한번 못 펴고 장대 같은 아들들을 줄줄이 잃은 뒤에도 하나 남은 아령이 행여나 그걸로 상처받을세라 감싸고 지켜준 이. 자식들 줄줄이 잡아먹은 년이란 소리 대신 처음으로 사람들한테 부러움과 칭찬을 받은 어무이. 나한테는 숨겼지만 행복해하던 어무이. 내가 잘못하면 어무이는 또 얼마나 수모를 당하며 눈물을 지을까. 지금껏 이 여인에게 나는 해준 게 아무것도 없다. 이 상황에서 난, 선택의 여지가 없다.

아령은 가실을 향해 억지로 웃음을 지으며 고개를 끄덕인다. 그런 딸이 대견해 가실은 눈물이 핑 돈다.

가실의 부축을 받으며 아령이 나타나자 사람들은 여기저기서 아름다운 자태에 최선의 반응을 보이고 촌주는 자리에서 벌떡 일어나 상상 이상의 모습으로 나타난 아령을 맞는다. 촌주가 일어서자 나머지 사람들도 다 따라 일어섰으며 그 사이를 뚫고 걸어 들어가는 아령은 흡사 왕비와도 같은 위용을 내뿜는다.

촌주와 아령이 나란히 자리에 앉자 사람들은 아부를 쏟아낸다. 누가 봐도 아버지와 딸이었지만 여기저기서 잘 어울린다는 찬사가 넘친다.

잔치래 봐야 음식 배불리 먹고 질탕하게 마시고 그 와중 신랑 신부의 미래를 축복하고 흥을 돋운다는 명목으로 춤을 추고 노래를 부르는 게 다이지만 모처럼 풍성한 먹을거리에 아이들도 마냥 신이 나서 뛰어다닌다.

촌주가 큰맘 먹고 내린 음식과 혼인의 성사를 부탁하며 은근히 뒤로 준 재물 덕에 사락리 마을의 장인 '개추'는 여러모로 기분이 좋다. 게다가 사락리에서 촌주의 부인이 나온다면 앞으로 얼마나 많은 덕을 볼 수 있을 것인가. 생각만 해도 입이 절로 벌어진다.

내내 말없이 고개를 떨구고 시무룩하게 있는 아령을 촌주는 신부의 부끄러움으로 여기며 더더욱 사랑스럽게 바라본다. 이것저것 음식을 권하기도 하고 직접 과일을 집어주며 나름 아령에게 마음을 전한다.

촌주의 잔에 술을 따르라 가시라기가 권한다. 마지못해 아령은 한 잔을 따른다. 술잔이 넘치도록. 그저 좋아 아령을 보며 웃어대는 촌주의 입에서는 특유의 입 냄새와 술 냄새가 섞여 역함을 풍긴다. 속이 메슥댄다. 아령은 입술을 물며 참는다. 참으로 고통스럽고 힘든 자리다.

사람들은 촌주와 자신들의 기분에만 최선을 다할 뿐 누구도 아령의 기분 따위엔 관심이 없다. 모든 게 아령에 의한 것임에도 자신들의 기분만이 존재할 뿐이다.

사람들 무리 중에 앉은 옥몽과 '우럭'만이 안타까움으로 내내 마음이 편치 않다.

어릴 적부터 한 마을에서 자라며 누구보다 아령을 잘 아는 두 사람이다. 파명에 대한 마음도. 바로 얼마 전 혼인을 한 두 사람은 알콩달콩 한창 깨가 쏟아지는 신혼을 보내던 차라 뭔가 아령에게 더욱 안타까운 마음이 드는 터다.

"아령이 참말로 이쁘네. 근데 이상타. 아령이가 이뻐 보일수록 마음이 슬프다."

옥몽이 우럭에게 속닥댄다. 옥몽의 말에 내내 묵묵부답이던 우럭은 집으로 돌아온 후에야 옥몽을 나무란다.

"그런 말 말그라. 니도 오늘 촌주님 위세가 얼마나 대단한지 눈으로 봤지 않나. 누가 뭐래도 아령이는 혼인 잘 하는 기다. 파명이랑 둘이 서로 좋아한 것도 아니라 아령이 혼자 좋아했고 파명이야 천관으로 남을 것인데 차라리 잘 된 기다. 막말로 아령이랑 식구들이 언제 이런 대우를 받아보고 살긋나. 아까 아령이 나타나는데 사람이 자리에 따라 이리도 달라 보이나 싶드만. 참말 귀족 애기씨 같드만."

"그러기야 하지만 사람이 마음이란 기 그리 쉽나. 하루 이틀 마음도 아니고 어릴 적부터의 마음인데. 그라고 다 차마 말은 못하지만 눈 달린 사람은 봐서 알거구만. 어딜 봐서 아령이랑 어울리드나 말이다. 사람이 밥만 먹고 사나. 암만 재물 많고 위세 많으믄 뭐한다고. 여자는 그기 다가 아니란 말이다. 그것들이 다 채워주지 못하는 마음이란 것도 있다."

옥몽이 평소답지 않게 언성을 높인다.

"마음? 그까짓 게 뭐라고 니는 이 난린데? 모진 흉년을 겪어봐 놓고도 그런 속 편한 소리를 하나? 글고 나는 앞으로 우리 아그들이 받고 살 수모를 생각하믄 눈물이 핑 돈다. 가진 것 없고 신분 낮은 사람들이 당하는 기 얼마나 피눈물 나는 건디 니는 그런 속 편한 소리를 하나. 나는 나중에 내 딸이 촌주님 같은 사람이랑 혼인을 하게 된다면 더할 나위가 없겠다.”

우력의 말에 옥몽은 말문이 막힌다. 그리고 실망한다.

“그기 무슨 말이요? 딸을 팔아먹는다 그 말? 참말로 기가 차구마. 내가 사람을 잘못 봐도 한참을 잘못 봤구마. 진정 오라비가 그런 사람인지 몰랐다. 이래 사람 속은 모른단 말이 있구마. 아이고, 이걸 이제야 알다니. 내가 내 발등을 찍는다, 찍어.”

쌍심지를 켜고 대드는 옥몽의 기세에 우력은 의아해한다.

“나야말로 참말 기가 찬다. 나야말로 사람을 잘못 봐도 한참을 잘못 봤다. 옥몽아 니 참말 이런 사람이었단 말이가? 이렇게 둔하고 말이 안통하고 니 맘대로 사람을 나쁜 놈 만들어도 되나 말이다. 어이?”

그들은 밤새 아웅다웅 토닥댄다. 혼인 후 첫 부부싸움이다.

이날, 이들 외에도 다른 시선으로 아령을 바라보는 이가 있었으니 귀바우다.

그는 있는 대로 술을 퍼마시며 아령을 바라본다. 가슴이 터질 것 같다. 아령이 불쌍해서, 안타까워서, 촌주와 가시라기가 원망스러워서, 사람들이 미워서 미쳐버릴 것 같다. 가슴에서 불이 난다.

감히 나 같은 인간이 넘볼 수 없지만 그렇다고 촌주에게 보낼 수는 없다. 아령이 행복해하지 않는다. 차라리 파명이와 잘 되는 거라믄 인정하고 기꺼이 보냈을 기다. 그런데 저런 중늙은이한테 가다니. 말려야 한다. 이건 아니다. 아마 아령이는 평생을 눈물로 보낼 기다. 저늙은이에게 학대당하며 살기다. 내가 구해야 한다. 이대로 봐두믄 안된다.

이미 술에 만취한 귀바우는 제정신이 아니다.

잔치 중간 밤이 되자 아령은 일찌감치 자리를 뜬다. 남은 자들은 밤을 새워 술을 마실 요량이다.

아쉽지만 마지못해 아령을 먼저 보내는 촌주는 마음 같아서는 오늘 밤이라도 당장 저 어여쁜 어린 신부와 첫날밤을 치르고 싶은 심정이다. 그러나 사람들 눈과 체면 때문에 겨우 억누르며 최대한 점잖게 아령을 먼저 보낸다.

가실과 등을 밝히며 집으로 향하는 아령의 발걸음이 무겁다. 가실이 딸을 위로한다.

"잘했다. 잘 참았다. 대견하다 우리 딸."

내내 조마조마한 심정으로 딸을 바라보던 가실은 비로소 안도의 한숨을 내쉰다.

그렇게 모녀가 집으로 가는 중간, 거대한 검은 그림자가 그들을 막는다. 놀란 모녀는 서로 손을 잡고 그림자를 향해 겁먹은 표정을 짓는다.

"놀라지 마소. 납니다, 귀바우."

그림자의 정체를 보고 나서야 모녀는 안도의 숨을 내쉰다. 술 냄새가 확 풍긴다.

"아이고야 놀랐다. 니가 어쩐 일이가? 아, 왜 사람을 이리 놀래키나?"

잠시 귀바우가 머뭇대다 간청한다.

"어무이, 잠시만 아령이랑 할 말이 있는데 먼저 가시믄 안 되겠습니까? 아령이는 내가 무사히 집으로 데꼬 갈랍니다."

"말이 되는 소리를 하그라. 낼모레 혼인할 신부랑 니가 뭣 땜에 단

둘이 할 말이 있단 말인가? 잡소리 말고 비키그라."

그러나 술기운에 얼굴마저 붉어진 귀바우는 쉬이 보내줄 기세가 아니다. 평소답지 않게 위협적인 기운마저 풍긴다. 가실은 무섬증이 든다.

"이 위인이 오늘 왜 이러나. 저기 촌주님이랑 사람들이 가득하다. 어디서 길을 막고 행팬가. 얼른 썩 비키그라."

애써 목소리를 가다듬고 호통친다.

"못 비킵니다. 아령이랑 말하기 전까지는 못 비킵니다. 꼭 아령이한테 할 말이 있습니다. 그 말하기 전에는 안 가지러."

덩치 큰 곰보가 술까지 취해 으르렁대자 두 여자는 이러지도 저러지도 못하고 난감하다.

보통 때의 귀바우와는 다르다는 걸 안 아령은 일단 가실에게 침착하게 말한다.

"어무이, 오라비가 나한테 긴히 할 말이 있는갑다. 내 오라비한테 집까지 데려다 달라 할 테니 어무이는 걱정 말고 먼저 가라. 귀바우 오라비 성정은 어무이도 잘 알잖소. 괜찮으니 먼저 가. 내 곧 뒤 따라갈 터이니."

그러나 우물쭈물 망설이며 도무지 갈 기미를 보이지 않는 가실을 아령은 밀어제친다. 귀바우를 힐끔대며 눈치를 살피던 가실은 기어이 한 마디를 덧붙이고는 마지못해 자리를 뜬다.

"바우야, 부탁한다. 얼른 아령이 집까지 부탁한다."

가실이 사라지자 갑자기 귀바우는 눈물을 떨구며 흐느낀다. 어처구니없다는 표정으로 아령은 귀바우의 하는 양을 내버려 두고 어서 무슨 말이든 꺼내길 기다린다.

"아령아, 안 된다. 나는 이대로 가믄 안 된다."

한참 만에 꺼낸 말이다.

"뭔 소리야? 아 답답해. 앞뒤 다 자르고 그게 무슨 뜬금없는 소리여?"

"혼인하지 말그라. 너같이 어여쁜 사람이 왜 촌주 같은 인간한테 간단 말이가. 다들 쉬쉬해서 그러제 그 인간 그동안 숱하게 여기저기 마을 아낙이며 어린 여자들을 건드리고 다닌 추잡한 노인네다. 그런데 그 더러운 사람한테 풀꽃 같은 니가 팔려 가다니 나는 용납할 수가 없다. 너라도 정신 차리라."

귀바우의 말에 아령은 코웃음을 친다.

"니가 봤나? 촌주가 여자 건드리고 다니는 거 니가 봤냔 말이다. 글고 설령 그렇다 해도 촌주 정도의 지위 남정네라면 당연지사 아니여? 누가 뭐라겠어? 너야말로 정신 차리라. 기가 차서. 니 따위가 용납 안하면 뭐 도리라도 있나? 단순하고 무식하게 말하지 말고 생각이라는 걸 좀 하고 난리를 치란 말이다."

아령의 대꾸에 움찔하던 귀바우는 캐는 듯 쳐다보며 조용히 묻는다.

"니 파명이는 잊었나?"

파명이란 말에 아령은 신경질적으로 귀바우를 쏘아본다.

"오라비가 그걸 알아서 뭐할라고? 내가 그런 것까지 일일이 말해줘야 하나? 내참 기가 차서. 나 그만 갈란다. 난 또 뭔 대단한 소리를 할라고 가로막고 서서 그러나 했다. 그럼 그렇지."

돌아서는 아령에 귀바우가 급히 말한다.

"나랑 도망가자, 아령아. 가자, 나랑 멀리 가서 같이 살자."

이 어처구니없는 말에 아령은 귀를 의심하며 귀바우를 돌아본다. 조소가 터진다.

"뭐라고? 지금 뭐라 했나? 내가 잘못 들었나? 이게 뭔 말 같지도 않은 소리여?"

"내 주제에 차마 말 못하고 참았다. 아령아, 니가 원한다믄 뭐든지 다 할 수 있다. 뼈가 부서져라 일해서 니 호강시켜줄게 촌주 늙은이한테 가지 말고 나랑 같이 가자. 내가 이렇게 빌게 마음 바꿔봐라. 어이?"

이제 아령 앞에서 무릎까지 꿇는다.

귀바우의 마음 고백에 아령은 놀람과 동시에 공포스러워진다. 이렇게 우직하고 한 생각밖에 할 줄 모르는 사람은 뭔 짓을 저지를지 모른다. 어서 이 자리를 벗어나야겠단 생각만이 가득하다. 그러나 귀바우는 아령은 보내주지 않는다.

"사람들 부르기 전에 비키라."

"못 비킨다. 승낙하기 전까지는 못 비킨다."

"정말 미치고 팔짝 뛰겠다. 니가 사람 새끼가? 어이? 니 꼬라지를 좀 봐라. 니는 노인 아닌 줄 아나? 니는 촌주보다 더 징그러운 인간이다. 그나마 촌주는 재물이랑 지위라도 있지 니가 가진 게 뭐여? 그 잘난 우물지기가 뭐 대단한 것인 줄 아나? 사람이 분수를 모르고 사방 구분을 못해도 정도가 있제 이게 뭔 미친 짓이가? 어디서 니 같은 게 나한테 도망가자 소리를 하느냐 말이다. 참말 소름돋고 추하다."

아령은 있는 대로 바락바락 소리를 질러댄다. 누구든 자신의 소리를 듣고 와주길 바라는 마음에서 더더욱 소리를 높인다. 그러나 이것은 역효과만 낸다.

아령의 태도에 귀바우는 흥분한다. 알고는 있었지만 막상 아령의 입을 통해 듣는 자신의 처지가 귀바우를 더욱 자극하며 비참하게 한다. 모든 게 다 와르르 무너지는 느낌이다.

그래도 한줄기 희망은 있었다. 행여 아령이 자신에게 조금이라도 호감을 가지고 있을 지도 모른다는. 적어도 호감은 아닐지라도 싫어하지만 않는다면 과감한 고백이 먹힐지도 모른다는. 아령 역시 촌주를 피해 어디든 도망가고 싶어 할 거라고.

"안 비키면 널 가만 안 둔다. 사람들에게 이 사실을 다 말해버릴란다. 그럼 니는 반병신 되는 걸 넘어 죽은 목숨이다. 알제? 그러니 좋은 말로 할 때 비키라. 지금 비켜주면 내 입 다문다."

이제 더 잃을 것도 없다 싶은 귀바우는 막가기로 한다.

"다시 말해 보그라. 뭐라? 내가 지금이라도 마음만 묵으믄 니를 업고 도망칠 수도 있다. 내 맘대로 니를 데리고 여길 뜰 수도 있단 말이다. 그러나 난 니를 아끼니 그런 짓을 할 수는 없어 너한테 먼저 물어본 기다. 그런데 뭐라고? 니는 뭔데 사람을 그리 무시하나? 어이? 내가 그렇게 너한테는 더럽고 하찮은 벌레만도 못한 사람이었다 이 말이가? 뭐라? 징그럽고 소름이 끼쳐? 니 참말로… 사람을 이리도 비참하게 만드나, 왜 사람을 돌게 만드냐 말이다. 이제 내가 뭔 짓을 하든 니 책임도 있다. 그러니 날 너무 원망은 마라."

이 말을 마치자마자 귀바우는 아령을 들어 어깨에 걸치고 뛴다. 아령은 미처 소리조차 지를 여가도 없이 귀바우의 어깨에 실려 넋을 놓는다. 혼이 나간 듯 아령은 아무것도 하지 못한다.

빠르게 당도한 곳은 우물가 근처 으슥한 숲.

살이 찢어지는, 뼈가 갈리는 엄청난 고통에 아령은 비명조차 지르지 못한다. 상상조차 해본 적 없는, 처음 겪는 이 무서운 시간을 아령은 믿을 수가 없다. 별들이 빙빙 돈다. 귓속 가득 짐승과도 같은 울부짖음이 들어온다. 구역질나는 냄새를 풍기는 짐승이 아령의 여린 몸을 헤집는다. 처절하리만큼 진인하게 마구마구 짓밟는다.

"어무이… 파명아…."

저 멀리 가실이 나타났다 스르르 사라진다. 이어 파명이 나타난다.

웃는다. 얼마나 보고 싶던 미소던가. 그러나 나는 지금 부끄럽다. 저 미소를 보기 부끄럽다. 파명아, 날 구해줘, 내 손을 잡아줘, 파명아, 보고 싶어, 나 아파… 너무 아파 죽을 것 같아. 나 이대로 죽을 것 같아….

귀바우는 아령을 업고 가시라기의 집으로 향한다. 참으로 무서울 정도의 용감함이다. 그러나 귀바우는 자못 진지하다. 오늘 결판을 내야한다.

이제나 저제나 딸이 오기만을 집 앞에서 기다리던 가실은 저멀리 커다란 그림자가 뵈자 딸이 귀바우와 함께 오는 것이라 여기고 급히 그쪽으로 뛴다. 뭔가 이상하다. 왜? 얼핏 무서운 생각이 들지만 애써 부정하며 더 다가선다.

축 처진 채 귀바우에게 업힌 아령, 가실이 가까이 다가오도록 귀바우는 움직이지 않는다. 어둠 속 그의 얼굴이 괴이하게 굳어 있어서 가실은 눈길을 피하며 딸을 부른다.

"아령아…?"

비참하고 보기 민망할 정도의 모습으로 늘어진 아령은 흡사 죽은 사람 같다. 가실은 터져 나오는 비명을 간신히 손으로 막으며 뛴다. 차마 무슨 일이냐 묻지도 못한다. 제대로 수습되지 못한 옷매무새가 이미 충분히 보여주므로.

자리에 풀썩 주저앉은 가실은 가슴을 친다. 아무 말도 못하고 그저 가슴만 친다.

"일단 아령이를 눕히소."

아직 잔치는 파하지 않은 상태. 가실은 그제야 벌떡 일어나 부랴부랴 집으로 들어가 아령의 방문을 연다. 급하게 이부자리를 펴기가 무섭게 귀바우는 성큼성큼 방으로 들어와 아령을 내려놓는다.

꼴은 참으로 비참했다. 옷 여기저기가 찢어지고 흰 속옷은 붉은 피가 낭자하다. 이제서야 가실은 방방대며 소리를 지른다. 곰처럼 앉아 있는 귀바우를 할퀴고 치고 욕을 퍼붓는다.

"이리 된 거 지가 아령일 책임질랍니다."

미안하다는 말 한마디 없이 내뱉는 귀바우의 말에 가실은 더욱 기가 막혀 입을 벌리고 그를 쳐다본다. 말로 표현할 수 없는 혐오감이 인다.

"내가 미친년이다. 니 같은 것을 믿고 생떼 같은 내 딸을 놔두고 온 내가 미친년이다! 아이고!"

판단이 서지 않는다. 뭘 어찌해야 하는지 도무지 갈피를 못 잡는다. 잠시 침묵이 흐른다. 일단 아령이를 닦이고 옷을 갈아입혀야겠다. 아니다, 가시라기를 불러야 하나? 그 성질 급한 가시라기가 이 꼴을 보면 뭐라 할지. 혼절한 아이가 걱정스럽지만 의원을 부르기도 어렵다. 혼란스럽고 무섭다.

멍하니 아령을 보다가 안 되겠다 싶어 가실은 먼저 아령의 옷을 갈아입히기로 한다. 발로 차다시피 귀바우를 밖으로 쫓은 후 옷을 갈아입히는데 더욱 적나라하게 드러나는 딸의 몸뚱이에 다시 울음이 터져 나온다.

함지박에 물을 담아 들고 와 눈물 자국이 선명한 얼굴과 흙투성이인 손과 발을 닦는다. 아직 아령은 정신을 차릴 기미가 없다. 몇 번이고 속삭이듯 딸의 귀에 대고 이름을 불러보지만 눈을 뜨지 않는다.

급한 대로 대충 아령을 수습하고 나니 가시라기가 걱정된다. 분명 귀바우에 앞서 자신이 죽을 판. 그렇다고 가만있자니 미리 안 알렸다고 더 난리가 날 게 뻔하다.

아령의 방 앞에서 땅에 얼굴을 처박고는 죽치고 앉아있는 귀바우를 쏘아보다 가실은 마을 공터로 향한다. 멀리서 대충 살피니 촌주는 벌써 자리를 뜬 듯하다. 촌주가 자리를 뜬 상황이니 가시라기도 자리를 뜬다 한들 큰 문제는 없을 터, 마을 사람들끼리 떠들고 노는 틈을 조심스럽게 파고들어 가시라기에게 다가선다.

"나 잠깐 보이소."

매우 만족스러운 가시라기는 드물게 부드러운 미소를 머금고 가실을 쳐다본다.

"왜?"

다른 이들을 몹시 신경 쓰며 심각하게 남편의 옷자락을 끌어당기는 가실의 모습은 수상쩍기 이를 데 없다. 평소와 다른 모습에 가시라기는 그만 일어선다. 남편이 일어서기가 무섭게 강제로 잡아당기며 집으로 향한다.

"아니 왜 이래. 아직 잔치도 안 파했구만."

"아, 그냥 조용히 좀 와보란 말이오."

매우 급박해 보이는 행동과 심상치 않은 얼굴표정에 가시라기는 잠자코 따른다.

아령의 거처 앞에 귀바우가 서 있는 걸 보고 가시라기는 낯빛이 변한다. 불현 듯 무서운 예감이 든다. 가실을 밀치다시피 급히 아령의 방으로 들어선다. 기다렸다는 듯 귀바우가 따르고 가장 나중에 가실이 들어가며 방문을 닫는다.

우뚝 서서 자는 듯 누운 아령을 보던 가시라기는 다시 귀바우를 돌아본다. 그리고는 가실을 본다. 눈길이 느껴지자 가실은 자리에 주저앉아 눈물부터 쏟는다.

"닥치고 말하그라. 뭔일이고."

생각이 맞았다 싶어 피가 거꾸로 솟았지만 최대한 감정을 억누르며 묻는다. 그러나 가실은 꺼이꺼이 울기만 할 뿐 도통 답이 없다. 드디어 가시라기의 목소리가 높아진다.

"그만 처 울고 빨리 말 못하나? 어이?"

눈을 부라리는 가시라기에게 작심한 듯 귀바우가 입을 연다.

"아령이 지가 데꼬 살랍니다. 혼인은 그만두소. 일이 이리된 이상 촌주도 아령이랑은 혼인하지 않을라 할 테니 지가 책임질랍니다."

순간 가시라기가 귀바우의 얼굴을 친다. 일어서서 발로 밟고 다시 치고 죽일 듯이 때린다. 귀바우의 코에서 피가 흐르고 입술이 찢어졌지만 멈출 기세가 없다. 이미 가시라기는 이성을 놓은 지 오래다.

이 와중 아령이 깨어나 부르지 않았다면 구타는 계속 되었을 터다. 가늘게 어무이를 찾는 아령의 소리를 가실이 알아채고 소리를 지른다.

"그만 좀 하소, 아령이 깼소. 아가, 아령아."

가실이 얼굴을 손으로 쓰다듬으며 아령을 부른다. 두 남자는 일순 정지해 함께 아령을 쳐다본다.

가시라기는 가실을 밀치고 아령에게 다가선다.

"아령아, 이년아. 아령아."

잠시 정신을 차리는 듯하던 아령은 그러나 이내 눈을 감아버린다. 가실이 눈 떠보라 애원하다시피 말하지만 아령은 다시 뜨지 않는다.

정신은 돌아온 듯한데 아예 눈을 감아버리는 딸에 가실은 가슴이 미어진다.

"다 이 어무이 잘못이다. 미안타. 내가 미안타."

가시라기는 가실과 귀바우를 끌고 나와 말없이 자신의 거처로 들어간다. 따라 들어오라는 무언의 신호를 보내고는 자리를 잡는다. 가실은 가시라기로부터 멀찍이 자리를 잡고 귀바우는 가시라기 바로 앞에 앉는다.

"자초지종을 빠짐없이 말해보그라. 어미랑 같이 집에 들어간다던 딸년이 어쩌다 저 꼴이 됐는가 말하라."

차마 아무 말도 못하고 가실은 죄인처럼 고개를 떨군다. 대신 귀바우가 입을 뗀다.

"아령이랑 할 말이 있다고 지가 억지로 돌려보냈소. 작정하고 그랬소. 아령이를 이대로 두믄 안 될 것 같아 그랬소. 이제 아령이는 촌주한테 가기는 글른 몸, 지한테 보내소."

가시라기는 입을 움찔대다 악문다. 한동안 아무 말도 없다. 이성이 빠르게 작동한다.

"오늘 이거 너거들 말고 누가 봤나?"

"아니요, 암도 모르요."

가실이 급히 대꾸한다.

"잘 들어라. 오늘 일은 없었다. 뭔 말인지 알제? 우리끼리만 알고 덮는다."

가시라기의 말에 귀바우는 튀듯 엉덩이를 들썩이며 반발한다.

"우찌 그럴 수 있단 말이오. 일어난 일을 없애다니. 난 그리 못하지러."

이 뻔뻔함에 가시라기는 욕설이 나온다.

"이런 개 같은 놈아, 니는 입이 열 개라도 할 말이 없다. 이 사실을 촌주님이 알믄 우린 다 죽은 목숨인 걸 살려주려 하는데 뭔 지랄이고? 이 모자란 놈아. 니 꼬라지 더는 보고 싶지 않으니 그만 꺼지라. 만일 조금이라도 입 뻥긋하믄 그땐 촌주님이 아니라 내가 널 죽일 기다. 알간? 내가 그나마 널 살려 보내는 건 아령이 앞길에 조금이라도 흠이 잡힐까봐서니 곱게 보내줄 때 잔말 말고 꺼지라. 그리고 오늘 이후로는 아령이나 우리 식구 근처에 얼씬도 말고 피해 다니라."

강제로 귀바우를 보내고 난 뒤 가시라기는 문을 걸어 잠그고 가실에게 매타작을 시작한다. 끽소리도 못하고 그 매를 다 맞은 가실은 밤새 앓는 소리를 한다.

새벽부터 일어나 아령에게 줄 죽을 쑤고 가시라기 아침을 챙기는 가실의 얼굴과 몸은 퉁퉁 부어 있고, 군데군데 피멍 자국이 선명하다.

세상에 비밀은 없는 법.

잔치에서 일찌감치 나와 아침 지을 물을 긷기 위해 우물로 가던 '쇠동녀'는 엉망이 된 아령을 업고 가는 귀바우의 뒷모습을 우연히 보게 된다. 기이한 일이라 여긴 그녀는 호기심에 뒤를 좇는다. 필시 무슨 큰 사달이 난 게 분명하다.

몰래 뒤를 밟고 대충 사태를 파악한 쇠동녀는 묘한 쾌감을 느낀다. 요사이 가실이 얄밉고 시샘이 나 죽을 판이었던 것.

다음날, 가실과 귀바우가 얼굴에 멍자국을 하고 나타났을 때 쇠동녀는 더더욱 확신한다. 분명 귀바우와 아령 사이에 무슨 일인가가 벌어진 것이리라.

안 좋은 말일수록 소문은 빠르게 퍼지는 법. 퍼져갈수록 없는 사실까지 보태져 마치 사실인 양 정착되는데, 아령과 귀바우가 서로 남몰래 만나오다가 혼인을 앞두고 결국 일을 치고 도망갈 궁리까지 한다더라.

소문은 본시 세상 사람들이 다 알지만 당사자들은 정작 모르는 터.

촌주의 귀에까지 들어가 마을이 온통 그 이야기로 쑥덕댐에도 가시라기와 가실은 모르고 있었다. 뒤늦게 이 소문을 전해들은 가시라기가 길길이 날뛰며 부정해보지만 이미 막기엔 역부족.

얼마 후, 아령과 촌주의 혼인은 파토가 나고, 귀바우는 자신이 지키던 우물에 투신해 숨진 채 발견됐다. 죄책감과 후환이 두려워 자살한 거라고 사람들은 시신을 거둬 장사지내줬다. 그러나 모두 쉬쉬하고 말만 안 했지 이 자살에 촌주가 깊이 관여된 것쯤은 모르지 않았다.

아령에 대한 촌주의 다른 처분은 없었다. 그러나 가시라기에게 내려졌던 수많은 재물은 남김없이 다 회수됐다. 심지어 이미 혼례 준비로 써버린 것에 대해서는 그 값어치만큼 농지와 다른 물건을 빼앗아가 사실상 가시라기의 집은 초토화 되었다. 세간살이 몇을 제외하고는 남는 게 없을 정도였다.

가시라기는 화병과 사람들에게서 받는 조롱을 가실에게 풀었다. 사소한 트집을 잡으면 바로 손찌검이 시작되었다. 그러면 인사불성이 되어 가실을 팼는데 이것은 비단 집에서만이 아니라 마을 이곳저곳 아무 데서나 행해졌다.

이를 보다 못한 몇몇 사람들이 말리기도 해봤지만 오히려 화만 돋울 뿐, 어쩌나 힘도 세고 광폭한지 도무지 평소의 가시라기가 같지가 않다고 사람들은 혀를 내둘렀다. 비록 성질은 급했지만 사람들에게 보이는 것을 매우 중요시해 이웃에게 해를 주거나 다른 이들 보는 데서 책잡힐 일은 절대 안 하는 위인이었기 때문이다.

새벽, 잠을 이루지 못하고 한숨만 내쉬던 가시라기는 옆에서 코를 골며 자는 가실에게 다시 욱한 마음이 치솟는다.

하루종일 밭으로 산으로 거덜 난 살림살이 입에 풀칠이라도 하기 위해 동분서주했던 가실은 노곤한 몸을 겨우 뉘인 채 세상모르고 곯아떨어져 있는 것이다. 이 모양새가 매우 거슬린다.

가시라기는 그러면서도 가실에 대한 연민 또한 없지 않아 일단 참는다. 그러나 솟구치는 화를 누를 길이 없다. 열이 치밀어 가슴에서 머리까지 올라오자 주체가 되지 않아 드디어는 자고 있는 가실을 발로 찬다.

자다가 발길질에 놀라 튀듯이 일어난 가실은 가시라기의 폭력에 또 올 것이 왔다는 마음에 일단 웅크리며 빌고 본다. 그러나 무차별적으로 쏟아지는 발길질과 손찌검을 막기에는 역부족이다. 조금이라도 소리를 지르면 폭력이 더 심해지는지라 있는 힘을 다해 입술을 깨물며 참는다.

아하하하하하, 이 와중 깨질 듯한 웃음소리가 들린다. 순간 가시라기는 움찔해 문밖을 본다. 어느새 열린 방문 밖에 아령이 서 있다. 그것도 해맑게 웃으며.

소름이 끼쳐 가시라기는 얼굴색이 변한다. 가실 역시 흠칫 놀라 딸을 빤히 쳐다본다. 한참을 아령은 그렇게 두 사람을 향해 예의 그 웃음소리를 내지른다.

이후, 가시라기는 가실에 다시는 손찌검을 하지 않았다. 아령은 말을 잃고 집에서만 지냈다. 어쩌다 한밤중, 사람들은 아령이 혼자 웃거나 울며 마을 여기저기를 헤매고 다니는 걸 보곤 했다. 누군가와 눈이 마주쳐도 초점 없는 눈으로 빤히 쳐다보다 지나가곤 했는데 정상인의 모습은 아니었다.

귀바우가 빠져 죽은 후 우물은 일시 폐쇄되었다. 사람들의 불편은 이만저만이 아니었다. 이에 마을 차원에서 대대적으로 부정 탄 우물에 제를 올린 후 다시 사용하기 시작했다. 귀바우의 뒤를 이어 우물을 관리하는 자는 마을에서도 평판 좋은 부부가 맡았고 이후 아침저녁으로 우물을 관장함에 그 규제가 더욱 엄격해졌다.

윤궁과 문노의 혼인은 포석사에서 성대하게 치러진다. 왕의 혼례 못지않은 규모에 포석사는 내로라하는 사람들로 북새통을 이룬다. 수많은 이들의 전폭적인 지지를 받는 문노의 혼례. 미실과 세종이 중매를 해 혼주 자격으로 참석한 혼인은 자체로도 대단한 것이다.

윤궁은 거처를 문노의 집으로 옮기고 가복들과 집안의 모든 대소사를 파악하며 빠르게 문노의 부인으로서의 위치를 공고히 다지기 위해 힘쓴다.

문노의 집에는 거하는 사병과 가복들만 수십에 달해 끼니마다 그 치다꺼리가 크나큰 일이었다. 문화 사후 모든 부엌일을 관장했던 사람은 '모량녀'였는데, 그녀는 일에 대한 자부심이 대단했고 실질적인 안주인 노릇을 하고 있었다.

음식 솜씨도 좋거니와 이미 집안사람들의 입맛이며 사람 다루는 방법 등등 모든 면에서 능수능란했고, 무엇보다 이 자리를 다른 누구에게도 내줄 생각이 추호도 없었다.

아직 어리고 평생 부엌일이란 걸 해본 적도 없어 보이는 사람이 혼인을 하자마자 부엌으로 쳐들어와 이것저것 관심을 보이자 모량녀는 경계심을 보인다. 그냥 해주는 음식이나 먹고 말 일이지 저 귀족여자는 대체 뭘 원하는 걸까? 심기가 불편해진 모량녀는 윤궁에게 호의적인 태도를 보이지 않는다. 가복들 역시 이미 모량녀에 길들여진 상태라 윤궁의 참견을 달가워하지 않는다.

윤궁과 혼인을 한 문노는 좋은 남편, 윤궁을 따라 들어온 윤실에게는 좋은 아버지가 되기 위해 노력했다. 그러나 집안 살림에 대한 것은 지금껏 관심도 없었고 잘 알지 못하는 터라 묘한 윤궁과 모량녀의 신경전을 전혀 눈치채지 못한다.

혼인 후 미실을 찾은 윤궁은 이런 고충을 토로한다.

"네 지금껏 화초처럼 지내 아랫것들 다루는 법을 터득하지 못했구나. 게다가 왕실이 아닌 개인 살림을 맡는 안주인이 되기는 처음이고. 자고로 천한 것들은 조금만 틈을 주면 주제를 모르고 기어오르는 법, 처음부터 주제를 확실히 깨닫도록 해야 한다. 이 땅에 괜히 신분의 높낮이가 있는 게 아니다. 이것은 자연의 이치와도 같아 하등한 것들은 벌레와도 같이 많아 그 대함에 인정을 두어서는 안 된다. 정 안 되면 죽이면 그만인 것. 알지 못하는 것들에게는 보여주면 될 일. 없어진 자리를 대신할 것들은 많다. 댓거리도 안 되는 상대를 두고 뭐가 그리 고민이라고 이러고 있느냐?"

문노의 생일이 돌아오자 윤궁은 음식이며 모든 준비를 자신이 데리고 온 부엌시복과 함께 직접 하고자 한다. 이것을 시작으로 차후 안살림을 다 휘어잡을 생각. 그러나 모량녀는 쉬이 물러나지 않고 불가함을 간한다. 안 그래도 부엌살림에 필요한 재물을 윤궁이 틀어진 뒤로 불만이 쌓일 대로 쌓인 터다.

윤궁에게는 말이 안 통할 걸 안 모량녀는 드디어 문노에게 고한다. 눈물을 흘리며 어린 시절 문노와 문화 이야기부터 시작하며 일단 감성을 자극하고 문노가 눈시울을 붉히자 본론인 살림권 문제를 꺼낸다.

어린 시절부터 봐오고 어머니가 죽은 후 여러모로 자신을 챙겨주고 늘 빈자리를 대신해 주었던 모량녀의 눈물에 문노는 크게 흔들린다.

그날 밤, 문노는 윤궁에게 난처한 듯 망설이다 말을 꺼낸다.

"부인의 귀함은 골에서부터 남다를지니, 어찌 고귀한 골을 훼손하는 잡다한 일에 관여하려 하시오. 그저 하루하루 나와 청유를 즐기며 화락하게 지냅시다. 부디 모량녀에게 다 맡기고 상전답게 자비를 두었으면 하오."

모량녀가 문노를 만난 걸 모를 리 없는 윤궁은 문노의 말뜻 또한 잘 아는 터다. 그러나 이것은 그리 간단한 문제가 아니다. 남자인 문노가 모르는 여인들만의 문제요, 기강의 문제요, 집안 서열의 문제다.

"물론입니다. 저의 가장 큰 일은 이 집안의 화락과 공의 위를 견고히 하는 일일진대, 만일 이것을 위태롭게 하는 게 있다면 단호히 처신해야 하는 것 또한 저의 일이라 여깁니다. 그러니 공께서는 과히 염려치 마시고 저를 믿어 주셨으면 합니다. 제 어찌 골을 더럽히는 일을 함부로 하겠습니까?"

이전의 윤궁이 아니다. 남자로 인해 새로운 것을 알게 된바 이후 바라보는 세상과 가치관 또한 달라진 것. 무엇보다 알력다툼이란 것을 알게 되고 하게 된바 조금도 물러설 생각이 없다. 이것은 고귀한 혈통의 자존심이기도 한 것이다.

궁에서는 감히 자신에게 맞서려는 아랫것들이 없었다. 늘 순응하며 따랐다. 윤궁 또한 그들의 일에 간섭해야 할 사유가 없었다. 그런데 지금은 많은 것이 달라졌다.

매일 밤, 윤궁은 문노와의 잠자리에서 최선을 다했다. 모든 문제의 해결책이자 가장 중요한 가치는 문노의 절대적인 사랑일 터, 이것에 다른 여지는 없었다.

일이 터진 건 날이 본격적으로 더워질 즈음이었다.

아직 문노의 생일이 보름 정도 남은 상황에서 모량녀는 여전히 수많은 식솔들의 음식을 관장하고 있었다. 그런데, 가병들이 아침을 먹은 후 단체로 토사곽란을 일으키는 사건이 일어났다. 가복들은 무사한데 유독 문노의 사병들만이 이러한 증세를 보인 것.

수많은 시간 동안 한 번도 일어나지 않았던 변고였다. 많은 장정이 비실대며 괴로워하고 기진맥진해 난리가 난 상황. 이때 문노는 세종과 함께 며칠 동안 '음즙벌국'을 시찰하고 있던 상황이었다. 처음엔 전염병이 창궐한 게 아닌지 의심하던 사람들은 음식으로 인한 일시적인 탈이란 의원의 말에 일단 한시름을 놓지만, 윤궁은 이 일을 그냥 넘기지 않았다.

사태가 일단 진정되고 나자 윤궁은 모량녀에게 책임을 물으며 죄를 추궁했다. 모량녀로서도 딱히 변명의 여지는 없었다. 그렇다고 할 말이 전혀 없는 것도 아니었다.

누구보다 모량녀는 음식의 위생에 남다른 신경을 썼다. 특히 날이 더워지면서 더욱 주의하며 음식이 나가기 전까지 하나하나 살폈다. 분명 아무 이상이 없었다.

그러나 이러한 말도 윤궁의 입장에서는 짜증 나는 변명에 불과했다. 잘못을 고하고 백번 조아려도 뭐할 판에 고개를 꼿꼿이 들고 변명이나 해대는 꼴이 참으로 밉기 이를 데 없었다. 평소에 쌓인 감정까지 겹쳐 작정을 한다.

윤궁은 죄를 물어 바로 다음 날 모량녀를 내친다. 이 단호한 처사에 모량녀는 반발한다.

"공의 수많은 사병들을 그 지경으로 만들고도 네 변명으로 일관하는바, 더는 인정을 둘 수가 없다. 그동안 가솔들을 위해 일한 시간을 봐 다른 벌은 가하지 않고 사지육신 멀쩡히 보내는 것만으로도 감사해라. 생살을 갈갈이 찢어야 네 정신을 차리고 곱게 물러날 것이냐? 참으로 방자하기 이를 데 없구나."

오랜 시간 문노의 집에서 나름 권세를 누리던 모량녀는 그렇게 윤궁이 들어온 지 얼마 되지 않아 문노가 채 알기도 전에 달랑 보따리 하나만 들고 내쫓긴다.

아무것도 모른 채 집으로 돌아온 문노는 그제야 자기가 없는 틈에 일어난 사건을 알게 된다. 가병들의 집단 발병과 다른 이도 아니고 어린 시절부터 함께 한 모량녀가 여기에 연루돼 내쫓겼다는 사실에 당황한다.

본디 아랫사람들에 대한 배려가 각별하고 특히 오랜 시간 거느린 가병들에 대한 애정이 남달랐던 문노의 입장에서는 화가 날 만한 일이었다. 자칫 수많은 사병들의 목숨마저 위태롭게 될 수 있었던 사안의 중대성으로, 조금도 자신의 잘못을 반성하지 않고 오히려 상전에게 대드는 몰골 때문에 기강을 세우기 위해 어쩔 수 없었다는 윤궁의 말이 귀에 들어오지 않는다.

혼인 후 처음으로 문노는 윤궁에게 화를 낸다.

"그런 중대한 일은 원인부터 잘 살피고 원인이 확실해지더라도 조금의 억울함도 없이 신중하게 가늠해 처리해야 하거늘, 어찌 단번에 그리 경솔하게 일을 처리했단 말이오? 모량녀가 이 집에서 어떤 위치고 내게 어떤 사람인가 정녕 몰라서 그랬단 말이오? 일가붙이 하나 없어 여기 말고는 딱히 갈 데도 없는 사람이 지금 어디서 헤매고 있을꼬. 게다가 이 사건은 가벼이 넘길 것이 아닌바, 참으로 안타깝소."

윤궁의 어떤 말도 문노는 단호히 물리치며 모량녀를 수소문한다. 물론, 그가 모량녀를 다시 찾는 건 정리 때문이기도 했지만 이 일을 더 자세히 알아보기 위함이었다. 의심을 그칠 수가 없었다. 잡히는 건 없지만, 누군가 자신이 없는 틈을 타 가병들에게 해코지를 하려 했다는 것. 이것을 밝혀낼 작정이었다. 절대 있을 수도 그냥 넘길 수도 없는 천인공노할 일이었다.

어느 때보다 문노의 의지는 확고했다. 모량녀 밑에서 음식을 한 가복들을 불러 전후 상황을 자세히 캐묻고 당시 의원까지 불러들인다. 이 와중 새로운 사실이 밝혀진다.

가병들에게 나갈 음식은 다른 가복들이 먹을 음식과는 따로 만들어졌다. 집안의 상전들이 먹을 음식과 별 차이가 없을 정도로 모든 면에서 후했고 풍족했다. 신선한 재료를 사용함은 물론이다.

의원은 사병들의 증세가 독을 먹었을 때의 증세와 같았다 증언한다. 말 한마디 잘못했다가 엄청난 불똥이 떨어질지도 모른다는 윤궁의 엄포에 입 다물고 있던 의원은 조심스레 자신의 의견을 개진한다. 자칫했다가는 단체로 죽음을 당했을 지도 모른다는 말까지.

누군가 악의적으로 행한 짓이란 게 드러나자 문노는 대로한다.

문노의 이런 모습에 윤궁은 더 이상 아무 말도 못하고 그저 쥐죽은 듯 있을 수밖에 없었다. 당시 상황과 사람들 하나하나를 일일이 탐문하자 안절부절못한다. 결국 음식이 나가기 직전 윤궁이 혼인할 때 데리고 온 부엌 시복의 수상쩍은 행동에 대한 증언이 나오며 윤궁까지 의심받게 된다.

윤궁의 시복은 평소 모량녀가 자신에게 텃세를 부리며 박대해 복수할 생각에 그런 짓을 했다고 자복하며 죽여줄 것을 청원한다. 오직 자기 혼자 저지른 일이라 주장했지만 문노는 믿지 않는다.

미실은 윤궁에게 손가락 크기의 항아리 하나를 건넸다. 의아하게 바라보는 윤궁에게 의미심장한 미소를 건네며 말했다.

"이것을 어떻게 쓰는가는 네 재량이다. 반만 넣으면 고통받고 다 넣으면 죽음이다. 어느 정도의 양을 선택하느냐에 따라 다양한 결과를 얻을 수 있다, 네가 선택해라. 나는 그동안 이것의 도움을 많이 받았다만 과연 넌 어떨지? 너의 배포가 어느 정도일지 궁금하구나."

일단 시복을 가두고 문노는 번민에 휩싸인다.

평소 술을 즐기지 않는 문노가 술을 마시며 괴로워하자 유노는 말없이 옆에 앉아 그저 하는 양을 바라만 보고 다른 도움을 주지 못한다.

"말해 보거라, 내가 윤궁을 어찌해야 하느냐?"

윤실은 갓 다섯 살이 되었는데, 아버지의 정을 모르고 자란 아이는 문노를 아버지라 부르며 매우 따랐다. 또한 유노 역시 이 어린 새로운 조카를 아꼈는데, 윤궁은 내심 유노가 윤실에게 잘 대해주는 게 고마웠다. 유노에게 깍듯한 태도를 보이며 고마움을 표했고 겉보기에 둘 사이는 나쁘지 않았다.

이 사건으로 유노는 매우 난처했다. 사실로만 보자면 이건 엄청난 것으로 그냥 넘길 수 없는 문제였다. 죄를 묻자면 참형도 가능한 것.

이것은 누가 봐도 윤궁의 소행. 참으로 처분이 곤란한 문제였다.

시복이 갇힌 후 윤궁은 남몰래 유노를 찾았다. 눈물을 쏟으며 도움을 청했다. 조금도 해를 입힐 생각은 없었다. 그저 상전에 대해 마땅한 도리를 하지 못하는 모량녀를 혼낼 심산이었을 뿐, 일이 이리 커질 줄은 몰랐다. 자신은 문노를 존경하고 사랑한다. 이 일로 그와 멀어지거나 다시 궁으로 돌아가게 된다면 자신은 살지 못할 것이다. 무엇보다 이제 윤실이 처음으로 아비의 정을 알게 됐는데 아이에게 상처를 주고 싶지 않다. 모든 게 물정을 너무 몰랐던 자신의 탓이다 등등.

구구절절 이런저런 말을 해대는 윤궁은 철없는 궁 안의 화초였다. 아직 자신이 얼마나 큰일을 저질렀는지 확실한 인지가 부족했다. 적어도 유노가 보기엔 그랬다.

시복은 어릴 적부터 자신을 보필하던 자라 해를 입힐 수 없다며 유노 재량으로 풀어줄 수 없겠냐며 천진난만하게 물어오는 윤궁을 유노는 딱한 표정으로 쳐다봤다.

애매모호한 대답으로 얼버무리는 유노에게 반드시 그가 도와줄 거란 강한 믿음을 보이며 돌아간 윤궁.

"이럴수록 형님이 중심을 잡으시오. 형님답지 않습니다."

"여인들의 하는 일이란 게 이리도 가볍고 어리숙하단 말이냐. 나는 윤궁에게 특별한 것을 바란 게 아니다. 그냥 조용히 내 곁에 그림같이 있어 주기만 하면 되는 거였다. 그런데 자꾸 낭주는 뭔가를 하려 한다. 그것이 오히려 스스로를 해치는 일임을 알지 못하고서 말이다. 나는 이것을 이해할 수가 없다. 때문에 용서가 쉽지 않구나. 도저히 이대로 윤궁을 내버려 둘 수가 없다."

"형님이 낭주에게 진정으로 바란 게 무엇입니까? 여인으로서, 부인으로서, 한 사람으로서 말입니다. 그저 꽃 같은 존재일 뿐이었습니까?"

유노의 질분에 잠시 문노는 멍하니 얼굴을 응시한다. 존재로서의 윤궁? 그런 건 생각해본 적도 없다.

"비록 방법이 잘못되었다 하지만 낭주는 이 집의 안주인으로서, 형님의 여인으로서 자신의 가치를 인정받고 싶었을 겁니다. 궁에서만 자라나 세상의 어두운 것을 잘 모르는 분입니다. 흰 눈 같은 분이라 아주 작은 티끌이나 색에도 쉽게 물들어버리는 위태로운 분이기도 합니다. 그런 분이기에 더욱 형님이 지켜드려야 할 존재인 것입니다. 그분께 지금 누가 있습니까? 세상 모두가 비난한다 해도 오직 형님만은 이해하셔야만 합니다. 사병들과 모량녀 모두 소중한 사람들입니다. 그러나 그보다 더욱 소중한 이는 낭주님입니다. 어떤 것과 비교도 되지 않을 정도로."

유노의 말에 문노는 긴 한숨을 내뱉는다.

"나는 그것을 이해할 수가 없단 말이다. 그냥 가만히 있어도 낭주는 자신의 가치가 세워지는데 왜 굳이 이상한 짓을 하면서까지 가치를 세우려 했단 말이냐. 그것은 욕심이다. 물론 낭주는 내게 중요한 사람이다. 그러나 중요함에 강약은 없다. 마음과 시간이 그 강약을 가늠한다면 다른 이들이 그에 못하지 않다. 한 번 용서를 해주면 사람들은 또다시 잘못을 저지른다. 한 번 크게 데이면 다시는 잘못을 저지르지 않는다. 이것이 사람이다. 이것에 구분은 없다."

문노의 의지는 강했다. 더 이상 다른 여지가 없음을 알고 유노는 마지막으로 간한다.

"조금만 더 낭주에게 시간을 주심이 어떨런지요?"

희미한 미소를 보이며 문노는 유노를 쳐다본다. 자조하는 듯한 표정이 잠시 스친다.

"윤궁이 내게 원하는 게 뭘까? 미실은 서라벌을 망쳤다. 여인이란 그런 것이다. 내가 윤궁을 택한 것은 미실과 다른 사람이었기 때문이다. 아무런 욕심이 없었기 때문이다. 그냥 남자 그 자체만을 원하는 단순한 사람인 듯했기 때문이다. 그런데 복잡해지려 단순한 머리를 굴리니 이런 사달이 일어난 것이다. 아주 드물게 여인 중에서도 미실처럼 복잡한 사람이 존재하나, 대부분 그들은 부정적으로 그걸 드러낸다. 윤궁은 미실 흉내를 내며 스스로를 망치고 있구나."

"낭주는 근본적으로 미실과는 다른 사람입니다. 그 고결함을 형님도 아시지 않소?"

"아우야, 나는 윤궁을 용서할 수 없다. 자신의 분을 알지 못하고 행동하는 사람은 곧 주위의 모두를 망치기 십상이다. 더 큰일이 벌어지기 전에 난 그녀를 보낼 생각이다. 그러니 더는 아무 말 말라."

문노는 근본적으로 여인을 동등히 여기는 이가 아니었다. 가병들을 비롯한 남성들에게는 지위의 높낮음과 상관없이 무한한 신뢰와 인간적인 존중을 보냈지만, 여인에 대해서는 전혀 달랐다. 그저 부수적인 존재. 있어도 그만 없어도 그만. 아쉽지 않을 그런 종족. 오직 남성을 위해서만 존재해야 하며, 남성을 넘어선 뭔가를 하려는 여인은 주제 넘는 것이므로 있을 수 없다 여겼다. 때문에 그는 미실을 싫어했다.

윤궁은 절망한다. 문노를 만만히 봤다. 대충 화내다가 조용히 끝낼 거라 여긴 것이다. 자신에 대한 문노의 애정을 믿은 것이다. 문노 같은 이가 더욱 고집불통에 말이 안 통하고 자기 신념이 강하다는 걸 몰랐던 것.

줄곧 문노를 피하며 화가 가라앉기만을 기다리던 윤궁은 최후로 그를 찾는다. 그러나 만나는 것조차 거절당한다. 자리에 주저앉아 윤궁은 눈물을 흘리지만, 그 상태로 문노가 만나주기를 기다리지만 요지부동이었다.

문노는 윤궁이 스스로 나갈 때까지 기다릴 참이다. 차마 내쫓기까지는 안 할 생각이었지만 만날 생각도 없다. 만난 후 무너질 게 두려운 것. 그러나 괴로운 건 어찌할 수가 없다.

육체적으로 윤궁이 문노에게 기쁨을 준 것을 부정할 수는 없다. 이것은 무시할 수 없는 조건이다. 평생 여인에 대한 호기심조차도 없던 그에게 다른 감정을 품게 해줬다. 그러나 대가는 컸다.

윤궁은 미실이 아닌 세종을 찾아갔다. 세종의 말이라면 문노가 들을 터.

윤궁을 앞에 둔 세종은 난색을 표했다. 다른 문제도 아니고 집안 문제에 대해 아무리 그라도 뭐라 할 수는 없었다. 더군다나 신하지만 문노를 어려워하는 터라 더더군다나 그러했다.

일단, 윤궁은 병을 칭하며 드러누웠다. 은밀하게는 아직 찾지 못한 모량녀를 찾았다. 모량녀라도 찾아다 바치며 잘못을 빌어야 그나마 씨알이라도 먹히지 않을까 싶은 것. 그러나 문노가, 윤궁이, 누가 찾아도 모량녀의 행방은 묘연했고, 이는 문노를 더욱 힘들게 했다.

그런데 거짓으로 병을 칭하던 윤궁 대신 갑자기 문노의 몸에 이상이 생긴다. 등에 종양이 생긴 것. 이것으로 문노는 매우 고통스러워한다.

세종이 궁에서 약사를 보내고 용하다는 약을 쓰고 의원들이 수없이 들락거리지만 도무지 차도가 보이지 않는다. 종양은 점차 커지며 다른 곳까지 전이가 되어간다.

몸이 약해지자 마음까지 약해져 문노는 자신이 윤궁에게 모질게 굴어 죽은 동류으로부터 이런 벌을 받는 건 아닌가 하는 마음까지 생긴다. 그러면서 점차 병문안을 오는 윤궁을 만나기도 한다.

문노가 만나주자 이후부터 윤궁은 잠시도 곁을 뜨지 않고 병구완에 온 힘을 쏟는다. 자신의 모든 걸 걸고 문노를 돌보는 모습은 흡사 죽음을 앞둔 사람이 그것을 벗어나고자 안간힘을 쓰는 것처럼 안쓰럽기까지 했다.

등에 생긴 종양이 가슴과 배 팔까지 전이가 돼 모양새가 흉물스러워질 때 즈음, 윤궁은 극한 처방을 하기로 결정한다. 종양들을 하나하나 직접 입으로 빨아내는 것. 입이 다 헐도록 이 일을 반복한다.

혹시라도 모를 전염을 염려해 모두 말리지만, 문노까지 크게 말리지만 윤궁은 듣지 않고 그러기를 며칠이나 이어간다. 이런 윤궁의 모습에 문노는 눈물을 글썽인다.

윤궁이 이러고 있는 사이 윤실은 유노가 도맡아 돌봤는데, 어느새 어미보다 유노를 더 따르며 늘 그 곁에 머물렀다.

정성이 통했음인가? 도무지 호전되지 않던 문노의 병세가 점차로 호전된다. 눈에 띄게 종양은 줄어들었고 서서히 아물어갔다. 여기다 윤궁이 문노의 아이까지 가지게 된 것을 알게 된다.

이 소식을 전해 들은 미실은 회심의 미소를 짓는다.

"세상의 모든 사내들은 어찌 이리도 어리석고 단순한지. 문제는 절대 그걸 알지 못할 뿐 아니라 오히려 여인들을 무시한다는 것이다. 여인의 치마폭에서 헤어나지도 못하는 젖먹이들이. 조금만 여인을 덜 무시해도 이리 여인들에게 휘둘리지만은 않을 텐데 스스로 자초를 한다. 참으로 어리석은 종자들. 역시 문노 공 당신도 다르지 않구려. 사내에게 다른 걸 기대한 내 실수인가?"

세종에게 큰 기대를 했던 터라 매우 낙담해있던 윤궁을 미실이 불렀다.

"병 주고 약을 주면 사람들은 결국 약에 감사하지. 넌 어찌 내가 일일이 알려줘야만 알아먹는지 모르겠구나. 단지 하찮은 여자 하나 처리하라 내가 그 귀한 걸 너에게 주었겠느냐?"

윤궁은 선뜻 알아듣지 못하고 도움을 청하듯 미실을 바라봤다.

"말하지 않았느냐, 약은 선택에 따라 다양한 결과를 얻을 수 있다고. 조금 흘리면 조금 아프다 말고, 더 넣으면 몸에 심한 변화가 생길 것이며, 분량을 다 쓰면 죽는다. 이번엔 이것을 문노에게 쓰도록 해라. 아, 물론 어디까지나 너의 선택이기에 결과도 네 책임이니 목숨을 걸고 최선을 다해야겠지? 문노라면 너에게 그럴만한 가치가 있지 않겠느냐? 어때, 할 수 있겠어? 참, 그 시건방진 년은 걱정할 것 없다. 아랫것이 감히 상전을 물어뜯으려할 땐 죽음만이 답이다. 살려둘 필요가 없다. 그것은 내 알아서 처리했다. 그러니 넌 네 일만 생각하라. 다시 날 실망시키지는 말아다오. 내 널 다시 한 번 더 믿어보마."

윤궁의 눈빛이 심하게 흔들렸다. 그럴 줄 알았다는 듯 미실은 냉소를 머금으며,

"뭐 어찌하겠느냐, 너는 다시 궁으로 돌아오면 되는 것이고, 문노야 널린 게 여인이니 다른 여인을 얻으면 되는 것일 터. 아랫것 대하기를 자신의 몸처럼 하는 문노가 널 용서하기는 글렀으니."

겁 많고 소심한 윤궁은 안 그래도 가병들 일로 심하게 마음의 안정

을 잃고 후회하던 터였다. 그런데 미실은 더한 걸 부추겼다. 오직 문노를 앞세워.

풀이 죽어 나가는 윤궁의 뒷모습을 보며 미실은 미소를 머금었다.

여인이란, 특히 너처럼 오직 사내 하나에게 인생의 전부를 걸고 사는 여인이라면 그 사내를 잃지 않기 위해 못하는 것이 없지. 사내를 해하는 짓까지도. 세상에 거저 얻어지는 것은 없단다, 나의 아우야. 양심이란 얼마나 하잘것없는지. 진정한 선이란 승리하는 것이란다. 원하는 것을 얻고 누리는 것이란다. 너도 내 핏줄, 반드시 해내리라 믿는다.

미실을 만나고 온 후 한동안 윤궁은 끼니도 거르며 고민에 휩싸였다. 그러나 문노가 자신을 내치려는 마음까지 먹었다는 것을 확실히 느끼는 순간 결심을 굳혔다. 더 이상 물러설 곳도 도와줄 이도 없었다. 스스로 해결하는 수밖에.

어쩌면 윤궁은 문노가 원하는 그런 여인인지도 몰랐다. 그저 남자 하나만을 원하는. 그러나 그렇기에 문노는 오히려 몰랐던 것이 있다. 그 하나를 위해 어떠한 짓도 할 수 있는 것이 또한 그런 여인이라는 것을.

여유롭게 다과를 즐기며 미실은,

"문노 공, 당신은 가야의 핏줄 따위가 감히 왕실을 업신여겼소. 윤궁은 내 종형제, 당신 따위가 감히 무시할 대상이 아니란 말이오. 윤궁을 무시한 건 날 무시한 것, 당연히 그 값은 치러야겠지? 그래, 몸의 고통을 겪어보니 어떠하셨소? 정신이 번쩍 들었겠지요? 그러니 적당히 하시지 그랬소. 이 미실을 건들진 말지 그랬소. 이번 일을 교훈 삼아 다시는 내게 대들지 마시오. 그땐 이런 것으로 넘어가지는 않을 터이니. 허나 윤궁이 아이를 갖고 다시 윤궁과의 부부의 연이 굳건해진 것에 대한 상은 내 넉넉히 하사하겠소. 인간사란 게 뭐 별다를 게 있겠소? 내게서 모든 길흉화복이 기인한다는 말입니다."

흐뭇한 미소를 머금으며 은은한 향의 차를 들이킨다.

"이제 봄이 완전히 갔구나. 참으로 시끄러웠어."

문노가 회복하자 미실은 그만 풍월주의 위를 문노에게 양위하도록 설화랑에게 명한다. 대신 설화랑에게는 병부의 총지휘권을 맡긴다. 문노는 부군의 위를 거치지 않고 바로 다음 풍월주가 되는 전대미문의 존재가 된다. 이미 다음 풍월주로 내정돼 있었던바 일은 신속히 진행된다. 설화랑은 물론 문노 역시 군말 없이 받아들인다.

기존 풍월주가 양위하고, 새로운 풍월주가 위임되는 행사는 포석사에서 엄숙하게 치러진다.

모든 낭도와 화랑이 나부끼는 깃발 아래 사열한 가운데 세종과 미실이 입장해 상석에 자리를 잡는다. 다음으로 그 아래 현 풍월주와 다음 풍월주가 자리를 잡고 그외 귀빈들이 쭉 늘어서 양옆으로 앉는다.

세종이 위화랑전과 시조전에 풍월주의 위를 넘김을 고하고 두 전·현 풍월주가 세종과 미실에게 절한 후 돌아서면 늘어선 낭도들은 새로운 풍월주에게 충성을 다짐하며 함성을 지른다.

화랑들이 북을 치며 서라벌의 새로운 풍월주를 축하하는 것을 시작으로 유화들의 춤이 이어지고 거한 잔치가 벌어진다. 이것은 밤늦도록 이어지고 이때 수많은 유화들의 시중을 받으며 낭도들은 맘껏 즐긴다.

정금과 유노는 다시 재회한다.

좀처럼 날들 앞에서 피리를 부는 법이 없던 유노는 문노가 풍월주의 위에 오르는 이 날만큼은 사람들 앞에서 그 모습을 선보인다.

특별히 마련된 중앙 자리에 앉은 유노에게 모든 이가 조용히 집중하며 연주를 기다린다. 흰옷을 입고 단정히 앉아 숨을 고르는 유노의 모습은 학과 같다. 티 하나 없이 맑은 얼굴에 흔들림 없는 자태는 고고하기 이를 데 없다.

정금은 숨이 턱 막힌다. 저자는 대체 뭐란 말인가. 뭔데 감히 날 이리 흔든단 말인가. 천상의 기품이란 저런 걸 이르는 말이리라.

조용히 시작된 연주는 바람과 같이 흘러가다 폭풍과 같이 몰아치며 사람들을 사로잡는다. 모든 이는 숨도 제대로 쉬지 못하며 연주에 홀린다. 작은 공간에 앉아 연주하는 단 한 사람으로 인해 수백의 사람이 넋을 놓고 그 한 사람에게 온 정신을 뺏긴다.

저자, 저자를 내 것으로 만들고 싶다. 저 아름다운 자를 갖고 싶다.

욕망에 휩싸여 정금의 가슴은 뛴다.

쏟아지는 찬사를 뒤로하고 이후 유노는 잔치 내내 모습을 보이지 않는다.

모두가 정신없는 틈을 타 정금은 유노를 찾아 나선다. 유노가 없는 잔치란 정금에게 아무런 감흥도 없다. 한참을 찾은 끝에 포석사 구석 나무둥치에 앉아 있는 그를 발견한다. 나무에 기대 눈을 감고 있는 모습을 보자 정금의 가슴은 다시금 뛰기 시작한다. 쉬이 다음 행동을 결정 내리지 못한다.

잠시 망설이다 심호흡 끝에 그에게 다가선다.

분명 인적을 느꼈을 터인데 눈을 뜨지 않는다. 유노의 옆에 선 정금은 겸연쩍은 마음에 그냥 갈까 싶었지만 참고 앉는다. 침묵이 흐른다. 정금은 슬슬 짜증이 인다.

"여긴 어인 일이십니까?"

그만 일어서려는 찰나, 눈도 뜨지 않은 채 유노가 입을 연다.

"뭐야? 내가 누군지 안 것이냐?"

그제서야 유노는 눈을 뜬다. 하지만 정금을 돌아보지는 않는다.

"향, 동백꽃 향, 낭주의 향."

눈을 동그랗게 하고 유노를 빤히 쳐다보다 정금은 옅은 미소를 짓는다.

"음흉하도다. 하지만 이해한다. 왜냐면, 당연한 것이니까."

유노는 천천히 정금에게 고개를 돌린다. 알 수 없는 눈빛으로 붉은 입술 양 끝을 올리고. 유난히 까맣게 빛나는 눈이 정금을 향한 채 움직이지 않는다. 차마 더는 눈을 마주치며 있을 수 없어 정금은 눈길을 피한다.

화가 난다. 감히 날 빤히 바라볼 수 있는 이 자가 싫다. 그런데 그 정도의 눈길마저 감내해내지 못하고 피해버리는 나도 싫다.

복잡한 심정으로 정금은 뾰로통해진다.

"이미 네 피리 부는 솜씨로 잔치의 주인공은 아버지나 문노 공이 아니라 네가 됐는데 왜 거길 빠져나온 것이냐? 수많은 유화들이 너 때문에 정신이 없더구나!"

"시끄러워서 싫습니다."

"예의가 없구나. 뭐가 그렇게 당당하고 대단해?"

정금의 말엔 아랑곳없이 유노는 다시 눈을 감는다. 무슨 말인가를 더 하려다 참고 정금은 먼 산등성이를 바라본다.

뭔가 편안하다. 안락하고 따스하다. 살포시 부는 바람마저 부드럽

다. 그냥 아무 말도 없이 이리만 있어도 더할 수 없이 행복한 기분이
드는 건 왜일까? 유노에게서 뿜어져 나오는 기운이 몸 전체에 스며드
는 듯하다. 기억조차 없는 엄마, 엄마의 품이 이와 같을까? 저자의 가
슴에 안겨보고 싶다. 저 섬세해 보이는 희고 기다란 손을 만져보고
싶다. 저 붉고 도톰한 입술에 내 입술을 마주대보고 싶다.

얼굴이 붉어진다. 다른 육체에 대한 호기심과 욕망이 스멀댄다.

"유노랑 아재~ 아재~!"

이것을 여지없이 깨부수듯 쨍하니 아이의 목소리가 들린다. 저쪽에
서 어린 여자아이가 뛰어온다. 뒤이어 한 여인이 헐떡이며 따른다. 정
금의 낯이 찡그려진다.

아이를 보자마자 유노의 얼굴이 환해지더니 벌떡 일어나 양팔을 벌
린다. 함박웃음을 지으며 뛰어온 아이는 풀썩 품에 안긴다. 이보다
더 다정할 수 없을 광경이다.

"애기씨가 내내 찾았습니다. 어쩌나 발을 동동 굴며 아재가 안 보인
다 우시든지. 참말 애먹었습니다."

유모로 보이는 젊은 여인은 한숨을 돌리며 땀을 닦는다. 그 와중
힐끗 정금을 바라본다. 누군지 알아보는 듯 의아한 표정이 된다. 뒤
늦게 살짝 고개를 숙이며 정금에게 예를 올린다.

윤실을 안아 들고 유노는 뒤도 돌아보지 않은 채 그대로 여인과 가
버린다. 인사조차 없다. 그저 안아 든 아이에게만 온 신경이 다 가 있
어 보인다. 저자에게 저런 표정도 있나 싶을 정도의 모습으로 아이에
게 말을 걸며 걷는다.

수치심이 인다. 유노의 뒷모습을 망연히 바라보는 정금은 참을 수
없는 구차함과 짜증에 숨이 거칠어진다. 감히 저따위가. 그러나 한

편, 안타까움에 눈물이 날 것 같다. 복잡한 심경이 된 정금은 유노가 떠난 자리에 다시 풀썩 주저앉아 고개를 떨군다.

내 이 얼굴을 보고도 아무런 감정이 안 든단 말인가? 이 어여쁜 모습을 보고도 감히? 서라벌 모든 사람들이 날 보고 찬양하는데 저자는 어찌 저리 냉정하단 말인가? 야릇한 복수심마저 인다.

잔치가 파할 무렵, 미실과 세종이 먼저 궁으로 떠나고 설화랑은 뒤늦게 문노와 윤궁의 혼인을 축하하며 덕담을 건넨다. 자리가 자리인지라 문노의 병에 대해서는 묻지 않는다. 설화랑과 문노를 위한 자리임에도 서로 외면하며 다른 자리에서 각기 잔치를 즐기다 그들 가운데 앉아 있던 미실과 세종이 자리를 뜨자 더는 모른 척할 수가 없게 된 것이다.

"더할 데 없는 귀골들이 부처가 되고 이렇듯 아름다이 선문의 기둥까지 되었으니 부디 세세토록 복되시길 바라겠소."

"귀하신 축원 참으로 감복할 따름입니다."

문노가 사례한다.

"낭주는 개인적으로 오래전부터 뵈어왔지만 근래 들어 더욱 귀하심이 높아지신 듯하여 새 풍월주의 덕에 감탄할 따름입니다."

윤궁은 설화랑의 칭찬에 미소로 답하며 정금을 자세히 살핀다. 정금이 아주 어릴 적 한 번 봤을 뿐 성장한 모습은 처음 보는지라, 서라벌 사람들에 의해 선도산 신모의 현신으로 칭송받는 자태가 사뭇 궁금했다.

미실과 닮은, 선도산 신모의 화신… 그러나 윤궁의 눈에 비친 정금은 어디도 미실과 닮은 구석은 없어 보인다. 미실에게는 남다른 풍모가 있다. 여인이지만 제왕의 그것이. 그러나 정금은 그저 여인 그 자체일 뿐. 아름답지만 그것을 넘어선 무엇은 없다. 아직 어린 여인. 이제 막 꽃핀 위태로운 아름다움. 아직 만개하지 못한 어설픔.

다소 실망스럽지만, 그러나 정금은 충분히 아름답다. 뭇 사내들의 마음을 사로잡을 존재적 가치가 충분하다.

"온 서라벌을 들썩이게 하는 귀녀를 두신 공이야말로 덕이 사무칠 지경입니다. 저 아름다운 귀녀의 배필은 천상에서나 찾아야 되지 않나 싶습니다."

윤궁의 말에 모두의 시선이 정금에게로 향한다. 순간 유노와 정금의 시선이 마주친다. 이번만큼은 유노의 눈을 피하지 않고 도전적으로 마주한다.

"하하하. 세상에 문노 공과 같은 이는 하나뿐이고, 이미 낭주의 부군이 되셨으니 마땅한 짝을 말씀처럼 과연 천상에서나 찾아야 하지 않을까 싶습니다."

설화랑이 슬쩍 문노를 쳐다보며 호탕하게 말한다. 말이 끝나기가 무섭게 윤궁이,

"풍월주와 같은 이가 또 있습니다. 아우인 여기 유노 공입니다. 그 재능이 3현을 자유자재로 다루는 공에 비할 바는 못하지만 3죽에서만큼은 더할 데가 없고, 풍모야 보시는 바와 같이 수려하고, 품성 또한 청아하기 이를 데 없어 귀녀에게 뒤처짐이 없을 듯하옵니다."

순간 설화랑의 얼굴이 굳는다. 불쾌한 기색이 역력해지더니 급기야 울그락불그락 헛기침까지 나온다. 갑작스런 윤궁의 말에 문노를 포함해 정금, 유노까지 당황한다. 그러나 윤궁은 멈출 기세가 없다.

"또한 전례 없이 부군이 되지 않고 바로 풍월주의 위에 올라 세상에서 말들이 많은 터에 서로 가연을 맺어 보이면 어찌 덕스럽고 아름답

지 않겠습니까?"

문노가 윤궁에게 눈치를 주지만 모르는 척, 윤궁은 그저 생글댄다. 좋은 자리에서 심한 말을 할 수가 없어 설화랑은 꾹 참고 겨우 한마디 내뱉듯이 한다.

"참으로 아쉽게 됐습니다. 정금이는 이미 정혼한 곳이 있는지라, 뛰어나신 귀댁의 자제와 맺어지지 못할 듯합니다."

유노가 설화랑을 쳐다본다. 이어 빠르게 정금에게로 시선을 돌린다.

"오, 그렇습니까? 그 복되신 분은 뉘 댁의 귀자이신지요?"

의외란 듯 놀라며 윤궁이 묻는다.

"오래 두고 봐왔지만 내 생각으로는 서라벌에 더한 사내가 없다 여깁니다. 아, 물론 문노 공을 제외하고는 말입니다. 머지않아 연을 맺어줄 생각이나 아직은 밝히지 못하는 점, 이해 부탁드립니다."

설화랑이 흐뭇해하며 말한다. 정금이 난처한 빛이 역력한 얼굴로 유노를 쳐다본다. 눈을 피하며 앞에 놓인 식은 찻잔을 들어 마시는 유노다. 묘한 기류가 흐른다.

"귀녀와 같은 이를 배필로 맞으려면 적어도 서라벌 최고의 남정네여야만 가능할 듯한데 뉘댁 귀자인지 참으로 궁금합니다. 어찌 인간이 신모님의 현신을 감히 맞을 수 있단 말입니까. 서라벌의 왕이 아닌 바에야. 그렇지 않습니까?"

더 이상 윤궁을 내버려 두면 안 될 듯해 문노는 빠르게 제지한다.

"낭주께서 축주 두어 잔을 연거푸 마신 탓으로 다소 과도한 말씀을 하시는 것이니 설 공께서 그냥 한 귀로 흘리시면 될듯합니다. 어허, 그만하시오 부인."

혼인 후 윤궁은 여러모로 다른 사람이 된 듯했다. 한바탕 엄청난 일을 겪은 후 부부는 평화롭게 세인들의 칭송을 받으며 유유자적 살아가지만, 간간이 다른 모습을 보이는 윤궁이다. 어느 것이 과연 본모습인지 갸우뚱할 정도로 문노는 윤궁에게 적지 않게 당황하곤 했다.

오늘만 해도 그렇다. 다소 위험한 발언을 윤궁은 서슴없이 하는 것이다. 문노와 설화랑의 사이가 썩 좋지만은 않다는 걸 모두 아는 터라 오늘 같은 날, 더더군다나 양측 사람들이 이 일방적으로 내려진 양위 때문에 특히 설화랑 측 사람들의 심기가 불편한 터에 하나하나 조심스레 대해도 뭐할 판에 윤궁은 마구잡이로 말은 하고 있다.

그렇다고 그런 예의와 눈치조차 없을 정도로 윤궁이 멍청한 사람은 아니건만, 문노는 도무지 윤궁을 이해할 수가 없다.

아슬아슬한 심정으로 참고 참던 문노는 그만 자리에서 일어서고 싶은 걸 겨우 참는다. 이 자리는 자신을 위한 자리지만, 미실에 의해 강압적으로 위를 넘긴 설화랑을 위로하는 자리이기도 해 설화랑 쪽이 자리에서 일어나지 않는데 먼저 일어날 수는 없는 상황.

기분이 언짢을 법도 한데 설화랑은 일어설 기미가 없다. 바늘방석에 앉은 듯 전전긍긍하며 불편해하는 문노를 설화랑은 물끄러미 쳐다본다. 이때 두어 명의 유화와 낭도 서넛이 어우러져 춤을 추고 있었지만 좌중의 누구도 그것에 관심을 두는 이는 없다. 모두 각자의 이유로 생각에 잠겨 머릿속이 복잡하다.

중심인물들이 아닌 사람들만의 잔치가 무르익을 무렵, 드디어 설화랑이 자리에서 일어선다. 모두 따라 일어서며 인사를 나눈다.

"문노 공께서 이렇듯 내 뒤를 맡아주시니 마음 놓고 나는 이제 선문에서 물러나 청유를 즐기며 살아갈까 합니다."

"부족합니다. 아직 공의 고언이 필요하니 도와주십시오."

형식적인 말이 오갈 동안 윤궁은 정금에게 인사를 고한다.

"내 궁을 나와 보니 딱히 처지를 나눌 분이 없어 적적할 때가 많습니다. 괜찮다면 낭주께서 종종 방문해 좋은 시간을 함께했으면 합니다. 아, 이왕 말이 나온 김에 이번 보름날 방문해주실 수 있겠는지요? 그날이 우리 윤실의 탄생일이기도 해 몇몇 사람들끼리 다과라도 나눌 생각입니다. 낭주가 참석해주신다면 자리가 더욱 빛날 것입니다. 거절하지 말아 주세요."

절대 부탁하는 말투가 아니다. 이건 도전이다. 정금은 윤궁에게 이상한 경쟁심이 솟는다. 미소를 지으며,

"물론입니다. 꼭 가 뵙도록 하지요."

즉시 답한다.

역시 미소를 보이며 윤궁이 고개를 끄덕인다.

설화랑 일행이 수레에 오르도록 문노 일행은 그 앞에 서서 배웅을 한다. 호위를 받으며 거한 행차가 멀리 사라지자 그제서야 문노는 한숨을 돌린다.

집으로 오는 수레 안에서 내내 문노는 침묵으로 윤궁에게 불만을 표출한다. 이해할 수 없지만 묻지 않는다. 그저 잠든 윤실을 다독이며 윤궁과 눈을 마주치지 않는다. 그런 눈치를 아는지 모르는지 윤궁이 다시 떠든다.

"정금 낭주를 나는 반드시 유노랑과 맺어줄 생각이에요. 두 사람은 더할 나위 없는 배필 같아요. 외적으로 보나 뭐로 보나. 그리되면 세상도 공과 설공과의 관계를 아는바 얼마나 아름다이 여기겠어요?"

한숨을 내쉬며,

"부인, 오늘 어찌 이러시오? 많이 넘치십니다그려."

문노가 결국 한마디 한다.

"걱정 마십시오, 다 공과 유노랑을 위해서입니다. 넘칠 것 하나 없습니다. 제 비록 부족하나 그런 눈치는 있는 사람입니다."

사실 윤궁은 하루하루가 평화롭고 만족스러웠지만 뭔가 따분하고 나른했다. 궁에서는 그저 같은 날이 반복되어도 그러려니 별다른 생각조차 없었다. 그런데 궁을 나와 이런저런 일을 겪다 보니 사람이 산다는 건 그런 게 아니었다. 좋은 옷을 입고 맛있는 것을 먹는 것만이 인생의 전부는 아니었던 것이다.

사람으로 산다는 것을 느끼는 거, 내가 살아 있고 내가 쓰임 받고 내가 내 능력으로 뭔가를 바꿀 수 있는 것, 이것이야말로 진정한 삶인 것이다. 더 이상 전처럼 살기는 싫었다.

평생을 어려움이나 부족함 없이 풍요롭게만 살아온 이 여인은 새로운 즐거움과 할 일이 생겼다는 것에 들떠 있다. 미실은 서라벌을 좌지우지하지만 난 사람 사이를 좌우할 참이다. 대충 이런 생각으로 윤궁은 자신을 매우 가치 있는 사람으로 여긴다. 벌써 일을 성사시킨 다음의 상상으로 즐겁다.

비록 큰일을 저질러 낭패를 볼 뻔했지만, 문노를 살린 것은 적잖은 것. 그만큼 능력을 인정받은 거고, 거기다 문노의 아이를 가진바 그에게 아들까지 안겨줄 수 있게 됐다. 여러모로 전과 다른 숨은 능력을 보이고 있는 것이다.

아직 문노는 철딱서니 취급하며 못 미더워하지만, 일단 가장 아끼는 유노를 설화랑공의 딸과 맺어준다면 심히 인정할 것이고, 점차 대외적인 큰일도 나와 상의할 것이며, 그렇게 되면 이후 서서히 미실과 같은 위치에 오르지 말란 법이 없다. 아직 문노는 내 능력을, 나란 사람을 잘 모른다.

철없는 소녀 같은 윤궁의 해맑고도 진지한 생각을 문노는 다 알지 못하나, 제발 그저 자신의 그늘에서 조용히 아이 낳고 키우고 살아주길 바라는 맘이다. 윤궁의 능력은 딱 거기까지. 모든 하는 바가 조마조마하기 이를 데 없다.

늦은 밤거리를 달리며 두 사람이 서로 다른 생각에 빠져 있을 동안, 그들이 탄 수레 뒤를 호위하며 따르는 유노 역시 다른 생각에 빠져 있다.

"정혼자가 있다라…. 그렇군. 동백꽃향이 진해 내가 잠시 홀린 거야. 그리 자성을 했건만 나도 내 마음을 주체 못하고 다른 마음을 품을 뻔했구나. 감정이란 참으로 주책맞고 죽을 날을 앞둔 노인 같아 도무지 합당한 머릿속의 지배를 받지 않는구나. 그리 밉고 그리 경멸스럽고 그리 경계를 한 것이 다 부질없어지고 한낱 향에 무너지니 말이다."

멀리 산등성이에 걸쳐진, 무리 중 빛이 유난히 미약한 작은 별을 바라보며 유노는 아버지를 부른다.

"걸중랑, 당신이 문화 낭주에게 바친 건 인생이었지요. 목숨이었지요. 무엇이 그리 만들었나요? 미색? 젊음? 위에 대한 동경? 단지 그것만은 아니었을 테지요? 나는 싫습니다. 당신의 인생이 싫습니다. 선택이 싫습니다. 그런데 핏줄이란 것은 그 운명까지 유전하는 것인가? 마음이 내 운명을 얄궂게 하려 합니다. 보고 계십니까? 도와주십시오. 여기서 멈추게 더 이상 향에 취하지 않게 도우십시오. 나는, 당신이 싫습니다. 내 몸에 당신의 피가 흐르는 게 싫단 말입니다. 네, 무섭습니다. 당신 같아질까 두렵습니다. 분을 알고 적당히 살다 죽는 것이 저에게 합당한 삶이란 말입니다. 당신의 아들로 태어난 순간부터 난 꿈도 꾸면 안 되는 운명입니다. 걸중랑, 잘난 걸중랑."

가슴이 한없이 시리고 주체할 수 없는 설움이 밀려든다.

물론, 정금은 윤궁의 방문 제의를 받아들일 생각이다. 역시 설화랑은 반대했고, 이미 가겠다 한 터에 가지 않는다면 허언을 한 것이 되며 이는 체면상 말이 안 된다 우긴 끝에 호위 한 명과 난주만을 대동한 채 정금은 정확히 보름 후 윤실의 선물을 싣고 문노의 가택으로 향한다.

미리 전해진 정금의 방문 소식에 윤궁은 유노를 중간까지 마중 나가게 한다. 이날 문노는 선문의 일로 일찌감치 출타 중이었고 평소대로라면 유노 역시 함께였을 터이지만, 윤궁이 오늘만은 윤실의 탄생일이니 유노가 같이 있어 주길 바란다 청을 한 것이다. 윤궁의 숨은 뜻을 모르는 바는 아니나 윤실 또한 유노에게 부탁을 하는지라 다른 말을 더 하지는 못한다.

가까이 정금의 행차가 보이자 유노는 말에서 내려 그곳까지 걷는다. 수레로 다가가자 난주가 먼저 밖으로 얼굴을 내민다. 그 옆으로 새침한 표정의 정금이 앉아있다.

"오시느라 수고하셨습니다. 모시겠습니다."

유노가 정금에게 가벼운 목인사를 한다. 슬쩍 유노를 보며 눈인사를 하는 듯하다 정금은 이내 얼굴을 돌린다.

유노가 앞서고 뒤를 이어 호위병과 수레가 따른다. 창 너머로 유노의 뒷모습을 보던 난주가 호들갑을 떤다.

"그저 기집 같다 여겼건만 말을 탄 모습 보니 늠름한 기상이 문노 공 못지않네그려. 안타깝기 이를 데 없다. 출신이 천하여 저 인물로도 선문 화랑에 등용되지 못하고. 아이고 참말로 잘났다. 무슨 얼굴이 기집마냥 깨끗하고 맑아서 우물물로 막 씻겨놓은 것 같고 목청은 나긋나긋하면서도 우렁차니 좋구나. 저러니 유화년들 난리가 처 났제. 내가 소싯적 인물만 됐어도 목숨 걸고 어찌해볼 터인데. 하이고야 세월이 무상타."

난주의 말이 듣기 싫지는 않다. 가슴이 뛴다.

"무오랑이 사내답게 호걸처럼 생겼다면 유노랑은 호리호리 기집처럼 아름답구나. 온통 주변엔 잘난 사내뿐이건만 그저 내 차지가 한이구나. 아이고야."

난주의 한탄에 정금은 눈치를 준다.

"그러지 마소, 몸은 늙어도 마음은 그대로라 나도 이러는 마음이 한없이 슬프오. 나는 정금 애기씨가 세상서 제일로 부럽소. 여인으로 태어나 잘난 사내에 둘러싸여 사는 것보다 더한 즐거움이 있을라고요. 거기다 내가 마음에 둔 사내의 아낌을 받는 기쁨을 능가하는 것은 없을 듯싶소. 그게 뭔지를 모르고 나이 먹고 죽을라 하니 억울하기 이를 데 없소. 내사 이번 생에 더는 죄 안 짓고 살아 다음 생엔 애기씨 같은 인생으로 태어나 잘난 사내 사랑받고 살아보고 싶소."

그저 인물 반듯한 사내만 보면 신세 한탄이 늘어지는 난주다. 다른 날 같으면 이쯤에서 정금의 타박이 날아들었을 테지만 오늘은 조용하다.

수레가 멈춘다. 유노가 다가와 수레의 문을 열어준다. 난주가 먼저 내려 정금을 잡아준다. 동백꽃향이 스민다. 유노는 정금의 옆얼굴을 본다. 그린 듯한 얼굴선을 따라 붉은 입술이 새초롬하다. 정금이 느닷없이 고개를 돌려 유노와 눈을 마주친다. 푸른 눈이 유노를 쏘듯 바라본다. 쪽빛, 옥빛 눈이다. 신비롭고도 그윽한 눈이다. 깊은 바다 같은 눈이다. 심장이 내려앉는다.

지난번 만남 때 감히 자신의 눈을 빤히 쳐다봤던 것에 대한, 거기에 버티지 못하고 눈길을 피한 자신에 대한 유치한 복수다. 어색한 정적이 흐르는 와중 윤궁이 보인다. 화사한 진달래빛 옷차림이다.

얼굴 가득 햇살을 품고 화사하게 윤궁이 웃으며 정금을 맞는다. 두 손으로 정금의 손을 덥석 잡고는 고마움을 표하며 윤실의 생일잔치가 열릴 정자로 이끈다. 유노를 돌아보며, 낭께서도 따르시지요, 하고 말하는 것도 잊지 않는다.

자그마한 연못 주위로 여기저기 소나무와 유실수들이 늘어섰고 그 사이에 오롯이 자리한 정자엔 이미 상이 차려져 있었다. 그러나 아무도 없다. 심지어 주인공인 윤실조차도.

자리에 앉은 정금은 의아하게 윤궁을 바라본다. 시선은 모른 체, 유노에게도 자리를 권한다. 일단 따라오긴 했으나 자리까지 권하자 유노는 난감해하며 사양한다. 그러나 윤궁은 거의 반강제적으로 유노를 자리에 앉힌다. 정금 바로 앞으로. 자신은 옆에 앉는다.

뭔가 어색하게 자리에 앉은 세 사람에게 과실로 담근 차가운 차가 나온다. 윤궁이 직접 커다란 단지에 든 차를 각자 앞 잔에 따라준다. 유노가 얼른 단지를 잡으려 하자 윤궁이 사양한다.

"날도 더운데 오시느라 애쓰셨습니다. 없는 솜씨지만 내가 직접 머루로 담근 것입니다. 막상 와주시라 하긴 했지만 정말 이리 찾아주시니 기쁘기 한량없습니다."

급하게 과일 차를 들이킨 후 유노가 일어서려하자 윤궁이 살짝 잡는다.

"외람되오나, 어찌 사람이 저밖엔 없는지… 다른 분들은 아직 도착하지 않은 것인지? 윤실 낭주는 왜 안 보이는지요?"

"윤실은 갑자기 체기가 있어 지금 보살핌을 받으며 처소에 있습니다. 귀하신 분 오시라 해놓고 아픈 아이 보게 하는 건 예가 아니라 여겨. 그리고 낭주님 외엔 오실분이 없습니다. 일부러 그리 한 것입니다. 아이의 생일에 삿되게 다른 이들이 몰려오는 것도 싫거니와 오직 낭주님 한 분만으로도 자리가 충분히 빛날 듯하여 그리 한 것이니 이해 부탁드립니다."

윤궁이 그저 해맑게 말하며 웃는다.

"이리 오붓할 수가. 마치 전부터 함께한 가족 같습니다. 호호호."

단아하고 어딘지 소녀 같은 윤궁에 비해 나이는 어리지만 성숙하고 화려한 정금은 섞이지 않는 다른 분위기를 풍긴다. 이 상황이 윤궁은 즐겁다. 어색해하며 안절부절못하는 유노의 모습도 흐뭇하다. 오직 자신의 입장에서 모든 걸 보고 판단하는 윤궁이다.

음식이 들어오고 윤궁은 직접 준비했다는 걸 강조하며 하나하나 소개한다.

"이것은 마를 으깨 새알을 만들고 흑임자를 두른 경단입니다. 이것은 고기를 곱게 다져 솔나무로 구운 것으로 매우 부드럽고 향기로울 것입니다. 잡내도 없고. 위에 뿌린 건 연잎을 빻은 것입니다. 우리 집만의 비법입니다. 커다란 이 생선은 빙구어라는 물고기로 매우 살이 연하고 쫄깃합니다. 아, 그리고 이것은 여러 봄나물을 소금에 절인 것으로 느끼함을 없애 시원하고 속을 가라앉히는 데 탁월합니다."

음식의 종류는 적었지만 정갈해서 보기에 좋다. 유노는 어색하게 앉아만 있다. 두 여자의 시선이 자신에게 집중되어 매우 부담스럽고 겸연쩍기까지 하다.

이때 가복이 급히 오더니 고한다.

"윤실 애기씨께서 낭주님을 울며 찾으십니다. 급히 가보셔야겠습니다."

마치 기다렸다는 듯 윤궁은 부자연스러운 웃음을 지으며 양해를 구한다.

"이런, 두 분만 두고 가봐야겠네, 금방 올 터이니 마저 드시고 계세요."

정해진 대로 이쯤에서 윤궁은 퇴장한다. 윤실에게 간다던 윤궁은 저쪽 구석에 숨어 몰래 두 사람을 살핀다. 한숨을 내쉰다.

"어여쁜 남녀가 저리 내외를 하니 참으로 답답하구나. 안 되겠어. 다음엔 은밀한 공간으로 불러야지. 서로 마음이 없는 것 같진 않으니 내가 더 힘을 쏟아야겠어."

윤궁의 하는 양이 한편으로는 귀여워 갑자기 유노는 헛웃음을 짓는다. 웃음의 의미를 모르는 바가 아니어 정금도 따라 웃는다.

"낭주님은 참으로 어린아이 같으십니다. 귀하게 잘 자라서 더욱 그러한 듯합니다."

방긋 웃음을 머금고 정금이 말한다. 유노가 빤히 정금을 바라본다.

"어찌 그러십니까?-

"왜 갑자기 존대를 하십니까? 그냥 하시던 대로 하대 하십시오. 그게 편합니다."

유노의 말에 정금은 화들짝 놀란다. 스스로도 깨닫지 못했던 말투. 순간 손을 입으로 가져다 대며 동그란 토끼 눈을 뜨는 정금을 유노는 사랑스럽다는 듯 쳐다본다. 그러고는 동시에 서로를 바라보며 웃는다. 풋풋한 소년 소녀의 청량한 웃음이다.

"궁보다 넓진 않지만 여기가 더욱 아름다운 듯합니다. 뭔가 꽉 찬 정겨움이 느껴지고 푸근합니다."

주변의 경관을 둘러보며 정금이 칭찬한다.

"집도 주인의 영향을 받는다 여깁니다. 형님의 기운이 참으로 청아하고 어질어 구석구석 그 기풍이 감도는 것 같습니다."

경단 하나를 오물대며 주위를 둘러보던 정금은,

"좀 돌아보고 싶어요."

흔쾌히 제안을 받아들인 유노는 먼저 자리에서 일어선다. 조심스레 치맛자락을 잡고 정금이 정자를 내려오자 유노가 맞춰 나란히 선다. 옆에 선 유노를 슬쩍 쳐다보며 정금은 먼저 발길을 옮긴다.

붉은색 꽃망울을 한창 터뜨리기 시작한 나무 앞에 걸음을 멈춘다. 이리저리 살펴보는 정금에게 유노가 설명을 해준다.

"북쪽에서 들여온 나무입니다. 형님의 식객으로 있던 분이 주시고 간 것인데 석류라 하더이다. 먼저 꽃이 피고 나중에 열매가 맺히는데 열매 하나에 수많은 씨가 들어 있어 그 씨를 먹습니다. 시큼하지만 뒷맛이 개운합니다. 듣기로는 서역에서는 저걸 생명의 열매라고도 한다 하더이다. 혼인할 때 저 열매를 주면 다산하고 자손이 번창한다고도 하고. 여러모로 신기한 나무입니다."

물론 정금은 석류를 알고 있다. 집에 넘치도록 있는 게 석류나무다. 그러나 처음 보는 척, 감탄사를 내뱉는다.

나무엔 곧 열매가 실하게 맺힐 터다. 성질 급한 놈은 벌써 자그마한 알맹이를 대롱대며 꽃들 사이에서 도드라진다. 붉은 꽃 사이에 서 있는 정금의 얼굴이 발그레하다. 화려한 이목구비와 붉은 꽃이 어우러져 눈이 부시다. 빨려들 듯 그 자태를 바라보던 유노는 식은땀을 흘린다.

여인을 바라보며 이러긴 처음이다. 몸의 한구석이 이상해진다. 난감할 정도로 숨이 가빠진다. 어쩌다 잠결에 이런 일을 겪은 적은 있었다. 온몸이 뜨거워지며 주체할 수 없는 욕망에 스스로도 감당하지 못했던. 그러나 실제로 여인을 바라보며 몸이 변화를 일으킨 적은 없었다.

어쩌면 스스로 애써 억누르며 살았을지도 모른다.

유노는 마음속 깊이 아버지를 경멸했다. 사내가 여인을 탐하는 마음, 주변 또래들이 여인에게 혹하는 것을 경멸했다. 스스로 다른 사람임을 자인했다. 절대 여인으로 인해 나의 어떤 것도 방해받지 않으리.

그러나 결국 유노도 같았다. 혈기 왕성한 사내, 본능이 살아 움직이는. 인정하기 싫지만 지금 절감한다. 기준이 맞춰진다.

사실, 유노는 여자를 가늠 짓는 데 매우 높은 기준을 지니고 있었다. 스스로 인정하지 않고 느끼지 못했지만, 그는 웬만한 여자는 눈에도 차지 않아 했으며 마음속으로 책정한 선을 넘지 못하는 여인을 가까이한다는 건 스스로 용납할 수 없었다. 그건 자존심 상하는 치욕이었다. 스스로에게 자신의 분을 낮게 강요하면서도 기실 그 분은 한없이 높은 것을 추구했다.

아버지처럼 남의 여인이어도 안 된다. 비천한 여인도 싫고 아름답지 못하거나 영특하지 못한 것도 싫다.

오래전부터 유노는 풍문 속 정금에게 호기심을 느끼고 있었다. 사람들에게 추앙받는 아름다운 신모의 현신을 동경했다. 그 여인 정도라면 가늠지어 볼 수 있겠다 싶었다. 충분히 방해받음이 나쁘지만은 않으리. 그런데 실제로 보니 넘침이 과해 자신의 부족함을 느낄 정도였다.

꽃을 보며 미소 짓는 저 여인, 저 작고 가녀린 여인을 안고 싶다. 신모의 현신이라 추앙받는 저 작은 생명체. 이 나무 아래 눕히고 싶다. 누르고 싶다. 내 힘으로 맘껏 희롱하고 싶다.

스스로에게 섬뜩 놀란다.

여름, 아름다운 풍경 아래 한가로이 거니는 남녀의 모습이 그림 같다. 윤궁은 이미 모든 일이 다 이뤄진 듯 흐뭇해하며 아예 정기적으로 정금을 부를 생각을 한다. 아이를 가진 상황에서 말동무도 필요하고 정서적으로도 도움이 될 만한 수준이 맞는 사람이 필요한바, 정금에 버금가는 이가 없다는 취지로 어렵겠지만 앞으로도 보름에 한 번씩 들러주길 간청하는 거.

정금은 쾌히 승낙한다. 못마땅하지만 설화랑의 입장에서도 말릴 명분은 없었다. 다만 만일을 대비해 되도록 빠르게 무오와 정금의 혼사를 추진할 뿐.

호기심과 욕망에 불타있는 어린 남녀는 빠르게 가까워진다.

문노가 풍월부의 위에 올라 선문의 일로 바쁜 게 더욱 호재였다. 윤궁은 둘을 위해 친히 공간까지 내주고 북돋았다. 아이가 생긴다면 더할 나위 없을 터.

물론 설화랑이 만만히 허락할 리 만무하지만 아이까지 있다면 뭘어쩌겠나. 그렇다면 설화랑에게 문노는 더 이상 무시하거나 적으로 대할 수 없는 존재가 될 것이고, 신모의 현신을 얻은 유노 역시 지금과는 다른 인생을 살 것이며, 이 모든 걸 있게 만든 내 공은 말하면 입만 아플 것이다.

윤궁의 단순하고 천진한 생각은 이미 모든 걸 이룬 후까지 이어져 마냥 즐겁기 이를 데 없다. 한없이 뿌듯하다.

사람으로 태어나 여러 가지 대업을 이루고 사는 게 좋겠지만, 나약한 여인으로 태어나 할 수 있는 게 한정되어 있는 마당에 아름다운 두 남녀를 맺어주는 역할만큼 큰 게 있을까? 한 나라를 좌지우지하는 것 못지않게 두 인생 더 나아가 두 가문을 이어주며 좌지우지하는 것 또한 그에 못지않을 터. 내 지금에야 비로소 한 나라를 경영하는 미실의 기쁨을 알겠구나.

참으로 순진한 여인이다.

일은 손쉽게 이뤄져, 단 두 번의 만남에 정금과 유노는 윤궁의 표현을 빌리자면 성스러운 행위를 하게 된다.

서툴고 어색하고 모든 게 아직은 불완전하지만 둘은 그것마저도 설렌다. 아픔은 잠시, 가지고 싶은 것을 가진다는 희열에 정금은 조금의 두려움도 없다. 역시 탐하던 것을 가진 유노 또한 본능이 시키는 대로 움직이며 정복감과 쾌감을 느낀다.

처음이 어렵고 힘들지 이후로는 모든 게 자연스럽게 된다. 극한 경우 이에 중독되기까지.

육체가 주는 기쁨에 눈을 뜬 남녀는 이후 서로에 대한 탐닉에 빠진다. 이는 제어도 되지 않았으며 누가 말릴 문제도 아니었다. 그저 하루 종일 서로가 서로를 만지며 함께하고픈 욕구만이 존재할 뿐.

정금이 설화랑의 눈을 속일 방법은 많았다.

선문에서 물러났지만 설화랑은 더 바빴다. 실질적으로 서라벌 중심에 있는 선문의 공식적인 자리를 잃은 후일수록 인맥 관리는 더욱 중요했다. 후일을 기약하기 위해서는 이런 때일수록 바쁘게 움직이며 사람들이 이탈하는 걸 막음과 동시에 새로운, 즉 선문에서는 반대편에서 있던 사람들을 포섭하는 것이다. 이제 자신이 선문을 나온 이상 편 가르기는 아무 의미가 없다는 것을 내세워.

실지로 설화랑은 병부의 거의 모든 수장 자리를 선문 시절 자신을 배척했던 이들에게 맡겼다.

물론 이 모든 것의 이유는 나라를 위한 거국적인 정치적 단합이 아니었다. 오직 무오와 정금이 맺어진 후의 일을 대비하기 위함이었다. 그 큰 그림을 위해 설화랑은 평생을 살았다 해도 과언이 아니다. 그러나 그것은 어디까지나 아비인 설화랑의 생각일 뿐.

설화랑이 아는 한 정금은 보름에 한 번 윤궁의 처소를 찾는 것이다. 그러나 실상 정금은 거의 날마다라 해도 무방할 정도로 외유를 나갔고, 이는 오로지 유노를 만나기 위함이었다.

꼬리가 길면 밟히는 법. 무오에게는 굳이 길게 늘어뜨릴 것도 없었다.

무오는 유노를 가볍게 봤다. 처음부터 정금의 뒤를 항상 좇던 그는 윤궁과 정금의 만남을 대수롭지 않게 여겼다. 누가 봐도 윤궁은 만만한 존재. 또한 여인이라면 근처도 가지 않는 유노를 무오는 남색하는 자로 여긴 것.

낭도들 중 유노를 연모하는 자가 꽤 되었다. 남자지만 여인보다 더한 미와 분위기 때문에 간혹 여인으로 오해받을 정도인 유노는 역시 낭도들에게도 매혹적인 존재였던 것이다.

낭도들과 화랑들은 대부분 그 미모가 여인 못지않아 찬양받는 것은 물론 은근히 우정과 사랑을 오가는 관계를 맺으며 우의를 돈독히 다져가는 이가 많았다. 이들은 공공연히 자신들의 취향을 드러내며 유화를 멀리하고 오직 자신과 우의를 맺은 상대에게만 온 마음을 다하는 게 전통이었으며 그들 나름의 의리였다.

간혹 남색과 더불어 유화들에게까지 손을 뻗는 자가 없진 않았으나, 이게 밝혀질 경우 도의적인 비난을 감수해야만 했다. 때문에 대부분은 드러낸 이상 유화나 다른 여인은 거들떠도 안보는 경우가 다반사였다. 물론 이것은 선문에 소속되는 기간에 한정된 것이었다. 선문을 벗어나고 나이가 들면서 점차 둘을 함께 공유하거나 남색을 버리고 사는 경우도 많았다.

그러나 선문에 속한 이상 청춘의 열정은 내부 규정에 따랐다. 그것이 멋이요 암묵적 도리였다. 또한 선문에 속한 사람들만이 가질 수 있는 특권이기도 했다. 아름답게 드러날 수 있는 남색.

정금의 변화를 누구보다 빠르게 알아챈 무오이다. 그는 남자를 알지 못하던 여인의 알고 난 후 변화를 잘 알고 있었다. 정금의 얼굴과 몸의 미세한 변화에 무오는 치중했다.

온몸에서 풍기는 농염함. 이것은 남자를 알지 못하는 여인에게서는 절대 나올 수 없음이다. 복숭아빛이 도는 안색과 그 체취 역시 복숭아향으로 가득하다.

이것은 모욕이다. 타인이 먼저 정금을 가진 것은. 감히 그따위 인간에게 정금이 탐심을 느낀 게. 무엇보다 정금을 잘못 판단한 자신에 무오는 분노했다.

정금은 누구보다 신분에 대한 자존감과 우월감이 높을 거라 여겼다. 때문에 낮은 신분의 남자에게 관심을 둘 거라 여기지 않은 거.

"여인이란 참으로 요물이구나. 내 그대를 존귀하게 대함이 실수인 듯하오. 아직 어린 소녀로 본 것 역시 크나큰 실수였소. 그저 여인일 뿐인 것을. 이번 실수를 거울삼아 내 앞으로는 그대를 더도 덜도 말고 그저 여인으로만 대할 생각이오. 허나 이리 말하는 구차함에 스스로 자괴감이 느껴지는 것은 어찌할 수가 없구려."

무오는 설화랑을 찾는다. 곧 다가올 시조궁의 대제 이후 곧바로 혼인날을 잡기 위함이다. 설화랑 역시 생각하던바, 이견은 없었다.

역시, 당사자인 정금의 뜻과는 별반 상관없이 둘의 혼인날은 구체적으로 언급된다. 이를 위해 무오는 스스로 점을 친다. 좋은 날을 택일하고 그들의 연이 아름답게 이어지기를 축원하는 기도인데, 항상 집안에 단을 쌓아 그곳에 어머니의 상을 모시고 기도하며 점을 치곤 했다.

백성들 중엔 무오를 두려워하는 자가 많았다. 그가 그저 평범한 인간이 아니라는 풍문 때문.

무오가 폐위된 왕 금륜의 아들이란 것은 공공연한 비밀이었다. 그만큼 그의 존재는 비밀스러웠는데 이는 왕이 더럽히면 안 되는 신궁의 여인을 취하여 자식을 낳았고 그것 때문에 벌을 받아 위와 목숨을 잃었다 여겼기 때문. 왕의 치부요 신성에 대한 모독이었다. 말하자면 무오는 드러나면 안 되는 존재였던 셈.

신궁의 신녀이던 도화녀는 금륜에게 불려가기 전, 호환을 겪는 백성들을 위해 토함산에서 제를 올린 적이 있었다. 제를 올린 후 신통력이 뛰어난 그녀만이 홀로 남아 몇 날 며칠 기도를 드렸다. 호환을 당한 영령들을 위로함과 동시에 사나운 호랑이의 기운을 잠재우기 위함이었다.

아무리 그녀가 신통력을 지녔다 한들 이것은 매우 위험한 것이고 목숨을 보장받을 수 없는 것이었지만, 도화녀는 스스로 자청했다. 수일 동안 기도를 드리는 중엔 아무도 근접하지 못하도록 금줄을 쳐 철저히 사사로운 기운을 막았고, 근처 계곡에서 날마다 몸을 정결히 했다.

하루에 한 번, 음식을 전하는 시종 한 명만이 근처에 먹을 것을 놔두고 속히 산을 내려오곤 했는데, 어느 날 집채만 한 호랑이 한 마리가 어슬렁대며 금줄 안으로 들어가는 것을 본 것이다. 놀란 그는 음식을 집어 던지고는 정신없이 산을 내려와 이 사실을 사람들에게 알렸다.

사람들이 이르렀을 때 그곳에는 호랑이도 도화녀도 없었다. 아무리 찾아도 흔적조차 발견되지 않았다. 사체가 발견되지는 않았지만 도화녀가 호랑이에게 변을 당한 것은 거의 기정사실화됐고, 몇몇은 울부짖으며 저녁까지 도화녀의 시신 일부라도 수습하려 애썼지만 아무런 성과도 거두지 못했다.

그런데, 다음 날 모두의 앞에 털끝 하나 다치지 않고 도화녀가 나타났다. 사람들의 쏟아지는 호기심과 질문에 내내 입을 굳게 다문 채 그 사이 있었던 일에 대해서는 어떠한 말도 하지 않았다.

이날 이후, 도화녀는 아무도 모르게 왕인 금륜의 부름을 받아 궁으로 들어갔고 아이를 잉태했다.

신궁에서 사라진 후 다시 모습을 드러냈을 때 갓난아이를 데리고 있는지라 사람들 사이에서는 이상한 소문이 나돌았다. 아이의 모습은 어딘가 묘하고 특이했다. 몸 여기저기에 검은 반점이 있었고 벌써 치아가 다 돋아나 있었으며 갓난아이인데도 기골이 장대하고 눈빛이 형형했으며 울음소리가 흡사 호랑이의 포효 같았다.

아이를 귀여워하려 다가선 사람들은 흠칫 놀라며 물러서기 일쑤였고 안 좋은 징조라 속닥대며 손가락질했다.

그래서 만들어진 말인즉슨, 아이가 토함산 호랑이의 자식이라는. 그때 호랑이가 도화녀의 미모에 그녀를 잡아먹는 대신 자신의 굴로 데리고 가 아이를 잉태시켰다는 것.

갓난아이를 데리고 갑자기 나타난 도화녀는 역시 아이와 함께 갑자기 사라졌다. 그러나 이후로도 사람들 사이에서는 도화녀에 대한 이야기가 나돌았다.

세월이 흘러 도화녀에 대한 기억이 희미해져 갈 무렵, 사람들 사이에서는 다시 도화녀가 회자됐다. 그녀의 아들이 나타났기 때문.

도화녀의 아들이라 하는 자는 역시 온몸에 검은 반점을 지니고 형형한 눈과 눈에 띌 정도로 기골이 장대해 도드라졌다. 게다가 남과 다른 신비한 능력까지 지니고 있다 여겨져 일면 경외하고 두려워하는 존재가 되었다.

그가 지닌 능력이란 대부분 초자연적인 것이었는데, 설화랑이 부군으로 있을 무렵 선문에서는 기묘한 일이 생겼다. 한 낭도가 이유 없이 거품을 물고 쓰러져 발작을 일으켰는데 이것을 시발점으로 다른 낭도들에게까지 전이가 됐고 귀신을 봤다는 목격담과 선문 곳곳에서 피가 낭자한 짐승의 사체가 발견되곤 했다.

이 사건으로 선문이 발칵 뒤집어져 흉흉해졌으며 낭도들의 정신은 피폐해져 갔다. 이때 설화랑이 문제 해결을 위해 선택한 자가 도화녀의 아들로 지칭되는 무오였다.

무오가 주관하는 제는 비밀스럽지만 엄숙하게 진행됐다. 이것은 사홀 동안이나 이어졌고 그동안 느닷없이 천둥이 치고 비바람이 불었지만 무오는 그 비를 다 맞고 잠도 자지 않으며 기도를 올렸다.

무오의 말에 의하면 선문에 사악한 기운을 지닌 존재가 스며들었고 그것은 기운이 매우 강해 쉽사리 제압하기가 어렵다는 것이었다. 힘들게 제를 올려 어느 정도 기운을 제거했다 하는 순간 이번에는 더욱 기가 막힌 일이 생겼다.

선문에서 키우던 개가 한 마리 있었는데, 거의 10년을 선문에서 나고 자란 삽살개였다. 그런데 어느 순간부터 이 개가 두 발로 걸으며 사람처럼 행동하고 유화를 유린하는가 하면, 낭도들 틈으로 파고들어 함께 음식을 먹기까지 했다.

이 어처구니없는 광경에 모두 경악을 금치 못했으며 사람들에 의해 쫓겨난 사악한 기운이 마지막 발악으로 물러나지 않고 개에게 들러붙은 거라 여겼다. 이에 무오가 개를 향해 주문을 외며 대나무 가지로 치자 개는 외마디 비명을 지르며 쓰러졌고 검은 그림자가 나와 사라졌다.

이 일로 무오는 유명해졌다. 특히 설화랑의 그에 대한 신뢰는 절대적이었고, 무오는 설화랑 직속 화랑으로 임명되며 누구보다 가까운 측근이 되었다.

이것은 공개적인 상황이었고 설화랑은 이미 오래전부터 무오의 존재를 알고 있었으며 그를 정금과 맺어줄 생각을 하고 있었다. 물론 무오가 금륜과 도화녀의 아들이란 것 또한 처음부터 알고 있는 상태였다.

서라벌의 모든 인재가 몰려있는 선문에 그저 무오를 들이는 것만으로는 부족했다. 확고한 존재 가치와 남다름이 필요했다. 화랑들 사이에서도 도드라지는. 이것을 위해 필요한 것이 많지는 않았다. 그저 무오가 지닌 능력과 소소한 눈속임 외엔. 모든 건 순조로웠다. 혈통과 더불어 무오는 특출한 상징 또한 지니게 되었다.

그런데 뜻밖에 유노란 존재가 끼어든 것이다.

근본도 알 수 없는 비천한 자의 아들과 놀아나는 딸을 보며 설화랑은 분노를 느낀다. 혼인 전, 다른 남자를 알았다는 게 큰 흠은 되지 않으나 소문이 크게 퍼지거나 아이라도 생긴다면 이는 간단한 문제가 아니다.

물론 귀족가의 여인이 혼인 전에 아이를 가지는 게 치명적인 흠은 아니다. 설령 혼인 후 다른 이의 아이를 낳는다 해도 사자(私子)로서 인정받는바. 선도산 신모 역시 아비가 누군지 알지 못할 시조를 잉태하지 않았는가.

그러나 정금은 안 된다.

설화랑은 난주를 부른다. 비밀리에 아이가 생기지 않도록 어렵게 구한 약을 정금의 음식에 넣도록 지시한다. 남자를 알고 남자가 주는 기쁨을 알고 그로 인해 정금 역시 남자에게 기쁨을 주는 방법을 익힌다는 건 좋다. 그러나 길게 끌면 아니 되며 더더욱 아이는 안 된다. 정금이 낳을 아이는 왕족의 혈통이어야만 한다.

잘못도 없진 않다. 정금을 그저 딸로만 여겼지 여인이 되었다는 것을 아직 인정하려 들지 않았다. 무오와의 혼인을 늘 염두에 뒀으면서도 말이다. 만일 여인으로 봐줬다면 가르쳤을 것이다. 절대 하찮은 사내에게 호기심을 품지 않아도 될 정도로 미리 사내란 존재를 알도록 기회를 줬을 것이다. 하나 정금은 성스러워야만 했다. 다른 여인과는 달라야 했다. 이것이 정금이라는 사람의 존재가치였기 때문이다.

아름답지만 때를 타지 않은 성스러운 여인. 고귀한 여인. 가히 인간은 마땅히 그 짝이 없을 듯한 드높음. 장차 시조에 버금가는 후손을 낳을 여인.

안타깝지만 일이 이리된 이상, 정금이 이성을 알게 된 도구로서의 쓰임새로 치부한다면, 그 자체가 문제는 되지만 도구로서만 따진다면 불량은 아닌바 당분간은 막지 않으리. 맘껏 즐기고 알 만큼 알고 알아서 헤어나오도록, 하여 다시는 색정이나 연모로 마음이 흔들리지 않도록 내버려 둘 심산이었다. 정금은 그래도 될 만큼 아름답고 그래도 될 만큼 그동안 금욕했다. 그러나 모든 건 극비에 붙여져야만 한다.

대부분의 서라벌 사람들은 어린 시절부터 음양의 이치를 스스럼없이 받아들이며 알고 체험하였다. 지위와 상관없이 나름의 사귐이 잦았고 선문 역시 마찬가지였다.

달과 해, 천지의 음과 양, 여인과 남자, 이것은 모든 것을 아우르는 것이며 무엇보다 근본적이며 자연스러운 것. 성은 부끄러울 것도 금기시될 것도 아니었다. 아름답고도 신이 인간에게 준 즐거움이고 인간이 멸하지 않고 존재할 유일한 방법이자 가치인 것이다.

이에 대해 무오 역시 별반 이견을 가지고 있지는 않다. 혼인 전까지만이라도 맘껏 즐기게 내버려 두자. 스스로 느끼도록 해주자. 비천한 자와의 한순간 탐심이 얼마나 덧없는지를.

그러나 반드시 그에 대한 대가는 치르리.

자신의 높음을 스스로 낮춘 대가.

꿈같은 시간이 흘러갔다. 영원할 것 같은 이 시간을 정금과 유노는 맘껏 즐겼다. 허락되는 모든 시간 안에서 최선의 체력으로 본능에 충실하며.

말을 타고 함께 벌판으로 나가 아무 거리낌 없이 옷을 벗고 즐긴 후 나란히 누워 하늘을 보며 사랑을 약속한다.

정금의 일탈을 비밀에 부치고자 한껏 조심스럽게 마음을 졸이는 설화랑과는 달리, 정금은 세상에 자랑하며 알리고 싶어 안달 난 사람 같았다. 매사 거리낌 없이 당당하게 드러냈다.

"나는 하늘에 떠 있는 것들을 믿지 않아. 늘 변화무쌍하거든. 구름도 태양도 달님도. 심지어 별님도. 하지만 저 하늘은 믿어. 절대 무너지지 않고 언제나 세상 위에 우뚝 솟아 변함없이 존재하니까. 누구나 바라볼 수 있지만 절대 만지지는 못하는. 모든 걸 아우르고 내려다보는. 난 하늘 같은 사람이 되고 싶어. 뭇사람들에게는 그런 존재지만 허나 유일하게 너만은 만질 수 있는 하늘."

유노의 체취를 흠씬 느끼며 정금이 속삭인다.

"난 너에게 아무것도 약속할 수가 없다. 무엇을 준다 호언장담할 수도 없다. 너의 마음을 받을 그릇도 되지 못하고 그럴 가치도 없다. 무엇보다 나는 내 아버지와 같은 운명이 되고 싶지가 않아."

"날 못 믿는구나. 나는 널 위해서라면 뭐든 할 수 있어. 너에게 뭐든 해줄 수 있다. 네 아비가 죽임을 당한 건 가야인들 때문이야. 그들은 야만적이고 저급해. 그러나 우리 서라벌인들은 달라. 지증대왕께오서는 산 사람을 묻는 걸 금지하셨다. 내 위로 널 당당하게 만들어줄게. 내가 너에게 원하는 건 단 하나야. 변치 않을 네 마음. 변치 않는 네 아름다움. 그거면 돼. 다른 것들은 필요치 않아."

자신의 얼굴을 어루만지는 정금의 손을 잡으며 유노는 잠시 그 얼굴에 시선을 고정한다. 자못 진지한 표정으로.

"세상의 모든 걸 다 가진 너, 그러나 운명이라는 수레바퀴는 돌고 돌아 한 사람에게 오랫동안 모든 걸 다 주지는 않아. 난 아무것도 믿지 않지만 오직 그것만은 믿어. 지금의 나는 너에 대해 변치 않는 마음을 말할 수 있지만, 앞으로의 나는 나도 몰라. 그러니 바라건대 나에게 영원한 걸 말하지도, 바라지도 말아줘."

"슬프구나. 확신을 주지 못하는 네가. 사내의 가벼움이."

"너무 슬퍼하지는 마라. 맹세컨대 아직은 세상에서 너보다 더 내 마음을 이끄는 건 없으니. 너는 그만한 충분한 가치가 있는 여인이고 아직 너에게 버금갈 여인을 본 적이 없으니."

"네가 사랑하는 건 나의 무엇일까? 내가 사랑하는 건 너의 모든 것, 그 자체인걸."

분명 이 두 사람 사이에서 더 아련하고 안달인 이는 정금인 것처럼 보인다. 누가 더 넘치고 모자라든 지금 정금에게 중요한 건 유노를 사랑하고 그의 사랑을 받는다는 사실이다. 아직은 이것 외에 다른 것은 생각할 겨를도 생각하고 싶지도 않다.

문노는 유노에게 어떤 말도 쉽사리 내뱉지 못한다. 운명의 유전이 무서워 그는 다만 유노를 지켜보고 언제든 극한 상황에 처해질 아우를 보듬을 준비만 할 뿐. 한편으로는 이런 상황을 철없이 만든 윤궁이 원망스럽지만, 운명이란 어떤 식으로든 이어지게 되어 있으니 굳이 윤궁이 아니었어도 이들 남녀는 서로 인연 되어졌을 터다.

인간이 할 수 있는 것은 운명을 벗어나려 노력하는 것이 아니다. 주어진 운명에 대처하는 것, 이것이다. 공평하지도, 자비롭지도 않은 운명을 대하는 방식에 따라 인간의 삶은 수없이 달라지는바, 그 대처마저도 운명이라 한다면 인간이라는 존재가 참으로 하잘것없지 않은가.

유노가 드디어 여인을 알게 되었다는 게 기쁘고 다행스러우면서도 다른 한편 걱정스럽고 이상한 슬픔이 밀려든다. 굳이 파헤치자면 모를 것도 아니지만, 문노는 그 슬픔의 원인을 알고 싶지 않다. 그저 바로 보이는 것만, 느껴지는 것만 알고 보면 되는 것이다.

마냥 자신의 공로를 치하하며 모든 일이 다 성사된 양 들뜬 윤궁을 넌지시 보며 문노는 스멀스멀 솟구치는 여인에 대한 싫증에 몸서리친다.

문노, 그는 수많은 낭도와 세종, 유노는 더없이 아끼지만 여인은 다른 급으로 대하였다. 그저 필요에 따라 쓰고 마는 것. 여인은 동등한 인격체로서 완성된 객체는 아니라 여겼기 때문이다. 하여, 믿음도 사랑도 붓지 않았다. 굳이 비교하자면 어린아이와 여인은 같은 수준. 늘 불안하고 보살펴야 하고 어리석고 귀찮은 존재.

시조신에 대한 대제가 다가오자 시조궁은 분주하다. 제의용으로 따로 길러진 짐승들은 남천관들에 의해 청정한 장소로 끌려가 도축된다. 희생된 동물은 토막으로 잘게 잘라 삶는다. 대제가 치러지기 사흘 전부터 시조궁에 엄청나게 많은 등을 켜고 밤에도 끄지 않고 밝힌다.

또한 이즈음엔 시조께서 친히 시조궁에 내려와 거한다 여겨 주 신단이 있는 금당은 천군만이 출입이 가능했다. 이는 다른 의미로 장차 하늘로 데려갈 천관을 미리 내려와 마중한다는 의미이기도 해, 이때 천군은 어느 때보다 몸가짐을 조심해야만 했다.

유력 가문에서는 시조의 은총을 받으려고 막대한 제물을 바치기도 했다. 모든 종류의 짐승을 수십 마리씩 도살하고 장작으로 거대한 산을 쌓은 다음 온갖 비싼 물건과 화려한 의복을 불살라 신에게 바치는 것이다.

그러나 올해만큼은 어떤 가문에서도 이런 행위를 하지 않았다. 점차 스러져가는 시조궁의 위상이 드러난 셈이다.

이런 흐름과는 상관없이 여전히 백성들에게 시조궁의 대제는 가장 큰 잔치였고, 그들이 아는 한 시조신은 가장 성스러운 존재였다. 소소한 물건과 음식을 바치고 시조궁 주변에 모인 남녀가 어우러져 노래 부르고 춤추며 시조의 탄생을 축하했다.

특히 이때 만나 성행위를 한 남녀는 절대 서로를 배신할 수 없었다. 설령 상대가 이미 부인이나 남편이 있다 해도 시조의 뜻에 의해 맺어진 사이라는 이유로 관계를 유지했고, 미혼남녀라면 더 말할 것도 없이 천생의 배필로 여겼다.

대제가 가까워올수록 파명의 마음은 무겁다. 아무 방법도 없다. 극단적인 경우 천군을 대신하리라. 그저 막연히 이런 각오만을 다질 뿐. 스스로가 한없이 작고 초라하다. 어리고 나약하다. 혐오스러울 정도로.

밤낮을 가리지 않고 떠들썩하게 준비한 대제를 치르기 하루 전, 뜻밖의 사건이 생긴다.

과거 시조궁의 동관 출신으로 낭문에 들어가 전쟁터에서 활약을 했던 낭도가 상관인 화랑을 죽이고 시조궁으로 도망친 사건이 일어난 것이다. 공식적인 사유는 화랑과 함께 소국을 원정하고 돌아왔지만 그 전공을 논함에 있어 제외된 것에 불만을 품고 있다가 결국 화랑을 죽이고 도망을 친 것.

아무리 낭도라 할지라도 시조궁은 함부로 들어오지 못하는 신성한 구역이다. 특히 대제를 앞두고 있는 요즘 같은 때는 더욱 그러했다. 때문에 시조궁에 들어오지는 못하고 수하 낭도들을 거느리고 주변만 둘러싼 채 죄인이 나오기만을 기다리던 낭두는 이러한 죄상을 밝히며 소란 없이 죄인을 끌어내 주기를 청한다.

시조궁으로서는 여간 난감한 일이 아닐 수 없다. 대제라는 가장 큰 행사를 앞두고 이런 불미스러운 일이 일어난 것은 전대미문. 아무리 살인자라도 살길을 찾아 들어온 사람을, 죽을 게 뻔한 데 내어줄 수도 없는 노릇이다. 게다가 그는 과거 동관이었던 자다. 그렇다고 성스러운 제사를 앞두고 죄인을 이대로 궁에 두기도 난처하다.

모두 딱히 대안을 내놓지 못하고 그저 천군의 처분만을 기다린다.

동관이었던 과거 때문에 시조궁의 구석구석을 잘 아는 사내는 시조궁 중에서도 가장 깊숙한 천군의 처소로 숨었다. 모두 제사 준비로 정신없고 잠시 감시가 느슨한 틈을 타 날쌔게 들어온 것인데, 때문에 더더욱 그를 끌어내기 힘들게 됐다.

사내는 동관 시절 모진과 함께 시조궁에서 지내 서로 모르는 사이가 아니다. 이게 그가 시조궁으로 숨어든 결정적인 이유이기도 했다. 전에 비해 많이 쇠락했다고는 하나 아직 천군이란 존재는 누구도 무시 못 할 세를 지니고 있다. 화랑이라는 귀족을, 대단한 존재를 죽인 것은 절대 용서받지 못할 죄. 죽임을 당하더라도 모진 고문 끝에 당할 건 자명한 사실이었다. 그러나 천군이라면 어쩌면 목숨을 구명해 줄지도 모른다 여긴 것이다.

모두 당황한 와중 천군만이 침착하다. 주로 금당에서 기거하던 모진은 일단 파명을 사내에게 보내 화랑을 죽인 진짜 연유를 묻게 한다. 안으로 문을 걸어 잠그고 천군의 침상에 기대 잔뜩 겁에 질린 채 경계를 하던 사내는 천군의 명을 받아 아무런 무기 없이 혼자 왔다는 파명에 문을 연다.

작고 야윈 몸, 얼굴은 수려했지만 처량할 정도로 왜소한 사람이다. 경계심이 조금은 풀린다. 부드러운 얼굴로 최대한 적의를 풀어주기 위해 조심스럽게 다가선다. 아직 완전히 경계를 풀지 못하고 마주 선 사내를 향해 파명은 천군께서 당신의 말을 듣고자 하신다 전하고 일단 먼저 침상 옆 의자에 앉는다. 아무런 물리적 가해를 할 생각이 없음을 보여주기 위함이다. 어정쩡하게 파명의 하는 양을 보던 사내는 잠시 머뭇대다 맞은편에 앉는다.

"천군께서는 누구보다 자비로우십니다. 만일 들으시기에 타당하다 여기신다면 반드시 낭도를 구명하여 주실 겁니다. 천군께서는 낭도께 피치 못할 억울한 사정이 있을 거라 하십니다. 저도 그리 여깁니다."

파명의 따뜻한 음성을 듣자마자 사내는 오열한다. 어깨를 들썩이며 서럽게 잠시 눈물을 쏟던 그는 더듬대며 하소연한다.

"꽃같이 어여쁘고 착한 내 동생이 화랑 때문에 스스로 목숨을 끊었습니다. 그자는 누이에게 혼인을 약속하고 농락했습니다. 어떤 상황에서도 누이는 약속을 믿고 바보처럼 기다렸지만, 결국 그놈은 다른 귀족 여인과 혼인을 해버렸습니다. 우리의 신분을 알기에 애초 정식 혼인은 바라지도 않았습니다. 그저 동생을 거두어만 달라고 버리지만 말아 달라고 애원했지만 그마저도 외면했습니다. 이미 동생은 그자의 아이까지 가지고 있었는데도…"

여기까지 말하다 목이 멘 사내는 잠시 말을 잇지 못한다. 파명은 급히 그에게 늘 탁자에 비치돼 있는 물을 권한다. 그러나 됐다는 손짓을 하고는 다시 말을 잇는다.

"마지막 가는 길 배웅만 해줬어도, 아니 하다못해 조금이라도 슬퍼하는 내색만이라도 해줬어도, 누이를 본 적도 없는 비루한 기집 취급을 하며 날 내쫓지만 않았어도…! 귀족을 죽였으니 죽어 마땅하다 생각합니다. 하지만 아직 누이동생의 장례도 치르지 못했습니다. 홀어머니만이 시신을 지키고 있습니다. 부디 바라건대 동생 장례만이라도 마치게 해주십시오. 어머니를 생각하면, 조금만 더 참을 걸 싶지만 이미 벌어진 일 어쩌하겠습니까…! 흑!"

양손으로 머리를 감싸 쥐며 괴로워하는 사내를 보자니 파명은 가슴이 먹먹해진다. 자신 역시 홀어머니와 지내는지라 남일 같지가 않다. 할 수만 있다면 사내를 살리고 싶다. 세상에서 받아주지 않는다면 천군의 명으로 시조궁에서 잡일을 하면서라도 지내게 하고 싶다.

진심으로 사내를 동정하며 파명은 위로한다. 반드시 살길이 있을 거라 안심시킨다. 지푸라기라도 잡고 싶은 사내는 간절한 눈으로 파명을 바라보며 확인을 받으려 한다. 파명은 긍정의 표정을 지어 보인다.

"모진, 아니 천군께서는 아름답고 인정이 많은 분이셨지…. 그 시절 그분은 참으로 그런 분이셨어. 내 인생에서 가장 행복하고 아름다웠던 시절 천군은 여신 같은 분이었어…."

떠듬떠듬 과거를 회상하며 사내는 희미한 미소를 떠올린다. 스스로에게 거는 최면이요 모진을 그리 되새기며 더한 안도를 얻으려 함이리라.

"천군을 믿으십시오. 제가 지금 해드릴 수 있는 말은 이것밖엔 없지만, 좋은 길이 생길 것입니다."

다시금 안심시키고는 파명은 모진에게 가 이상의 말들을 충실히 전한다. 파명을 향해 고개 한 번을 돌리지 않은 채 신단만을 바라본 채 말을 다 들은 모진은 한참이나 말이 없다. 조급한 마음이 들어 파명은 천군을 뚫어져라, 입에서 좋은 말이 나오길 기다리지만 내내 말이 없다.

"파명아."

낭랑한 음성으로 드디어 모진이 입을 뗀다.

"네."

반가움에 급히 답한다.

"신께오서는 참으로 자비로우시구나. 나는 늘 그 뜻에 감사하게 된다. 선택된 자로서 산다는 건 감사한 일이로구나."

선뜻 말을 이해하지 못하고 파명은 멍하니 천군이 다음 말을 잇길 기다리지만 더 이상 아무 말이 없다. 안절부절못하다 결국 파명이 먼저 다짐을 받으려 한다.

"어서 답을 주어야 할 듯합니다. 궁 밖 낭문 군사들에게. 곧이라도 들이닥칠 기세입니다. 제가 감히 나설 입장은 아니지만, 사내가 안쓰럽습니다. 예로부터 적의 군사라 할지라도 우리 편으로 들어온 자는 보호한다고 들었습니다. 하물며 과거 동관이었던 자이고, 그리고…"

"걱정 마라. 내 알아서 할 터이니."

모진이 단호히 자른다. 파명은 신뢰에 찬 눈으로 천군을 바라본다.

오직 파명의 호위만을 받으며 모진은 시조궁 밖으로 나선다. 대제가 끝나도록 기다려야 하나 싶어 내심 전전긍긍하던 낭두는 생각보다 일찍 직접 천군이 나오자 기대에 찬다. 일단 이대로 있으니 아무 말이라도 천군이 해준다면 그걸 전하며 어떤 식으로든 상황을 넘길 수 있을 터.

우아한 몸짓으로 다가서는 모진에게 낭두는 경의를 표하며 자리를 권한다. 마치 천상의 사람을 보는 양 다소 얼이 빠진 모습이다. 그로서는 처음 보는 천군의 모습이다. 모진의 입에서 어떤 말이 나오더라도 절대복종할 듯한 무조건적인 몸짓과 표정으로 낭두는 하명을 받고자 서 있다.

"서라벌의 고귀한 화랑에 심심한 조의를 표하며 성스러운 제를 앞두고 이런 일로 낭문의 신병들을 번거롭게 하여 참으로 유감이오. 하여 빨리 답을 드려 수고로움을 조금이나마 덜어드리려 내 이리 온 것이니 부디 그 처벌을 내게 맡겨 주오. 누구의 위신에도 해가 없이 내 처리할 것이오."

"그럼 죄인을 어찌하실 것인지요?"

"내일이 무슨 날인지는 그대도 잘 알 터, 여기서 뭘 더 바라는 것이오? 내 알아서 한다 하지 않았소? 이 시조궁을 에워싼 부정한 기운을 거두고 그만 물러나 주시길 바라오. 하나 확실히 약속드릴 것은, 서라벌의 고귀한 목숨을 해한 자는 절대 무사하지 못할 것이란 거요. 충분한 답이 됐을 거라 여기오."

위압적인 말투와 눈빛으로 명하는 천군을 감히 거역하지 못하고 낭두는 머리를 조아린다. 바로 병사는 거둬지고 이에 아무도 반론을 제기하지는 못한다.

파명은 천군의 위세와 처사에 매우 만족해하며 사내를 다시 찾아가 소식을 전하고 일단 천군의 침소에서 나올 것을 종용한 후 다른 처소로 안내해 먹을 것을 챙겨준다. 순진한 어린아이처럼 사내는 파명의 말에 고분고분 따른다.

다음 날, 대제는 성대히 열린다.

깃발이 나부끼고, 향이 피워지고, 북이 울리고, 성스러운 제물이 바쳐지는 가운데 수많은 귀족들과 천관들에게 에워싸여 천군은 어느 때보다 거룩하고 성스러운 모습으로 제를 주관한다. 천군의 바로 뒤에는 제례복을 차려입은 파명이, 그 뒤로 다른 천관들이 줄줄이 따른다. 다리를 저는 모습이 보기에 따라 우스꽝스러울 수도 있었으나 얼굴과 분위기 탓에 오히려 신비롭게 느껴진다.

모든 남녀 천관이 늘어서 팔과 다리를 일사불란하게 움직이며 춤을 춘다. 시조에게 바치는 율동은 엄숙하면서도 아름답다. 그들이 몸에 걸친 패옥은 율동에 따라 서로 부딪치며 듣기 좋은 소리를 낸다. 천상을 향한 몸짓이요 울림이다. 향로에서 피어나는 향이 이들을 에워싼다.

설화랑과 함께 대제에 참석한 정금. 이런 데 참석하는 것은 관심에 없었지만, 요즘 유노와의 일로 눈치를 보지 않을 수 없었던 정금은 아버지가 원하는 대로 함께 참석한 것이다.

짜증 나는 와중 그나마 작은 위로는 무오가 참석하지 않았다는 것. 혼인이 구체화되자 무오가 '천주사'를 향하는 발걸음 또한 잦아졌다. 사흘 전 천주사로 간 그가 아직 돌아오지 않은 것.

제례가 행해지는 내내 정금은 천군의 옆에 있는 파명에게서 눈을 떼지 못한다. 우뚝 솟은 콧날이 자존감을 드러내는 듯 행동거지가 매사 당당하다. 자신의 신체적 약점 따위 전혀 신경 쓰지 않는 눈치다. 참으로 비슷한 사람도 다 있구나. 딱히 꼬집을 수는 없지만 어딘가 유노와 파명은 매우 닮아 있다.

생김이 비슷한 것은 아니다. 유노가 단정하고 섬세한 얼굴선을 지녀 다소 여성스럽게 나긋하고 아름다운 사람이라면, 파명은 역시 단정한 품이지만 유노보다는 선이 굵고 눈빛이나 분위기가 어딘지 거칠고 위압적이다. 그럼에도 그들은 기운이나 느낌이 쌍둥이처럼 같다.

나라의 번영과 백성의 안녕 왕실의 건재함을 비는 절차가 진행되는 와중 잠시 파명과 정금의 눈이 마주친다.

기분 나쁜 눈빛이다. 정금은 파명의 눈빛이 마치 자신을 경멸하는 듯하다 느낀다. 저 눈빛, 처음 날 대하던 그 오만한 태도마저도 유노와 닮았구나. 과히 기분이 좋진 않군. 저따위 절름발이를 그와 닮았다 여기다니.

차기 천군은 대제 때 공개적으로 지명되지만, 그 전부터 공적으로 다음 천군이 될 사람에 대한 짐작이 나오거나 언질이 있기 마련이었다. 하지만 이번만큼은 아무런 기색도 없었다. 짐작조차 힘들 정도로 천군은 그 어떤 것도 드러내 보이지 않았다.

사전 행사가 끝나고 제가 무르익어가는 와중, 다음 천군을 호명할 차례가 된다. 모두의 관심이 집중되어 무거울 정도로 내려앉은 분위기를 뚫고 모진의 입에서 나온 천군은 모두를 놀라게 한다.

무엇보다 천군의 최대 덕목은 미모였다. 시조의 여인이니 당연할 터다. 그런데 지명 당한 '차이라'는 하급두품가 출신에 존재감 없이 늘 조용히 허드렛일을 하던 천관이었고, 무엇보다 그 생김이 모두의 기대에 못 미쳤던 거.

물론 이것 역시 시조의 현몽이나 신탁에 의한 것이라 모든 권한은 현 천군에게 있는바, 어떤 이견도 나올 수 없는 터지만 사람들 사이에서는 웅성거림이 새어 나온다.

아무 생각 없이 오늘도 맡은바 온갖 잡일을 다 하며 뒷자리 구석에서 대제의 심부름을 하던 차이라는 잠시 넋을 놓고 멍하니 서 상황을 인지하지 못한다. 남천관들의 호위를 받으며 중앙으로 모셔진 차이라를 옆에 세우고 모진은 대대로 대제 때마다 천군이 걸치던 화려한 표의를 벗어 입혀준다.

새로운 천군은 향불을 다시 태우고 시조상에 절을 올린 후 시조를 향한 신심을 맹세한다. 이후 모진의 선창을 따라 모든 이들이 새 천군을 축복하며 복을 기원한다.

거의 인형처럼 모진이 이끄는 대로 따르기는 하지만, 차이라는 얼떨떨함에 제정신이 아니다. 자신에게 쏟아지는 관심과 시선, 그 모든 것들이 버겁다. 꿈만 같다. 도망치고 싶다. 영광스럽기보다는 무섭다.

순간순간 겁에 질린 얼굴로 모진을 바라본다. 모진의 얼굴은 강압적이다. 여유롭고 당당하고 우아한 모진의 옆에 선 새로운 천군 차이라는 어리숙하고 서툴고 무엇보다 전혀 아름답지 않다. 차이라의 상황을 즐기는 듯한 모진의 표정은 한편 악의에 차 무섭기도 하다.

과거, 지명된 새로운 천군은 기존 천군 옆에서 별처럼 반짝였다. 젊음으로. 풋풋한 아름다움으로. 서투름조차 없었다. 자연스럽게 천군의 위를 받았고, 내로라하는 대제 참석자들을 휘어잡았다. 이것이 바로 천군의 풍모였다.

여러모로 비교되고 부족한 차이라를 보는 시선은 곱지 않다. 그러나 전혀 아랑곳하지 않고 모진은 제를 마저 진행하고는 차이라만 남긴 채 나와 버린다. 제가 끝나면 두 천군은 술을 나눠 마시며 시조상 앞에서 참석한 귀족들이 돌아가며 건네는 덕담과 칭송을 받고 그런 뒤에야 과거 천군은 다음을 위해 처소로, 새로운 천군은 금당으로 자리를 옮긴다. 그런데 술을 나눠 마시는 것도, 이후 모든 절차도 나 몰라라 하며 모진이 사라진 것이다.

당연히 사람들 역시 새로운 천군에 대한 다른 예 없이 흐지부지 돌아갔고 어정쩡하게 당황해하던 차이라는 눈치 빠른 한 천관의 안내에 겨우 금당으로 숨을 수 있었다.

모진과 처소에 들어서자마자 파명은 묻고 싶은 게 많았지만, 곧 모진이 예의 그 함을 내어놓자 안색이 변한다. 스스로를 책하며 일면 모진만은 다른 방도를 알리라. 절대 이대로 다른 천군들의 전철을 밟지는 않으리라. 고심 끝에 그녀를 믿기로 했다. 그런데 이런 생각을 비웃듯 떡 하니 칼이 든 함을 내어놓는다.

"이제 모든 것은 다 끝났고 내 일만 남았다. 물론 다음 천군에게 맡길 생각은 추호도 없다. 내 스스로 해결할 것이다."

모진이 비장하게 말한다.

"가십시오, 뒷일은 제가 감당할 터이니 그냥 이대로 어디로든 가십시오."

"감당? 훗, 네가 뭘 어떻게 할 것인데? 그래, 다 너에게 맡기고 어디론가 가버린다 치자. 장차 시조궁은 어찌 될 듯싶으냐? 그러나 하나 확실한 것은 있다. 뭐든 형식이란 건 중요한 법. 진실보다는 보이는 게 더 중요할 때가 많다. 난 그걸 행해 볼 생각이다. 차이라가 조금 후 찾아올 것이다. 그 전에 처리할 일이 있다. 물론, 네가 도와줄 거라 여긴다."

무작정 파명은 고개를 끄덕인다. 그게 무엇이든 지금 마음은 목숨도 바칠 각오다.

"그자를 데려오너라. 네가 잘 감춰둔 죄인."

대수롭지 않게 모진이 명한다. 이 상황에서 생뚱맞게 사내를 찾는 모진의 말이 의아해 멈칫하는 파명에게 모진은 채근하는 눈짓을 보낸다. 일단 파명은 모진의 명에 따른다. 대제가 끝난 후 처리하려던 사내에 대한 처분을 지금 하시려나보다. 하지만 천군의 목숨이 갈림길에 서 있는 이 중요한 때에 왜 굳이.

이제나저제나 천군으로부터 좋은 소식이 오기만을 기다리던 사내는 파명이 부르자 기쁘게 다가선다. 오랜만에 만난 모진에게 반가움을 표하며 사내는 자비를 구한다. 지금 믿을 사람은 오직 천군뿐.

"솜털이 보송한 동관이었던 널 기억한다. 그땐 우리가 이런 인연으로 다시금 만날 거라고 생각조차 못했거늘. 사람의 운명이란 참으로 한 치 앞을 알 수가 없구나. 안타깝기 이를 데 없지만 이것 역시 서로의 운명인 것을…."

씁쓸한 미소를 머금으며 말하는 모진에게 사내는 그저 초라한 미소만을 보낸다. 어서 빨리 자신을 살려준다는 말이 나오기만을 초조하게 기다린다. 그러나,

눈 깜짝할 사이에 일어난 일이다. 파명 앞에 사내가 그대로 고꾸라진다. 사내 앞에 차분히 서 있는 모진의 손엔 피가 묻은 날카로운 비수가 쥐어져있다. 흠칫 놀란 파명은 사내를 급히 살핀다. 심장을 그대로 관통 당해 즉사한 상태다. 단 한 번의 빠른 손놀림으로 생사가 판가름 난 것.

모진은 천천히 피 묻은 칼을 그대로 함 위에 올려놓는다.

"시간이 없다. 날 돕거라. 일단 저자의 옷을 벗기고 여기 내 옷을 입히거라."

굳은 채 아무 행동도 못하는 파명에게 다시금 모진이 재촉한다.

"이런 허깨비를 봤나. 넌 날 죽일 셈이냐? 어서 움직이지 못할까?"

파명은 시키는 대로 사내의 옷을 벗기고 빠르게 모진이 벗어놓은

옷을 입힌다. 그 사이 모진은 검은 옷으로 갈아입는다.

"이 자를 내 침상에 눕히거라."

죽은 사내는 여인처럼 가볍다. 누운 사내의 얼굴을 잠시 내려다보던 모진은 그 몸과 얼굴에 붉은 이불을 덮으며, 부디 다음 생엔 복된 자로 살거라 하며 정신없는 와중에도 뇌까린다.

"어찌 이 사람을 죽이셨습니까? 동생의 장례도 치러야 하고 홀어머니밖에 남지 않은 불행한 자인데, 어찌…!"

파명의 힐난하는 듯한 말투에 모진은,

"아직 어리디 어린 파명아, 이게 운명이란다. 그동안 나는 수많은 번민에 시달렸다. 답을 찾을 수 없어서. 대체할 게 없어서. 그런데 운명은 역시 날 버리지 않더구나. 저자를 보내준 것이다. 운명이 내게 길을 제시해주는데 내가 어찌해야 했겠니? 다른 방도가 너에게 있었더냐?"

"차라리 절 죽이시지 그러셨습니까? 저는 천군님을 위해 언제든 제 목숨을 내놓을 준비가 되어있었습니다."

"훗. 너의 어머니는? 그리고 나와 체격이 너무 차이가 나서 안 되었다. 무엇보다 너는 뒷수습을 해주어야만 한다."

파명은 혼란스러운 눈빛으로 시선을 돌린다.

"나는 대국으로 갈 것이다. 이미 모든 준비는 다 되어 있고, 뒷일은 네가 잘해주어야 한다. 일단 저자가 나일 거라 모두 믿도록 마지막까지 속여주어야 하며, 이후엔 여기 남든 네가 알아서 하거라. 그리고 동시전 포목점에 가서 너의 이름을 말하고 맡기신 것을 찾으러 왔다 하면 뭔가를 줄 것이다. 내가 너에게 감사의 마음으로 남기는 것이니 부디 그것으로 어머니에게 효도하며 살거라."

빠르게 모진이 말한다.

"저 같은 게 어찌 사람들을 다 속일 수 있겠습니까?"

"너 같은 절름발이를 지금껏 규율을 어겨가면서까지 옆에 둔 값을 해주길 바란다. 너라면 해낼 것이다."

이제까지 파명이 알던 천군이 아니다. 삶에 대한 욕망으로 빛나는 눈을 이리저리 굴리며 저열한 것을 요구하는 그녀는 깊이 있는 눈빛으로 삶과 믿음을 말하던 경건하고도 총명했던 그녀가 아니다.

"…모든 게 이미 계산됐던 것입니까? 차이라와 같은 이를 다음 천군으로 지명하신 것도? 저를 남달리 곁에 두신 것도?"

"천군이 온전히 사라져줘야 새로운 천군은 존재감을 얻고 가치가 부여된다. 세상에 두 명의 천군은 있을 수 없다. 차이라는 심히 부족한 자다. 잘 넘어갈 것이다."

"시조님이 두렵지 않습니까? 어찌 이런…"

"파명아, 너 역시 날 대신해 죽을 결심을 하지 않았더냐? 날 빼돌릴 마음을 먹기도 했으면서 무슨…. 음… 시조님이라. 그런 게 어디 있느냐. 이미 죽어 없어진 존재 따위. 우습다. 다 인간이 만든 허상이니라. 그만큼 인간은 나약하고 멍청한 것이다. 인간이 만든 거짓 신에 농락당하기보다 그것을 이용할 줄 알아야 한다. 그래야 비로소 신은 그 존재가치가 있는 것이다."

파명의 눈에 눈물이 글썽인다. 지그시 바라보던 모진이 문득 한숨을 내쉰다.

"너는 똑같구나. 어쩌면 하나도 틀리지 않고 그대로구나. 이 자는 그대로 있었다면 사지가 찢어져 흔적도 없이 죽은 후 아무 데나 버려져 짐승의 밥이 되었겠지만, 내 덕에 마지막 가는 길은 일생과는 달리 호화롭게 갈 터. 원망은 없을 것이다. 그러니 애석해할 필요는 없다. 감정 낭비 그만하거라."

이 말을 마지막으로 모진은 뒤도 돌아보지 않고 천군전을 나온다. 이미 시간을 많이 지체한 것. 미련은 없다. 아무것도 남기지 않으리. 모진은 그동안 남몰래 시조궁과 바깥을 오가며 만들어놓은 비밀 통로를 통해 궁을 빠져나온다. 시조궁 근처 후미진 곳에 매어놓은 말을 달리며 모진은 해방감을 맛본다. 24년 만에 비로소 완전히 벗어나는 저곳. 눈물이 난다.

열여섯, 귀족가의 아름다운 소녀였던 모진. 가야 출신 남자를 만나 사랑했다. 남자의 이름은 운용. 그와 함께라면 가장 낮은 자리에 거함도 마다하지 않을 수 있었다. 파도처럼 밀려드는 감정의 무게에 채 자신을 주체하지 못하고 모진은 거의 미쳐 있었다. 극한 소용돌이에 휩쓸려 모든 걸 내던졌다.

그러나 남겨진 것은 운용의 배신. 그 외에 누구의 여인도 되고 싶지 않았지만, 그렇다고 그를 용서할 수조차 없었던 모진은 시조궁에 들어갔다. 집안과의 타협이었다. 운용을 만나지 않고 죽지 않는 것만도 감사한 집안에서는 그녀를 시조궁에 넣고 이후 천군의 위까지 오르도록 조력했다.

시조궁 내에서도 운용의 모든 것을 늘 감시하던 모진은 그가 세상을 등진 후 세호랑을 통해 파명을 시조궁으로 이끌었다. 아직 복수가 시작되지도 않았는데 가버린 운용. 그의 아들에게나마 못다한 복수를 한 심산이었다.

그러나 파명을 가까이에 두고 지내던 모진은 운용을 봤고, 최후엔 자신을 대신해 죽게 만들려했던 계획까지 어질러지며 번뇌에 빠졌다.

운용의 아들이기에 복수하려던 계획이, 운용의 분신인 탓에 그르칠 위기에 처한 것.

그러던 차에 대신할 자가 제 발로 들어왔다. 이제라도 할 수 있는 복수는 떠난 후 처리를 온전히 맡기는 것. 잘하든 못하든 이미 자신은 상관없고, 일이 잘못된다 하더라도 파명만이 다칠 터. 애초 정해진 복수는 이것이었을지도 모른다.

"그는 마지막까지 아들을 지키는구나. 그러면 그러고도 남지. 파명은 운이 좋은 아이다. 이제 난 내 인생을 살 것이다. 지겨운 시간이었지만 천자도 부럽지 않을 재물을 모았으니, 그동안의 보상이라 여겨 이제부터 다른 존재가 되어 오롯이 사람으로 살아갈 것이다. 난 그럴 가치가 있다. 잃어버린 나의 푸른 시절이여."

스스로를 합리화하듯 모진은 내내 중얼거린다. 달리는 말의 속도에 따라 눈물도 흩어진다. 이와 함께 과거 역시 흩어져 사라지며 몸은 더욱 가벼워진다.

한동안 파명은 멍하니 앉아 갈피를 잡지 못한다. 폭풍우가 휘몰아친 뒤의 고요가 두렵다. 모진이 다시 들어올 것만 같다. 믿어지지가 않는다. 일단 문을 걸어 잠그고 마음을 진정시킨다.

최대한 이성을 작동시켜 피 묻은 칼을 다시 함 속에 넣고 사내의 벗겨진 옷가지를 모아 구석에 처박는다. 침상의 사내에게 다가가 그 옷매무새를 정갈히 가다듬고 헝클어진 머리를 풀어 곱게 빗는다. 이 와중 사내의 얼굴이 드러난다. 파명은 침착하게 다시 덮는다. 손이 미세하게 떨린다.

문 두드리는 소리가 천둥 같다. 심장이 내려앉는다. 크게 숨을 가다듬고 파명은 문을 연다. 새로운 천군 차이라의 명을 가지고 온 여천관이다. 모진을 뵈러 오겠다는 전갈. 문 앞에서 파명은 여천관에게 승낙을 표하고 거칠게 문을 닫아버린다.

바로 차이라가 들이닥친다. 천천히 문을 열어준다. 차이라 외에는 아무도 들이지 않는다. 한껏 조심스럽게 예를 차리며 차이라가 들어선다. 모진이 없자 의아하게 파명을 쳐다본다.

"천군께서는 그동안 궁에 머무시던 시조님과 함께 하늘로 가셨습니다."

짧고 비장하게 말한 후 침상을 가리킨다. 차이라는 손으로 입을 막고 터져 나오는 놀라움을 참는다. 더 가까이 다가서 보려 하나 파명이 막는다.

"천군의 존체는 이대로 장사를 지내 존귀함을 지켜주심이 옳은 줄 압니다. 비록 실체는 하늘로 가 저기 남은 건 허상일 뿐이지만 천군의 흔적이니."

차이라는 선뜻 이해를 하지 못한다.

"달포 동안 미숙한 내게 가르침을 주셔야 하거늘 어찌 이렇게…"

차이라는 어정쩡하게 서서 어찌할 바를 몰라 하며 갈팡질팡한다. 이 모습을 보자 파명은 더욱 과감해진다.

"천군께서는, 새로운 천군의 치세를 위해 누를 끼치지 않고 조금이라도 빨리 시조님과 천상으로 가고자 하셨습니다. 그리고 이건,"

함을 열어 피 묻은 칼을 보인다. 차이라가 흠칫 놀란다.

"새 천군께서 이 칼로 천군을 시조님의 천상으로 보내드려야만 하나 새 천군을 걱정해서 남다른 마음으로 스스로 하신바, 이것이 전통은 아니니 이후 다음부터는 원래대로 새로운 천군의 복된 손으로 천상에 임하라. 이 점을 명심하라 남기셨습니다."

겁에 질린 표정으로 차이라는 칼을 오래도록 바라본다.

"대대로 천군에게만 내려지는 복된 물건이오니 잘 간직하시옵소서."

장례는 빠르게 진행된다.

본시 천군의 시신은 염을 하지 않고 그대로 안장되었다. 숨을 거둔 순간부터 천군의 육신은 더 이상 세속의 것이 아닌 시조에게 귀속된 것이므로 사사로이 손을 댈 수 없는 존재인 때문이다. 하여 최대한 살아생전 모습 그대로 두었는데, 오랜 장례 기간 동안에도 시신은 썩지 않고 그 상태 그대로인 경우가 대부분이었다. 이는 천군의 신성함을 더했는데, 오랜 세월 내려온 시조궁만의 비법으로 시신처리를 한 덕이기도 했다.

간혹 심하게 부패된 경우도 없진 않았는데 이는 죽은 천군이 하늘로 가 시조에게 거절당한 탓이라 여기고 화장하여 없앴다. 그런 몸뚱이를 시조에게 비칠 수는 없었다.

시신은 관에 넣지 않고, 몸이 들어갈 정도의 크기로 땅을 파고 돌로 방을 만든 후 그 안에 안치했다. 그때까지 감히 누구도 비단을 들춰 이미 시조의 여인이 된 시신의 얼굴을 마음대로 볼 수는 없었다.

보통 수십 일 동안 진행되어졌던 일정은 천군의 유지란 이유로 대폭 축소돼 닷새로 결정됐다. 모든 게 초라하다면 초라하고 파격적이었다. 그러나 사람들은 이를 이상하게 여기기보다 남다른 면이 많았던 모진달다고 여긴다. 또한 대부분은 파명에게 내려진 천군의 유지란 명목으로 넘어간다. 물론 이 모든 건 파명의 뜻이었다.

시조궁은 각계각층 사람들의 조문이 이어지며 시끌벅적했지만, 파명은 적막감 속에서 홀로 시신 옆을 떠나지 않았다. 만일을 대비해서 모든 접근을 차단하기 위해서다. 한밤중이면 시신 옆에서 파명은 죄책감과 두려움, 미신적인 공포, 모진에 대한 배신감과 싸웠다. 그러면서도 조금이라도 사내의 시신이 모진과 같아 보이도록 이리저리 손을 보고 관찰했다.

시신은 생전 덮던 이불인 붉은 천에 싸여 푸른 옥으로 장식된 들것에 뉘여 온통 흰 꽃으로 뒤덮인 수레에 실렸다. 수많은 사람이 뒤를 따르는 가운데 장지인 천정림까지 천천히 나아갔다. 천군을 보내는 천관들의 노래와 함께 시신은 묻혔다. 꽃을 태운 연기가 하늘로 오르며 천군의 넋을 인도하는 것을 확인하는 것으로 장례는 끝이 났다.

파명은 비로소 안도의 숨을 내쉰다. 생각처럼 시조궁의 체계는 치밀하지 않았고 허술하리만큼 대충 넘어갔다. 이는 되도록 빨리 전 천군의 자취를 없애버리고픈 새로운 천군 차이라의 심리가 반영된 것이기도 했다.

천군의 최후를 모르는 바는 아니나, 자살이 아니라 실은 다음 천군에 의해 죽임을 당한다는 것을 듣고 차이라는 두려움에 시달린다. 그러나 곧 왕에 버금가는 대우와 화려한 음식 등에 취해 갔고 언젠가 다가올 죽음에 불안해하느니 현재를 즐기자는 마음이 된다.

그때가 언제든 최대한 늦추면 되는 것이고, 그때 가서 다른 방도가 생길지도 모른다. 하루 전까지도 나는 천군의 위에 오를 거라 생각조차 못했다. 삶이란 그런 것이다. 누가 뭐래도 시조의 선택을 받은 귀한 몸이다. 내가 결코 모진보다 못하다는 말이 아니다. 모진이 저렇게 갔다고 해서 나 역시 저리 가란 법은 없다. 그러나 지금이 가장 중요하다. 나는 이 시간들을 헛되이 보내지 않으리. 지금부터는 나의 세상이다. 모든 것이 다 내 것이다.

시조궁에 숨어든 사내는 차후 다시 문제가 되지만 차이라는 행적을 알지 못한다는 답변만을 내놓는다. 거센 항의가 들어왔지만 정말이지 사내에 대해 알지 못하므로 같은 답변을 반복한다. 파명에게도 사내의 행적에 대한 질문이 들어왔지만 역시 모르쇠로 일관한다. 새 천군이 저렇게 나오는 데야 화랑 측에서도 달리 방도가 없어 이 일은 유야무야 넘어간다. 하지만 화랑의 가문은 시조궁에 대한 모든 원조를 끊어버린다.

새 천군이 들어서자 시조궁의 기강은 점차 무너지고 모진 때와는 확연히 달라진 천군의 위엄과 시조궁의 위세에 백성들마저 점차로 등을 돌리며 그 위는 더욱 작아져만 갔다.

파명은 평생을 시조궁에서 천관으로 지내려 했던 생각을 접고 궁을 나온다. 천하를 떠돌 생각이었다. 본시 품었던 그 마음 그대로 자유롭게. 아니, 더 정확히 말하면 대국으로 가 모진을 뒤쫓을 생각이었다. 그녀를 찾아낼 생각이었다.

아직 그녀와는 풀어야할 문제가 있다. 남은 의문이 많다. 직접 들어야만 한다. 이해 못할 것이 너무도 많다. 이대로 묻을 수는 없다. 무엇보다 평생 다시는 모진을 볼 수 없다는 것을 받아들일 수가 없다.

그러나 사락리로 돌아와 아령을 본 후 마음이 흔들린다.

처참한 아령의 모습은 파명의 모든 것을 바꿔 놓는다.

요 며칠 꿈자리가 사나워 아들의 신상을 걱정하던 차 느닷없이 마당으로 들어서는 파명에 소하는 적잖이 놀란다. 대제 후 집에 들르면 입힐 바지를 만들고 있다가 밖에서 부르는 아들의 목소리에 순간 바늘에 손이 찔린다. 후다닥 문을 열고 맨발로 뛰쳐나간다.

분명 파명이 맞지만 다르다. 얼굴빛이, 분위기가 다르다. 무슨 사달이 났다 싶어 대뜸 소하는 아들의 양손을 잡고 올려다본다. 걱정스런 눈으로 뭔일이가? 뭔일 났나? 조급하게 묻는다.

"시조궁은 다시 안 갈라요."

감정 없이 말한다.

멍하니 눈만 끔뻑이며 소하는 아들의 다음 말을 기다린다. 그러나 이 이상 다른 말 없이 파명은 커다란 보따리 하나 달랑 들고 자신의 방으로 들어간다. 아들이 더 아무 말도 안 하는데 어미가 더 무슨 말을 하리.

일단 부엌으로 들어가 당장 파명에게 줄 저녁 찬을 살피며 소하는 자신이 할 수 있는 모든 경우를 생각해본다. 도무지 잡히는 것이 없다. 한 가지, 천군의 죽음은 소하도 들어 아는바 그것 때문이 아닌가 조심스럽게 추론해본다.

이 상황을 기뻐해야 하는지, 걱정해야 하는지조차 갈피가 잡히지 않는다. 하여 단순하게 생각하기로 한다.

그렇다면 이후 파명이는 나와 같이 산다는 것이지러? 혼인도 하고 다른 남정네들처럼 산단 말이지러?

이에 미치자 들뜬다. 화색이 돈다.

갑자기 파명이 온 탓에 특별한 찬을 준비 못한 소하는 급한 대로 가시라기의 집으로 달걀을 사러간다.

한동안 거덜 난 살림과 부서진 정신, 그나마 있던 것도 촌주에게 다 뺏긴 상황에서 가시라기의 집안사람들은 거렁뱅이처럼 마을 사람들에게 얻어먹으며 지냈다. 가시라기는 나무나 약초를 캐서 팔고 가실은 남의 집 일을 한다거나 했지만 그걸로 세 입을 지탱하기엔 부족했다.

　이들을 안쓰럽게 여긴 소하는 아들을 위해 차근차근 모아뒀던 재물 일부를 가시라기에게 빌려줬다. 이걸로 가시라기는 닭을 여러 마리 사서 닭과 달걀을 팔며 생활을 이어갔다. 아직은 시작하는 단계라 큰 이득은 없으나 적어도 희망은 있었고, 전처럼 산으로 들로 남의 집으로 돌아다니지 않게 된 것만으로도 그들은 감사했다. 말하자면 소하는 은인이나 다름 아니었다.

　사실 소하는 어느 한 편 책임감과 죄책감을 가지지 않을 수 없었다. 딱히 파명이 잘못한 것은 없지만 어찌 됐든 전혀 무관할 수도 없다. 소심하고 마음 약한 소하는 가시라기의 집안 꼴이 엉망이 되어갈수록 덩달아 잠을 이루지 못했다. 정신줄을 놓은 아령에게 가장 필요한 사람은 파명이고, 어쩌면 파명이라면 아령의 정신을 바로 잡아줄지도 모른다 여겼지만 그건 싫었다.

　파명은 천관이 되려 하니 그건 어려울 거라 합리화를 하며 진지하게 생활에 도움을 주고자 결심했다. 생활에 도움을 주고 일말의 죄책감과 아령에 대한 이상한 책임감을 떨쳐버리려 한 것이다.

　가시라기가 닭을 내놓고 키우는 집 주위 넓은 땅은 집터와 함께 본시 마을의 장 개추의 소유였다. 아령으로 인해 뒤로 많은 재물을 촌주로부터 받아 챙겼고 둘의 혼사가 어그러진 이후로도 촌주는 가시라기에게 준 것만 빼앗았을 뿐, 다른 이들에 대해서는 별다른 조치가 없었다.

　이에 은근 미안함과 안쓰러움이 들었던 개추는 이리된 상황에서 좀 더 마을 장으로서의 너그러움과 넉넉함을 보이고자 가시라기에게 주위의 땅을 무상으로 제공했다. 단, 달걀과 닭을 필요할 때마다 무상으로 구입하는 조건.

소하는 절대 가시라기로부터 대가 없이 달걀과 닭을 받는 법이 없었다. 소하가 들어서자 여기저기 산재해 있는 닭똥을 쓸고 있던 가실이 종종걸음으로 다가와 맞는다. 닭장 청소를 하고 있던 가시라기도 고개를 숙이며 인사를 한다. 상전을 대하는 예다. 살이 통통하게 오른 암탉이 병아리들을 끌며 지나가고 얕은 담 아래 장닭 서너 마리가 모이를 먹고 있다. 대견한 눈으로 이것들을 흘려보며 마주 인사를 하는 소하다.

여간해서는 달걀을 구입하는 법이 없는 소하가 오자 가실이 묻는다.

"귀한 손님이 오셨나?"

가실의 질문에 소하는 얼굴 가득 미소를 머금으며 흐뭇하게 답한다.

"파명이가 왔소. 잠시 다니러 온 게 아니고 아예 온 성 싶소."

소하의 말에 가시라기가 일손을 멈추고 쳐다본다.

"어이? 그럼 천관이 안 되고 그냥 보통 사내로 살 생각인갑네?"

들뜬 목소리로 가실이 다시 묻는다. 소하는 그저 예의 그 미소만 짓는다. 가시라기는 모이를 먹고 있던 장닭 한 마리를 잡아챘다. 요란하게 울어대는 닭소리에 두 여자가 말을 멈춘다.

"어째 닭 잡을라요?"

가실의 말에도 대답없이 가시라기는 묵묵히 닭 모가지를 능숙하게 칼로 내려친다. 순식간에 사방이 조용해진다.

"달걀 주시오."

그제야 소하는 온 용건을 말하며 달걀을 넣어갈 바구니를 내민다.

잽싸게 가실은 아침에 거둬두었던 달걀 전부를 바구니에 담는다. 두 말없이 값을 지불하고 돌아서려는 소하를 가시라기가 불러세운다.

"잠시만 기다리시오. 이거, 이거 가져가란 말이오."

아직 채 덜 끝난 닭 손질을 부지런히 하며 소리친다. 소하는 급히 손사래를 친다. 눈치껏 가실은 소하를 붙잡는다. 가져가소. 아니요. 아 글쎄 잠시만 기다리란 말이오. 아이참 왜 이러시나. 두 여자가 실랑이를 벌이는 동안 가시라기가 짚에 싼 손질된 닭을 들고 와 소하에게 안긴다. 할 수 없이 받아 든 소하가 값을 치르려 주머니를 꺼낸다.

"냅두라, 별짓을 다 한다."

가시라기가 짐짓 화를 내며 쌩하니 닭장으로 가버린다. 난처하게 서서 가시라기를 바라보는 소하를 가실이 떠민다.

"그냥 가지고 가소. 파명이 왔다 하니 반가워 나름 신경 써준다고 이러는 것 같으니 마음 봐서 그냥 가지고 가소."

"정이 그렇다면 잘 먹겠소. 그래도 담부터는 이러지 마소."

소하가 돌아가자마자 아령이 집으로 들어선다. 아침부터 어디를 싸돌아다니다 왔는지 머리며 옷꼬라지가 엉망이다. 힐끗 딸을 한 번 보고는 이내 가시라기는 자기 할 일을 한다. 가실은 딸의 매무새를 고쳐준다.

"아령아, 그만 정신을 쫌매 차리자. 파명이도 이제 시조궁을 나와 여그 산단다. 그러니 제발 좀…."

가실의 말에 아령의 희미했던 눈이 밝아진다. 그러나 이내 다시 흐릿해지며 스르르 방으로 들어가 버린다. 흡사 허깨비 같다. 가시라기와 가실은 딸을 안타깝게 바라보다 어느새 서로 눈이 마주친다. 이심전심.

"사람의 욕심이란 게 참말 끝간 데 없이 염치가 없소."

저녁상을 물리고 등잔불 아래 남편과 마주 앉은 가실이 입을 뗀다.

"지금만으로도 더할 거 없이 은혜를 입었는데 넘치는 걸 바라니 말이지러."

가실의 말뜻을 모를 리 없는 가시라기, 말없이 달걀 담을 짚을 엮는다.

차마 입 밖에 내지는 못하지만 가시라기는 한줄기 희망에 사로잡혀 있다. 어쩌면 아령이가 다시 전과 같아질지도 모른다는 희망. 멀쩡하고 아무 문제가 없었을 때도 어림없었던 일이 이 상태에서 생길 리 만무하지만, 희망만으로도 가시라기는 들뜬다.

그들은 서로 같은 꿈을 꾸며 밤을 밝힌다. 간간이 닭이 때 아닌 우는 소리를 낸다. 부부는 전혀 하루의 피로를 느끼지 못한다.

그동안 사락리 소식을 전혀 모르고 지내던 파명은 집으로 온 첫날 저녁을 먹으며 처음으로 아령의 소식을 접한다. 조심히 소식을 전하는 소하의 말에 별다른 반응을 내보이지는 않는다. 그러나 음식 맛이 느껴지지 않는다.

수많은 생각에 파명은 잠을 이루지 못한다.

모진… 수없이 뒤엉킨 복잡한 심경으로 그녀를 떠올린다. 누구보다 신모와 닮았던 그녀. 숭배했다. 어느 순간부터는 여인으로서 지켜주고 함께하고 싶었다. 그저 옆에 있는 것만으로도 행복했다. 아무 표정 없이 사내를 향해 비수를 꽂던 그 상황이 선하다. 뒤도 안 보고 가버린 마지막 모습이 선하다. 묘한 배신감이 든다.

그때 그녀의 입에서 이 한 마디가 나와 주길 바랐을까? 같이 가자. 나와 같이 가자. 적어도 그녀에게 자신은 없어서는 안 될 존재라 여겼다. 저 한마디를 해줬다면 어머니를 버리고 따라갔을까? 불쌍한 내 어머니를 버리고? 나는 다른 무엇이 아니라 단지 천군이 아무런 미련 없이 날 떠나버린 오직 그것만이 실망스럽고 고통스러운 것인가?

파명은 신음소리를 낸다. 그녀와 나는 공범이다. 사내가 떠오른다. 싫은 죄책감이 인다. 죄책감은 다시 아령에게로 향한다. 숨이 턱 하니 막힌다. 한숨이 새어나온다.

밤새 잠을 이루지 못한 채 새벽부터 파명은 물동이를 지고 우물로 간다. 이제 막 우물의 철책을 열던 부부 중 남편이 파명을 보고 말을 건다.

"언제 왔어? 그동안 못 와서 어머니 보고파 잠시 다니러 왔나?"

아무 말 없이 미소만 지은 채 파명은 물을 떠올린다. 물동이에 넘치도록 물을 담아 집으로 향하는 파명 앞을 누군가 갑자기 막아선다. 땅만 보고 걷던 파명은 사람의 기척에 고개를 든다. 산발한 머리, 초점 잃은 눈, 흐트러진 옷매무새, 비쩍 말라 거의 해골과도 같은 얼굴. 누군지 금방 알아채지 못하고 잠시 빤히 상대를 쳐다본다.

"아, 아령이?"

믿어지지 않지만 아령이었다. 순간 파명은 양옆으로 지고 있던 물동이들을 거의 내던지듯 내려놓는다. 물동이들이 제멋대로 엎어지면서 물이 쏟아진다.

"아령아…"

파명과 눈이 마주쳤지만 아령의 눈빛엔 별다른 변화가 없다. 표정도 없다. 믿을 수 없는 표정으로 파명은 아령에게 가까이 다가선다. 움찔 뒤로 물러선다. 다시 파명이 다가서자 슬슬 뒷걸음질 치던 아령은 도망치듯 가버린다. 서너 발짝 따르다 자리에 멈춰서 한참을 아령이 사라진 곳만 바라본다.

대충 소하에게 그동안의 일을 들어 알고는 있었지만 차마 아령의 몰골이 저 정도일 줄은 몰랐다. 가슴이 미어진다. 책임감이 밀려든다.

다시 하루가 지나자 파명은 자신이 시조궁을 나올 때 가졌던 모든 계획을 변경한다.

값을 치러야 한다. 과오, 무관심, 범행, 속임수, 이 모든 것에 대한 값. 그것들에 대한 대가를 치러야 하는 사람이 개인적인 행복과 자유를 위한 인생을 추구하는 것은 더한 죄를 짓는 것이다. 어쩌면 애초 행복과 자유란 내 인생과는 어울리지 않는 것인지도 모른다.

아령. 처음부터 이 아이를 외면하면 안 되는 것이었을까? 단지 값을 치르기 위한 도구로 아령이를 이용하고자 하는 것은 아니지만 다소 늦은 감도 없진 않다. 이기적인 인간인 나는 모진에게도 절대적이지 못해 그녀를 원망하고 있다. 누구에게도 모든 것을 다하여 절대적인 마음을 바칠 수 없다면, 날 필요로 하는 이와 함께하자. 이미 모진이 떠남과 동시에 그녀와의 연은 다한 것이니.

파명이 아령이와 혼인할 뜻을 비추자 소하는 넋을 놓는다. 세게 뒤통수를 맞은 것마냥 한동안이나 정신을 차리지 못하고 그저 아들만 바라본다. 천군이 죽은 것 말고도 그동안 파명에게 무슨 일이 있었기에 느닷없이 시조궁을 나온 것도 부족해 관심 없던 아령이와 혼인을 한다고 나서는 것인가? 일단 마음을 가라앉히고 조용히 소하가 묻는다. 가슴이 두방망이질 친다.

"아마도 나한테 말 못할 엄청난 일이 너에게 있었던 모양이다. 전후 아무것도 말하지 않고 느닷없이 아령이와 혼인하겠다고만 하면 내가 어떻게 해야 하는 것이냐? 아령이가 참말 짠해서 마음이 동했나 본데 혼인은 그렇게 하는 기 아니다."

파명은 말문이 막힌다. 아, 나는 어머니에게마저 이기적이구나.

"저는 제 잘못을 치르며 살아야 합니다. 그리고 지금껏 제가 믿었던 것이나 생각이 옳은 것만은 아니란 것도 알았습니다. 어머니, 인생이란 거창한 게 아니라 그냥 순간순간 닥치는 일이나 감정에 충실하며 받아들이고 사는 거란 생각이 듭니다. 그리고… 더 이상 뭔가를 깊게 생각하며 살기가 싫어졌습니다…."

소하는 아무 말도 하지 않는다. 그저 아들에게 무슨 일인가가 생겼고 그것으로 매우 아파했을 터, 지금 이 말을 하는 표정만으로도 대충 짐작이 간다.

"니가 행복할 것만 선택하라. 나는 그거면 됐다…."

절대 소하는 파명에게 반기를 들 수 없다. 그저 맹목적으로 복종하는 수밖에. 운용에게 그러했고, 이제는 아들에게 그러한 것이다.

파명은 어린 시절 아버지와 가까웠다. 아버지가 세상을 뜬 후엔 모진이 인생의 전부였다. 어머니와는 그저 가벼운 대화만을 나누는, 존재로서의 의미만 있었다. 소하에게 솔직하게 내면을 보인 건 처음이다. 늘 소하에게 어떤 식으로든 기대를 하지 않고 살았다. 그런데 지금 소하는 누구보다 잘 이해하고 받아준다. 이해가 아닌 그냥 절대적인 사랑 때문일 수도 있으나, 소하는 그저 아들의 뜻에 따라준다.

다음날 파명은 결심을 굳히고 가시라기 내외를 찾는다. 파명이 개인적으로 그들의 집을 찾은 적이 없었기에 내외는 놀란다. 드릴 말씀이 있다 했을 때 가시라기는 기대감에 두근대는 가슴을 주체하지 못한다. 그러나 짐짓 무심하게 파명을 방으로 안내한다. 가실도 쪼르르 따라 들어온다.

"아령이는 어디 갔습니까?"

제일 먼저 파명이 딸을 찾자 가시라기는 자신의 예감이 맞았다는 것이 기뻐 저절로 입이 벌어진다. 감정이 날뛴다. 대신 가실이 대답한다.

"곧 들어올 기다."

파명은 잠시 뜸을 들이다 결심한 듯 입을 연다.

"제가 많이 부족합니다. 그래서 이런 말씀 드리기 죄송하지만, 생각 끝에 감히 말씀 드립니다⋯. 아직 늦지 않았다면 아령이와 혼인하고 싶습니다. 두 분께서 허락해주시면 좋겠습니다."

가시라기는 고개를 숙인 채 방바닥만 쳐다보고 가실은 철퍼덕 다리에 힘이 풀린다. 막상 파명의 입을 통해 원하는 말을 듣자 가시라기는 마음이 차분해진다.

"어무이는 뭐라 하시나?"

"별다른 말씀 없으십니다. 그저 저의 뜻에 따르시겠단 말밖엔."

가시라기가 고개를 끄덕인다. 가실이 남편을 쳐다보며 눈을 끔뻑인다. 어서 고맙다고 그러겠다 말하라고 닦달하는 듯이. 이때다. 언제 왔는지 열려진 문 앞에 아령이 서 있다. 가실이 반갑게 아령이를 보며 큰소리로,

"아가, 아령아~ 파명이가 너랑 혼인하고 싶다 한다."

기쁨에 겨운 가실과는 달리 아령이는 아무 표정 없이 입만 씰룩댄다. 딸이 아무런 반응을 보이지 않자 가실은 괜히 민망하고 마음이 급해져 뛰쳐나가 손을 부여잡는다.

"아령아, 파명이가⋯."

"가! 가라고!"

가실의 말을 가로채며 아령이 악다구니를 친다. 모두 당황해 아령을 쳐다보고 가실은 딸의 말을 막으려는 듯 팔을 잡아당기지만 악은 더 커져간다.

"싫어! 싫다고! 이 나쁜 놈아!"

가실은 안절부절 딸만 쳐다보고 가시라기는 급히 파명의 눈치를 본다. 사실 파명으로서도 아령의 이것은 의외다. 딱히 다른 상황을 상상한 것은 아니지만.

아령은 방으로 가 문을 닫는다. 한동안 정적이 흐른다. 안절부절못하다가 가시라기가 겨우 파명에게 사과한다.

"미안타. 저기 아직 지정신이 아니라 저렇다. 이해해라."

행여 아령이 때문에 파명의 마음이 변할까 전전긍긍한다. 그러나 파명은 담담히

"아닙니다. 제가 아령이랑 이야기하는 게 먼저인데 실수했습니다."

일어나 아령의 방으로 향한다. 가실이 따라가려하자 가시라기가 말린다.

방안에서는 아무런 기척이 없다. 문 앞에 서서 파명이 아령을 부른다. 그러나 답이 없다.

"아령아, 미안타. 그런데 내 말 잠시만 들어줘."

조심스레 문을 연다. 아령의 뒷모습이 보인다. 안으로 들어가 파명은 뒤에 조용히 앉는다. 아령아. 흐느끼는 소리가 들린다. 어깨가 들썩인다. 아령이 등을 돌린 채 울고 있다. 순간 파명은 가슴이 무너진다.

"아령아, 미안하다. 정말 미안하다. 다 내 잘못이다. 용서해줘."

한동안 흐느끼던 아령이 눈물을 닦고 작심한 듯 파명을 향해 돌아앉는다.

눈은 최근 어느 때보다 또렷하다.

"조금만 더 일찍 날 바라봐주지. 왜 그땐 그리도 모질었어? 내가 그렇게 싫었어?"

"아령아, 나도 어떻게 할 수 없는 때라는 게 있다. 그때 나는 천관으로서 살거나 온 세상을 유랑하고 싶었다. 그래서 여인이나 혼인 같은 건 생각할 수가 없었다. 네가 싫어서가 아니라 세상 어떤 여자라 할지라도 난 염두에 없었어. 그런데…."

다음 말을 쉬이 잇지 못한다. 대신해 아령이 잇는다.

"나는 내가 부끄러워. 이 모습이 싫다. 너한테 가장 보이기 싫은 모습이라고. 그런데 이 모습일 때 넌 내한테 가장 가깝게 다가오는구마. 난 이게, 이게 슬프고 아프고 그리고, 싫다. 니 동정이 싫다고!"

"늘 언제나, 너는 그냥 아령이일 뿐이다. 내가 어릴 적부터 봐온 그 아령이."

더 이상 서로 아무 말이 없다. 둘은 한없이 앉아 시간을 보낸다. 어둑해져 소하가 파명을 찾으러 올 때까지 파명과 아령은 그렇게 앉아 있는다. 그동안의 거리가 그렇게 조금씩 좁혀지며 아픔이 미약하게나마 삭혀지는 시간.

둘의 혼인은 빠르게 진행된다.

소하는 며칠 밤을 세워 혼례복을 짓는다. 언제고 파명이 혼인을 한다면 그 혼례복은 반드시 내 손으로 지으리, 지극한 기쁨으로 한 땀 한 땀 온갖 복된 기원을 담으리, 마음먹었었다. 그런데 이런 한스러운 답답함으로 아들의 혼례복을 준비하게 된 것이 소하는 못내 슬프다.

눈물이 뚝뚝 떨어진다. 저고리의 색감이 아름다워 눈물이 나고, 어느 때보다 바느질이 섬세해 눈물이 나고. 이것을 입을 아들의 모습을 생각하니 눈물이 나고, 운용을 생각하니 더욱 눈물이 북받친다.

파명이 갓난아이일 적, 운용이 불러주던 자장가가 떠오른다. 소하는 새삼스레 읊조려본다. 가사는 가물거리지만 음률만은 정확히 기억난다. 울먹이며 멈추다 잇다 그렇게 자장가를 부른다.

몇몇 사람을 제외하고는 혼례 사실을 알지 못했다. 양측 사람들 외에 옥몽과 우럭 부부, 개추만이 참석한 가운데 가시라기의 집에서 밤중에 혼인이 치러졌고 그제야 일부 사람들은 이 사실을 알게 됐다.

화려하지는 않지만 아령은 어느 때보다 빛나고 아름답다. 완연히 예전의 모습을 되찾은 듯 생기마저 돈다.

마음에서 우러난 진심으로 아령은 파명을 향한 다짐을 한다. 어린 시절부터 그토록 원하던 단 한 사람. 그에게로 가기까지 형언할 수 없는 아픔이 있었으나 지금 이 순간은 모든 것을 상쇄하고도 남는다.

아령을 바라보던 가시라기의 눈에 눈물이 맺힌다. 그도 아비인 것이다. 딸자식 때문에 아파하고 기뻐하는. 소하는 그토록 바라던 아들의 혼인이지만 얼굴색이 어둡다. 아령과 마주 서 있는 파명은 마치 대관식을 하는 왕의 풍모로 주위를 압도한다. 참으로 잘난 내 아들. 소하는 가시라기와는 다른 의미의 눈물을 흘린다.

아령의 방에서 둘은 첫날밤을 보낸다.

짧은 시간 동안 급하게 준비된 침구와 연꽃이 새겨진 등잔. 불빛 아래에서 아령이 파명을 바라보며 미소 짓는다. 그러나 잔뜩 긴장한 탓에 눈빛은 흔들린다. 파명의 손이 저고리에 닿자 순간 흠칫 놀란다. 자신이 없다. 몸뚱아리에.

긴장하는 건 파명도 마찬가지다. 시조궁에서 온전히 많은 시간을 보냈다 하여 성욕이 없었던 것은 아니었다. 하지만 그것을 죄악시하며 스스로를 다스렸다. 막상 혼인이란 것을 해 여인과 한 공간에 있으니 파명도 떨리는 건 어쩔 수 없다.

"파명아, 너에게는 누구보다 어여쁜 여인이고 싶었어. 그런데… 그런 몸이 아니어서 정말 미안하다."

용기를 내 아령이 더듬거린다. 목소리가 떨린다. 파명이 얼굴을 쓰다듬는다. 가만히 아령을 안는다. 작은 솜털처럼 부드러운 몸뚱이가 품에 들어온다. 따스하다. 가슴이 뛴다. 더 이상 다른 말은 필요 없다. 자연스럽게 둘은 부부가 된다. 자연의 섭리는 모든 것을 허용하며 아무런 강요가 없이도 그 순리에 따르도록 한다. 그렇게 두 사람은 자연으로 더욱 깊이 스며든다.

일단 아령은 혼인 후 파명의 집에서 기거했고 부부는 양쪽 집 어른들의 관심과 정성 속에 행복했다. 파명은 누구보다 충실하고 부지런한 신랑이었고 아령은 오직 낭군만을 위해 사는 순진한 신부였다.

그러나 늘 그렇듯 지극한 행복에는 마가 끼는 법. 이는 아마도 인간이 춘하추동 성하고 쇠하고를 반복하는 자연의 일부이기에 비롯되는 당연한 일인지도.

얼마 되지 않아 파명은 소하와 아령을 거느리고 사락리를 떠나야 할 상황에 직면한다. 촌주가 이들의 혼인에 개입한 것이다.

아령의 흠집에 비록 혼인을 파탄 내기는 했으나 촌주는 그렇다고 다른 사람과 혼인하는 꼴도 못 봤다. 마을의 장에게 먼저 불똥이 튀어 다른 마을보다 더한 세를 요구하며 사사로이 개추가 가시라기에게 무상으로 땅을 내어준 것까지 트집을 잡았다. 촌주의 몽니는 개추만이 아니라 마을 사람 전체에게 고스란히 돌아갈 수밖에 없었다.

이때는 파명을 여러모로 돌봐주던 세호랑마저 병으로 세상을 뜬 후였다. 아직은 천관에 대한 몸에 배인 경외심 때문에 촌주가 직접적인 위해를 가하지는 않았으나 앞으로는 모를 일이었다. 무엇보다 자신의 존재가 마을 전체를 힘들게 하기에 파명은 다른 곳으로 뜰 결심을 한다. 그러나 그 전에 가시라기가 촌주의 압력으로 지금 닭을 키우고 있는 땅을 뺏길 처지에 놓인 걸 해결해야만 했다.

문제는, 가시라기를 포함 마을 대다수 사람들의 집터가 그들의 소유가 아니라는 점이었다. 때문에 언제든 소유자에 의해 일방적으로 쫓겨날 수 있었다.

촌주의 압력으로 가시라기는 닭을 키우는 땅을 빼앗기는 선에서 더 나아가 집에서 쫓겨날 위기에까지 처했다. 만일 이제라도 공적으로 가시라기의 소유가 된다면 이 모든 문제는 적당한 선에서 끝날 터였다.

절대 갈 일이 없을 것 같았던 곳, 모진이 말한 포목점을 파명은 무거운 마음으로 찾는다. 포목점 주인은 뚱뚱한 대국 남자로, 절름거리는 잘생긴 남자가 들어오자 대번에 파명인 걸 알아챘다.

쭈뼛대며 파명이 말을 꺼내기도 전에 서툰 말로 시조궁에서 오셨냐 묻고는 두말도 없이 안으로 들어가더니 붉은 보따리 하나를 들고 나온다. 묵직한 보따리를 들고 일단 집으로 온 후 펼쳐본다.

커다란 주머니 하나가 나오고 그 안에는 각양각색 패물이 들어있다. 같이 그것을 보던 아령의 눈이 휘둥그레진다. 난생처음 보는 보물들. 모진은 생각보다 많은 재산을 파명 앞으로 남겨놓았던 것.

"이거 받아도 되는지 모르겠다."

겁먹은 얼굴로 아령이 말한다. 파명 역시 당황스럽다. 그러나 당장 이게 필요하다. 세상을 살라 하니 재물을 무시할 수가 없다. 파명은 아령을 보며 결연히 말한다.

"당당히 쓰자. 우리가 이걸로 땅을 사들이는 것은 여러 사람을 돕는 길이다. 장도. 가시라기 어른도. 마을 사람들도. 딱 그것에만 쓰고 이건 다시는 쓰지 말자. 그런 후 마을을 뜨자. 시조능 수묘인으로 가면 굶어 죽을 걱정은 없다."

아령도 동의한다.

그러나 세상은 그리 만만하지 않았다. 파명은 아직 어렸다. 마을 장으로부터 집터며 그 넓은 주변 땅을 모조리 사들인 사실을 알게 된 촌주는 의아해하며 개추를 불러들인다. 혹여 거짓으로 이뤄진 매매가 아닐까 한 탓.

확실히 값을 치르고 가시라기에게 넘겼다 말하는 개추에게 촌주는 대가로 받은 값을 묻는다. 개추는 만일을 대비해 지니고 온 것을 내민다. 파명으로부터 받은 패물. 땅값을 치르고도 남을 정도의 값을 파명으로부터 받은 개추는 일부만 촌주에게 내민 것이다. 옥으로 된 장신구들. 매우 정교한 조각이 새겨진 그것들은 누가 봐도 평범한 물품은 아니다.

장신구를 보는 순간 촌주는 회심의 미소를 짓는다. 옳거니.

촌주는 당장 파명을 잡아들여 무슨 짓을 해서 땅을 샀는지 묻는다.

"왜 이러십니까? 나는 거리낄 게 없습니다. 정당한 값을 치렀습니다."

어안이 벙벙하여 파명은 소리친다.

"이것은 누가 봐도 귀한 물품이다. 너 같은 것이 갖을 수 있는 보물이 아니란 말이다. 네 천관으로서 얼마 전 시조궁을 나왔다 들었다. 내 알기로 천관은 사사로이 시조궁의 물품을 빼돌려서는 안 된다 알거늘 네 내놓은 것들을 보니 의심을 아니 가질 수 없다. 바른대로 말하거라. 이 귀한 것들은 어디서 났느냐?"

파명은 난감해진다. 이것을 미처 생각지 못하다니. 그저 장에게 값만 치르면 된다 여겼다. 무엇을 주든 그걸로 끝이라 여긴 것이다. 장이라면 설령 의심이 들지라도 넘길 거라. 그런데 촌주에게까지 일이 넘어갈 줄은 몰랐다.

"그것은…… 그동안 천관으로 지내며 틈틈이 어머니 드리려 장만한 것들입니다."

겨우 얼버무린다. 촌주가 코웃음을 친다.

"어린놈. 너 같은 천한 것이 겨우 천관으로 지내며 모아둔 재산으로 이런 것을 장만했다는 걸 믿을 거라 여기다니. 이것은 천관으로서 본분을 어기고 시조궁의 물품을 빼돌린 것이 분명하거늘 어디서 변명질이냐?"

"아닙니다!"

강하게 반발한다. 그러나 촌주는 더 이상의 말을 들으려하지도 않고 일단 파명을 가둔 후 시조궁으로 사람을 보낸다.

이미 기강이 흐트러질 대로 흐트러진 시조궁은 전과 같지 않은 분위기로 인해 겨우 그 명맥만 유지하고 있었다.

촌주의 심부름으로 간 자가 파명의 일을 하급 천관에게 고하며 부디 어렵겠지만 천군에게 확인을 해달라 요청한다. 구체적인 것은 빼고 그저 대충 상황과 파명 이름만을 들먹인다. 적지 않은 패물을 사사롭게 몰래 건네며.

좋은 말이 나오면 넘기고 혹여 안 좋은 말이 나온다면 더할 나위 없을 터.

전이라면 감히 세속의 일로 천군에게 뭔가를 요청한다는 자체가 어려운 상황이었으나 차이라가 천군이 된 후로 그러한 규율은 무너졌다. 이런 사사로운 일로도 천군은 부탁을 들어주며 재물을 받아 챙겼다. 모진과 차이라의 다른 점이 있다면, 모진은 숨기고 차이라는 드러냈다는 것.

차이라는 파명에 대한 감정이 과히 좋지만은 않았다.

처음부터 천군의 말미를 몰랐다면 자신은 좋은 천군이 될 수도 있었다. 그러나 파명이 굳이 안 해줘도 될 말을 해주는 바람에 엉망이 됐다. 게다가 감히 천관 주제에 천군인 자신을 무시하는 듯한 태도로 일관했다. 이런저런 이유로 차이라는 파명을 미워했고, 무엇보다 전부터 모진의 편향적인 관심과 총애를 받는 파명이 마땅찮았다.

여기에 생각할수록 모진의 갑작스러운 지명은 여러모로 차이라 자신을 욕 먹이려 작정한 악의적인 행동임이 분명했다. 새삼 갈수록 모진에 대한 분노가 솟아 차이라는 하루하루 이를 갈았는데 결국 모든 것이 오롯이 파명에게로 쏠린 것.

때문에 물론 좋은 말을 해줄 리 만무.

상황을 전해 들은 차이라는 파명을 엄히 처벌하라 권한다. 더불어, 누구보다 전 천군의 지근거리에 있던 파명이 시조궁을 나온 후 많은 시조궁의 물건들이 사라졌다. 그러나 근엄한 시조궁으로서는 그런 패물 따위로 시끄럽게 하기 싫어 너그럽게 넘겼지만 이왕 이리 물어오니 사실을 말한다. 의심되는 점이 있다면 시조신을 모신 사람의 청렴

함을 저버린 대가로 다른 이들보다 엄한 벌을 받아야 한다. 이리 촌 주께서 시조궁을 대신해 기강을 바로잡고 시조님의 노여움을 산 죄인 을 대신 처벌하여 주시니 만복이 깃들 것이다, 란 말까지 덧붙인다.

이렇게까지 파명에 불리하게 천군으로부터 답을 들을 걸 기대하지 않았던 촌주는 공식화되기까지 하자 더욱 기탄없이 어떻게 처벌할 것 인지 고심한다.

시조궁의 물품을 착복해 개인적인 사사로운 이익을 위해 쓴 것은 엄청난 죄로 촌주는 이 일을 더 윗선으로까지 보내 결국 파명은 변방 인 하이리 땅으로 압송이 결정된다. 압송된 남자들은 대부분 병사로 복무했는데, 이곳은 왜인이나 근방 소국의 침입이 잦아 전장의 화살 받이로 가장 앞에 세워지거나 온갖 위험한 이런저런 울력에 동원되었 다. 사실상 죽으러 가는 것이나 매한가지.

불과 아령과 혼인한 지 20여 일 만에 일어난 일이다.

생각해보면 모든 건 오직 아령이와 그 식솔들로 인해 생긴 일이다. 적어도 소하는 그리 여긴다. 하루아침에 귀한 아들이 이 지경으로까 지 내몰리자 소하는 구석에 자리 잡은 울화가 한꺼번에 치민다. 더 무서울 것도 아쉬울 것도 없다.

아무런 도움도 못주고 앉아 눈물만 흘리는 아령도 보기 싫고, 이 상황에서도 날마다 묵묵히 닭들에게 모이를 주고 달걀을 얻고 닭을 잡는 가시라기와 가실이 밉다. 누구 때문에 이 지경이 되었는데.

애초 소하는 정리로써 해줄 수 있는 건 다 해줬다. 최선을 다해 재 물을 털어 그들을 도왔고 귀한 아들까지 줬다. 파명이 아령이를 받아 주지 않아 그 지경이 났다는 죄책감 하나로. 도리로. 그런데 대가가 이것이란 말인가. 억울함이 치민다. 세상이, 운명이 사람들이 밉다.

과분한 남자 운용을 만난 것 때문에 모든 것에 감사했고, 운명이 그를 빼앗아 갔어도 견뎠다. 아들이 있었으니. 운용을 쏙 빼닮은. 선한 마음으로 이웃을 도왔고 받아들였다. 다 소용없는 짓이었다.

소하는 마지막 희망을 안고 날이 밝자마자 걸어 세호랑의 부인을 찾아간다. 지금으로서는 그녀에게 호소하는 것 외에 할 수 있는 게 아무것도 없다.

어딜 가시냐며 울어서 퉁퉁 부은 눈으로 따라 나오는 아령은 본체만체 쌩하니 소하는 집을 나선다. 마을을 다 벗어나도록 아령이 따르지만 소하는 아는 체도 않는다. 멀리 소하가 사라지도록 아령은 자리에 서서 바라본다. 파명의 일로 가는 것이리라. 어렴풋이 짐작한다. 낯을 들 염치가 없다.

구름 한 점 없는 하늘을 잠시 쳐다보다 잰걸음으로 집으로 돌아오며 아령은 여러 번 가슴을 친다. 숨을 쉬기가 힘들다.

한나절이 걸려 도착한 소하는 낭도 운용의 처라고 신분을 밝히며 부인에게 잠시 만나줄 것을 청한다. 그러나 하필 부인은 며칠 전부터 출타 중이었다. 오늘내일 사이에 오실 듯하지만 구체적으로 언제 올지는 모른다는 전언에 소하는 내내 문밖에서 기다린다.

해가 지고 사방이 어둑해져도 올 기미가 없다. 가복이 나와 그만 돌아가라 해도 소하는 묵묵히 자리를 뜰 줄 모른다. 찬 바람이 불더니 빗방울이 떨어지기 시작한다. 가복이 다시 나와, 날씨가 궂어 아무래도 부인께서는 오늘도 안 오실 듯하다, 다시금 돌아가라 채근한다. 그러나 소하는 눈물을 주르륵 흘리며, 아들을 구해야 합니다. 이대로 갈 수는 없습니다. 하루가 급합니다. 이 말만 되풀이한다.

소하를 불쌍히 여긴 가복은 안으로 들어가 당모에게 이 일을 고한다.

세호랑과 부인 사이에는 아들 하나와 딸이 있는데 둘 다 혼인을 하여 따로 살고 있었다. 그리하여 부인은 집을 비울 때면 집안일을 모두 세호랑의 유모였던 당모에게 관장토록 했다. 당모는 매우 많은 나이였으나 깐깐하고 철저한 인물로 조금치의 사사로움이나 느슨함도 없는 성정이었다. 무엇보다 가복들 부림에 공정하고 기강이 있어 부인은 이 점을 높이 사 믿고 집안의 모든 걸 맡겼다.

가복이 최대한 소하 입장에서 어려움을 호소하며 부인이 오실 때까지만 소하를 기거하게 해달라 한다. 그러나 당모는 단칼에 내친다.

"주인이 없다고 아무나 집안에 들이게 하다니, 본시 모든 액운은 사람이 몰고 오는바 기운이 역하고 나쁜 자는 애초 상종해서도 안 되거늘 하물며 집안에 들여 기거하게 해달라니 참으로 어이가 없다. '천림사'에 가셨으니 부인께서는 앞으로도 사나흘은 돌아오시지 않을 듯하다. 정이 급하면 그때 다시 오든가 하라 해라."

수일 내에 파명은 변방으로 입송될 것이다. 비가 쏟아지는 밤중에 오갈 데 없어진 소하는 당장 오늘이나 내일 부인이 올지도 모른다 생각하며 죽더라도 이 자리에서 죽을 결심을 한다.

처마 아래 쪼그리고 앉아 오들오들 떠는 소하의 모습은 참으로 처량하고도 을씨년스럽다. 비록 처마 아래서 비를 피한다고는 하나 불어치는 바람에 비는 그대로 소하에게 쏟아지다시피 해 흠뻑 젖게 만든다.

갇혀 있는 아들에 비하면 이런 고통쯤이야 아무것도 아니다. 소하는 그저 운용에게 빌고 또 빌 뿐이다. 파명이를 도와주세요. 제발. 당신의 아들 파명이를.

간간이 여 가복이 문을 열고 내다본다. 행여 소하가 쓰러지지나 않았나 확인하듯. 보다 못해 요깃거리를 담아 나와 쥐어준다. 고맙다며 받기는 하나 소하는 먹을 생각이 없다. 그저 오매불망 부인이 오기만을 기다릴 뿐.

추위에 손발이 오들거리며 기침이 난다. 그러나 몸은 뜨겁다. 비는 갈수록 세차게 내리고 소하는 더욱 오그라든다. 세호랑의 집 대문에 걸린 작은 등이 바람에 흔들린다. 꺼질 듯 말 듯 작은 불빛이 용케 사그라들지 않고 빛을 발한다. 그나마 그 빛이라도 있어줘서 다행이다. 마치 그것은 소하의 한 줄기 희망과 같이 위태롭지만 무한히 위로가 된다.

어디선가 말발굽 소리가 들린다. 가슴이 뛴다. 그러나 시야는 흐릿하다. 드디어 부인이 오시는구나. 소하는 일어서려 용을 써본다. 하지만 다리의 힘이 풀려 몸이 말을 듣지 않는다. 억지로라도 일어서려는데 순간 사방이 흔들리며 빙빙 돈다. 세상이 어지럽다. 어디가 땅인지 하늘인지 알 수 없다. 몸이 뜬다. 몇 발자국 걷던 소하는 그대로 앞으로 고꾸라진다.

운용이 따스하게 손을 잡아준다. 걱정스레 쳐다본다. 얼마나 보고 싶고 그리웠던 얼굴인가. 소하는 무슨 말인가를 하려하나 입술만 움직일 뿐 소리가 나오질 않는다. 그러다 다시 앞이 어두워지고 윤용은 사라진다.

눈을 뜨고 잠시 멍하니 누운 채 사방을 둘러보던 소하는 놀라 벌떡 일어난다. 낯선 곳. 알 수 없는 낯선 장소에서 이불을 덮고 누워있는 자신. 도무지 기억이 없다. 옆엔 미지근한 물이 담긴 함지박이 있다. 화려하지는 않으나 정갈한 방. 창으로 햇살이 쏟아져 들어온다.

누군가 문을 열고 들어온다. 소하는 급히 자리에서 일어선다. 예쁘장한, 소하 또래의 여인. 그녀는 소하가 일어난 걸 보고 다가오더니 걱정스레 얼굴을 살핀다.

"괜찮소? 이제 기운이 좀 나시오?"

난주다. 소하는 선뜻 대답을 못하고 안절부절 반쯤 일어서며 어찌할 바를 몰라 한다. 일단 앉으시오, 난주는 소하를 끌어 앉힌다.

"아이고, 그 밤중에 그러고 있다니 큰일 날 뻔하셨소. 다행히 우리라도 봐서 망정이지. 밤늦게 우리 애기씨랑 귀가하다 댁을 봤소. 길가에 쓰러져 있더구마. 그래 이리 일단 데리고 온 것이오. 그러니 맘 놓으소. 그리고,"

들고 온 그릇을 내민다. 김이 모락거리는 뜨거운 액체다.

"생강 우린 물이요. 마셔보소."

황송해하며 소하는 난주의 정성을 봐 받아든다. 두 손으로 그릇을 감싸든 채 한 모금 들이킨다. 알싸한 매운맛과 뜨거운 액체가 목구멍으로 넘어가니 온몸이 이완된다.

늦은 밤, 정금과 난주는 문노의 가택에서 귀가하던 차였다.

윤궁이 붙잡아 저녁까지 먹고 출발하다보니 어느덧 늦은 데다 갑자기 비까지 내리는 탓에 낭패였지만, 그만 유하고 가라 붙잡는 윤궁의 청을 기어이 뿌리치고 집으로 돌아오던 길이었다.

원래대로라면 세호랑의 집 앞을 지나가지는 않았을 터였다. 그러나 어두운 빗속에서 길까지 잘못 들어 지나가게 된 것. 정금은 잔뜩 짜증이 나 있는 상태였다. 한두 번 지나는 길도 아니건만 그런 길을 잘못 든 저자를 내 반드시 치죄하리. 이런 상황에서 그들의 앞을 가로막고 쓰러져 있는 소하를 발견한 것이다.

가축이 쓰러져 있으려니, 하던 난주는 얼핏 그것이 사람, 그것도 여인인 걸 알아챘다. 도무지 이런 날씨에 이 밤중에 그대로 지나칠 수가 없었다. 일단 수레를 멈추게 하고 내린 후 여인을 살폈다. 정금이 화를 내며 빨리 가자 채근했지만 난주는 들은 척 만 척 여인을 향해 등불을 가져다 댔다. 죽은 사람은 아니었다.

낯익은 얼굴이었다. 늘 스스로와 비교해 마지 않던 그 얼굴. 못생긴 얼굴인데도 난주가 평생을 부러워하던 얼굴. 난주는 여인이 운용의 처란 걸 단번에 알아챘다. 이대로 놔두고 갈 수는 없었다.

무조건 여인을 수레에 태웠다. 정금이 질색을 하며 난리를 쳤지만 난주는 고집을 피웠다. 온몸이 불덩이 같은 여인은 축 늘어졌고 몸에서는 물이 뚝뚝 떨어져 수레 안을 적셨다.

정금의 짜증이 극에 달하자 난주는 그제야 아는 여인인 것 같다며 빌다시피 부탁했다. 누군데? 대답은 없이 난주는 오직 여인에게만 온 정신을 집중했다. 그 하는 양이 하도 지극해 정금은 더 이상 묻지 않았다.

집에 도착해 아버지인 설화랑에게 책망을 듣고 기분이 더욱 나빠진 상태로 정금은 방으로 들어가 누웠고 역시 야단을 맞았지만 그것쯤이야 대수롭지 않게 한 귀로 흘린 난주는 소하만을 챙기기에 여념이 없었다.

"참말로 고마워서 몸 둘 바를 모르겠습니다. 하지만 이만 가보겠습니다. 제가 지금 여기서 편히 제 몸 조리를 할 여가가 없는 처지라…."

말끝을 흐린다. 근심이 가득한 얼굴이다. 그리고 보니 밤중에 세호랑의 집 앞에서 쓰러져 있었던 게 보통 일은 아니다.

"말해보소. 뭔 일 때문인가. 혹여라도 도움이 될지 누가 알겠소?"

도움이란 말에 소하의 눈이 커진다. 솔깃해하는 반응에 난주는 더욱 부채질을 한다.

"여가 뉘댁인가 모르지러? 전 풍월주였던 설화랑 댁이오. 나는 이 댁 적녀이신 정금낭주의 유모 난주라 합니다. 자, 그러니 어려운 상황을 조금은 말해줘도 손해는 안 날 터이니 마음 놓고 그만 말해보소."

소하의 흐릿했던 눈이 밝아진다. 설마 이렇게 지체 높은 집안에 자신이 와 있을 줄은 상상도 못했던 것. 설화랑이라면 아무것도 모르는 소하도 알 정도의 사람. 세호랑보다 더한 권력을 지닌 사람이란 것쯤은 삼척동자도 다 아는 사실이다.

"참말로 시조께서 우리 파명이를 도우심이 아닌가싶소. 이런 일이…."

소하의 말에 고개를 끄덕이며 난주는 어서 소하가 말을 꺼내길 채근한다. 눈물을 흘리며 소하는 파명에게 일어난 일을 난주에게 말한다. 천관 출신이란 것을 특히 강조하며, 절절한 어미의 심정까지 섞어서. 소하의 말에 난주 역시 함께 눈물이 글썽인다.

일생 잊어본 적 없던 사람, 운용. 비록 순간의 눈길조차 받은 적이 없지만 평생을 바쳐 사랑한 이. 그의 여인이 눈앞에 있고 그의 분신인 아들이 위험에 처해 있다.

그냥 있을 수 없는 일이다. 난주는 정의감과 책임감에 휩싸인다. 이미 밤중에 그 빗속에서 소하를 구출한 것부터 운명이다. 하늘의 뜻이요, 이것은 운용의 부탁인 것이다. 구해달라고. 어찌 운용의 부탁을 모른 척할 수가 있으리. 수많은 이들을 다 놔두고 난주 자신에게 하늘에 있는 운용이 부탁을 해온 것인데.

난주는 소하의 손을 덥석 잡는다.

"낭주의 말처럼 이건 신의 뜻이 분명하지러. 걱정마소. 이 댁 어르신이라면 못할 일이 없소. 걱정 말고 맘 푹 놓고 기다리소. 내 알아서 해줄 터이니."

이 뜻밖의 구원자에 긴가민가 싶었지만 지금으로서는 지푸라기라도 잡아야 되는 입장이라 소하는 진심으로 난주를 믿고자 한다.

일단 방에서 소하가 더 몸조리를 하도록 놔둔 후 난주는 엄청난 의무감을 안고 부지런히 정금의 처소로 향한다.

어젯밤 출타로 정금은 기분이 좋지 못하다. 감기 기운도 있는 데다 낯선 여인과 같이 수레를 타고 와야 했으며 사소한 것으로 유노에게 서운함을 느꼈기 때문.

문노가 '압독국'으로 원정을 갔을 때, 부모를 잃고 우는 '린펑'이란 이름의 다섯 살 여자아이를 데려왔다. 아이는 이후 문노의 집에서 키워지며 딱히 비복도, 그렇다고 양녀로 들어온 것도 아닌 어정쩡한 상태로 기거하게 됐다.

올해로 15살이 된 소녀는 매우 큰 키에 숙성하고 무엇보다 여인임에도 말타기나 활쏘기에 뛰어났다. 유노나 윤실과도 가족처럼 허물이 없었다. 이것이 정금의 눈엔 매우 거슬렸다. 근본도 모르는 천한 압독국의 계집이 감히 문노 공의 집에 기거하면서 상전을 자신과 같은 지위의 사람인 양 대하고 스스럼없이 자유분방하게 구는 것부터 마땅찮았다.

안 그래도 미운데 린펑은 특히 유노와 다정했다. 앞뒤 없이 행동해도 어찌 된 일인지 집안사람들은 모두 귀엽다는 듯 웃어넘겼다.

차를 마시는데 린펑이 지나치자 유노가 굳이 불러 세웠다. 평소 정금을 봐도 인사는커녕 아는 체도 하지 않는 린펑이었다. 유노는 그녀에게 시원한 화채를 권했다. 들이마시다시피 화채 한 그릇을 해치웠다. 우아함이나 여자다움, 눈치 보는 일 따위 없었다. 그저 본능에 충실한 사람 같았다.

어딜 가는 중이냐는 유노의 질문에 온몸이 근질근질해 말 타러 간다며 짧게 답하는 린펑에게 너답다며 유노는 웃었다. 게다가 뒤돌아서는 린펑에게, 솜씨가 뛰어난 것은 알지만 그래도 조심히 타라며 걱정의 말까지 해줬다.

정금과 유노가 함께 있으면 윤궁이나 윤실 역시 웬만하면 끼어들지 않았다. 가복들도 딱 필요한 것만 가져다주고 물러났다. 둘만의 시간을 존중한 탓이다. 그런데 오란다고 오는 린펑, 예의나 눈치라고는 전혀 없는 그 시건방짐이 싫었다. 보고 배운 것 하나 없어 보이는 행동거지 역시. 그런데도 전혀 책할 생각 없이 오히려 귀여워하는 유노의 태도는 더더욱 정금의 심기를 불편하게 했다. 보잘것없는 계집에게 경계심과 경쟁심을 느끼는 자신에게 또한 짜증이 없다할 수 없었다.

아침식사 후, 꿀을 잔뜩 넣은 과실차와 다식을 먹으며 나른하게 휴식을 취하는데 난주가 들어온다. 몸은 좀 괜찮냐는 물음에 고개를 가로젓는다. 대충 흘려보며 난주는 목을 가다듬는다. 애기씨. 자못 진중하다. 대답은커녕 정금은 눈길도 주지 않는다. 만사가 귀찮다.

"어젯밤에 만난 여인 말이오, 글쎄 알고 보이 기구한 사연이 있었지러. 일찍 남편을 여의고 홀로 아들 하나만 바라보고 힘들게 키우며 살았는데 그 아들이 지금 변방으로 끌려갈 상황이라지러. 억울하게."

그러나 정금은 시큰둥하다. 전혀 관심이 없다. 그래서 어쩌라고? 설마 나더러 도우란 말은 아니겠지? 내가 왜? 선수를 친다.

난주는 잠시 말문이 막힌다. 안 되겠다 싶은지 다시금 마음을 가다듬고 다른 패를 내놓는다.

"사람의 인연이 참말 무섭소. 그 여인 말이오. 내가 아는 여인이더란 말이오."

"어찌?"

이제야 조금 관심을 보인다. 평생을 유모로 집안에서만 보낸 난주가 아는 여인이라니.

"누군데?"

"유화 시절 많이 사모하던 낭도가 있었소…."

난주의 사랑 이야기가 펼쳐진다. 전에 익히 들었던 운용이란 자에 대한 이야기를 좀 더 자세히 늘어놓는다. 정금은 소하가 그 낭도의 처란 말에 솔깃해한다. 결정적으로,

"아들을 애기씨도 기억하시려나 모르겠소. 시조궁 대제 때 천군 바로 옆에 있던 남천관 말이오. 그 사람이 아들이라 합디다. 나도 놀랐소. 어쩐지 전에 얼핏 길에서 봤을 때부터 닮은 사람도 다 있구나 했더마. 참말 씨는 못 속이드만."

유모에 불과한 난주는 밖에서 주인을 기다릴 뿐 대제에 참석할 수는 없었다. 허나 마지못해 대제에 참석하는 조건으로 정금은 난주까지 대제를 구경토록 해줬다. 하여 난주 역시 그때 본 파명을 잘 기억하고 있었다.

이 말에 정금은 구체적인 관심을 보인다.

"건방진 자이긴 하지만 아비를 쏙 빼닮았다 치면 유모가 평생 사모한 이란 게 조금 이해는 돼. 그런데, 시조궁 재산을 사사로이 착복한 건 큰 죄이니 구제가 어려워. 유모 마음은 이해하지만 그만 포기해."

"이 집안에 불가능이 어디 있소? 애기씨, 제 평생 한 번이라도 사사로이 부탁이란 것을 드린 적 있소? 이번 한 번만 부탁드리오. 애기씨

가 좀 도와주시오."

울 듯한 얼굴로 거의 애걸한다.

"아니, 사랑해주지도 않은 남자, 연적인 여자의 아들을 왜 구해주려는 거야? 그냥 유모를 봐주지 않은 복수한다 여기고 내버려둬."

"그게 아니지러. 그 낭도의 사랑을 받기엔 저는 많이 부족한 사람이었소. 그런데도 사랑 안 해줬다고 원망한다면 내가 양심이 없는 것이지러. 나는 지금까지 그 낭도에게 아무런 상관도 없는 사람이었소. 그런데, 내가 이번에 큰 도움을 준다면 하늘에서나마 낭도는 날 봐줄 테고 아들의 인생에 은인이 되는 기요. 물론 애기씨도. 들어보니 아들이 혼인한 지 아직 달포도 안 됐다 하더마요. 그런데 변방으로 가면 소식도 끊기고 언제 죽을지도 모르고…. 어미란 여자도 아들이 잘못되면 스스로 목숨을 끊을 기세더마요. 여러 사람 인생 구한다 치고 애기씨요 부탁드립니다. 네?"

그자가 혼인을 했다고? 그렇군. 정금은 파명을 떠올린다. 절름발이인 것 말고는 딱히 흠잡을 데 없는 외모. 무턱대고 유모에게 약속할 수는 없다. 사실 자신도 아버지에게 요즘 고까운 존재가 된 상황이니.

"아버지는 절대 안 들어주실 거야."

머뭇대다 난주는,

"힘드시겠지만 무오랑에게 말해보면 어떻소?"

어처구니없다는 듯 난주를 쳐다보던 정금은 그러나 잠시 후 수긍하는 듯한 표정으로 바뀐다. 일면 다시금 짜증도 인다.

"아, 내가 왜 그렇게까지 해야 하는 거야? 아, 귀찮아."

난주가 살살 달랜다.

"이 유모 얼굴을 봐서라도, 그리고 다른 이들의 사랑을 지켜주시다면 애기씨 사랑에도 복록이 깃들지 않겠소."

정금이 피식 웃는다.

겨우 그 정도인 것이 그토록이나 오만방자했단 말인가? 마치 천자의 그것처럼 자신을 바라보던 눈빛이 떠오른다. 그것은 하찮은 것을 볼 때나 경멸하는 것을 볼 때 나타나는 것이었다. 분노가 치민다.

천관일 때는 그나마 지위가 천함을 가려 조금이나마 착각을 불러일으키기도 했으나 지금의 그 자는 초라하고 비천한 자. 그것도 불법을 저지른 범죄자인 것.

좋은 생각이 스친다. 잠시나마 감히 자신을 방자하게 바라본 자를 두고두고 문책할 수 있는. 값을 평생 치르게 해줄.

선택을 해야 한다. 아버지에게 부탁을 할 것인가, 무오에게 할 것인가. 둘 다 싫다. 말이 좋아 신모의 현신이지 내가 할 수 있는 건 아무것도 없구나. 막상 새삼스레 자신의 무능이 도드라진다. 여인이란 이런 것인가? 여인… 미실?

갑작스레 미실로 생각이 옮겨진다.

정금은 급히 설화랑에게 미실의 알현을 청한다. 의아한 얼굴로 설화랑이 정금을 살핀다. 정금이 미실을 좋아하지 않는다는 것쯤 알고는 있었다. 느닷없이 청하는 데엔 필시 이유가 있으리.

"여인으로서 점점 그분이 대단하다 여겨집니다. 소녀 사사로이 친분을 유지해 나쁠 거 없다 여겨지더이다. 하찮은 미물조차 쓸모가 있는데 하물며 미실 궁주야 말해 더 무엇하리. 이참에 저도 나름 인맥을 형성해보고 싶습니다."

뜻밖의 말이 대견하다. 즉시 미실에게 시종을 보내 정금의 알현을 고한다. 물론 미실 역시 쾌히 응락한다.

누구보다 외모를 중시하는 미실인 것을 아는지라 정금은 한껏 꾸민 채 미실이 준 가락지까지 끼고는 집을 나선다. 정금을 따라나서기 전, 난주는 소하에게 다짐을 해둔다. 일단 가지 말고 여기 있으소. 오늘 애기씨가 구명을 위해 궁에 들어가니 좋은 소식 가지고 올 터. 하루가 급박하고 달리 기댈 곳도 없는 소하는 그러마고 거듭 난주에게 치사한다.

보명궁은 늘 느끼지만 뭔가 이상한 기류가 가득하다. 어두운 듯 화려하고 밝은 듯 음산하다. 구석구석 온갖 기화요초가 가득하고 작은 물품 하나도 그냥 놓인 것이 없을 정도로 하나하나 섬세한 손길로 다듬어져 있다. 현란하면서도 사람의 기를 누른다. 금세 질리게 한다.

미실은 젊은이들 만나기를 즐겼다. 특히 아름다운 소년, 소녀들의 알현이라면 이상한 의도가 아닌 한은 만나주었다. 이것은 나이가 들며 더했다. 늘 아름다움과 젊음에 강한 집착을 지닌 여인이기에.

미실에게 나부시 절하는 정금의 품은 아름답다. 간만에 흡족한 알현자를 만난 미실을 더할 수 없는 환한 표정으로 답한다.

"어찌 그리 내 소싯적 모습을 조목조목 그린 듯 갖고 있을꼬? 볼 때마다 심히 놀랍다. 널 보니 새삼 지난날에 대한 향수로 마음이 기꺼우면서도 저리는구나. 네 아비를 따라올 때만 해도 아직 어린아이로만 보이더니 그 짧은 사이 여인의 내음이 그득하구나."

미실의 덕담은 길게 이어진다. 그 소리를 듣는 둥 마는 둥 그저 형식적인 미소로 미실을 바라본다. 뭔가 역겹다. 몸 전체에서 풍기는 탐심과 육체의 사그라짐을 받아들이지 않고자 하는 안간힘. 어울리지 않는 화장과 눈을 어지럽게 하는 장식들. 푸석거리는 피부가 안쓰럽다.

정금의 모습은 꽃이 만개하기 전의 그것과 같았으니 간신히 붙잡고 있는 만개한 꽃의 무거움에 힘든 미실은 그저 넘치는 칭찬만 보낼 뿐이다.

정금을 위해 특별히 단 음식을 많이 준비시킨 미실은 다과가 들어오자 이것저것 권하며 기어이 정금이 입으로 넣고 먹는 걸 본다. 그리고는 반드시 맛을 묻는다. 정금의 입에서 감탄이 나오고서야 자신도 한 입 문다. 특히 처음 보고 먹는, 얼음에 꿀과 과일을 섞어 내온 것을 먹으며 정금이 놀라워하자 미실은 흐뭇해한다. 음식으로도 자신의 존재를 과시한다.

"감히 도움을 청하고자 하옵니다."

시간이 흘러도 미실이 먼저 알현의 사유를 물어오지 않자 정금은 단도직입적으로 운을 뗀다. 오호? 이것 봐라, 미실은 묘한 미소로 정금을 넌지시 쳐다본다.

"내가 너에게 어떤 도움을 줄 수 있을까? 온실 속 꽃과도 같은 귀한 소녀에게 무슨 일이 생겼기에 이 미실에게까지 호소를 하러 왔느뇨?"

재밌다는 듯 부드러운 목소리로 늘어지게 말한다.

정금은 심호흡을 한 후 파명의 구명을 청한다. 파명의 부와 유모의 관계, 자신이 유모를 돕고자 하는 지극한 마음, 이제 막 혼인한 파명의 상황까지, 천천히 또렷하게 말한다. 물론 천관으로서의 도덕성까지 들먹이며 그 죗값은 차후 자신이 사사로이 처리하겠단 다짐까지.

지겨웠지만 인내심을 갖고 끝까지 들어준다. 허나 그런 하찮은 일과 미천한 자의 구명까지 자신에게 부탁하는 어린 여자가 짜증이 난다. 구구절절 늘어놓는 가소로운 사연과 다짐 역시.

"그래 설 공은 이 사실을 아느냐?"

"모릅니다. 아직은 모르셨으면 합니다. 이것은 오롯이 저의 일이라 여기기에. 미약해 아무런 힘이 없거니와 처음으로 여인으로서의 한계를 느꼈습니다. 여인이지만 여인의 나약함을 넘어선 궁주의 세를 흠모하여 이리 찾아와 구차한 말을 드립니다. 부디 책하지 마시고 너그러이 이해해주시길 간청합니다.-

내내 웃음을 띠던 미실의 얼굴이 무표정해진다. 알 수 없는 눈빛으로 정금을 찬찬히 훑는다. 침묵이 흐르자 정금은 일순 당황한다. 착각이었던가? 정금은 미실이 자신을 맘에 들어 한다 믿었고 어떤 부탁을 하던 바로 들어줄 거라 여겼다. 오히려 정금이 친히 찾아와 자신에게 부탁을 해오는 걸 기뻐할 거란 생각까지.

"흠. 내가 너의 청을 들어줘야 하는 타당한 이유를 말해 보거라. 내가 네 청을 들어줌으로써 내가 얻는 건 뭘까?"

뜻밖의 질문이다. 머릿속을 정리하며 정금은 흔들림 없는 눈빛으로 미실을 응시한다. 저 여자는 날 시험하는구나. 내가 당황하길 바라고 그걸 즐기는구나.

"없습니다."

간단명료하게 대답한다. 맹랑하다. 미실의 한쪽 눈썹이 치켜 올라간다.

"그렇다면 아쉽지만 난 네 청을 들어줄 생각이 없단다. 내가 청을 들어주는 것쯤 나에게 아무런 손해도 없지만 그렇다고 이익도 없으니, 나는 이런 거래는 하지 않는다. 내 대답은 이것이니 그만 물러가도 좋다."

냉정하게 말하고 미실은 지금까지와는 다른 얼굴로 차를 마신다. 아차 싶다. 정금은 다시 마음을 가다듬는다.

"말씀을 내려주십시오. 궁주께서 원하시는 바를. 소녀 미욱하여 경솔히 대답하였나이다. 그것은 그저 마음과 다른 소리가 무망간에 새어나간 것이니 흘려들으소서."

한껏 머리를 숙인다. 아무리 사소한 일일지언정 원하는 대답을 듣기 전엔 돌아갈 수 없다. 그걸 얻기 위해서 지금은 고개를 숙여야 한다.

"그럼 이렇게 하자. 차후 너에게 아주 사소한 뭔가를 부탁할 일이 생길지 모르겠다. 지금은 일단 네가 원하는 바를 처리하는 데 주력하고 나머지는 일 처리 후에 언급하는 게 어떨까? 이게 거래라 치자. 어떠하냐?"

사소한 뭔가라. 깊이 생각할 것도 없이 정금은 그러마한다. 이제야 미실의 얼굴 근육이 풀린다. 다시 더할 수 없는 호의로 정금을 대하며 화기애애 다과를 집어 정금의 입에 넣어주기까지 한다.

같이 있는 시간이 길어질수록 정금은 미실이라는 여인에게 미혹됨을 느낀다. 썩 기분 좋은 감정은 아니다. 그렇다고 불쾌할 것도 없지만, 마치 주술에 걸러든 것처럼 존재의 기운에 휩쓸린다. 저항할 수 없는. 심지어 기꺼이 굴복하고 싶어지기까지.

바로 다음 날로 파명은 자유의 몸이 된다.

추레한 몰골로 나오는 파명을 소하와 아령이 맞는다. 소하는 달려가 파명을 안고 아령은 움직이지도 못한 채 서서 눈물만 흘린다. 가슴에 얼굴을 묻고 우는 어머니를 안은 채 파명은 아령을 쳐다본다. 가슴이 아려온다. 저릿한 느낌에 파명 역시 울컥한다.

집으로 가는 내내 파명과 소하는 손을 잡은 채 걷고 아령은 뒤를 따른다.

일단 가시라기의 집으로 향한다. 가실이 파명을 위해 닭을 잡아 거한 상을 차려놓았다. 모두 상에 둘러앉았지만 숟가락을 들지 않고 오직 파명에게만 시선을 집중한다. 사람들의 눈길을 받으며 파명은 닭다리를 뜯는다.

식사를 마치고 집으로 왔지만 소하는 파명을 자신의 방에 잡아둔다. 내내 아령이 방에서 파명을 기다린다는 걸 알면서도 소하는 파명을 보내주지 않는다.

"내일 널 구해주신 댁으로 가 감사 인사 드리자."

소하는 그저 우연히 만난 귀족가의 애기씨가 구해준 거다. 무슨 연유로 구해준 것이냐 묻는 파명에 신의 도움으로 귀인을 만나 그리된 거라 말한다. 파명은 더 이상 묻지 않는다.

"아령이가 많이 힘들었나 봅니다. 그만 가서 위로를 해줄까 합니다."

소하는 서운한 기색을 역력히 드러낸다. 오늘은 아들과 함께 자고 싶었다. 어느새 어미보다 부인을 챙기는 듯해 씁쓸하다. 마지못해 그러라 허락한다.

방문을 열자마자 아령이 벌떡 일어서 파명을 맞는다. 차마 아무 말도 못하고 물끄러미 바라본다. 그사이 얼굴이 많이 야위었다. 내내 파명 걱정하랴 소하의 눈치를 보랴 죽은 듯이 지내며 속앓이를 했던 아령이다. 파명은 말없이 아령을 안아준다. 어깨가 들썩인다. 아령의 머리를 쓰다듬는 파명의 손이 떨린다.

혼인 후 처음으로 파명의 품에 안겨 잠을 청하는 아령. 따스하고 포근하다.

"고마워, 이리 다시 와줘서 정말 고마워."

"변방으로 끌려가는 것보다 너를 다시는 못 볼지도 모른다는 생각이 무엇보다 괴로웠다. 많이 보고 싶었다."

아령의 몸이 움찔한다.

다음날, 따라간다는 아령을 놔두고 소하는 파명만을 대동하고 정금을 찾아간다. 난주가 반갑게 맞는다. 파명을 응시하는 난주의 눈이 반짝인다. 윤용을 다시 보는 듯해 감회가 새롭고 가슴이 뜨거워진다. 마치 아들을 대하는 품으로 난주는 파명의 두 손을 덥석 잡는다.

"참말 잘났구마. 세상에나 옥골선풍이구마."

"인사드리라. 이분이 여러모로 애써주셨다."

소하의 말에 난주가 고개를 젓는다.

"나는 아무것도 한 게 없소. 우리 애기씨가 다 하셨지러."

겸양한다.

정금의 처소로는 못가고 처소 옆 후원의 정자로 가 정금을 기다린다. 작은 연못과 주위를 둘러싼 온갖 꽃, 과실수들이 향기롭다. 다른 세상 같다. 철저히 세상과는 격리된 낙원. 가난과 고달픔이 가득한 세상과는 격이 다른.

안도하는 마음 덕에 여유가 생겨 소하는 넋을 놓고 감상한다.

"이런 데도 있구마."

정금이 난주와 함께 나타난다. 마치 커다란 꽃 한 송이가 걸어오는 착각이 인다. 소하는 급히 내려가 정금을 향해 허리를 굽힌다. 차마 얼굴을 들어 쳐다보지도 못한다.

정자 위에서 정금을 맞기 위해 매무새를 가다듬던 파명은 서서히 눈에 들어오는 정금을 보며 놀란다. 파명에게는 시선도 주지 않은 채 태연히 정금은 의자에 앉는다. 동백꽃 향이 진동한다.

소하는 파명에게 어서 인사드리라며 어깨를 두드린다. 도도하게 고개를 쳐들고 정금은 파명을 바라본다. 허리만 굽히는 파명에게 소하가 큰절을 올리라 채근한다. 어미의 말에 바닥에 엎드려 다시 절한다.

"감사드립니다."

"사실 나는 내키지 않았으나 유모의 부탁으로 그리 한 것이다. 네가 저지른 죄는 심히 중한 것이어서 내 널 구명한다는 게 쉬운 것만은 아니었다. 게다가 차후 이것으로 다시금 꼬투리가 잡혀 너에게 해가 가지 않는다 보장할 수 없다. 말하자면 아직 완전히 네 자유의 몸이 된 건 아니란 말이다.-

낭랑한 목소리로 또박또박 말하는 정금의 경고를 듣자 소하의 낯빛이 어두워진다.

"그럼 어찌해야 할까요, 애기씨."

난주는 정금이 왜 이런 말을 하나 의아하다. 무슨 말인가를 하려다 입을 다문다. 파명은 아무런 미동도 없다.

"그러나 널 구명해준 사람으로서 나 또한 네가 다시금 그런 일을 당하게 할 수는 없는 일, 고심 끝에 널 우리 집에 두기로 했다. 말하자면 우리 집에서 안전을 도모하란 말이다. 여기 있는 한 누구도 널 건들 수는 없을 터, 이보다 더 좋은 방법은 없다."

소하와 파명의 의견 같은 건 묻지 않는다. 일종의 통보였다. 그러니까 정금의 집에서 가복으로 지내란 말.

소하는 언뜻 말의 뜻을 이해하지 못해 멍하고 파명은 조소한다. 잠시 생각에 잠기다 이내,

"이 몸을 구해주신 것도 하해와 같은 은덕이거늘 우리 식솔을 모두 거두어 주시고 차후 닥칠 일까지 걱정하여 미리 손을 써주시니 몸 둘

바를 모르겠습니다. 그저 애기씨의 뜻에 따르겠소."

아들의 말에 소하는 아직 파악이 끝난 건 아니지만 정금을 향해 순종의 미소를 보낸다. 생각보다 간단히 파명의 동의를 얻어낸 정금은 뭔가 좋지만은 않은 기분으로 그만 일어선다.

"되도록 빨리 들어오도록 하고 차후 여러 제반사항은 그때 이런저런 편리를 봐줄 테니 걱정은 말라. 네 사락리에서 사는 것보다 더한 음식을 먹고 더한 것을 보고 입고 살 터이니."

"외람되오나 부탁이 하나 있습니다."

정금의 등 뒤로 파명이 말한다.

"제 안자의 집에도 더 이상 촌주가 손을 대지 않도록 해주십시오. 그것만 약속해주신다면 모든 것을 애기씨의 뜻에 따르겠습니다."

"너는 지금 내게 부탁 따위를 할 처지가 아니란 걸 모르는구나. 나는 너뿐만 아니라 너의 식솔들 전부를 거둬주고 구명하여 주는 것이다. 그런데 거기다 다른 이들까지 얹어 부탁을 해오다니."

"부탁합니다."

파명이 깊이 고개를 숙인다. 정금은 가타부타 아무 말 없이 가버린다. 그러나 이것은 무언의 승락이다.

집으로 오는 내내 파명은 생각이 많다. 소하는 불안하여 아들의 눈치만 살핀다. 분명 뭔가 맘에 들지 않아 고민이 많은 표정이다. 집에 도착하자 마당에서 빨래를 널던 아령이 반갑게 맞는다.

"당장 짐을 정리하고 가재도구를 처리하도록 합시다."

아령은 소하를 보며 파명의 말뜻을 헤아리려 한다.

"그 애기씨가 들어오라시구마. 나중에라도 파명이에게 부정스런 일이 생길까 염려하여 우릴 보호해 주시겠단다."

파명과 소하를 번갈아 보다가 아령은 겨우 고개를 끄덕인다.

저녁 무렵 파명은 아령과 가시라기의 집으로 간다. 뜻밖의 말에 가시라기는 아무 말도 못한다. 심사가 복잡해진다.

"그러니까, 보호해주시겠다는 건 알겠으나, 다시 말해 식솔들이 다 들어가 그 댁 가복이 되어 일한다는 말이 아니어? 거 참."

가시라기가 쓴 입맛을 다신다.

"어차피 촌주가 있는 한 여기서 더는 살 수도 없었고, 생각해보면 어디로 가든 촌주가 알아내 또 어떤 해코지를 할지도 모르는데 차라리 잘됐습니다. 그리고 문서로 가복이 된 바도 아니고 그저 들어가 은혜를 갚는 생각으로 지내다 보면 아무 때나 우리가 원할 때 나올 수도 있겠지요. 과히 나쁘게 생각하지 마소."

"그러기야 하겠지만 그게 또 꼭 그런 것만은 아닌 것이어 맘이 무겁구마."

가시라기가 하고자 하는 말이 뭔지 모르는 파명이 아니다. 그러나 지금은 다른 방법이 없다. 만일 정금의 말을 거절하고 따로 다른 곳에 가 기거한다 해도 종래엔 다시 어떤 식으로든 정금의 집으로 들어가야만 하는 상황이 되리라. 세상에 공짜는 없는바, 변방으로 쫓겨가 식솔들과 헤어지지 않게 되는 것만도 천행이니 파명은 정금의 속마음을 모르지는 않으나 그대로 따르고자 한다.

뒤늦게야 정금은 이런저런 상황을 설화랑에게 말한다. 집안에 사람을 들이는 일인데 단독으로 모르게 할 수는 없는 일.

"네 쓸데없는 오지랖을 부리는구나. 너와 유모가 자별한 건 알겠지만 미실 궁주에게까지 부탁을 하여 그리하는 연유가 선뜻 이해가 되지 않는다. 또한 구명했으면 거기서 멈출 것이지 굳이 들이기까지 하다니. 늘 말하지만 모든 건 사람에 의해 결정된다. 하여 비록 사사로이 가복을 쓴다 하여도 그 처리함에 신중해야 하거늘 네 이 무슨 경솔한 행동인가 싶다."

"소녀 비록 연소하기는 하오나 그 소양이 여타의 여인과는 다르다 자부하옵니다. 아버님의 피를 이어받은 자로서 절대 누가 되지 않도록 하겠습니다. 그리고 누가 됐든 저의 고귀함과 우리 집안의 우월함을 저해하거나 무시하고 함부로 여기는 자는 용서할 수가 없습니다. 어떤 식으로든 반드시 족쳐야 나라의 근간이 되는 신분의 질서가 바로 잡힌다 여기옵니다."

넌지시 이유를 설명하는 정금이다. 턱을 쳐들고 정금을 찬찬히 살피는 설화랑.

"내 그자는 대제 때 익히 본바, 그런 자가 난주와 인연이 있고 그것으로 종하지 않고 다른 연유가 너와 인연되어 또한 있는 듯하니 내 너를 믿고 허하도록 하마."

설화랑은 비로소 희미한 미소를 지으며 승낙한다.

"상하를 모르는 자들은 짐승과 매한가지라, 잘 길을 들여야 하지요. 만일 말을 듣지 않으면 잡아 가두어 먹이를 줘가며 필요하다면 매를 쳐서라도 가르치면 될 일이지요."

이제는 성정까지 미실의 모습이 엿보이는 딸을 보며 설화랑은 묘한 기쁨을 느낀다. 부녀는 서로 마주 보며 간만에 화기애애한 시간을 보낸다. 전혀 다른 외관이지만 이 시간 두 사람은 누구보다 닮은 모습니다.

파명 일가족은 수일 내 설화랑의 집으로 들어온다.

오자마자 설화랑에게 인사를 드리며 자신들을 거둬준 것에 대한 감사를 표한다. 그들을 높은 자리에 앉아 굽어보며 설화랑은 별다른 말은 하지 않는다. 사실 대제 때 천군의 뒤에 서 있던 자, 비록 다리를 절지만 우월한 기상과 남다른 외모에 눈에 갔던 터라 은근히 그를 집안 가복으로 거두게 되어 나쁘지는 않다.

소하는 수십을 헤아리는 가병들의 식사와 자질구레한 뒷바라지를 하게 된다. 본시 가병의 수는 더했으나 풍월주의 위에서 물러나며 그나마 절반으로 줄인 것이다. 사락리에서 옷을 만들었던 과거 따위는 고려되지도 않는다. 이미 이 집안에는 소하 따위는 비교도 되지 않을 침모들이 많았던 탓.

파명과 아령은 거의 정금의 몸종과도 같은 위치가 된다. 당연히 기거하는 곳도 멀고 한집에 살지만 워낙 넓은 집이라 소하와 파명은 얼굴조차 보기 힘들어진다.

일단 파명 내외의 처소는 난주의 처소 근처에 마련된다. 파명은 정금의 모든 자질구레한 심부름과 후원 청소 및 관리, 아령은 정금의 식사와 다과상을 나르고 기타 몸치장에 필요한 모든 것을 다 시중들게 된다. 정식으로 가복은 아니었으나 가복과 다를 바 없는 대우다.

지금까지 아령은 집안일과는 담을 쌓고 살다시피 했다. 늘 가실이나 소하가 알아서 했으며 본인 또한 살림에 취미가 없었다. 그러던 것이 하루아침에 남의 시중을 들고 받들어야 하니 거기에서 오는 문제가 많았다.

아령의 가장 중요한 임무는 아침저녁으로 정금이 씻을 물을 대령하는 일이었는데 조금만 물이 뜨겁거나 차가워도 정금은 아령에게 불같이 화를 냈다. 또한 발을 씻기는 아령의 손놀림이 맘에 안 들면 그대로 발길질을 해 물을 엎으며 신경질을 부렸다.

파명 덕에 점차 안정되어가던 아령은 다시 전과 같은 불안한 모습을 조금씩 드러내기 시작했다.

그릇을 깨기 일쑤며 한 번씩 정신줄을 놓고 멍한 상태가 되어 이상한 짓을 저질렀다. 정금의 옷을 찢어놓는다거나 장식품을 자신의 머리에 꽂거나 훔치고 때로는 양손으로 머리를 쥐어뜯으며 소리를 질러댔다.

그때마다 파명은 정금에게 납작 엎드리는 한편, 아령의 손을 잡고 최대한 안정시키며 같은 행동을 다시 하지 않도록 했다. 물론 파명을 향해서는 고개를 끄덕이며 순순히 그러마, 하다가도 돌아서면 같은 행동을 반복했다.

정금은 더 이상 참지 못하고 아령을 다스리기로 한다. 결국 집안의 덩치 큰 여인들에 아령을 맡긴다.

세 명으로 구성된 그녀들이 하는 일은 주로 여자 가복들의 생활을 단속하는 것이었다. 정금의 뒷배로 나름 집안에서는 기세가 당당하고 두려움의 대상이었다. 이런 일이 맡겨질 때마다 사명감에 불타며 할 수 있는 최대치의 엄격함을 내보였다.

들어온 지 얼마 되지 않아 파명 일가는 그녀들에게 구체적으로 어떠한 꼴을 당하는지 알지 못했다. 오히려 주변 다른 가복들이 안절부절못하며 일가를 걱정하고 폭풍 전야의 고요처럼 쉬쉬한다.

힘 좋은 여인들이 다짜고짜로 끌고 가 어두운 밀폐된 공간에 집어넣자 비로소 아령은 극심한 두려움을 느낀다. 일단 그녀들은 이 상태로 겁만 주고 모두 나가 문을 잠근다. 이대로 정금의 말이 있기 전까지는 물 한 방울 주지 않을 터였다.

파명은 정금에게 소리친다. 아랫것이 사사로이 도둑질을 했다면 당장 관에 가 처벌을 받게 할 일이지 왜 이리하느냐, 어찌 보면 당연한 소리지만 이것은 또한 순진한 말이다.

관은 이런 사사로운 일까지 받아주지도 않을 뿐만 아니라 설령 처리한다 하더라도 결국은 가복의 일이므로 집안 상전에게 처분을 일임시킬 게 뻔했다. 오직 주인을 위해 존재하고 주인에 의해 처분되고 주인의 뜻으로 생사가 결정되어지는 존재. 특히 설화랑의 집안일이라면 더 말할 것도 없었다.

파명의 말에 코웃음을 치던 정금은 그가 아령의 일에 어느 정도까지 나오는지 볼 참이었다. 저 세상 물정 모르고 천관이었던 탓에 골은 낮은 것이 자존심만 하늘을 찌르는 어린 자가 하는 행동에 따라 아령을 처분할 생각이다.

꼬박 하루 동안 굶긴 후 드디어 여인들이 채찍을 들고 아령을 가둔 곳으로 들어가자 더 기다릴 것도 없이 파명은 땅에 머리를 박고 엎드려 탄원한다. 일단 여인들에게 멈추라 명하고 정금은 파명을 더 지켜본다.

밤을 새며 하루 반나절을 꼼짝도 않고 엎드리고, 아들을 보다못해 소하가 나서 울며불며 선처를 호소하고, 여기에 난주까지 가세한 끝에 결국 이 일은 단단히 겁을 주는 선에서 가볍게 끝난다.

급히 아령에게 달려간 파명은 피눈물을 흘린다. 두려움에 온통 오줌을 지려 지린내가 진동했고, 얼굴은 흡사 혼인 전 그때처럼 넋이 나가 죽은 이 같았으며 손발을 심하게 떨고 있었다. 파명은 오들거리는 아령을 안고 숨죽여 통곡한다. 뒤늦게 달려온 소하 역시 입을 막고 눈물을 흘린다.

이후 파명은 아무런 저항 없이 묵묵히 맡은 일을 야무지게 해냈으며 누구보다 정금에게 정중했다. 특히 정금을 바라볼 때의 눈빛은 전과 사뭇 달랐다. 누가 봐도 그것은 충직한 아랫것이 주인을 바라보는 눈빛이었다. 정금이 가장 만족스러워한 부분이기도 했다.

체념인가, 극심한 증오인가, 이도저도 아니면 수용인가. 어느 것인지 잡히지 않지만 정금은 그저 보이는 그대로를 받아들이기로 한다.

일단 아령은 정금의 시중을 드는 것에서 제외됐다. 대신 빨래를 하거나 물을 긷는 일에 투입된다. 이것은 단순히 시중을 드는 것보다 더 힘든 일이었다. 그러나 여인들에 잡혀 매질의 위험에 처해본 아령은 고분고분 일을 해냈다.

매일 밤, 아령은 지쳐 쓰러져 잠들기 일쑤였다. 소하 역시 많은 가병들의 치다꺼리를 하다 보니 늘 바빴다. 다른 것을 생각할 겨를도 없었다. 그냥 닥치니, 주어지니 하는 것이다. 그러면서도 두 사람은 이 집을 나갈 생각은 하지 못했다. 나가면 파명이 다시 잡혀갈 거라 여겼기에.

쓰러져 잠든 아령을 내려다보는 파명의 마음이 쓰리다. 처음 계획은 수묘가로 가는 것이었다. 시조의 능을 지키는 수묘인. 물론 이것은 중요한 직책이자 일이어서 아무나에게 주어지는 것은 아니었으나 자신이라면 능히 갈 수 있을 거라 여겼다.

그러나 파명이 착각한 것이 있었다. 모든 것은 모진과 세호랑이 뒷배경으로 있을 때를 전제로 이뤄지는 것. 그들은 없고, 때문에 더 이상 천지에 파명을 도울 사람은 없다는 것. 어릴 적엔 아버지가, 이후로는 세호랑이, 시조궁에서는 모진의 남다른 총애가. 이렇게 파명은 거칠 것 없이 살아왔다.

아무런 미련 없던 천관이라는 직책마저 잃고 나니 세상천지 파명이 비빌 데가 없었다. 오히려 평범하게 조용히 살아가는 것조차 허용되지 않았다. 그동안 받은 것을 당연히 생각한 오만과 세상을 알지 못한 무지의 대가를 치른다 여기며 파명은 묵묵히 받아들인다. 또한 희미하게나마 권력의 중대성을 느껴간다. 억울하지만 엎드리고 받아들여야만 하는 세상의 것들.

하지만, 아령을 보면 안타깝기 그지없다.

어릴 적부터 늘 들로 산으로 뛰어다니며 자유롭게 살던 아령, 이제는 손발이 묶인 채 자유를 감시당하며 이 집안 담 아래서 타인의 명령에 따라 살아야 한다. 반항하며 정신적인 고통을 토로하는 다른 행위 역시 받아들여지지 않을 뿐만 아니라 그것은 금기고 체벌을 불러온다. 흡사 가축과도 같은 삶.

잠들기 전, 아령은 파명을 향해 웃어 보인다.

"난 괜찮다, 너만 있으면 어떤 곳에서 어떤 취급을 받으며 살아도 난 행복해. 내가 가장 무서운 건 파명이 니가 없는 세상에서 사는 것이다."

불을 끄지 못하고 잠든 아령을 바라보며 파명의 눈시울이 붉어진다. 그 일 이후 아령은 어두운 곳을 극도로 싫어해 잠들 때도 늘 등불을 밝혀놓았다. 이때 멀리서 꺼지지 않는 불빛을 바라보며 가슴 아파하는 이가 있으니, 소하다.

얼굴 한 번 보기 힘든 아들. 눈에 넣어도 아프지 않을 아들. 인생의 전부인 아들을 멀리서나마 한없이 바라본다. 내내 지켜보던 소하는 마당 석등불이 다 타서 꺼지고서야 자리를 뜬다. 쓸쓸히 돌아오다 결국 울컥한다.

마치 세상에 혼자인 듯한, 아무도 내 편이 아닌, 딱히 아들에게 더 이상 아무 필요도 가치도 없는 존재가 된 느낌. 외롭고 또 외롭다.

아령이 더욱 미워진다. 모든 일의 원인이 된, 그럼에도 파명을 위해 무엇인가를 하기는커녕 늘 징징대며 짐만 되는. 마지막까지 아들은 그 집구석을 부탁했다.

겨우 구명되어 들어온 이 집에서도 아령은 제구실 하나 못해 파명이 따라다니며 하나하나 거들고 대신 수습해야만 한다. 평생 누구에게도 머리 숙이지 않고 살아온 아들이 고작 계집 때문에 땅에 머리를 박은 것이다. 그런데도 정작 아들은 미안해한다. 안쓰러워한다. 이 어미는 보이지도 않는단 말인가.

고된 일상과 제대로 된 휴식도 없이 늘 찬물에 손을 담그고 살아 소하는 잔기침을 달고 살았다. 약은커녕 몸을 돌볼 여가도 없었다. 거친 가병들이 아직은 젊은 소하를 희롱하곤 했다. 직접적인 추행은 없으나 -이 점에 대해 설화랑은 엄격했다- 은근한 접촉과 성적인 언사가 소하를 수치스럽게 했다.

이 와중에서도 견딜 수 있는 건 오직 파명 때문. 아들을 지킬 수 있다면 더한 것도 참을 수 있다. 바라는 건 없다. 그럼에도 소하는 서운하고 아령이 밉고 쓸쓸하다.

운용, 당신이 보고 싶소. 약속한 대로 나와 당신의 아들을 끝까지 지켜내겠소. 나중에 만났을 때 당신이 나를 칭찬 해줄 만큼. 그때 손을 잡아줘서 보고 싶은 그 미소만 보여준다믄 이 세상서 무슨 일을 당해도 상관이 없소. 그런데도 가끔은 아주 슬프고 당신이 그립고 혼자 버티기가 무섭소. 당신, 늘 보고 있소? 지발, 오늘 한 번만 내 꿈에 찾아와주실 수는 없겠소? 당신 모습을 한 번만 본다믄 죽을 때까지 그것만으로도 큰 힘이 될 것 같소. 운용, 하늘에서 보고 있어 당신은 내가 안 보고 싶소? 나는 이리 미치도록 당신이 보고 싶구마….

밤바람이 제법 차갑다. 석등의 불빛이 이리저리 흔들린다. 집 뒤 대나무 숲에서 요란한 소리가 들려온다. 바람에 서로 부딪쳐 모질게 상처 주며 내는 울음소리. 얼핏 빗소리 같기도 하다.

난주는 파명을 자신의 아들인 양 많은 신경을 썼다. 먹는 것부터 사소한 것 하나까지 일일이 챙기며 만족을 느꼈다. 정금을 아끼며 지내던 세월과는 다른 감정이 난주를 행복하게 했다. 힘겨운 일을 하는 파명을 보면 마음이 아파오고 좀 더 편안히 이 집에서 지내게 하고 싶지만 지금보다 더 편한 자리는 없기도 했다.

단 한 명 어린 여자의 몸을 돌보는 게 이 집안에서는 그나마 가장 안락한 자리인 것이다. 난주는 날마다 파명을 보며 삶의 활기를 느꼈다. 물론 이것은 어디까지나 파명에게 국한된 것으로 그 외 파명의 가족에 대해서는 관심이 없었다.

소하가 바쁘고 같은 집안이라 할지라도 떨어져 있어 파명에게 신경을 제대로 못 쓰는 게 기뻤다. 마치 파명의 어미라는 자리를 자신이 대신하는 듯해 뿌듯했다. 하루하루 무료하고 큰 기쁨 없이 정금의 옆에서 지내던 난주에게 파명의 존재는 생각지도 않던 축복이요 삶의 활력이었다. 아들 며느리를 집안에서 끼고 사는 어미의 그것처럼.

이 시각, 정금은 잠을 이루지 못하고 있다.

어제, 유노와 함께 말을 타고 나갔다 돌아오는 길에 무오를 만난 것. 아무도 대동하지 않고 홀로 말을 타고 오는 무오와 정면으로 마주쳤다. 보통 귀족들이 말을 타고 지나다니는 대로는 정해져 있어 더 일찍 마주치지 않은 것이 이상할 지경이었지만 두 사람은 이 우연에 당황했다. 무오는 예의 여유로우면서도 오만한 폼으로 유노와 정금에게 먼저 인사를 건넸다.

민망하고 겸연쩍어 정금은 빨리 지나치려 했으나 앞을 가로막다시피 무오가 두 사람에게 말을 걸었다.

"서라벌의 아름다움이 예 모여 있습니다그려."

무오의 말투 특징 중 하나는, 모든 억양이 춤을 추는 듯해 묘하게 비꼬는 것처럼 들린다는 것. 여기에 특유의 능청스러운 표정이 한몫을 한다. 유노는 무오의 존재를 모르는 바가 아니었으나 일부러 모르는 척 슬쩍 예만 취했다.

자신을 바라보는 무오의 눈빛을 정면으로 받으며 정금은 도도하게 얼굴을 쳐들었다. 이상하게 못된 짓을 하다 걸린 아이 같은 마음이 들어 심히 불편했다. 입꼬리를 살짝 올리며 무오가 미소를 지었다.

"말이란 동물은 지극히 예민한 존재라 함부로 다루려하면 금방 알아채고 반항을 하죠. 자칫 사람의 목숨을 앗아가기도 하고. 인간에게 없어서는 안 되는 귀한 존재임에도 어리석은 자들은 함부로 대해 재앙이 부릅니다. 그런데 사람은 당하고서야 잘못을 아니 참으로 미련한 존재입니다."

유노가 무오를 빤히 쳐다봤다. 무오 역시 유노를 빤히 쳐다봤지만 이 말은 정금에게 향한 것이었다.

"그러하니 부디 낭주께오서는 출타 시에 각별히 조심하시어 다루십시오. 여인이 다루기에 말은 드세거든요. 혹여 옥체에 해가 가해질까 염려됩니다. 내 염려하는 바는 오직 낭주, 그 외 잡스런 존재야 내 알게 무어겠소이까. 스치는 미풍보다도 못한 존재가 사그라진다 하여 무슨 영향이 있겠습니까? 하물며 이러할진대 미물들이 함부로 다루는 것도 부족해 감히 욕심내며 꿈틀댐이 과하니 서라벌의 귀한 존체인 낭주께서는 이것을 어찌 받아들이실지 사뭇 궁금합니다. 모든 것에는 한계라는 것이 있는 법."

유쾌히 말하고 무오는 유유히 먼저 자리를 떴다. 괜히 정금은 유노의 눈치를 봤다. 아무런 표정 변화는 없었으나 무겁게 내리깔리는 분위기가 벌써 틀렸다.

"이상한 자라 신경 쓰지 않는 게 좋아.-

분위기를 바꾸려 정금이 가볍게 말했다. 아무런 대답이 없다. 그러나 무오를 지나치게 의식하며 여파가 길게 이어지자 짜증이 일었다. 왜 자신이 눈치를 보며 쩔쩔 매야 하는지. 딱히 잘못한 것도 없는데.

"우연히 만난 것도 내 뜻이 아닐뿐더러, 저 사람과 혼담이 오가는 건 내 뜻이 아니고 오롯이 아버지의 뜻이고, 나는 끝까지 거부할 생각인데 너는 왜 나에게 화를 내는 거지?"

굳은 표정으로 고집스럽게 아무 말도 하지 않는 몰골이 답답하고 화가 났다.

"그런 거 아니야."

누가 봐도 무오 때문인데 아니라 하는 게 더 싫었다.

"린펑 때문이 아니라 수없이 말해도 넌 내가 린펑을 달리 보며 화를 낸다 생각했지? 그러니 네가 아니라 하면 난 믿어야겠지? 그러나 역시 안 믿기고 화가 나는 건 너와 같단 걸 알아줘."

린펑의 이름이 언급되자 유노는 예민한 반응을 보였다.

"아무런 잘못도 없이 늘 그 아이가 너에게 언급되어지는 게 싫다. 그만하자."

이것이 정금을 더 화나게 했다.

"그 아무것도 아닌 계집애를 왜 너나 네 집안사람들이 그토록 귀히 여기는지 난 정말 모르겠어. 막말로 그따위 망한 나라 근본도 모르는 계집애 좀 언급했기로서니 무슨 다칠 명예가 있고 뭐 대단한 존엄에 해를 입혔다고 내가 언급조차 못한다는 거야? 지금 너는 그따위 계집을 지키고자 나를 무시하고 내 존엄에 먹칠하고 있다는 걸 알아줬으면 해."

정금은 흥분해서 다다다 쏘아붙였다. 이쯤 되자 유노는 아예 입을 다물어버렸다. 결국 내내 화기애애하게 보냈던 시간이 무색할 만큼 둘은 얼굴을 붉히며 헤어졌다.

"나쁜 놈!"

유노를 향한 욕설이긴 하지만, 다른 한 편 무오에 대한 것이기도 하다.

요즘 들어 무오의 출입이 뜸하다. 가끔 아버지와 사냥을 나가기는 했지만 집에 들르는 일은 거의 없었다. 한창 혼사가 급진전되는 듯하더니 최근 주춤하다.

유노와의 미래는 막막하다. 혼인을 한다는 건 더더군다나. 일단 유노는 혼인이라는 것에 도무지 뜻이 없어 보인다. 물론, 모든 사정이 불가능하다는 걸 아는 탓도 있으나 빈말이라도 혼인할 뜻을 전혀 비추지 않는다.

게다가 언젠가부터 그 눈빛이 달라졌다. 초창기 자신을 보던 눈빛을 어느 순간부터 린펑을 볼 때 보내는 듯하다. 어디까지나 지극히 편향적인 판단이지만. 린펑을 의식하기 시작한 때부터 유노의 눈빛 또한 달라 보였으니.

물론 유노도 잠을 이루지 못하기는 매한가지다.

그러나 정금과는 사뭇 다른 이유에서다. 알 수 없는 감정으로 혼란을 느끼고 있었다. 정금에게 실망할수록 이 감정은 더욱 깊어졌다.

어제 정금과 헤어진 후, 집으로 돌아온 그의 눈에 린펑이 보였다. 묵묵히 활을 닦고 화살을 정리하는 모습. 아무렇게나 흐트러진 머리와 사내처럼 입은 옷차림. 그러나 큰 키와 운동으로 다져진 탄탄한 몸매는 생기가 넘쳤다. 늘 그렇지만 유노를 보고도 본체만체. 무심하지만 어딘가 외로워 보이는.

아무 일 없이 유노는 린펑 옆에 앉았다. 표정이 좋지 않은 유노를 힐끗 보며,

"귀족 애기씨 만나고 왔으면서 표정이 왜 그러나?"

"내 표정이 어떤데?"

"니는 웃는 게 멋지다. 그런 표정 싫다."

한마디 툭 던진 후 침묵이 흘렀다. 더 이상 둘 사이에 대화는 없었다. 그러나 유노는 내내 린펑 옆에 앉아 있었다. 아무 말 없어도 편안하고 뭔가 위로받는 기분. 오래도록 함께 지내서 그러려니 생각했다.

간간이 바람에 린펑의 잔머리카락이 날렸다. 묘하게 마음이 달떴다. 단지 머리카락이 날리는 것을 봤을 뿐인데.

뒤척이며 유노는 생각한다. 사람이 두 마음을 가질 수 있나. 같은 마음이 두 개일 수는 없을진대 분명 둘은 다를진대 무엇이 다른가. 무엇이 진짜인가. 무엇이 진심인가.

무오를 만났을 때 딱히 화가 나지는 않았다. 경쟁심 같은 것도 없었다. 단지, 남자로서 상대적 빈곤감 같은 것을 느꼈을 뿐.

왕족의 후손다운 당당한 체격에 여유로운 말투, 시종일관 미소를 보이던 모습. 그래 봐야 정금은 결국 내 여자가 될 것이란 강한 자신감이 보였다. 위압감을 풍기는 그 모습은 단지 상대적으로 많은 나이

에서 오는 자연스러운 것은 아니었다. 뭘까? 이것이 출신이란 것인가?

그와 싸워 이길 생각도 자신도 없다. 정금과 그, 잘 어울린다. 사람은 다 제각각의 짝이 있는 법. 그것을 거슬렀기에 아버지의 말로는 그리된 것일 터.

그동안 모르던 바는 아니었으나 더 자세히 이제야 보이는 이유는 무엇인가. 무오를 보기 전과 후의 마음이 다름인가? 알 수가 없다. 알 듯 모르겠다. 이런 기분 정말 싫다. 화도 나지 않는다는 것이 더 싫다.

문노가 은밀히 유노를 부른다. 오랜만에 담소라도 나누자는 의도.

"너와 이렇듯 한가로이 마주 앉은 게 얼마 만인지 모르겠다. 늘 마음으로는 내 너를 걱정하면서도 정작 이리 앉아 함께 시간을 보내지는 못했으니 내가 형으로서 너에게 면이 없다."

"어인 말씀이십니까? 풍월주로서 선문의 수장으로 나랏일을 하시는 분께서 어이 사사로움을 말하십니까? 그리 말씀하시니 저야말로 형님께 면이 없습니다."

화기애애 모처럼 형제는 대나무잎 차를 마신다.

"이제 그만 정리해야하지 않을까 한다. 이리 말할 수밖에 없어 참으로 마음이 안 좋다만 아무리 생각하여도 더 이상은 아닌 듯하다."

한참 만에 어렵게 문노가 본론을 꺼낸다. 딱히 구체적으로 언급하지 않아도 무엇에 대한 말인지 아는 사실.

"너의 마음은 깨끗하여도 세상은 네 야망 때문에 그리한다 여길 것이다. 세상의 눈을 둘째 친다 하여도 그자는 한시적으로는 너희를 놔두나 더 지체될 시엔 무슨 짓을 할지 모른다. 특히, 낭주와 혼삿말이 오가는 자는 사악한 자로 미풍을 해치는 것은 물론이거니와 사람에 대한 정리가 없는 자라 심히 두렵구나."

고개를 떨구는 유노를 지그시 보며 문노는 조심스럽게 마음을 살핀다.

"열이 많은 시절 눈에 고운 여인을 보니 마음이 동하는 것이야 자연의 이치인 것. 게다가 낭주가 누구더냐. 모든 서라벌 선랑들의 마음을 사로잡는 귀녀가 아니더냐. 허나 이것은 그저 춘삼월 꽃바람 같은 것인바, 이것 때문에 더 많은 것을 위해 당한다면 이 어찌 가당한 일이라 하겠느냐."

"형님의 말씀 깊이 새기겠습니다."

"유노야. 나는 네가 누구보다 행복하길 바란다. 남들처럼 부부의 정을 나누며 오순도순 자녀를 두고 걱정 없이 살도록 돕고 싶다."

때맞춰 문노는 유노의 마음에 큰 자극을 준다.

2

이
지
러
진
달

멀리서 보니 아령이 들고 가는 물동이를 파명이 빼앗아 대신 들고 간다. 정금의 눈꼬리가 올라간다. 뭐 하나 제대로 하는 것이 없는데 그나마 하는 일마저 대신 해주다니.

파명을 불러 세운다. 상전답게 한껏 위엄을 갖추며 꾸짖는다. 네 할 바나 충실히 하여라. 돌아오는 파명의 반응이 의외다. 지금껏 고분고분 수그리던 모습과는 사뭇 다른 태도로.

"조금이나마 은혜를 갚고자 모든 식솔이 이 댁에 의탁하며 일하고 있습니다. 허나 엄밀히 가복으로 매인 것은 아닌지라 애기씨의 소리를 들을 바는 아닙니다. 제 식솔 챙기고 돕는 것까지 상관을 하신다면 이는 가복과 다를 바가 없다 여깁니다. 설령 가복이라 한들 부부가 서로 돕는 것을 트집잡힐 것은 아닌바 이 점 구분하여 주신다면 감읍하겠습니다."

정중하나 단호한 말투다. 정금은 딱히 할 말이 없어진다. 괜히 머리 장식이 맘에 안 든다며 유모에게 투정을 부리다 나들이를 나선다. 생각할수록 짜증이 인다. 정중하지만 머리 위에서 명령하는 듯한, 아랫것이지만 상전인 양, 어떤 상황에서도 흥분하지 않는 차분하고 무거운 모습이. 그런데 자신은 이렇듯 화를 내고 사소한 것까지 신경을 쓴다. 가볍고도 가볍다.

윤궁의 처소에 도착해서도 이것은 가시지 않는다. 갓난아이를 유모가 데리고 나간 뒤 윤궁은 잠시 자리를 비웠고 이 사이 결국 일이 터진다.

딱히 윤궁과는 할 말도 없고 아이가 태어난 뒤로는 늘상 관심도 없는 아이 이야기만 하다 보니 지루하기 짝이 없었다. 어서 윤궁과의 자리를 파하고 유노를 만날 생각이 가득한 와중 윤궁이 채 돌아오기도 전에 그냥 처소를 나와 유노의 처소로 향한다-정금이 방문하는 날이면 대부분 유노는 집에 있었다-.

하필 가는 중간 린펑을 만난다. 언제나처럼 본체만체하고 가던 길을 간다. 오늘따라 그 모습이 심히 거슬린다. 천한 것이 감히 상전에 대한 예를 무시하다니. 안 그래도 요즘 심기가 불편한 데다 억지로 윤궁의 말을 들어주느라 좋지만은 않던 상태인지라 정금은 분노가 치민다.

"네 감히 상전을 보고도 그리 행동하다니 참으로 배운 것 없는 천 것이로다."

느닷없는 정금의 호통에 린펑은 놀라기는커녕 비웃는 듯한 태도로 코웃음치며 그냥 지나친다. 이것이 정금을 더욱 자극한다.

"네 이년!"

결국 큰소리가 터진다.

"이봐, 나는 너의 비복도 아니고, 이 집 가복도 아니며, 더더욱 너를 보고 절을 할 생각도 없으니 그냥 평소대로 해라."

방자하기 이를 데 없는 린펑의 말에 정금은 뺨을 후려친다.

"네 감히 뉘를 보고 하대에 이 집 사람들이 무엇 때문에 너 같은 년을 오냐오냐하는지 모르나, 네년에 비록 이 집 가복이 아닐지라도 엄연히 낮은 신분이거늘 무어? 생각이 없어? 오냐, 내 오늘 네 생각을 바꿔주마."

전 풍월주이자 병부령 설화랑의 딸로서 정금은 아랫것들에게 명한다. 감히 서라벌의 지배를 받는 식민족의 계집이 당당한 이 나라 귀족을 업신여기니 이를 엄히 다스려야 한다는 명목.

멈칫하는 가복들을 거의 겁박하며 명을 내린다. 린펑은 어처구니없어하는 표정으로 자신을 붙드는 사람들에게 순순히 따르다 이내 저항한다. 그러나 정금의 추상같은 명에 우르르 남자가복들이 몰려와 린펑을 붙들어 꿇어 앉힌다.

린펑이 눈을 부릅뜨고 정금을 올려다본다. 정금은 우선 눈에 보이는 막대기를 잡아 들고 린펑을 후려친다. 분을 다스릴 수가 없어 있는 대로 무자비하게 내리친다. 그러나 린펑은 조금의 신음소리도 내지 않고 고개를 빳빳이 세운 채 줄곧 정금을 쏘아본다. 막대가 얼굴을 치자 순간 피가 흐른다. 그런데도 린펑은 눈을 거두지 않는다.

이것은 도전이고 저항이다. 막대를 집어던지고 정금은 다시 손으로 린펑의 얼굴을 마구 가격한다. 드디어 난주가 뜯어말린다. 정금은 이성을 잃은 상태다. 갓난아이 때부터 정금을 보아왔지만 이런 모습은 처음이라 매우 놀란다. 난주를 제외한 다른 가복들은 차마 아무 행동도 못하고 그저 지켜만 본다.

그사이 보다 못한 가복 하나가 유노에게 알린다. 급히 달려온 유노의 눈앞에 린펑의 처참한 상황이 펼쳐진다. 아직도 분이 풀리지 않아 정금은 다시 막대기를 들던 참이다. 유노는 자리에 서서 말을 잃는다.

유노를 발견하자마자 린펑의 눈에서 눈물이 솟구친다. 내내 당당하고 그악스럽기까지 했던 린펑은 순식간에 여린 여인이 된다. 저런 여우 같은 년. 정금은 막대기를 높이 든다. 그러나 곧 유노에 제지당한다.

"그만해."

터져 나오는 걸 참는 듯 이를 악물고 말한다.

"놔!"

정금이 소리친다. 유노는 굳게 잡고 놓지 않는다. 린펑을 편드는 유노가 한없이 원망스럽다. 드디어 정금의 입에서 막말이 나가버린다.

"놔! 이 비루한 놈아!"

유노의 손에서 힘이 빠진다. 정금과 유노의 눈이 마주치고 순간 정금은 아차한다. 그러나 이미 늦었다. 한 발 뒤로 물러서더니 유노는 꿇어앉아 린펑을 안는다. 최대한 조심스레 부축해 일으켜 세운다. 린펑은 일어서지 못하고 풀썩 주저앉는다. 가복을 향해 의원님 좀 모셔와 달라고 말한 후 린펑을 번쩍 안아들고 그대로 저벅저벅 자신의 처소로 가버린다.

대놓고 나를 무시한 것이다. 이루 말할 수 없는 서운함과 질투 모욕감이 뒤범벅이 되어 정금은 잠시 넋을 놓는다. 눈물이 솟구친다.

뒤늦게 윤궁이 급하게 온다. 대충 상황을 전해들은 듯 얼굴색이 안좋다. 눈물을 흘리는 정금을 보고는 안절부절못하며 일단 자신의 처소로 가자고 이끈다. 그러나 윤궁의 말은 들은 체도 않고 급히 정금은 어디론가 간다. 유노에게다.

아직 의원은 오지 않은 상태다. 기적도 없이 정금은 유노의 방문을 열어 제친다. 침상에 린펑이 누워 있고 유노는 린펑의 얼굴을 닦고 있다. 더할 수 없는 걱정스러운 표정으로 온 정성을 다해 조심스레.

정금은 애써 고개를 돌린다. 최대한 감정을 억누르며 문턱에 서서 유노를 부른다. 대답이 없다. 참다못한 정금은 안으로 들어가 유노를 향해 소리친다.

"당장 일어서! 어디서 감히 나를 무시하는 것이냐?"

그제서야 유노는 천천히 일어선다. 정금을 보는 눈에 경멸이 가득하다. 애원하듯 유노를 바라본다.

"더 이상 널 안 보고 싶다. 그만 가."

차가운 한 마디다. 정금의 눈이 흐려진다. 서 있기도 힘들다.

"감히 나 대신 저 천한 년을 택하고 앞에서 날 모욕하고 그따위 말을 한 것, 내 절대 잊지 않으리! 반드시 뼈저리게 후회하게 되리!"

내뱉듯 이 말을 남기고 정금은 뛰쳐나온다. 비참하다. 이보다 더한 치욕은 없다.

정금이 무슨 말을 하든 이미 유노의 귀엔 들리지 않는다. 오직 아파서 피를 흘리는 린펑만이 보일 뿐. 안타까워서 가슴이 미어진다. 안쓰러워 미칠 것 같다. 온몸에 피멍이 들어 검붉다. 여린 살이 터져 피가 흐른다. 유노의 손이 닿을 때마다 신음이 새어나온다. 유노는 밖으로 달려 나가 소리친다.

"의원은 아직인 것이냐?"

늙은 여 가복이 대야에 소금물과 빻은 약초를 담아 들어온다. 급한 대로 소금물로 상처를 닦는 동안 의원이 온다. 정금이 말도 없이 돌아가 버리자 난감해하던 윤궁도 린펑의 상태를 보러 온다.

기본적인 치료를 마친 후, 상처에 바를 것과 탕약 등등 추후 치료에 대해 유노에게 설명하던 의원이,

"워낙에 여린 여인의 피부에 난 상처라 말끔히 없어지기가 힘들겠소이다. 다른 곳은 안 보이는 데니 그렇다 쳐도 얼굴의 상처는 참으로 민망합니다."

수일 후 다시 들르마고 의원이 사라지자 내내 멀찍이서 지켜보던

윤궁이 린펑에게 다가온다. 생각보다 심한 상처에 윤궁은 놀라 있는 상태다. 그러나 린펑의 상처도 상처지만 문노가 돌아와 이걸 안다면 그 불똥이 자신에게 떨어질 듯해 걱정스럽다.

윤궁이 린펑의 옆에 와 어정쩡하게 서 있는 사이 유노가 윤궁을 밀치듯 다가와 린펑의 손을 잡고 걱정스럽게 숨을 내쉰다. 많이 아프지? 미안타.

유노의 태도가 윤궁은 잠시 의아했다. 이것은 누가 봐도 보통 광경이 아니다. 잠시 혼란스럽던 윤궁은 그제야 사태가 엉뚱하게 진행되고 있다 깨닫는다. 생각해본 적도 없는 것이라 이상한 생각마저 든다.

둘만을 남기고 처소로 돌아와 윤궁은 골똘히 상황 파악에 들어간다. 이건 전혀 고려해보지 않던 일이다. 정금의 마음만 걱정하고 그것만 잡으면 다 될 거라 여겼는데. 사람의 감정에 관한 것은 이토록이나 확신할 것이 없구나.

가만있자. 이러면 어찌 되는 것인가? 다 어그러지는 것인가? 그냥 어그러지기만 하면 괜찮은데 정금의 성격상 이대로 끝날 듯싶지가 않다. 안 그래도 그 아비와 이 집안은 사이가 안 좋은데 거기에 정금까지 원수가 된다면 이는 그냥 지나갈 일이 아니다. 애초 유노와 정금을 엮어주지 않았다면 적어도 기름을 부은 꼴은 되지 않았을 터인데. 또 내 탓인가?

갑자기 한숨이 나온다. 문노에게 도움을 주고자 여러모로 궁리한 끝에 나름 중매자로 나선 것인데 일이 이리되다니. 가만히 있느니만 못하게 되다니.

머리가 아파온다. 운궁은 자리에 눕는다. 걱정이 태산이다.

유노는 잠시도 자리를 뜨지 않고 린펑의 옆을 지킨다. 자신 때문에 린펑이 이런 수모를 당했단 생각을 떨칠 수가 없다. 정금을 이해할 수가 없다. 자신이 알던 그녀가 맞는지 의심스럽다. 애초 자신이 알던 사람은 정금이 아닌 스스로 만든 허상이고 지금 보이는 모습이 진정한 모습일지도. 혐오가 밀려든다. 누구도 아닌 자신에 대해. 그런 여인을 잠시나마 사모했다니.

걱정스럽게 자신을 바라보는 유노에 린펑은 설레이는 기쁨을 느낀다. 감사한다. 이 상황을. 그 아픔과 수모의 대가가 이것인가? 그렇다면 나는 이보다 더한 수모도 견딜 수 있다. 얼굴의 상처가 흉이 되어 남는다고? 어떤 것보다 확실히 유노를 잡는 표식이 될지니. 가슴이 벅차다. 생각지도 못한 행운이다.

아름다움과 명예, 재산, 지위, 모든 것을 다 갖춘 그 여자. 그러나 스스로를 다스리는 마음을 갖지 못한 오만방자한 그 여인은 언제고 스스로 때문에 모든 걸 망칠 줄 알았다. 결국 승자는 내가 될 터. 그것이 생각보다 빨리 오고 있다.

이래야 공평하지. 마음을 숨긴 채 린펑은 누구보다 애처롭고 처량하게 유노를 바라본다. 필요에 따라 눈물도 흘린다. 오, 하늘이여 감사합니다.

집으로 돌아온 정금은 바로 자리에 앓아눕는다. 심한 어지러움을 호소하며 구토하고 운신하기도 힘든 상황이 된다. 의원을 불러 살펴도 딱히 아픈 구석이나 잡히는 것이 없다. 마음의 병이다. 이런 결론만 나올 뿐.

먹지도 자지도 눕지도 일어서지도 못하는 정금. 대충 난주에게 사정 이야기를 들어 발병의 이유를 모르는 바는 아니지만 달리 손쓸 방법이 없는 설화랑이다. 남녀 간의 문제로 인한 감정 상처는 누구도 대신해줄 수 없다. 그저 시간이 지나 스스로 일어서길 바랄 뿐.

그렇다고 아무런 뒤끝이 없는 것은 아니다. 사사건건 미운털투성이다. 한낱 분노의 가솔도 아닌 종년 따위 때문에 이 사달이 난 것도 부족해 그 근본 없는 놈까지 가세를 했다. 이 모든 책임은 더 따질 것도 없이 문노다.

문노는 출타 후 집에 와 모든 상황을 윤궁에게 들었음에도 별다른 반응을 보이지 않았다. 단지,

"먼저 부인에게 알려 처분을 바라지 않고 귀골의 여인으로서 직접 나서 일을 이렇듯 처리하다니, 참으로 유감스럽고 달리 할 말이 없소이다."

혀를 차며 말했을 뿐.

설화랑이 이 일로 만남을 청했을 때 윤궁은 문노에게 진심으로 충고한다.

"무조건 사죄를 함이 가한 줄 압니다. 모두를 위해 그것보다 더한 건 없어 보입니다."

"낭주는 더 이상 나서지 마시오."

문노가 따끔하게 선을 긋는다.

린평은 아직도 거처를 옮기지 않고 유노의 처소에서 그대로 치료를 받고 있었다. 문노가 찾았을 때 마침 유노와 린평은 함께 식사 중이었는데, 린평의 숟가락마다 이것저것 올려주며 유노의 하는 양은 참으로 지극하기 이를 데 없었다.

문노가 들어서자 겸연쩍어하며 유노가 일어선다. 린평이 불편한 몸놀림으로 따라 일어난다. 식사 중인 것을 고려해 문노는 앉지도 않고 선 채로 린평의 상태를 묻는다. 많이 좋아졌단 말에 흠, 한마디만 하

고는 바로 나온다. 유노가 따라 나오자 문노는,

"조금의 후회도 없느냐?"

묻는다. 유노는 확신에 찬 눈으로 천천히 고개를 끄덕인다. 문노는 바로 집을 나와 설화랑과의 약속 장소로 향한다.

낭산 아래 대나무가 군데군데 숲을 이룬 곳에 '선유루'라는 누각이 있었다. 엄격히 단속되어 일부 귀족들만 출입이 가능한 이곳은, 간간 이 신선들이 내려와 노닌다고 여겨진 곳이었다.

문노가 갔을 때 설화랑은 먼저 와 앉아 있었다. 대숲에서 이는 서 늘한 바람을 맞으며 누각의 단 위로 올라선다. 일어서지도 않고 문노 를 빤히 바라보는 설화랑이다. 이에 개의치 않고 문노는 고개를 숙여 예를 갖춘 후 마주 앉는다.

"귀녀의 소식은 들었습니다. 빠른 쾌차를 기원합니다."

앉자마자 문노가 먼저 정금의 안부를 묻는다.

"네. 하여 공께서 해주셔야 할 일이 있소이다."

"귀녀의 쾌차에 도움이 된다면야 어찌 거절하리오, 말씀하시지요."

설화랑은 지체 없이 말을 잇는다.

"우리 아이의 병이 마음의 병이어 백약이 무효인지라. 본시 마음의 병은 원인이 되는 바를 해결해주면 자연스레 낫는 법, 비록 사소한 어린아이들의 문제라 하나 심히 병세가 위중하니 마음을 아프게 한 당사자들인 유노랑과 천비에게 마땅한 처분과 더불어 그들이 부복하 며 우리 아이에게 사죄하기를 바라는 바요. 그렇다 하여도 완치는 어 렵고 일부나마 마음을 녹여 운신은 가능할 듯하니 공께서도 마땅히 여기리라 믿소이다."

예상했던 말이라 문노의 표정에 별다른 변화는 없다. 설화랑이 빠른 답변을 촉구하듯 날카롭게 쳐다보지만 문노는 입을 굳게 다문 채 한동안 말이 없다. 답답한 설화랑이다. 문노가 고심하는 이유를 이해 하기 힘들다. 유노는 문노가 아끼는지라 그렇다 쳐도 비복에 대해서 까지 망설이다니.

"귀공의 심사를 백번 이해합니다. 하지만 이는 말씀처럼 남녀 간의 문제이고 유노는 말할 나위 없고 더불어 린평은 비록 우리집에서 거 두어주고 있으나 내 딸아이처럼 아끼는 바입니다. 한낱 비복처럼 대 하기 힘들다는 말입니다. 저는 한 번도 집안에서 부리는 자일망정 함 부로 매를 가한 적이 없습니다. 그러할진대 하물며 린평을 그리 대하 신 바 이 점은 매우 유감으로 생각합니다. 여하를 막론하고 귀녀의 아픔은 마음이 심히 아쉬우나 그것도 어른이 되기 위한 과정이라 이 후 진정 성숙한 여인으로 거듭날 거라 여깁니다. 하지만 자식을 걱정 하는 것은 인지상정, 정이 그러시다면 소신이 귀녀를 찾아 정중히 사 죄를 드리리다."

참으로 방자한 자이다. 그 자세가 흔들림이 없어 어떤 말로도 어림 없어 보인다.

"잘못이 있다면 사죄를 하고 용서를 받는 것이 인간의 도리일진대 하물며 아랫것이 상전을 함부로 여겨 기강을 문란하게 하는 바를 바 로잡으려 했으나 도리어 해를 당하니 이 어찌 분노하지 않을 일이리 오. 소국의 비천한 여자아이를 딸로 생각할지언정 그거야 공의 개인 적 사감이고 실질적으로 서라벌의 포로이자 가장 비천한 신분인데 잘못으로 치면 중벌을 받아도 시원찮을 정황에 참으로 공의 말씀은 이해하기 힘들구려."

그러나 문노는 설화랑이 원하는 어떠한 말도 내놓지 않는다. 본시 그의 성정을 모르는 바는 아니나 설화랑은 화가 치민다. 저런 고집불통에 물정 모르는 인간을 봤나.

이는 단순한 사과나 아이들 감정의 문제를 넘어 서로 반목하는 두 사람의 문제이자 나아가서는 정치적 문제까지 연관돼 있다. 그런데 진정 비복을 딸처럼 생각하여서인지 아니면 나에 대한 반감 때문인지 이 자는 단칼에 모든 제안을 거절했다. 이는 곧 나와 화합할 생각이 추호도 없음이려니와 차후에도 개선할 생각이 없다는 것을 드러낸바. 나에 대한 정면 도전일지니, 소인배가 간단히 마무리될 일을 더욱 크게 만드는구나.

"압독국의 포로라 알고 있소이다. 우리나라는 고래로부터 신분의 기강이 확실하여 이를 근간으로 여타의 모든 것을 다스리며 유지해 왔소. 이는 공도 잘 아실 터. 하물며 같은 서라벌인이라도 그러할진대 감히 피지배국의 비복 하나가 이를 어기고 함부로 다른 이도 아닌 우리 아이에게 방자한 행태를 저지름이 심히 유감이오. 이는 그 누구라 할 것도 없이 나서 치죄해야 마땅할 터인데 공께서 그런 태도를 보이시니 당황스럽소이다."

참다못해 설화랑은 덧붙인다. 이는 은근히 가야 출신인 문노를 자극하는 말이기도 한데, 그러나 문노는 고집스럽게 입을 다물고는 도시 열려하지 않는다. 그 기세가 조금의 수그림도 없다.

두 사람의 만남은 짧게 끝난다. 결국 별다른 방안이나 화해 없이 냉랭한 분위기 속 서로 각자의 집으로 돌아간다.

저런 자를 봤나. 저자는 필시 융통성 없는 성정으로 많은 해를 입고 가까운 이들마저 위험에 빠뜨릴지니. 흠, 지금껏 거리를 두고 살았던 내 판단이 옳고도 남음이다. 설화랑은 홀로 내뱉는다.

이제나저제나 문노를 기다리던 윤궁은 표정으로 이미 낭패인 것을 알고 한숨을 내쉰다. 무인의 우직함인지, 무식함인지. 문노에게 짜증이 인다.

별달리 기대한 것은 아니나, 보니 일을 더 키우고 온 듯하다. 위가 없이 그저 남의 밑에 있는 자로서는 더없이 좋은 성품이나 한 집단의 수장으로서 문노는 볼수록 부족한 자이다. 앞으로 얼마나 많은 낭패를 봐야 할까. 올곧음이 아닌, 그저 옹고집일 뿐인 것을.

윤궁은 가만있을 수만은 없다는 생각에 정금의 문병에 나선다. 문노와 헤어지고 온 뒤 화가 가라앉지 않던 차, 윤궁이 왔다는 소릴 들은 설화랑은 설마 직접 사죄 온다더니 그마저도 못하고 윤궁을 대신 보냈나 하여 분기충천한다. 이 자가 나를 어찌 보고.

윤궁을 곱지 않은 시선으로 바라보며 설화랑은 굳이 불편한 심기를 감추지 않는다. 설화랑을 보자마자 윤궁은 깊이 머리를 숙인다. 정중하고 겸허하다.

"풍월주께오서도 당연히 오셔서 사죄하실 터이나 저라고 가만히 있을 수 없어 이리 왔습니다."

자신은 문노와는 상관없이 따로 왔다는 걸 강조한다. 그런 후 병문안용으로 가져온 물품을 이것저것 내놓는다. 그것에는 눈도 주지 않고 설화랑은 대충 인사를 받자마자 쌩하니 안으로 들어가 버린다. 하다못해 대신하는 사과마저도 없는 자라니.

때마침 정금은 겨우 몸을 일으켜 후원 연못가 의자에 앉아있었다. 윤궁은 빠른 걸음으로 정금에게 다가가 덥석 손을 잡는다. 백짓장 같은 얼굴에 흐트러진 머리가 바람에 날리는데 흰옷 탓인지 더더욱 처연해 보인다.

"낭주, 내가 왔소. 이리 보니 참으로 마음이 아파 어찌할 바를 모르겠소. 낭주께오서는 아직 아무것도 못 드시느냐?"

난주를 향해 묻는다.

"죽만 아주 조금씩 넘기시지만 그것도 힘겨워하십니다."

더불어 난주의 얼굴도 많이 상한 상태다. 윤궁의 방문에도 정금은 아무런 반응이 없다. 윤궁은 민망하게 옆에 서서 줄곧 정금을 힐끔댄다.

바람에 나뭇잎이 우수수 떨어지고 차가운 공기가 스산하여 몸이 떨린다. 그러나 정금은 눈을 감고 온몸으로 바람을 맞는다. 다 날아가라. 모두. 하나도 남기지 말고.

"낭주님."

한참 만에 정금이 부르자 윤궁은 반갑워 급히 대답한다.

"네."

"이제 오지 마십시오. 다시는 조금이라도 연관되는 모든 이와 엮이고 싶지도 보고 싶지도 않습니다."

잠시 멍하니 정금을 응시하던 윤궁은 크게 끄덕인다.

"그렇게 하겠소."

"낭주님이 싫어서가 아니란 거 이해해주세요."

" 이해하고말고요. 백 번이라도 이해합니다."

윤궁은 정금의 얼굴을 살며시 쓰다듬으며 마음에서 우러나는 위로를 전한다.

"강녕하세요, 아름다우신 분."

돌아오는 내내 윤궁은 마음이 우울하다. 낭패감이 드는 건 어쩔 수가 없다.

평소 유노와 문노가 린평을 대하는 바에 불만은 없었으나 그렇다고 마땅치도 않았다. 사실 별 관심이 없었다. 그런데 그 별 볼 일 없다 여기던 여자아이 때문에 자신이 생각했던 모든 걸 그르친 느낌이다. 더불어 문노의 정치적 위상까지. 사람의 감정이 맘대로 할 수 없는 것이라지만 애초 린펑이 끼어들 거라고는 생각조차 못했다. 가당치도 않은 바라.

심히 언짢다. 우울함에 짜증까지 겹쳐 심기가 불편한 와중 줄곧 유노의 처소에서 치료를 받던 린펑이 이제야 자신의 처소로 갔다는 말을 듣는다. 옆에서 같이 먹고 자며 흡사 부부와도 같이 간병하던 유노다.

기력을 회복한 린펑은 언제나처럼 집안을 여기저기 활보한다. 눈에 거슬리기 이를 데 없다. 찬모에게 묻는다.

"저 아이는 이 집안에서 하는 일이 무엇이냐?"

새삼스런 질문에 찬모는 생각에 잠긴다. 딱히 드릴 말이 없다. 린펑이 무슨 일인가를 하는 걸 본 적이 없었다. 매일 여기저기 싸돌아다니거나 활과 화살을 닦고 말을 타러 나가고. 식사를 챙기는 거나 뒷수발은 늘 유노를 시중드는 가복들이 린펑까지 챙겼다. 이 집안에서 문노의 가솔들 이외에 여인이 집안일을 하지 않는 자는 없었다. 상전 아닌 상전.

하는 일 없이 놀고먹으며 대우받고 그것도 모자라 상전의 일에 헤살 놓는 계집. 출신이 고귀한 것이면 모르되 하찮은 존재가 이 사달의 원인이 된 터. 밉살스럽기 이를 데 없다.

윤궁은 린펑을 불러들인다. 새삼스레 위아래로 찬찬히 훑는다. 나이에 비해 매우 숙성한 몸이다. 서라벌의 골 높은 여인들에게서는 보기 드문 야성적이면서 천한 색기가 가득하다. 여인이면서 늘 남정네의 옷차림인 것도, 쉰 듯 중성적인 목소리도 묘한 느낌을 준다.

"오늘부터 너는 내 수발드는 일을 하여라. 일단 물을 긷고 자잘한 심부름 하는 것부터 시작하는 것이 좋겠다. 나머지는 찬모가 지시할 터이니 따르고."

린펑은 멀뚱하게 윤궁을 보며 대꾸한다.

"저는 집안일을 할 줄 모릅니다."

뻔뻔한지고. 린펑의 반응이 매우 못마땅하다.

"어허, 감히 상전의 말에 토를 달다니 네 어디서 배워먹은 버르장머리인고? 집안의 아랫것이면 당연히 상전을 모시는 일을 하여야 하고 너는 여인이니 내 명한 대로 집안일을 하라는데 말이 많구나."

"낭주님의 명을 공께서도 아십니까?"

윤궁은 당장이라도 그 뻔뻔한 입을 쥐어박고 싶으나 간신히 참는다.

"감히 네가 지금 공을 들먹이는 것이냐? 공께서 알면 어떠하고 모르면 어떠하리. 집안 여인의 일까지 공께서 알아야 한다더냐? 더구나 우리 가솔도 아닌 한낱 너 같은 기집의 일은? 갈수록 태산이라더니 네 하는 바가 참으로 눈을 뜨고 봐줄 수가 없을 정도로 방자하구나. 내 정금 낭주가 너에게 처벌을 가한 게 참으로 지당했단 생각이 절로 드는구나."

린펑은 아무 말도 못한다. 이 선에서 윤궁의 할 바는 끝났고 차후는 찬모의 몫이다. 그녀는 여느 귀족 집안에나 존재하는, 여가복들의 기강을 잡는 일과 사적인 행동을 다스리는 일을 하였는데 자못 엄격했다. 말하자면 윤궁을 대신해 위를 받아 여인들을 다스리는 역이었다.

당장에 린펑에게는 옷을 갈아입으라는 명이 내려진다. 이후 곧바로 부엌일에 투입되는데 잠시의 쉴 틈도 없이 일이 주어진다. 반나절이지만 이미 린펑은 녹초가 된다. 그 와중 내내 유노가 집으로 돌아오길 고대한다. 이 억울한 상황을 다 일러바칠 심산이다.

유노 대신 문노가 먼저 들이닥친다. 오늘따라 몸이 좋지 않아 일찍 들어온 것. 치마를 입고 오가는 린펑이 눈에 띈다. 의아하게 쳐다보는 문노를 향해 린펑이 울상을 지어 보인다.

문노가 들어서자 윤궁은 분주하게 움직이며 맞는다. 일단 따끈한 생강차를 들이라 명하며 자신이 직접 옷 시중을 든다. 이후 줄곧 아이들 이야기를 늘어놓는다. 차를 마시며 말을 듣던 문노는 노곤함에 그대로 잠이 든다.

문노에게서 무슨 말이 내려질 거라 기대하던 린펑은 실망한다. 집 안일이 밖에 나가 활을 쏘고 말을 타는 것보다 힘들다는 것을 처음 알았다. 무엇보다 도저히 적성이 맞지 않아 견딜 수가 없다. 오늘따라 유노가 못 견디게 그립다. 결국 믿을 건 유노밖에 없다.

때마침 린펑이 찬모에게 호된 야단을 맞고 있을 때 유노가 들이닥친다.

반나절 만에 벌써 귀한 사기그릇을 서너 개 깨뜨린 거. 칠칠맞지 못한 기집, 짐승보다 더 쓸모없는 기집, 등등 쏟아지는 질책에 린펑은 맞받아치며 대들었고 주제를 모르고 어디서 감히 나대냐며 윤궁을 등에 업고 찬모는 자못 위압적으로 꾸짖었다.

오늘 린펑은 활터에 나와 모처럼 유노와 활쏘기를 하고, 이후 함께 말을 타고 바닷가까지 나가기로 했다. 그러나 두문불출 소식이 없어 바로 린펑을 찾아 집으로 오려 했으나 몸이 안 좋아 일찍 들어가는 문노가 이런저런 선문의 자잘한 일을 부탁하는 바람에 늦게야 들어온 것이다. 비록 선문 소속은 아니지만 문노의 측근으로 옆에서 일을 돕고 있었다.

린펑의 처소로 갔으나 보이지 않자 집안을 돌며 찾다 이 장면을 본 것. 순간 린펑은 그대로 달려가 유노의 품에 안겨 울음을 터뜨린다. 찬모 역시 유노를 보자 움찔한다. 유노가 묻기도 전에 변명하듯 말한다.

"부인의 명으로 일 처리를 하고 있을 뿐입니다. 그러니 랑께서는 관여 마시고, 린펑 너는 어서 네 자리로 돌아가지 못할까?"

대충 상황이 파악된다. 유노는 무작정 린펑의 손을 이끌고 윤궁을 찾아간다. 문노가 잠이 들자 물러나와 윤실과 놀아주고 있던 윤궁은 유노가 씩씩대며 린펑과 나타나자 유모에게 아기와 윤실을 데리고 가라 차분히 명한다.

윤실이 유노를 보며 반가이 다가서지만 본 체도 않는다. 냉정한 유노의 태도에 윤실은 금세 울먹인다. 눈치껏 유모가 다독이며 데리고 나간다. 이것이 윤궁의 눈에 또한 거슬린다.

지그시 유노를 쳐다본다. 하는 양이 아직 어린애라. 윤궁의 입가에 조소가 스친다.

"아직 몸도 성치 못한 린펑에게 어이 이러십니까?"

"대관절 연유를 모르겠군. 저 아이가 뭐관데 이러시는가?"

유노는 말문이 막힌다.

"랑께서는 선문에서 공을 돕는 것으로 직분을 다하시게. 사사로이 이런 일에까지 관여하시니 참으로 난감하오. 이것은 나, 윤궁의 직할이니 그만하시는 게 좋겠구려."

이 말을 끝으로 윤궁은 더는 할 말이 없다는 식으로 몸을 돌린다. 더 이상의 관여는 용납하지 않겠다는 의지다. 어색하게 서 있던 유노는 그만 자리를 뜬다.

느낀다. 마지못해 대우하나 윤궁은 근본적으로 유노를 동급으로 인정하지 않는다는 걸. 윤실로 인해 자신에게 고마워하고 문노의 아우로서 대우해주는 듯했으나 이것은 언제고 변할 수 있는 것. 조금 전 자신을 향한 말은 유모를 대할 때의 존칭 그 이상 아니었다. 지금만이 아니다. 정금과 린평 사건 이후 늘 존대도 하대도 아닌 어정쩡한 말투와 대우.

잊고 싶지만 잊지 못하는 걸 다시금 되새긴다. 나는 이 집안의 사람이 아니다. 그저 천한 마구간지기의 아들일 뿐. 새삼 린평을 향해 무한한 동질감이 느껴진다.

유노는 린평을 데리고 마구간 옆 후미진 곳으로 간다. 나란히 앉아 내내 말이 없다. 한참 만에 입을 연 유노,

"린평아, 나랑 혼인할래?"

뜻밖의 말이었지만 듣는 순간 린평은 두말할 것도 없이 고개를 끄덕인다.

"형님께 말씀드린 후 혼인하자. 연후에는 이 집을 나가서 살자."

무오는 날마다 정금을 찾았다. 엄밀히 말하면 처소 언저리까지 와 그저 정금을 쳐다보다 가는 정도. 어쩌다 정금이 마당에 나와 앉아있을 때면 안으로 들어갈 때까지 지켜보곤 했다.

설화랑은 무오가 와서 갈 때까지 모른 체했다. 그것은 온전히 무오의 시간이었기 때문. 언제였던가? 정금을 바라보는 무오의 눈이 미실을 바라볼 때의 자신과 같음을 느낀 설화랑은 이후 더욱더 무오를 정금의 짝으로 굳혔다.

정금은 여느 때와는 달리 후원을 천천히 걷고 있었다.

그런대로 상태가 호전됐지만 터질 듯한 복숭아빛이었던 볼은 아직 돌아올 기미가 없다. 야윈 얼굴엔 핏기 하나 없다.

여전히 무오는 담 너머 멀리 정금을 바라만 본다. 참으로 아련한 광경이 아닐 수 없다. 정금은 알고 있었다. 날마다 자신을 지켜보고 가는 무오를. 그러나 신경 쓸 여가도, 그러고 싶지도 않았다.

그런데 오늘, 난주에게 정금이 말한다.

"잠시 뵙자 전해줘."

수줍은 소년처럼 무오가 다가온다. 걱정스런 표정으로 무슨 말인가를 하려는 무오에 앞서 정금이 입을 뗀다.

"소녀를 문안 오셨나요?"

무오는 대답 대신 정금의 안색을 살핀다.

"랑께서 보시기에 지금의 내 모습이 어떤가요? 바보스럽고 참으로 한심하지요? 계집이라는 존재들의 한계는 늘 이렇듯 드러나지요. 사람은 장담하거나 교만하게 단정 지을 게 아닌가 봅니다. 나에게 실망만 가득합니다. 내가 이럴진대 다른 이가 볼 때는 어떨런지…"

"변하지 않습니다. 어떤 상황에서든 어떤 모습이든 낭주께오서 설공의 적녀 정금이라는 것은, 신모의 현신이라는 것은, 그리고…"

다음 말은 하지 않는다. 정금이 대신 잇는다.

"오늘 문득 이런 생각이 들었습니다. 미실 궁주, 그녀가 참으로 대단하다는. 내가 아는 한 그녀는 다른 이로 인해, 사련에 심하게 흔들린 적이 없습니다. 이용하면 이용했지. 그게 얼마나 어려운 것인지, 얼마나 뛰어난 것인지, 이제야 알았습니다. 미실을 어느 면에서는 만만하게 여겼습니다. 그런데 난 그 발치에도 못 미치는 나약한 인간이었습니다. 그저 평범한 계집아이였습니다. 세상모르고 날뛰는 철부지. 나이 어린 탓을 하기에도 넘치도록 말입니다. 심히 부끄럽고 구차하여 견딜 수 없습니다."

정금은 무오 앞에서 마음을 내비친다. 왜 이러한 말들을 하는지 스스로도 모른다. 그저 하고 싶다. 잠시 말을 멈추고 생각하는 듯하다 다시 천천히 말을 잇는다.

"하여, 저는 더 이상 랑 앞에서 얼굴을 들 수가 없습니다. 힘이 듭니다. 늘 부족하고 흐트러진 모습을 보이면 안 되는 것 같았습니다. 그게 무섭고 싫었습니다. 허나 이제 알았습니다. 내가 이미 어리석은 존재였기에 그게 들키는 게 싫었단 것을. 그걸 알지 못할 때는 모든 게 랑의 탓이었는데 알고 나니 제 탓인 거죠. 사람에게는 다 제게 맞는 짝이 존재하는 듯합니다. 저에게 랑은 넘치는 분이십니다. 부디 랑의 품에 걸맞은 여인을 얻으시길 간청합니다. 그리해 주세요."

정금을 바라보는 무오의 눈빛이 깊다. 온갖 감정이 뒤섞인 눈빛으로 그윽하게 바라본다. 물론 지금 정금은 매우 감정적이며 나약한 상태. 이런 때의 토로를 다 믿을 바는 아니나, 거부하지만 또한 어느 때보다 나를 받아들이는 말. 기쁘다.

"사람의 마음에 삼라만상 모든 것이 있다 합니다. 그 마음의 행태에 따라 하늘의 기운이 움직여지므로 마음은 인간의 운명 또한 다스릴 수 있는 것입니다. 낭주께오서는 우선 몸과 마음을 추스르시는 데 온 힘을 다하십시오. 모든 건 차후의 문제이니 마음을 비우시고 놓으십시오. 그리하면 자연 모든 것이 순조로워지리라 여깁니다. 그때까지 허락하신다면 간간이 낭주를 찾아뵙고자 합니다. 그리고,"

숨을 고른다.

"외람되오나 어느 때보다 지금 낭주의 모습, 더없이 아름답습니다.

나는 낭주의 일과 아무런 상관도 없는 자입니다. 하니 부끄러워하실 것도 의식하실 바도 없습니다. 다만 어떤 모습을 내보이시든 이 무오는 낭주의 곁을 지킬 것이란 것만 말씀드립니다."

새삼스레 정금은 무오를 찬찬히 본다. 늘 단정히 정돈되어 있던 얼굴에 수염이 거뭇거뭇 까칠하다. 사람의 감정이란 참으로 변덕스럽다. 그토록 싫던 무오의 얼굴이, 낮은 목소리가 오늘은 따스하고 위로가 된다.

그러나 이것으로 됐다. 세상의 모든 인연이 싫다. 아무런 연도 없이 지내고 싶다. 갓난아이의 무지함으로 돌아가고 싶다. 앎이 없는 상태. 하나하나 없애고 떼어내고 정리하며.

"어린 심경이 복잡하여 감당하기 적잖게 힘이 듭니다. 부족함을 채우는 데 드는 노력과 시간이 가히 없을 듯합니다. 그러니 랑께오서는 더는 수고롭지 마십시오. 소녀를 더는 걱정하지 마시고 그저 남처럼 여겨주세요. 담 너머에서 안위를 걱정하는 랑의 모습, 더는 모르고 싶습니다."

무오는 물끄러미 바라보다 입술을 가볍게 깨문다.

"낭주께서 지금 원하시는 바가 그렇다면 그리하겠습니다. 조금이라도 마음에 거리낌이 된다면 어찌 더 행하리. 그저 하루빨리 본래의 모습으로 돌아오시기만 간청할 뿐."

더는 말없이 정금에게 예를 보낸 후 무오는 그대로 돌아서 나간다. 뒷모습에 정금은 눈길을 주지 않는다. 무오가 돌아간 뒤로도 오랫동안 어디에도 시선을 두지 않고 아무런 생각 없이 마냥 앉아만 있다. 해가 뉘엿 넘어갈 무렵 파명이 다가온다.

"바람이 찹니다. 그만 안으로 드시지요."

표정 없는 얼굴로 멍하니 묻는다.

"유모는?"

"저녁준비를 보신다 하며 찬간에 들어가셨습니다."

"음…."

정금이 일어선다. 곧 중심을 잡지 못하고 비틀한다. 얼른 파명이 부축한다.

"괜찮으십니까?"

걱정스럽게 파명이 묻는다. 정금은 쉬이 균형을 잡지 못한다.

"사방이 어지럽구나."

구역질까지 해댄다.

"어서 업히십시오."

파명이 앉아 등을 보인다. 쓰러지듯 정금이 업힌다. 고통스런 신음이 새어나온다. 싫다, 이런 기분. 정말 고통스럽다.

정금의 방. 온통 은은한 살굿빛으로 장식된 방. 한 번도 들어와 보지 못한 방. 파명은 이런저런 것을 따질 겨를도 없이 정금을 업고 방으로 들어선다. 급히 침상 위에 정금을 눕힌다. 그러나 눕히자마자 반쯤 몸을 일으키고는 토악질을 해댄다. 쏟아내는 것을 파명은 맨손으로 받는다.

두어 번 배를 쥐어짜듯 토하고 나더니 정금은 그대로 풀썩 드러눕는다. 토악질 때문인가, 눈에 눈물이 범벅이다. 방 앞에서 이 광경을 본 난주가 급히 뜨거운 물을 준비시킨 후 속 가라앉히는 약재를 달인다. 아령은 걸레를 들고 와 파명과 뒤처리를 한다.

아령과 파명이 방을 나가자마자 정금은 숨죽여 흐느낀다. 우는 소리를 들키는 게 싫다. 두 사람은 알고도 모른 체한다.

"나는 애기씨가 하나도 안 부럽고 불쌍하다."

아령이 걸레를 빨며 말한다. 파명은 묵묵히 손을 씻는다.

"세상 모든 것을 다 가져도 원하는 이의 마음 하나가 더 크다. 그것을 못 가지면 다른 걸 아무리 많이 가져도 허기가 지고 불행하다. 세상 여자들이 다 애기씨를 부러워해도 나는 아니다. 왜냐면, 나는 파명이 나랑 함께이고 그리고, 니가 날 아껴주니까."

부끄러운 듯 망설이며 아령이 말한다.

"아령아, 나도 처음으로 애기씨가 불쌍타 생각이 들었다. 전엔 욕심이 많아서 아픈 거라, 사람의 마음을 마음대로 하려 한다 오만하다 생각해 미웠다. 그런데 오늘 눈물을 보니까 사람은 다 같구나 싶었다. 그리고 우리가 행복하다 생각이 든다. 부디 애기씨가 어서 털고 일어났으면 싶다."

부부는 나란히 앉아 도란도란 자신들의 행복을 이야기한다. 이때 정금은 난주가 들여오는 뜨거운 물을 마시다 말고 한바탕 대성통곡 중이었다.

"마음껏 아파하시지요. 더할 수 없게. 그렇게 잊으십시오. 그렇게 자라십시오. 그렇게 굳어지십시오. 기다리지요. 그대라면 언제까지고 그리하지요. 오늘, 당신이 내게 해준 말이 무한한 위로가 되고 또 한동안 지탱할 힘이 되었습니다."

어느 여인에게도 마음을 준 적 없다. 선택된 자신의 마음을 받을 자격은 오직 하늘이 내린 걸맞은 이에게만 있으므로. 짝을 찾기는 어렵지 않았다. 제왕이 될 자의 여인. 신모의 현신이라 칭송을 받는 여인.

무오가 그 여인을 보기 위해 찾아간 것은 여인의 나이 열 살. 애초 짝이 아니었던 부인이 아이를 낳다 세상을 뜬 직후, 어린 여인은 당돌한 눈빛과 우아한 기품으로 무오를 하찮게 쳐다봤다. 관상이 빠진 곳이 없고 맑고 목소리는 청명했다. 어리지만 위압감으로 다른 이를 압도했고 거동은 차분하면서도 재빨랐다. 무오는 환희에 들떴다.

이제 남은 건 여인이 자라기를 기다리는 것뿐. 어렵지 않았다. 세월은 빠르니.

여인이 자라며 자신을 알아봐 주고 마음을 준다면 더할 나위 없지만, 굳이 마음을 갖지 못하여도 됐다. 하늘이 정한 짝은 어떤 식으로든 이어지게 되어있어 안달복달할 필요가 없으므로. 대의를 위한 짝이 필요했고 그 요소를 충족하는 것만으로도 됐으니. 인간의 욕심이 일을 그르치지 하늘의 뜻은 매일반이므로.

그러나 점차 성장해가는 여인을 볼 때마다 무오의 마음은 조금씩 달라졌다. 사사로운 욕심이 생겼다. 하잘것없는 인간들의 연연하는 마음을 비로소 느껴갔다. 스스로를 인간을 벗어난 선계의 그것과 더 가깝다 자부했던 것이 무너져 내려갔다.

누가 뭐래도 자신의 한 운명. 다른 마음을 품고 다른 이에게 혹할 수 있다. 때문에 잠시 눈을 돌려 방황을 할지라도 그것 역시 걸맞은 짝이 되기 위한, 자신에게 오기 위한 과정 중 하나라, 무오는 지켜봤다. 결과를 알기에.

그러나 지금 정금의 모습은 참기 힘들다. 저토록 아파하는 모습이 못 견디게 힘들다. 잔인한 정금의 고통이 그대로 전이되는 듯하여 무오는 가슴이 무너진다. 이러함에도 겉모습은 잔잔하다. 흔들림이 없다. 늘 그렇듯 아무런 동요도 드러내지 않는다.

한밤중, 어머니의 신상 앞에 앉은 무오는 전혀 다른 모습이다.

향을 피우고 기도문을 읊는다. 목욕을 한 후 정결한 상태로 신상 앞에 앉은 무오는 어떤 신관보다 경건하고 엄숙하다.

사람의 마음을 움직이는 사술은 위험한 것이고 천기를 거스르는 것이라 한낱 사술 따위 필요 없다 여겼는데 그 또한 교만함이었던가? 어머니. 당신이 금륜의 마음을 얻으신 것은 사술에 의한 것이었지만, 당신이 그에게 조금의 마음도 내주지 아니하였다 함은 오롯이 진정이었던가요? 필요에 의한 것에 절대 사심은 없다 하신 말씀을 저는 믿었습니다. 그런데 오늘에야 어머니의 번뇌가 느껴집니다. 당신이 아들인 내게까지 거짓을 말하심을 알았습니다.

조용히 침노인 비창이 들어온다. 기도가 끝나길 기다린 후 그녀는 무오에게 술을 올리고 이부자리를 본다. 술잔이 비길 기다렸다 꿀에 절인 생강을 입에 넣어준다.

무오의 나이 열다섯인 해에 스무 살인 비창은 그에게 남녀의 교합을 가르쳤다. 이미 일부 여인들에게만 비밀리에 내려오는 방중술을 여러모로 익힌 바 있는 비창은 도화녀가 아들을 위해 준비한 여인이었다. 세상을 잡고 모든 걸 알기 위한 첫걸음은 자연의 섭리 중 가장 기본인 남녀의 교합이라 여긴 도화녀의 사상 때문이다.

그날 이후 10여 년을 무오와 함께 해온 비창. 그녀는 동지이자 침노이자 건강을 지켜주는 이였다.

가냘프고 나긋나긋한 외모의 비창은 얼핏 나이 어리고 순진무구한 10대 초반의 소녀로 보인다. 이것에 혹해 수많은 남자들이 그녀에게 순정을 바치거나 강탈하기도 했으나, 그들의 말로는 대개 비참했다. 어떤 자라도 그녀와 하룻밤을 보내고 나면 이후 시름시름 앓게 되고 얼마 못 가 병을 얻거나 죽기까지 했다.

사람들은 그녀를 뱀과 같은 여인이라 해서 '사녀'라 불렀다. 유일하게 무오만이 멀쩡하고 심지어 비창으로 인해 건강을 유지했다.

영리하고 눈치 빠른 비창은 늘 무오의 생각을 살폈다. 몸 상태를 느꼈다. 그런 후 그에 따라 적절히 받들었다.

하지만 오늘 비창은 무오에게서 아무것도 감지해내지 못한다. 어느새 무오는 그것을 감추는 능력이 생긴 것. 이것이 못내 서운한 비창이다. 그러나 드러내지 않는다. 자신은 오직 무오의 몸을 돌보는 비복 이상도 이하도 아니므로.

무오의 등 뒤로 가 어깨를 주무르며 풀어준다. 손놀림이 부드러우면서도 날렵하다. 자못 끈적하고 유혹적이다. 서서히 얼굴을 무오의 귓가로 가까이 들이대며 목덜미에 입김을 뿜는다. 어깨에서 미끄러지듯 내려오는 손이 단단한 무오의 허벅지에 닿는다. 손가락이 번갈아가며 허벅지를 누른다. 뜨거운 혀가 목을 핥는다.

무오가 비창의 손을 잡아챔과 동시에 그녀는 바닥에 눕혀진다. 이미 익숙해진 몸놀림이라 비창은 여유롭게 저고리를 어깨가 드러나도록 내리며 다음 행동을 기다린다. 미소가 인다.

그러나 무오는 갑자기 멈춘 채 비창을 쳐다만 본다. 아니, 눈은 비창을 향해 있으나 눈동자는 다른 곳을 향해 있다. 비창은 채근하듯 양손으로 무오의 얼굴을 감싼다. 거뭇한 구레나룻과 수염을 쓰다듬는다. 눈동자가 자신을 향하도록 유도한다.

그대로 무오는 몸을 일으킨다.

"마음이 어지러우십니까?"

대꾸 없이 밖으로 튀듯 나간다. 뒷마당으로 가 허공을 향해 칼을 휘두른다. 평소대로 무예를 연마하는 모습 같으나 그것은 화풀이다.

추운 밤 땀에 젖도록 무오는 칼로 허공을 가르고 멀리서 비창은 묵묵히 이 모습을 지켜본다. 허전함에 몸이 떨린다.

이 무렵, 다른 이들과는 달리 파명과 아령은 최고의 행복을 맛보고 있었다. 비록 힘든 나날이고 얽매인 상황이지만 아령이 아이를 가진 탓이다. 파명의 분신을 몸에 포태한 것만으로 아령의 기쁨은 최상이었고, 더불어 파명은 책임감과 성취감을, 소하는 새로운 자신의 위치와 역할이 생겼다는 것에 기뻐했다.

정금의 어머니인 준화가 들어오면서부터 이 집안에는 새로운 규칙이 생겼는데, 비록 가복의 신분이라 할지라도 아이를 가진 여인에 대해서는 집안 모두가 최상의 대우를 해줘야 한다는 것이었다. 이는 아이를 낳고 백일이 지나도록 이어졌는데 어느 일보다 성스럽고 힘든 일을 해낸 여인에 대한 예우였다.

우선 모든 집안일에서 제외되었으며 먹는 것이며 필요한 물품이 부족함 없이 제공되었다. 아이를 낳은 후에도 많은 하사품이, 아이가 딸인 경우엔 특별히 비단까지 내려졌다. 비록 준화는 죽고 없지만 이것은 설화랑이 준화의 뜻을 받든다는 의미로 각별히 지속했다.

아령은 더할 데 없이 만족한 나날을 보냈다. 몸과 마음이 편하고, 주변은 자신을 특별한 사람으로 대해주고, 무엇보다 뱃속에 있는 아이가 태동을 할 때마다 행복에 겨워 소리라도 지르고 싶은 심정이 되었다.

날마다 파명을 빼닮은 아이가 태어난 후의 일상을 꿈꾸며 설계하고 하나하나 준비해갔다. 저녁이면 파명이 배를 어루만지며 함께 지은 태명 햇살이와 그렇게 세 사람은 오붓한 시간을 보냈다.

소하는 소하대로 할머니로서의 본분을 다한다는 명목으로 배냇저고리를 만들고 자주 아령을 찾아 챙기며 분주했다. 하루하루가 꿈결처럼 지나갔다.

정금은 의원의 조언에 충실했다. 이 병은 집에서만 있으며 더욱 상태가 안 좋아지는지라 할 수 있다면 밖으로 나가 햇볕을 받으며 몸을 많이 움직이는 게 최선이라는.

처음, 그저 심심풀이로 가병들이 훈련받는 모습을 지켜보던 정금은 점차 그들이 배우는 것, 특히 검술에 흥미를 보였다. 이에 설화랑은 특별히 정금을 위해 스승을 초빙하고자 했으나 무예의 본산이라 할 수 있는 '가림사'에 요양 차원으로 직접 보내자는 결론을 내렸다.

유모만을 대동하기엔 무리가 있어 평소 호위하던 가병 하나를 딸려 보내려 했으나, 정금은 거절하고 직접 다른 이를 선택했다. 파명. 아령이 임신을 한 상태라 곁을 잠시도 떠나고자 하지 않았던 파명은 정금의 지목이 당황스럽고 불만이었다. 하지만 다른 토를 달 수 없었는데, 이것을 시작으로 이후 모든 정금의 외부 활동에 당연히 파명은 동행하게 된다.

시조궁에서 천군을 지근에서 모신 경륜과 다른 가병들과는 달리 무지랭이도 아니고 평소 행동거지나 기풍이 설화랑의 마음에 들었던 것이 크게 작용되어 동행은 쉬이 하명되었다.

정금은 파명과 아령의 행복이 싫었다. 이상하게 기분이 나빴다. 그런 연유로 파명을 끌어들였지만, 전부터 묘하게 유노와 닮은 느낌인 것도 한몫했다. 유노에게 미련이 남아서인지 다른 연유에서인지는 스스로도 알 수 없었다. 물론 파명은 정금에게 극진했다. 늘 사소한 것까지 알아서 챙기며 배려했다.

여드레를 가림사에 기거하는 동안 정금은 지금까지와는 다른 하루 하루를 보냈다.

이를테면 새벽에 일어나 불공에 참여한다거나 파명과 난주와 나란 히 앉아 공양을 했다. 공양 이후 다른 수도승들의 무예 수련을 보거 나 함께 기본 가르침을 받았는데 그때마다 파명은 바로 옆에서 정금 이 힘들거나 불편하지 않도록 눈치껏 움직였다.

유독 기암괴석이 많은 가림사의 산을 오르내릴 때면 뒤에서 보좌했 고, 아침저녁으로 씻을 물을 직접 가져다 바치고 간간이 공양 시간 외 과일 등을 구해와 챙기고 무엇보다 밤에 잠 못들고 밖으로 나와 앉아 있을라치면 파명 역시 잠을 자지 않고 조금 떨어진 곳에서 정금 을 지켰다.

사실 정금은 검술을 정식으로 배운다기보다는 기초 체력을 기르고 훈련하는 모양새를 보는 차원에서 움직였으나, 이 또한 지금의 정금 으로서는 매우 힘든 일이었다. 발가락에는 물집이 잡히고 손은 여기 거기 생채기가 생겼다.

그러나 다른 이들과 같은 자리에서 같이 생활하는 것 자체로 정금 은 스스로 대단하다 자부했다. 대부분의 서라벌 귀골 여인들과는 다른 행보를 만족해한 것이다. 어쨌든 정금은 어느 때보다 건강해 보였다.

닷새째 되는 날, 노곤함에 난주는 벌써 곯아떨어지고 언제나처럼 잠을 이루지 못하던 정금은 밖으로 나와 앉는다. 집에서와는 달리, 이곳은 바로 머리 위에서 별이 반짝인다. 손을 뻗으면 닿을 듯이. 낯 선 짐승이나 벌레 소리도 편안하다. 밤공기는 청량하고 사방은 한없 이 평화롭다.

"이리 가까이 오너라."

오늘도 멀찍이 앉아 지켜보는 파명을 정금이 부른다. 잠시 머뭇대다 스르르 다가온다. 나란히 앉아 둘은 하늘만 멀뚱히 쳐다본다.

"저 별 중 하나를 따서 아령에게 가져다주고 싶어?"

정금의 말에 파명은 씨익 웃어 보인다. 멋쩍어하며 웃는 얼굴이 천진난만하다.

"요즘은 세상 모두가 나보다는 행복해 보인다. 그걸 인정하는 게 싫고 억울하고 기분이 나쁘지만 어쩔 수가 없으니."

파명은 인정한다. 다른 건 몰라도 요즘 그는 행복하기에.

"힘들지 않으십니까?"

"재밌다. 새로운 것을 배우고 체험한다는 것은 언제나 두근대는 일이지. 사람도 마찬가지고. 나는, 다른 서라벌 여인네들과는 다른 삶을 살 거라 여겼다. 선택받은 사람이니까. 그런데 같은, 어쩌면 더 못한 짓거리를 하며 살고 있었다. 난 이것을 참을 수가 없다. 힘들지 않다면 거짓이지만, 다른 내가 되어가는 이 과정을 즐기려 한다. 왜냐면, 서라벌 여인들 중 이런 짓까지 해보는 이는 없을 테니까."

공기가 차가웠지만 두 사람은 추위를 느끼지 못한다. 서로의 온기가 전이되어 몸을 데워주는 것이라는 생각을 한다. 이 산속에서도 정금의 향은 여전하구나. 파명은 문득 모진을 떠올린다. 분위기 탓인가, 그리움이 스며든다.

"사람의 만남과 헤어짐은 무엇인지, 같은 시간과 공간에서 특별한 인연으로 만나 영원한 이별을 하는 것은 어인 연유인지. 사람이 사는 건 무슨 의미인지. 수천의 시간이 지난 후에도 사람들은 지금처럼 살고 있을지. 나라는 존재는 티끌의 자취도 없이 덧없이 사라질진대 이리 바둥거리며 살아야 할 가치가 있는 건지. 바르게 산다는 것의 기준은 무엇인지. 의문이 너무 많습니다."

느닷없이 파명은 중얼거리듯 줄줄이 뇌까린다. 정금이 의미심장한 미소를 지으며 쳐다본다.

"사람은… 사람이기에, 어리석어, 그렇기에, 참으로 힘이 드는가 봅니다."

남은 기간 동안 정금은 칼, 단도 다루는 법에 집중한다. 사실 다룬다기보다는 쥐는 법을 배우는 것에 지나지 않지만 열정은 대단해, 빠르게 상대의 급소를 공격하고 손에서 자유롭게 칼을 움직이며 최대한 이질감 없이 몸과 하나가 되도록 하루 종일 지닌 채 생활한다.

집에 가면 설화랑에게 부탁하여 특별히 날이 잘 선 물건을 선물 받을 심산이다.

여드레를 무사히 채우고 정금은 가림사를 나선다. 특별히 한 것은 없지만 엄청난 것을 얻어가는 듯 꽉 찬 기분으로 출발한다. 이제 막 칼과 친해졌지만, 어떤 검술의 달인보다 자신만만하다. 가벼운 발걸음의 파명. 난주만이 곧 쓰러질 듯 힘겨운 모습이다.

험준한 산을 내려와 수레로 얼마쯤 달렸을 때, 길을 막은 사람들 때문에 정금 일행은 멈춰 선다. 사내의 고함소리와 여인의 비명소리가 들리며 사방이 시끄럽다. 잠시 길이 열리도록 기다려보지만 시끄러운 소리는 갈수록 심해지고 도무지 좁은 길이 열릴 기미는 없다.

상황을 보고 온 파명이 이른다.

"마을의 질서를 어지럽힌 여인을 장이 앞장서 사람들과 함께 공개적으로 치죄하는 중이라 합니다."

그제서야 정금은 밖으로 고개를 내민다. 사람들에 둘러싸인 젊은 여인은 피투성이에 옷은 반쯤 벗겨져있다. 몰골이 하도 비참하고 흉측하여 차마 보고 있기가 힘들 정도다. 그러나 편을 들어주는 이는 아무도 없다. 심지어 주변 여인들이 더 심하게 욕설을 하며 돌을 던진다.

결국 정금은 수레에서 내린다. 정금의 등장에 몇몇이 눈을 주며 의식한다.

"그만하거라. 너무 심하지 않느냐?"

그러나 사람들은 코웃음만 칠뿐이다. 정금은 마을의 장을 부른다. 잠시 후 생각보다 젊은 남자가 불쾌한 얼굴로 나타난다.

"뉘신데 마을의 일에 참견하시는가? 그만 가던 길이나 가시소. 거천지분간 못하고 끼어들지 말고."

자못 위압적이다. 정금은 수치를 느낀다. 그러나 내리누르며 차분히 묻는다.

"상황을 알고 싶다. 대관절 얼마나 심각한 일이기에 여인 한 명을 사람들이 무리로 치죄하는가. 모든 것에는 절차가 있는 법, 이 무도함이 어찌 짐승과 같다 하지 않으리."

이 와중 여인이 득달같이 정금에게 달려와 엎드린다.

"도와주시요. 지는 아무 잘못도 없습니다. 억울합니다. 낭주님, 지를 구해주시소."

곧 여인은 사람들에 의해 제지되고 누군가 주둥이를 다물라며 발길질을 한다. 여인이 힘없이 쓰러진다. 발길질을 한 사내를 쏘아보며 정금은 파명에게 명해 여인을 자신의 등 뒤로 피신시킨다.

"보아하니 귀골가의 낭주이신 듯한데 저년은 죽어 마땅한 년이오. 오갈 데 없이 떠도는 거 마을에서 거둬 사람구실 하게 했더니 이집

저집 사내란 사내는 전부 꼬드겨 재산을 빼내 마을의 질서를 어지럽힌 것도 부족해, 심지어 그년으로 인해 다치는 자까지 나왔소. 저년은 단단히 치죄를 해 다시는 여기에 발을 못 디디게 해야 할 뿐만 아니라 다른 곳에서도 이런 짓거리를 못하게 막아야 하지러."

장의 말이 끝나기가 무섭게 여인은 소리친다.

"아닙니다. 지가 혼자 사는 것을 우습게 보고 마을의 사내들이 들이대고 함부로 희롱하여 그것을 막느라 어쩔 수 없이 상처를 입혔습니다. 또한 그자들이 지 맘을 사고자 온갖 물건을 들고 왔지만 오히려 거절하고 받지 않았습니다. 지는 사내들이 재물을 어디에 썼는지도 압니다. 색주가나 야유원에 갖다 바쳐놓고 집에서 닦달하자 지 핑계를 댄 것입니다. 억울합니다."

"네 이년, 뚫린 입이라고 어디서 주둥이를 거짓으로 놀리느냐? 니 진정 죽어나야 바른말을 하겠나?"

장은 여인을 끌어내려 한다.

"그 손 놓지 못하겠느냐? 네 감히 내 명을 거스르고 그리 함부로 하니 더는 참을 수가 없구나."

정금이 소리 높여 명한다. 그러나 어린 소녀의 말은 그대로 묻히고 지켜보던 사람들은 웅성대며 여인을 다시 공개적인 치죄의 자리로 끌어내려 몰려온다. 정금이 막아서고 그런 정금을 파명이 막아선다.

"모두 물러서거라. 이분이 뉘신 줄 알고 함부로 하느냐? 병부령 설화랑공의 적녀이신 정금 낭주시다. 감히 너희들이 이리 대할 분이 아니란 말이다."

순간 사람들이 주춤한다. 모두의 시선이 정금에게로 향한다. 믿을 수 없다는 눈으로 쳐다보는 이들 사이 누군가가 말한다. 선도산 신모의 현신이신 그분이 맞다. 내 본 적이 있다. 설공대 낭주님이 맞으시다. 무리가 웅성댄다.

"아무리 죄인이라 여겨지더라도 그 말하는 바를 경청하며 잘잘못을 엄중히 따져 억울함이 없도록 처분해야 하거늘 너희들은 사사로운 감정에 휩쓸려 무리가 한 여인을 죽이려 드니 이는 허할 수 없는 짓이다. 또한 감히 나를 몰라보고 함부로 대하며 해를 입히려 하고 위협을 가한바, 너희야말로 풍속을 해쳤으니 이는 간과할 일이 아닌바, 내 차후 너희들의 죄를 물을 것이다."

정금의 말에 아무도 더 이상 토를 달지 못한다. 수레에 오르기 전 정금은 한 마디를 더한다.

"일단 이 여인은 내가 데리고 가겠다. 그리고 자세히 이 사건을 조사하여 만일 추호라도 잘못됨이 있다면 연루된 자들은 모두 엄벌에 처하리라."

여인의 몸 상태를 고려해 정금은 그녀를 난주 옆에 태운다. 정금 일행의 수레가 지나가도록 사람들은 길을 터준다. 수레 안에서 여인은 거듭 감사를 표하고 난주는 그녀를 위로한다. 그러나 정금의 표정은 사뭇 달라진다.

정의롭고 당당하게 사람들 앞에서 약자를 옹호하던 모습은 온데간데없이 여인을 바라보는 정금의 눈엔 냉소가 가득하다.

설화랑이 출타 중이어서 정금은 집에 오자마자 처소로 향한다. 여인에 대한 어떤 언지도 없다. 파명은 정금을 처소까지 모신다.

"너는 그 자리에서 내 신분을 밝히며 사람들을 겁박하더구나. 그동안 나는 네가 그런 걸 싫어하는 줄 알았다."

정금이 피식 웃으며 묻는 말에 파명은 대수롭지 않게 답한다.

"그런 것이 무얼 말씀하는지를 알지 못하나, 이 땅에서 귀골이란 것을 내세우는 것보다 더한 게 있습니까? 어떤 문제나 난관도 이것만 있으면 되는 것을요. 그게 억울한 여인을 구하는 데에 쓰였다면 더 말해 뭣하겠습니까?"

"단지 여인을 구하기 위해 내세웠다라. 네 마음속 그것을 동경하며 갈구한 것은 아니고? 나는 여인을 구해줄 생각이 별로 없었다. 잘못을 한 자는 어떤 식으로든 당연히 죄를 받아야 하거늘. 다만 내게 본데 없이 구는 아랫것들의 행태가 무엄해서 엄포를 놔주고 싶었을 뿐. 여러모로 그 여인은 운이 좋았다. 하고 많은 사람들 중 날 만났으니. 물론 앞으로 이 집에서 값을 잘 치러야 할 것이지만."

"잠시나마 애기씨께서도 저와 같은 마음이실 거라 여긴 게 부끄러울 따름입니다. 동정이란 감정은 모든 사람의 기본적인 마음이라 여긴 것 또한."

정중한 말투로 파명이 정금을 힐난한다. 전 같으면 파르르 했을 터다. 그러나 그저 입꼬리만 슬쩍 올릴 뿐이다.

"너의 낭주를 그동안 못 봤으니 얼마나 보고 싶을까. 어서 가보거라. 애타게 널 기다리느라 속이 다 타들어 갔을 터."

말이 떨어지자마자 급히 아령을 찾아가는 파명의 뒷모습을 보던 정금의 턱이 서서히 치켜 올라간다.

난산이었다.

아이가 거꾸로 들어서 있어 아이와 산모 모두 위험한 상황이었다. 사흘을 기절했다 다시 깨어나며 사투하는 아령을 파명은 눈물을 흘리며 옆에서 돌봤다. 불려온 가실과 산파의 역할도 한계에 다다랐다. 아이는 포기하고 아령만이라도 구하고자 하는 파명의 뜻을 아령은 거부했다. 무슨 일이 있더라도 아이를 살리고자 안간힘을 썼다.

파명은 시조궁을 나온 이후, 아니 난생처음 간절히 시조에게 기도했다. 아령을 살려달라고. 오직 그것 하나만을 일구월심 빌고 또 빌었다.

기적적으로 아이가 무사히 태어났다. 파명을 빼닮은 아들이었다. 그러나 많은 피를 흘린 산모의 생명은 위급했다. 아이가 태어난 잠시 후 아령은 바로 숨을 거뒀다. 아이를 세상에 내보낼 동안 모질게 견디다 할 일을 다 했다는 듯 그대로 눈을 감은 것이다. 참으로 안타까운 일이었다.

실낱같은 생명줄을 겨우 붙잡고 숨을 내쉬던 아령은 산파가 보여주는 아이를 보더니 희미한 미소를 머금었다. 손을 잡고 눈물을 흘리는 파명을 향해서 같은 미소를 지어 보이고는 어떠한 말도 없이 눈을 감았다.

가시라기가 오고, 준화도 정금을 낳다 세상을 떴기에 설화랑은 불쌍히 여겨 아랫것의 장례지만 부족함 없이 뒤를 봐줬다. 그리고 당장 먹여야 하기에 어미를 잃은 아이를 위해 급히 유모 또한 구해줬다.

"불쌍한 내 딸!"

통곡하는 가실과 가슴만 치는 가시라기. 소하는 아이를 도맡았다. 이 와중 파명은 아무런 미동도 없이 아령의 옆에만 있었다. 먹지도 자지도 않고 아무 말도 없이 그냥 멍하니 앉아만 있었다. 내내 눈물을 쏟았건만 아령이 죽은 순간부터는 거짓말처럼 한 방울도 흘리지 않았다.

그런 아들을 보다 못한 소하가 물이라도 먹이려 애쓰지만 끄떡도 않는 파명이다.

"니 아들을 좀 봐라. 이리 똘망똘망 살겠다고 젖을 빨아대고 울고 웃고 바둥댄다. 어무이가 없는 줄도 모르고 말이다. 그것만도 불쌍한 데 아부지까지 이러고 있다가 병이라도 나믄 이 어린 것은 어떡할라고 그러는 거냐. 니 아들이란 말이다. 좀 봐라."

소하는 억지로 파명 앞에 아이를 들이댄다. 그러나 파명은 눈길도 주지 않는다.

"치우시오. 아령이 대신 나는 이 아이를 원한 적이 없소. 아령이는 목숨 대신 아이를 택했지만 나는 아령이를 택했단 말이오. 그것을 나는 인정 못하겠다는 말이오!"

작은 목소리지만 악을 쓰듯 이를 악물고 말하는 파명의 소리에 소하는 기가 막힌다. 자신이 알던 아들이 아니다. 악에 찬 눈빛, 부들대는 얼굴. 지금껏 이렇듯 화를 내는 모습을 본 적이 없다.

아들이 무서워진다. 되도록 근처로 아이를 데리고 가지도 않는다. 그리고 잠시도 아이에게서 눈을 떼지 않는다. 본능적으로 파명으로부터 아이를 지켜야 할 것만 같았다.

관이 나가는 날, 옥몽과 우럭이 찾아왔다. 그들은 위로의 말이라도 하려 했지만 도시 다가갈 수조차 없었다. 누구도 파명에게 어떤 말도 하지 못했다.

아령은 사락리 뒤 야산에 묻혔다. 살아생전 자유롭게 오르내리며 뛰어놀던 곳. 장례를 마치고 일꾼들이 모두 하산한 뒤, 내내 벙어리처럼 있던 파명은 무덤 앞에서 소리를 지른다. 온 세상이 떠나갈 듯한, 목구멍이 찢어져 피가 나올듯한, 모든 것을 찍어 누르는 듯한, 스스로를 자학하듯이. 자고 있던 아이가 깨어나 울음을 터뜨린다.

가시라기 부부와 옥몽, 아기를 안은 소하는 파명이 아령과 마지막 시간을 보내도록 도망치듯 그만 함께 산을 내려온다. 만일을 대비해 우럭이 파명을 지킨다. 모두 아무런 말은 없지만 가슴이 미어진다.

일단 가시라기의 집에 옹기종기 모여 앉았다. 울다 지친 아이는 뒤따라온 유모의 젖을 먹고 잠이든 상태다. 눈이 퉁퉁 부은 가실과 옥몽은 코를 훌쩍인다. 가시라기는 한숨을 쉬며 그저 천장만 쳐다보고 소하는 아이만 바라보고 있다.

가시라기는 일단 아이가 유모를 필요로 하는 기간만 설 공댁에 두고 이후로는 자신들이 데리고 와 키우고자 하는 뜻을 조심스레 밝힌다. 뜻밖의 말에 소하는 정색을 한다. 마치 당장이라도 그들이 데려가려 하는 것처럼 아이를 바짝 끌어당기며 단호하게 말한다.

"엄연히 파명이의 아들인데 어디서 키운단 말이오. 하늘이 두 쪽 나도 아이는 파명이랑 내가 키우지러. 그리 아소!"

그러나 가시라기는 오히려 파명이 때문에 안 된다 자른다. 아이를 바라보는 파명의 눈과 현재 정신 상태로는 도저히 아이와 함께 할 수 없단 것을 소하뿐만 아니라 모두 느낀 것이다.

그들이 이 문제로 아웅다웅하는 사이 해는 기울어갔고 여전히 파명은 아령의 무덤에서 뜰 줄을 몰랐다. 우럭은 한쪽에 풀썩 주저앉아 먼 산을 바라보며 기다렸다. 한바탕 소리를 질러대던 파명은 지쳐 아무 말 없이 멍하니 앉아 있었다.

며칠째 아무것도 먹지 않고 잠도 제대로 못 잤으니 상태가 말이 아닌바, 겨우 몸을 지탱하고 있었다. 그만 내려가자 하고 싶지만 차마 말을 걸지 못하고 있던 우럭은 사방이 어둑해지자 보다 못해 조심스레 파명에게 말을 건넨다.

"너무 그래도 망자가 갈 길을 못 간다 하더라. 어서 좋은 데로 가서 아령이도 쉬어야하지 않겠나. 그런데 니가 그리 잡고 안 놓으믄 어찌 가겠나. 누구보다도 아령이를 위해서 그만 내려가자. 니도 꼴이 말이 아니다. 이 모습 보믄 아령이도 슬퍼할 기다."

그 사이 수염이 까칠하고 얼굴빛이 어두워져 흡사 다른 사람 같다. 이상하게 빛을 내는 파명의 눈을 바라보다 우럭은 시선을 피한다. 섬뜩하다.

우럭의 부축을 받다시피 파명은 해가 완전히 진 뒤에야 산을 내려온다.

난주는 내내 슬퍼했다. 젊은 아낙, 그것도 파명의 아낙이 죽어 나간 게 매우 기분이 안 좋았다. 아령의 소식을 들은 정금은 별말이 없었다. 그러다 내내 아령을 언급하며 안타까워하는 난주에게 호통치듯 한 마디 내뱉었다.

"사람이 태어나면 죽는 게 당연지사, 내 어머니도 날 낳다가 가셨어. 모든 것에는 높낮이와 귀함과 천함이 있는 법, 내 어머니와 같이 귀한 분도 그리 갔는데 하찮은 아랫것이 그리 간 게 뭐 대수라고. 여인으로 태어난 이상 이것은 숙명과도 같은 위험이고 그리 죽었다 해서 특별히 애도해야 할 건 없다는 거야."

난주는 입을 다물어버렸다. 몸이 안 좋아서 저러는 것일 터. 이리 생각하며 이해했다. 그러나 서운함이 드는 건 어쩔 수 없었다. 인간으로서 저럴 수는 없을진대. 내가 죽어나도 애기씨는 하찮은 아랫것의 죽음이라 저럴라나.

설화랑은 파명에게 원한다면 다시 전에 살던 곳으로 돌아가도 좋다고 허한다. 나가 살더라도 신변에 위험이 없도록 배려해주겠다는 뜻을 담아. 그러나 파명은 거절한다. 소하 역시 거절한다. 파명은 아령의 일생이 숨 쉬는 곳으로 가는 게 고통스럽고 소하는 가시라기가 아이를 뺏을까 두려웠기 때문이다.

가림사에서 온 후 다시 건강이 나빠졌던 정금은 아령의 죽음 이후 신기하게도 빠르게 회복해갔다. 음식도 잘 먹고 점점 기력을 회복하는 것이다. 오히려 전보다 더 활기차고 생기가 넘쳤다. 뿐만 아니라 전과는 달리 집안에서 책을 보는 일은 드물고 말을 타고 나가거나 칼을 다루며 많은 시간을 보냈다. 난주와 파명을 대동한 채.

가림사에 다시 며칠씩 가 있으며 따로 검술에 대한 가르침을 받았고, 어느 날은 말을 타고 멀리까지 나가 작은 짐승을 잡아 그 자리에서 구워 먹기도 했다. 가끔 무리한 날이면 밤중에 어지러움과 구토에 시달리기도 했으나 아침이면 반드시 밖으로 나갔다. 그러다 보니 하루도 집에 있는 적이 없었다.

난주는 따라다니는 데에 한계가 느껴져 드디어는 앓아누웠고, 이후로는 아예 파명만을 대동하고 나갔다. 전처럼 파명은 자신의 역할을 충실히 이행했으나 늘 그에게서는 찬 바람이 불었다. 눈은 허공을 향해 있었고 희미하게나마 미소를 짓는 일도 없었다.

일이 터진다. 멀리 토함산까지 가 산짐승을 쫓으며 달리다 정금이 구른 것.

밤이 늦도록 정금과 파명이 오지 않자 온 집안이 난리가 난다. 모든 가복과 가병이 동원되어 인근을 샅샅이 뒤졌고 새벽이 되어서야 정금을 업고 걸어오는 파명을 발견한다.

토함산 능선마루 깊은 곳에서 굴러 온몸이 다치고 얼굴은 나뭇가지에 긁혀 피가 흐르고 옷은 여기저기 찢겼다. 여기에 발목까지 삔 것.

뒤늦게 정금을 뒤쫓아 정신없이 미끄러지며 산등성이 아래로 내려간 파명은 일단 정금의 상태를 확인했다. 발목을 잡자마자 신음 소리를 냈다. 급히 굵은 나뭇가지를 찾아 발목과 다리에 대고 옷을 찢어 묶었다. 그런데 더욱 문제는 미끄러지며 허리까지 다친 듯 정금은 몸을 움직이기 힘들어했다.

사방이 어두워지고 여기저기서 산짐승이 울어대고 급격히 산속의 온도가 떨어지는 상태서 파명은 난감했다.

일단 정금을 쉬게 하고 되도록 몸을 움직이지 못하게 했다. 주섬주섬 주위의 잔 나뭇가지와 낙엽 등을 긁어 불을 피웠다. 앉아있기도 힘들어하는 정금을 바위에 기대게 하고 겉옷을 벗어 어깨에 덮어줬다.

뒤늦게 얼굴에 맺힌 피를 소매로 닦아주는 파명의 손이 떨렸다. 그가 하는 대로 모든 걸 맡긴 채 정금은 숨을 몰아쉬며 힘겨워 했다.

마냥 이렇게 앉아있을 수만은 없어 파명은 정금을 업고 일단 조금이라도 산을 내려가고자 했다. 매우 의기소침해져 정금은 아무 말 없이 그저 파명의 말에 고개만 끄덕였다. 이 순간 의지할 이는 오직 파명, 그 외엔 없었으니.

시간이 흐를수록 파명은 마음이 급박하고 조급해졌다. 자꾸만 아령과 겹치며 마치 정금에게 금방이라도 큰일이 벌어질 것만 같았다. 이대로 정금이 숨을 거두는 건 아닐까? 극단적인 생각에 조바심이 일었다.

굴러 떨어진 정금을 업고 산등성이를 내려가다 파명 역시 다리에 상처를 입었지만 이것을 돌볼 여가는 없었다. 조금이라도 빨리 가기 위해 파명은 힘을 쥐어짜며 걸었다.

정금을 업고 오는 파명을 맨 처음 발견한 이는 무오였다.

이날 정금의 동선을 따라 샅샅이 여기저기 수색하던 무오는 토함산 근처까지 홀로 말을 달렸다. 그러다 어둠속 그들의 처량한 몰골을 발견했다.

요란한 말발굽 소리에 파명은 걸음을 멈춘다. 도움을 청해볼 요량. 겨우 말에 탄 이의 얼굴이 식별될 무렵 빠르게 상대가 말에서 훌쩍 뛰어 내려 급히 다가온다. 무오다. 채 파명이 건네기 전, 무오가 빼앗듯 정금을 안아든다. 정금의 입에서 예의 그 신음이 새나온다.

정금은 무오를 보자 눈물을 글썽인다. 험악한 얼굴로 파명을 쏘아보며, 너의 죄는 추후에 묻기로 하겠다 일갈 후 정금을 말에 올리고 무오는 거칠게 말고삐를 내리친다.

무오의 가슴에 몸을 기댄 정금은 파명을 쳐다본다. 두 사람의 눈이 마주친다. 그러나 그것도 잠시 말은 빠르게 어둠 속으로 사라지고 홀로 남겨진 파명은 한동안 그들이 사라진 곳을 쳐다보다 서서히 움직인다. 이제야 다리의 쓰라림이 느껴진다. 다행이다, 되뇌인다.

최대한 무오에게 몸을 기대보지만 달리는 말의 움직임 때문에 고통스럽다. 집에 다다랐을 때 정금은 드디어 참다못해 비명을 내뱉는다.

집안사람들이 모두 나온 상태에서 정금은 무오에게 안겨 안으로 들여지고 대기하고 있던 의원이 따른다. 설화랑과 무오, 함께 가지 못한 것을 자책하며 우는 소리를 내는 난주가 의원과 함께 들어간다.

소하는 파명이 보이지 않자 밖으로 나가본다. 아무리 봐도 아들은 나타날 기미가 없다. 아이를 업고 서성이며 걱정한다. 누구도 파명의 행방을 궁금해하지 않는 와중 소하만이 오래도록 서서 기다린다. 애가 타서 피가 마른다.

완연히 날이 밝은 후에야 파명은 나타난다. 뿌연 아침 안개 속 뚜벅 뚜벅 걸어온다. 소하는 달려가 맞는다. 반가움에 큰소리로 아들을 부른다. 이 와중 아이가 깨 울음을 터뜨린다. 파명은 무심히 소하를 쳐다볼 뿐 아이에게는 눈길도 주지 않는다. 피로 얼룩진 바지를 보며 소하가 걱정을 하지만 파명은 이렇다 저렇다 대답이 없다. 그저,

"애기씨는 어찌 됐소?"

물을 뿐.

"애기씨는 사람들이 오죽 알아서 잘 모실까. 니는 니 걱정이나 하라. 피가 줄줄 흐른다. 아이고, 내가 못산다."

아이의 울음이 더욱 커졌지만 소하는 개의치 않고 급히 물과 약초를 챙겨 파명의 방으로 들어간다.

"바지 길아 입을라니까 나가소."

소하는 못들은 척한다.

옷을 갈아입고 막 앉으려는 찰나 누군가 밖에서 인기척을 한다. 소하가 문을 열어보니 뜻밖에도 가림사에서 돌아오는 길에 구한 그 여인이다.

그 날 이후 여인은 아령이 맡았던 일을 하며 설화랑의 집에서 머물렀다. '고시라'라는 이름을 가진 여인은 스물셋으로 눈치 빠르고 부지런해 아령보다는 일을 곧잘 했다. 특히 소하와 파명의 아들 '나루'를 대하는 바가 남다르고 은근했다.

"속이라도 따뜻하라고 급히 죽을 쒀왔소."

방으로 들어오며 고시라는 김이 모락대는 죽이 담긴 소반을 내놓는다. 그리고 파명을 치료하느라 방바닥에 눕혀진 채 방치되어 우는 아이를 급히 안아 올린다.

"배가 고픈가. 냉큼 유모에게 가 젖을 물리고 오겠소."

나가며 힐끔 파명을 본다. 걱정으로 가득한 눈이 파명의 몸을 훑는다.

"고맙다. 그리해주라."

소하가 간단히 치사한다.

그러거나 말거나 벌렁 드러누운 파명은 소하가 하는 대로 내버려 두고 눈을 감는다. 무오에게 안겨 말을 타고 사라지던 정금의 모습이 떠오른다. 조금이라도 일찍 별견되어 다행이라 여기면서도 마음 한구석이 휑하고 서운하다.

시리고 아프다. 생각보다 많이 긁혔나 보다. 파명은 그대로 스르르 잠이 든다. 어디선가 아이의 울음소리가 들리고 어머니의 툴툴대는 소리가 겹친다. 닭의 울음소리가 들리는 듯도 하고 가림사에서 들은 풍경소리가 들리는 것도 같다.

아령이 서 있다. 반가움에 달려간다. 그러나 달려갈수록 점점 멀어진다. 슬픔이 가득한 얼굴로 파명을 바라보다 어느 순간 몸이 공중으로 뜨더니 하늘로 솟구친다. 땅에서 손을 뻗어 올리는 파명의 손을 잡으려 내민다. 그러나 채 손이 맞닿기도 전에 하늘이 닫힌다.

시끄럽다. 소하의 소리가 크게 들린다. 아랫것들이 몰려와 잡아챈다. 파명은 주위를 둘러본다.

마당에 끓려진 채로 주변엔 사병들이 둘러치고 가운데 무오가 서 있다. 으름장 놓던 그 치죄인가? 그냥 넘어가는 법이 없군. 파명은 조소한다.

소하가 나와서 매달리고 이 와중 매가 가해지며 무오의 호통 소리가 들리고, 파명은 모든 게 몽롱하다. 아직도 꿈이 덜 깬 듯하다. 아무런 느낌이 없다. 매를 맞아도 욕을 들어도.

반쯤 눈을 떴을 때 파명 옆에서 울고 있는 소하와 그 옆에서 아이를 안고 있는 고시라가 보인다. 웃음이 난다. 이유는 모르겠다. 그냥 모든 게 우습다.

설화랑은 파명에게 죄를 물을 생각까지는 없었다. 그러나 무오는 매우 분노했기에 딱히 말릴 생각은 없었다. 자신의 집에서 무오가 아랫것을 치죄하는 것은 오직 정금의 일로 그러하는 바 상관을 하고 싶지가 않았다. 이 집안에서 무오의 권위와 위신을 세워주는 것인데 이는 곧 정금의 정혼자로서의 입지를 공고히 해주는 것이기도 했기에.

다른 곳은 금방 나았으나 허리를 다친 것은 오래도록 쉬이 낫지 않아 한동안 정금은 누워서만 지내야 했다. 식사 때도 난주의 부축을 받고 최대한 기댄 채 떠먹여주는 것을 받아먹었다.

"참말 내가 못산다. 어찌 근래엔 하루도 뺀 한 날이 없구마. 치성이라도 드려야 하나 뭔 마가 끼어도 단단히 끼었구마, 안 그러고서야 이럴 수는 없다. 이 몸뚱아리가 한이다. 나만 따라갔어도 이런 일은 없었을 거라, 내가 죄라. 내가 못산다. 내가 웬수다."

때마다 난주의 입이 같은 말을 되풀이했지만 정금은 아무런 탓도 없이 그저 따박따박 음식만 받아먹었다.

무오가 날마다 방문하여 정금을 안아 바깥 공기를 쐬어주었다.

정금 스스로 무오에게 남처럼 여겨 달라 했던 것은 어느새 없던 말이 되었다. 그 사이 유노가 린평과 혼인을 하여 문노의 집에서 나와 따로 살림을 차렸다는 말이 들렸다. 그러나 정금은 작은 동요도 보이지 않았다. 그저 방관자처럼 일어나는 일들을 무심히 넘길 뿐.

정금과 무오의 혼사가 결정된다.

정금은 인사차 미실을 방문한다. 전과는 달리 행차는 극비리에 조용히 거행된다.

보명궁은 언제나처럼 특유의 미묘함과 어둠이 있지만 가벼운 기운으로 정금을 맞는다. 때마침 미실은 산책 중이었고, 정금은 처소에서 조금 기다리다 주인 없는 공간이 내뿜는 기운이 부담스러워 미실이 산책 중인 곳으로 나간다.

매끈한 돌로 둘러친 호수, 옆으로 온갖 종류의 꽃들이 만발한데 그 앞에서 미실은 호수 속의 잉어들에게 먹이를 던져주고 있었다. 정금이 다가가지만 미실은 비단잉어에게서 눈을 떼지 않는다.

"아름다운 것들은 그것이 무엇이든 아낌을 받고 찬양을 받아야 한다. 난 이것들을 아낀다. 이것들은 이 모습으로 죽음을 맞지. 그게 맘에 들어. 그렇다고 저 꽃들이 이보다 못하다는 것은 아니야. 무엇이든 한때나마 모든 것을 아우를 아름다움을 지녔다는 건, 그 자체로 의미가 있거든."

이제야 미실은 고개를 들어 정금을 바라본다. 허리를 굽혀 인사하는 정금.

"흠. 그사이 더 많이 연연해졌구나. 성숙해지고. 여인에게서 이런 분위기가 나면 그건 남자를 만나 혼인을 할 때가 됐다는 것. 좋은 때를 골랐구나. 그래, 날짜가 언제라 했지?"

미실은 이미 혼인에 대해 알고 있었다.

"이달 열이레입니다."

"오, 생각보다 이르구나. 오늘이 초이레니 곧이구나."

두 사람은 안으로 들어간다.

앉자마자 미리 대기하고 있던 과일 차가 다식과 함께 차려진다. 한 잔을 목이 마르듯 단숨에 꿀꺽꿀꺽 들이키고는 미실은 숨을 내쉰다.

군데군데 머리가 희끗하다. 감추려 애쓰지만 치아도 듬성하다. 천하의 미실도 늙어간다. 가장 두려워하고 경멸하는 일이 누구도 아닌 자신에게서 벌어지고 있다.

그녀가 얼마 전부터 어린 소년들을 잠자리에 부른다는 건 다 아는 사실이었다. 온갖 방법으로 젊음을, 아름다움을 붙잡으려 몸부림치고 있었다.

"합당한 짝이 서로 만난다는 게 쉬운 건 아니지. 인간사라는 것이 가히 아름답지만은 않은 것이라. 내 마음과는 다른 게 또한 세상사인지라. 그러나 가장 중요한 건 흐름을 타는 것이고 그 흐름을 네가 만들어가는 것이다. 지금까지와는 또 다른 삶이 네 앞에 펼쳐질 터이니 그것을 오롯이 너 자신을 위한 것으로 움직이거라. 늘 말하지만 운명이라는 것은 자비로움이 전혀 없다. 때문에 너 역시 운명을 대함에 자비를 두지 말아야 한다. 이것만 명심한다면 넌 나보다 더한 삶을 누리고 내가 채 얻지 못한 것까지 얻을 수 있을 것이다."

자비를 두지 말아라. 정금은 이 말을 되새긴다.

"선택받았다는 것은 운명이 주시한다는 것이고, 그것은 남들보다 더한 파란을 준다는 것이기도 하다. 그것 앞에서 특히 냉정하고 당당하거라. 필요하다면 등 뒤에 칼을 꽂아라. 인정을 두지 말거라. 이것이 선택받은 자들, 특히 여인의 몸으로 태어나 선택된 자들이 행해야 하는 것이다. 더는 나약해지지 마라. 그것은 어린 시절 단 한 번뿐으로 족하다. 그만 가봐라."

나는 당신을 더 이상 경멸하지 않습니다. 실망시키지 않겠소이다. 운명을 다스려보겠소이다. 최고의 자리에 올라 흔들어 보이겠소.

혼인과 동시에 무오는 설화랑의 집으로 들어오기로 한다. 비창의 관리하에 본가는 필요에 따라 들르는 곳이자 일종의 집무실로 사용하고.

무오가 거처하는 곳은 집보다는 흡사 수행 사찰 같은 느낌이었다. 극소수의 사람만이 이 집에 거주하며 무오의 손발처럼 움직였다. 밤에도 꺼지지 않고 향불이 늘 타올라 아늑하기보다는 엄숙했고 곳곳에 도교적인 그림과 주문 부적 등이 붙어 있으며, 무예를 연마하기 적합하게 온갖 기구들이 훈련원처럼 갖추어진 상태였다.

이 집에 거주하는 이들은 모두 남자. 여자라고는 비창과 세 명의 부엌일을 하는 이들뿐. 그 외 자잘한 힘을 쓰는 일, 청소나 빨래조차 남자 가복이 맡고 있었다.

본시 무오는 많은 수의 가병을 거느렸으나 어느 순간부터 십여 명을 제외하고는 다 병부로 귀속되었다. 왕의 자손이지만 왕실에 누를 끼치지 않고 그저 도화녀의 신상만을 모신 채 하루하루 유유자적하는 삶을 사는 모양새로 지냈다.

무오의 가병들이 병부로 들어간 시점과 비슷한 무렵, 설화랑이 풍월주의 위를 내려놓으며 그의 가병 역시 확연히 줄었다.

설화랑의 집 깊은 곳에는 오래도록 쓰지 않고 놔둔 공간이 있었는데 설화랑은 이곳을 새로운 부부를 위한 처소로 준비시켰다.

본시 이곳엔 부여의 지신을 모신 사원이 있었다. 폐허가 된 이 사원을 허물고 설화랑이 새로이 집을 지었는데, 전부터 풍수상 장차 왕후장상이 나올 '길지'라 일컬어졌다. 택지와 집 뒤의 산이 어우러져 마치 용의 형상과 같아 모두 욕심내 마지않았는데 왕실 소유여서 엄두도 못 내던 곳을 특별히 미실의 도움으로 설화랑이 차지하게 된 것이다.

이러한 길지 중 특히 부부를 위한 공간으로 지정한 장소는 용의 눈에 해당되는 곳으로, 오래전부터 설화랑이 딸을 위해 아껴놓은 곳이다. 실내는 특별히 화려하지도, 그렇다고 소박하지도 않게 꾸며졌는데 이는 정금의 뜻에 따른 터였다.

실외에는 많은 꽃과 온갖 종류의 나무를 새로 심고 여기저기 석등과 의자를 비치했다. 모든 준비가 완벽히 진행되어갔다.

설화랑은 되도록 조용히 둘의 혼인을 치를 생각이었다. 방문을 받지 않고 잔치도 벌이지 않기로 한다. 일가친척도 다 부를라치면 어찌 됐든 왕실의 일원인 무오이기에 넘치는 인원이 다 출동할 것이며, 설화랑 역시 얽히고설킨 일가가 만만치 않아 다 자르고 그저 몇몇 인사만 참석시키기로 한다. 그렇다고 내밀히 건네는 축하선물까지 거절하지는 않을 요량이었다.

그 와중 초대받은 인사가 문노 내외다.

갑작스레 결정된 혼사의 통보를 문노는 윤궁에게 알린다. 놀랍다. 정금이 유노와 연결된 모든 이를 더 이상 보고 싶어 하지 않아 하는 것을 알기에. 비록 두 해가 지났다고는 하나 마음이라는 게 그리 쉽게 사그라지는 바는 아닌지라.

"그 댁 낭주께오서 혼인을 하신다니 더없이 기쁘긴 하나 짝이 무오랑이라니 그것은 마음이 가히 기쁘지만은 않습니다. 물론 가서 축하해주는 것이 도리인지라 갈 것이나 어쩐지 썩 내키지만은 않습니다."

윤궁과는 다른 이유로 문노는 마음이 편치 않다.

최근 문노는 설화랑과 무오의 움직임이 심상치 않다는 보고를 받은 터였다. 오래전부터 의심이 없지는 않았으나, 근래 구체적으로 가닥이 잡혀 드러나고 있었다. 그런데 무오와 정금의 혼인으로 더욱 확실해지는 느낌이다.

설화랑이 풍월주의 위에서 물러날 즈음 수많은 가병과 수하 병사들이 병부에 분산·편입되었으며 무오의 가병들도 언젠가부터 관의 모든 곳에 배치되어 있었다. 대부분의 군 수장 역시 설화랑이 풍월주이던 시절 배치되었던 자들이 그대로이거나 그들의 아들이 맡고 있었다. 선문의 화랑들만 해도 문노가 풍월주의 위에 올랐음에도 아직 설화랑파 사람들이 그대로 있다.

이는 미실의 영향력이 커서다. 세종의 비호를 받고는 있으나 워낙에 문노파에 있는 자들은 위가 미천한 데다 가난한 자들이 많아 미실과 설화랑의 위세를 아직은 감당할 수도, 몰아낼 수도 없는 처지였다. 게다가 무오는 왕위에 오른다 해도 전혀 문제가 되지 않는 왕의 핏줄이다.

무엇보다 무서운 건 병부에 배치된 설화랑과 무오의 수하는 사라진 가병 중에서도 일부일 뿐이라는 것이다. 사라진 자들의 행방은 아무리 수색을 해도 묘연했다.

서라벌은 궁주의 위에 있는 한 여인 때문에 장차 망조가, 아니 이미 망조가 들었다 해도 과언이 아니니 이 어찌 한탄스럽지 않겠는가.

갑자기 잡힌 혼례에 윤궁은 입고 갈 옷 걱정이 태산이다.

"앞으로 이 나라의 존망이 걱정이구나."

문노의 한숨 따위 귀에 들릴 리 만무.

이때에 유노는 린평과 선문 근처에 나가 살며 사사롭게 문노를 돕는 일에서 벗어나 선문의 낭도를 관리하는 일을 맡아 살고 있었는데, 그게 그리 평화롭지만은 않은 처지였다. 나가 살기 시작한 때부터 문노는 일체의 지원을 해주지 않았다.

비록 린펑을 아꼈으나 유노의 짝으로 생각한 적은 없었고, 무엇보다 정금의 하는 바가 못마땅하기는 했지만 유노로 인해 생긴 저간의 사정이 미처 수습되거나 치유되기도 전에 린펑과 혼인을 한 것이며, 윤궁의 권위에 정면으로 도전하는 린펑을 두둔하며 집을 나가는 것으로 결론을 낸 데 대해 문노는 심기가 좋지 않았다.

그 깊은 심연은 유노에 대한 끝없는 서운함과 린펑에 대한 질투가 뒤엉켜 한없이 문노를 자극했다. 인정하고 싶지 않은 추한 감정, 내리누를수록 치밀고 올라오는 것. 아우가, 나를, 이 나를 버리고 갔다. 세상 모든 것을 다 버린다 해도 나만은 부여잡을 줄 알았건만 나를 배신하고 갔다.

유노라고 마냥 좋은 시간을 보내고만 있지는 않았다.

내내 문노의 그늘에서만 살던 유노와 철없기로는 누구에도 뒤지지 않는 린펑이 부부가 되어 살기 시작하자 이들 어린 부부는 금세 삐걱대기 시작했다. 무엇보다 자유분방하고 생전 집안일이라고는 해본 적이 없이 제멋대로였던 린펑에게 한 남자의 부인이라는 자리는 생소하고도 이상한 위치였다. 아무것도 배워본 적 없고 너무도 어린 나이에 당한 것이어서 쉬이 적응 또한 하지 못했다.

문노의 집에서 서로 바라볼 때와 부부로 같이 살 때가 천양지차여 유노는 갈등과 고통에 시달렸다. 미처 생각지 못했던 상황이었다. 게다가 문노로부터 일체의 지원도 없어 비록 상전은 아니었으나 부족함 없이 지내던 린펑은 견디기 힘들어했다. 특히 음식에 있어 투정이 심했다.

늘 린펑은 토라지고 유노는 풀어주기 위해 전전긍긍하고. 이것이 거듭되자 유노는 지쳐갔고 서서히 이 어린 부부 사이엔 틈이 생기기 시작했다.

마음을 달랠 길 없던 유노는 느닷없이 문노의 가택을 찾는다. 윤실이 보고 싶다는 핑계였지만 실은 이전 생활이 그립고 정금의 소식 또한 궁금했던 것을 부정할 수는 없었다. 역시 기대대로 유모로부터 정금의 혼인 소식을 듣는다.

이미 늦었다. 그것도 아주 많이. 잡을 수 없는 줄이 점차로 올라가고 있다. 저 멀리 하늘로. 아니, 저 강 너머인가?

첫눈에 혹했고, 한때 온 마음을 다해 열정을 바쳤으며, 당당한 위에 대한 반발심으로 잔인하게 짓밟고 싶었던. 어린 치기로 모든 걸 망쳤는가? 헛웃음이 나온다. 이제 와서…. 허탈하고 허전하다. 자책감이 밀려든다. 당시엔 최선이었다. 누굴 탓하리.

정금의 옅은 향취라도 느끼고 싶어 윤궁을 찾는다.

어쩐 일이냐 묻지 않는다. 곱던 얼굴이 상했다. 새하얗던 얼굴에 검은 그늘이 드리워졌고 눈빛은 슬픔으로 가득하다. 유노의 얼굴만으로 이미 그 삶과 마음을 엿볼 수 있는 것이다. 단지 생각보다 이른 시기에 저런 얼굴이 된 게 다소 의아할 뿐.

유노의 마음을 살피며 그간의 정금에 대해 말해준다. 사실 그동안 입이 간질간질했지만 억지로 참았던 터다. 결론은, 정금이 매우 힘들어했으나 오히려 무오와 맺어지는 걸 보니 인연은 따로 있나보다. 선남선녀이자 적당한 위끼리의 합당한 결합이다. 일부러 말을 돌려 유노에게 작은 희망이나마 주는 일 따위는 하지 않는다.

이때 유노가 온 것을 알고 윤실이 뛰어 들어온다. 그사이 부쩍 자란 모습이다. 울먹이며 선뜻 다가서지 못하다 유노가 미소를 짓자 와락 안긴다. 아이의 부드러운 머리칼이 손바닥에 느껴진다. 작은 몸이 들썩인다. 좋은 향이 난다. 별것 아닌 이것이 유노를 슬프게 한다. 그립다. 사소한 모든 것이 다 그립다.

유노는 처음으로 고주망태가 되도록 술을 마신다. 유노가 술을 마신 이유를 모르는 린펑은 자신 때문이라 여기며 위축된다. 유노를 사모한다. 하지만 그것만으로 모든 게 해결되는 게 아니었다. 그것이 힘들다.

술에 취한 유노가 드러누운 곁으로 가 린펑 역시 눕는다. 미안해. 그런데 나도 어쩔 수가 없어. 나도 날 제어하기가 힘들어. 그렇지만 노력할게 왜냐면, 아직 널 많이 사랑하고 너 역시 날 많이 사랑하니까.

그러나 유노는 린펑의 말을 듣고 있지 않다. 울며불며 떨어지려 하지 않던 윤실과 정금 생각뿐.

혼인날까지 무오는 날마다 목욕하며 거의 모든 시간을 어머니의 신상 앞에서 기도하는 것으로 보낸다.

"무엇을 보셨습니까?"

비창이 묻는다. 눈을 감은 채 무오는 답이 없다.

"모두 걱정이 많습니다."

서라벌 밀교의 본원이자 도화녀가 오래도록 어린 무오를 데리고 지내던 곳. 공식적인 이름은 '천주사'이나 아무에게나 출입이 허락되지 않고 비밀리에 그들만의 비기를 전수하며 명맥을 유지하는 곳. 주기적으로 무오는 이곳에 들어가 수행을 했으며 많은 지원 또한 받고 있었다. 비창이 말하는 모두란 천주사의 승려들을 일컫는 것.

"누구보다 뛰어난 능력을 지닌 공께오서 못 보셨을 리 없습니다. 지금까지 피하셨던 그것을 이제는 보셔야 할 때가 됐습니다. 말씀하여 주십시오. 무얼 보셨는지요?"

무오의 눈치를 살피며 비창이 끈질기게 묻는다.

"아무것도 보지 않는다. 앞으로도 그러할 것이다. 신이라 할지라도 나의 운명을 마음대로 가늠하는 걸 참을 수 없다. 모든 것의 근본은 사람. 오로지 나의 마음에 모든 원리가 있고 그것으로 하늘의 기운을 움직일 뿐. 제왕의 운명을 하늘로부터 부여받았으나, 그 이외의 것은 오직 내 뜻에 의거한다. 하늘의 뜻은 더 이상 필요 없다. 무엇을 알고 싶은 게냐? 나는 그저 어머니와 낭주, 그리고 우리가 함께할 현생과 후생을 기원하려 기도할 뿐이다."

연민을 느끼며 비창은 질문을 바꾼다.

"하여, 기쁘십니까?"

"두렵다. 그 어느 때보다 지금 가장 두렵다."

오직 비창이기에 드러내는 마음이다.

"두렵게 하는 여인이라…. 공의 앞날을 위해서는 그리 가해 보이지 않으나 대신할 것은 세상에 없어 보이니 이 또한 가하다 해야 하겠습니다그려."

비창이 드물게 즉시 비꼬는 투로 말한다. 무오가 날카롭게 쳐다본다.

"앞으로는 그 입을 단속해야 할 것이다."

무오의 말이 끝나기 무섭게 비창은 즉시 무릎을 꿇고 깊이 고개를 숙인다. 공은 알고도 묵살하며 스스로까지 속이고 있다. 대체 무슨 심산인가. 말릴 수가 없다. 이 또한 무오의 다른 운명인가?

정금은 무오의 사적인 생활에 관심이 없었다. 하여 혼인 전 그의 집에 방문해보자는 난주의 제안을 가볍게 거절한다. 무슨 상관이랴. 단지 무오에게 하나의 다짐만을 둘 뿐.

"나를 미실보다 더한 여인으로 만들어주실 수 있겠다 믿어서 당신을 택합니다."

"물론입니다. 기필코 낭주의 뜻을 받잡겠습니다. 또한 그것이야말로 내가 기실 바라고 추구하는 바입니다. 이제야 우리 둘의 뜻이 합치되니 진정 하늘이 이어주는 연이 아닌가 합니다."

혼인이 치러질 포석사에서도 준비가 별문제 없이 진행됐다. 모든 절차를 관장할 제사장은 모처럼 있는 혼사에 들떴고, 혼사를 주관하는 대가로 이미 설화랑으로부터 엄청난 재물을 받았기에 더할 나위가 없었다. 모든 건 순조로웠다. 사흘 전까지는.

혼인을 사흘 앞두고 갑자기 미실이 알 수 없는 병으로 쓰러져 이후 의식을 차리지 못했다. 수많은 명의가 보명궁에 들락대며 병을 알아내고자 하나 아무런 가닥도 잡히지 않았고 미실은 사경을 헤맸다. 흡사 오래전 앓은 바 있는 그 병과 같았다.

이에 가장 크게 동요한 사람은 설화랑. 곧 딸의 혼례인 것도 염두에 없었다. 소식을 접하자마자 바로 궁으로 들어가 미실의 옆에서 떠날 줄 모르고 밤을 새며 두 손을 잡고 슬퍼했다. 주변에서 정금의 혼인을 상기시키자 겨우 한마디 할 뿐.

"알아서 진행하라, 내가 없어도."

결국 정금의 혼례는 혼주 없이 치러진다. 있을 수 없는 일이었다. 비록 미실이 설화랑의 실질적 군주라고는 하나 딸의 혼례에 참석하지도 않는다는 것은 누구보다 정금에게 아쉬움을 남기기 충분했고 뒷말 또한 무성하게 만들었다.

쓸쓸하고도 어딘지 초라한 식이 진행된다. 당당한 신랑과 어여쁜 신부. 화려하게 차려입은 몇몇 하객으로도 채워지지 않는 어두운 분위기가 무겁게 내려앉는다. 이 와중 윤궁은 자신과 문노의 혼례를 떠

올리며 눈시울을 적신다. 저때만 해도 나 역시 저토록이나 아름다웠거늘, 세월이란 것이 이토록 무상할 줄이야. 문노는 윤궁의 눈물을 정금에 대한 동정에서 우러난 것이라 여긴다.

자신도 윤실이라는 딸을 둔 입장에서 뭔가 짠하다. 미실에 세종을 대입해보면 이해 못할 바도 아니나, 설화랑의 부재는 여러모로 탐탁스럽지 않다.

진심으로 새로운 부부의 행복을 기원해주고 나서며 문노는 아련한 눈으로 정금에게 인사를 건넨다. 윤궁은 호들갑스럽게 정금을 안는다. 설화랑이 없는 탓에 대부분의 사람들은 별다른 직책 없이 초야에 묻혀 사는 설화랑의 아들 '잉피'에게 형식적인 인사만 건네고는 총총히 사라진다.

덥수룩한 수염에 흡사 도인의 행색으로 아버지 대신 여동생의 혼례에 나타난 잉피는 무료하고 귀찮은 표정으로 혼례를 지켜보다 부부에게 이렇다 할 말도 없이 하객들과 함께 자리를 떠버린다.

혼례식 내내 조금의 미소조차 보이지 않고 줄곧 굳은 얼굴과 어두운 기색이 사라지지 않는 정금, 어린 신부를 배려하듯 살피며 조심스럽게 대하는 무오. 막 새 인생을 시작하는 시점인 것을 감안하면 어딘가 애잔하면서도 불편하고 아름답지만은 않은 광경이다.

멀리서 식을 마치고 나오는 정금을 바라보던 유노는 두 사람이 시야에서 사라질 때에야 비로소 자리를 뜬다. 비참하고 창피하다. 하는 바가 역겹고 혐오스럽다. 스스로에게 구역질을 느끼며 눈물을 흘린다.

참으로 잘 어울리는 한 쌍이다. 어느 때보다 아름다운 정금, 범접하기 어려운 위엄과 자신은 가져보지 못했던 귀골의 풍모를 내뿜는 무오랑. 다른 세상의 사람들이다. 닿기 힘들 정도로.

초라하다. 스스로가 초라해서 견딜 수가 없다.

린평과 혼인 후로는 불지 않았던 피리를 꺼내 든다. 그날, 궁에서 정금을 처음 만나던 순간 불었던 곡조를 분다.

어여쁜 소녀가 다가온다. 동백향을 내뿜던 그 소녀가. 오만하고 당당해서 가지고 싶었던, 닿을 수 없는 곳에 있는 사람이라 더욱 좋았던. 이중적인 마음이 한없는 갈망을 부채질했던 그때.

헛웃음이 난다. 자신의 꼬라지가 우습다. 이 바보짓을 왜 하고 있는가. 피리를 불고 있는 꼬라지라니. 추하기까지. 피리 소리가 춤을 춘다. 마구 제멋대로 꿈틀댄다. 음률이 아닌 비명이다. 울부짖음이다. 이따위가 지금 내 입으로 불고 있는 것이란 거? 미치도록 경멸스럽다. 미치도록 웃음이 난다.

부부를 위한 방을 가득 메운 향과 등잔이 은은하다. 탁자에는 음식과 술이 가득하다. 비단 휘장 너머 침실은 다른 곳에 비해 어두웠는데 은밀한 분위기가 부부를 위한 장소로 더할 데 없는 풍취를 내뿜는다.

정금은 매우 피로했다. 어제 뜬눈으로 밤을 새운 데다 내내 아버지에 대한 서운함과 이상한 상실감 등이 겹쳐 신체적 정신적으로 힘들었다. 바로 눕고 싶은 마음이 간절했다. 그러나 무오에 대한 예로 힘들게 버틴다.

무오는 술을 따라 정금에게 한 잔을 권한다. 합환주를 마다할 수 없어 받는다. 술맛은 달콤하면서고 쓰고 뒤끝이 독하다. 한 번에 들이키자 무오는 한 잔을 더 따라준다. 역시 단숨에 들이킨다.

이후는 기억이 나지 않는다. 창으로 햇살이 쏟아져 들어오고 난주의 목소리가 멀리서 웅얼댄다. 안 떠지는 눈꺼풀을 억지로 들어 올리자 뭔가 구시렁대는 난주가 보인다. 여기는, 내 방이 아니구나. 아…
어제 무슨 일이 있었던가?

부스스 일어나는 정금을 난주가 불만 가득한 얼굴로 쏘아본다.

아침 일찍 말을 타고 무오는 도화녀의 무덤을 찾았다. 그리고 바로
자신의 본가로 향했다. 의아한 눈으로 비창이 맞는다.

"아무것도 하지 못했네. 나의 어린 신부가 많이 힘들어한 데다 두
잔의 합환주에 그만 정신을 잃어서."

묻기도 전, 무오가 웃음을 참으며 변명하듯 말한다. 비창이 한숨을
내쉰다.

"반드시 첫날 해야 할 그 중요하고 엄숙한 예를 못 올리시고는 뭐가
그리 좋으셔서 웃으십니까? 입은 있으나 할 말이 없습니다."

향불을 앞에 놓고 신랑과 신부가 마주 앉는다. 두 사람은 알몸으로
앉아 서로의 몸에 부적을 쓰는데, 이는 새롭게 출발하는 그들에게 모
든 악귀가 해악을 끼치지 않기를 기원하는 것으로 밀교의 사람들이
행하던 것이다.

그러나 무오는 딱히 내키지 않았다. 오히려 정금이 정신을 잃었다
는 핑계로 넘어간 것에 안도했다. 그러나 비창은 심각하다.

"이게 그리 간단한 문제가 아닙니다. 공께서 진정 낭주를 아끼고 두
분이서 해로하시길 바라신다면 반드시 그리하셔야 했는데 이미 늦었
습니다. 이 또한 운명으로 치부합니다. 훗날 반드시 여파가 미칠 것이
나 미리 이렇다 저렇다 말하는 것이 경망스러워 참습니다. 내 그리
말씀드렸건만…"

"좋은 인연이라면 그것과 무관하게 잘 될 것이니 너무 책망 말거라.
누가 뭐래도 낭주와 나는 같은 뜻으로 큰 것을 이루어낼 터. 후회는

없다."

"공의 입에서 그런 말이 나오다니 참으로 당황스럽습니다. 누구보다 교의 가르침에 충실해 믿음을 지니고 반드시 지키시던 분이 그 중요성을 이리 희석시키시다니요."

조금의 빈틈도 없이 만사에 완벽하게 처리해야만 만족하던 무오가 이리 허술하게 대충 넘기는 것을 비창은 이해할 수도, 참을 수도 없다. 그런데도 무오는 종시 웃음이 멈추질 않으니 더욱이 못마땅하다.

"공께서 낭주와 혼인을 결정한 순간, 얼마나 많은 이들을 잃으셨는지 가늠조차 하지 못하십니까? 어찌 일을 이렇게 하십니까?"

"그에 대한 건 더 이상 꺼내지 말라. 모든 건 내가 결정한다. 또한 낭주는 이미 내 사람. 내 운명의 기운이 낭주에게도 미쳐 우리는 하늘에게서 받은 바를 서로 나누게 될 터, 과히 걱정할 바는 없다."

참으로 하늘이 정한 운명은 인간의 힘으로는 어찌하지 못하는가.

주제를 알고 행했다. 매사. 비창은 무오에게 있어 자신의 가한 정도를 잘 알고 있다. 그 이상을 넘보는 것은 애초 있을 수 없고 죄악이므로. 그러나 비창은 믿는다. 결국 하늘의 뜻대로 무오의 진정한 짝은 자신이 될 거라고. 자신의 피로 무오가 세운 새로운 나라의 명맥을 이어갈 거라고. 대대손손 그 핏줄은 영광스럽게 남을 거라고. 그렇게 비창 자신은 영원히 살아남을 거라고.

무오의 첫날밤은 단순한 실수가 아니다. 애초 정금은 아닌바, 하늘은 서서히 내게 기회를 주고 있다. 비창은 뒤돌아서서 벅차오르는 가슴을 진정시킨다. 걱정 때문이 아닌 진정 기쁨으로 가슴이 뛴다. 무오가 아닌 정금만이 해를 입을 터. 본시 운명의 생리상 약한 자는 도태되고 강한 자만이 살아남으니. 누가 뭐래도 정금에 비해 무오가 강한 자. 결국 곁엔 나만 남을 것이다.

미실의 병세는 날이 갈수록 더해갔고 궁에서는 이미 장례 준비까지 시작할 정도였다. 병세가 나아지기는커녕 의식마저 없으니 실로 암담한 상황이었다. 무소불위의 권력을 휘두르던 미실도 병 앞에서는 아무런 힘도 쓰지 못했다. 그저 죽을 날이 오늘이 될지 내일이 될지 그것뿐.

천하에 무서울 바가 없었건만 무섭습니다. 아직은 할 일이 넘치는데 이리 운명이 날 거두려 합니다. 공, 잡아주시오. 내 육신과 혼을 잡아 하늘이 빼앗지 않게 해주시오. 이때에 직면하니 오직 믿을 자는 공 하나뿐임을 자인하고 또 자인합니다. 설원….

'설원'은 설화랑의 아명으로 친밀한 자들만이 부르던 이름이었으나 어느 순간부터 누구의 입에서도 불리지 않던 이름. 그것을 미실은 부르며 눈물을 흘렸다.

수척해진 얼굴로 설화랑이 집으로 돌아왔다. 혼인한 딸의 안부 따위 안중에도 없었다. 한동안 죽은 듯 잠을 자고 일어난 설화랑은 집 뒤 소나무 아래 단을 쌓고 모든 자연의 신에게 기도를 시작했다. 일구월심 오직 미실의 쾌차를 염원하며.

뭔가를 원할 때는 그에 버금가는 것을 바쳐야하는 것이 진리다. 미실의 회생을 빌던 설화랑은 자신의 목숨을 바치고자 했다. 이것을 아는 이는 없었다. 오직 그만이 빌고 또 빌 뿐.

왕의 즉위 이후, 한여름에 서리가 내리더니 궁의 금성문에 화재가 발생했다. 동시전 앞에서는 여우가 나타나 개와 교미를 하는 일까지 벌어졌다. 이상한 소문이 퍼지고 민심이 요동치기 시작한 이때가 어느 때보다 적기이고 하여 설화랑의 존재가 무오에게 가장 필요한 시점이었다. 그런데 설화랑은 오직 미실만을 위해 자신의 목숨을 내놓을 작정이다.

정금은 날마다 걱정스런 마음과 원망이 뒤섞인 눈으로 설화랑을 지켜봤다.

결국 설화랑은 원하는 바대로 기도 중 자리에서 쓰러졌다. 백약이 무효라 설화랑의 증세는 미실의 증세와 흡사했다.

"랑께서는 왜 움직이지 않으시나요?"

정금이 묻는다.

"나설 수 없기 때문입니다. 이것은 오롯이 설 공의 것입니다."

무오가 답한다.

"이미 랑께서는 궁주의 병을 고친 바가 있음에도 처음부터 나서지 아니했고 더욱이 지금은 내 아버지가 위험한 지경인데 수수방관만 하시니 참으로 이해키 어렵습니다."

"나는 설 공의 몫을 빼앗기 어렵습니다. 하늘은 모든 이에게 감당할 분을 내립니다. 내 자리가 아닌 곳에 나서는 것은 섭리를 거역하는 것인바, 애초 지금 상황은 내가 나설 분이 아니었습니다. 하여 안타깝지만 이리 그 움직임만을 주시하고 있을 뿐입니다."

"그것을 누가 안단 말입니까? 지금 자칫하면 모든 게 위험해질 수도 있습니다. 나는 그저 사사롭게 내 아버지의 목숨을 염려해서 이런 말씀을 드리는 것이 아닙니다. 누구보다 잘 아실 터. 도무지 납득할 수 없이 느긋하십니다. 오래전 아버지와 결탁해 궁주의 목숨을 구한 것이 랑께 주어진 몫이어서였다…. 헌데 이 중차대한 상황에서는 아니라 하니, 그저 실소를 금치 못하겠습니다."

정금의 어떤 말에도 무오는 움직이지 않는다. 설화랑은 빠르게 병세가 깊어진다. 이와 함께 정금의 마음에도 앙금이 쌓인다.

설화랑이 죽음에 직면했을 무렵 궁에서 기별이 온다.

미실이 찾는다는. 미실은 의식을 찾고 원기를 회복하고 있었다. 희미해진 의식으로 이 소식을 듣고 설화랑은 미소를 짓는다. 저 모습이 참으로 원망스럽구나. 정금은 아버지의 머리맡에 앉아 마음속의 말들을 쏟아낸다.

"기쁘십니까? 좋으십니까? 자랑스러우십니까? 그토록 사모해 마지 않는 여인을 대신하시게 됐습니다. 사나이 평생이 이렇게 지고 있습니다. 고귀하신 내 어머니는 평생을 외롭게 살다 가셨습니다. 나 역시 늘 외로웠습니다. 마지막까지 당신은 참으로 대단하십니다. 당신만, 당신 마음만 중요하십니다. 네, 가십시오. 필요 없습니다. 당신에게 받지 못한 것은 우리 모녀를 대신해 받은 미실에게 뺏으면 되니까. 미련 없이 가십시오. 하지만 가신 뒤에는 내 어머니에게 충실하십시오. 미실과의 인연은 이생에서 끝입니다. 이것이 당신이 받을 죗값입니다. 잘 가십시오."

설화랑은 가늘게 눈을 뜨고 정금을 향해 무슨 말인가를 하려다가 손을 뻗는다. 그러나 정금은 그 손을 잡지 않는다. 허공에서 흔들리던 손은 그대로 아래로 떨어지고 설화랑은 숨을 거둔다.

장례 내내 정금은 조금도 애통해하지 않는다.

몰라보게 회복한 미실은 설화랑의 갑작스런 죽음이 자신을 대신한 것이라 여기며 매우 슬퍼한다. 누구의 죽음 앞에서도 눈물을 보이지 않던 미실이었다. 속옷을 설화랑 곁에 놓으며 입관을 지켜본다. 내내 관을 쓰다듬고 또 쓰다듬는 미실의 모습은 참으로 눈물겹도록 애절했다.

10여 일 동안의 상 기간 중 설화랑과 같은 파의 화랑들과 군관들은 당장 그 빈자리를 어찌해야 할지 고심한다. 어차피 잉피는 정치와는 무관한 삶을 살고 있고, 남은 자는 정금과 무오인데 몇몇은 무오에게 거부감을 가지고 있었기 때문이다. 그리고 아무리 뛰어난 자가 있다 해도 설화랑이 직접 자리를 지키는 것과는 다르므로 여러 곳에서 차질이 생기는 것은 불가피했다.

무오는 정금의 몸이 상할까 매우 신경을 썼다. 자신이 상주가 되어 모든 걸 지휘했는데, 사람들 눈에 이는 설화랑이 남긴 모든 것을 온전히 잇고자 하는 것으로 보였다.

내내 정금은 어지러움을 호소하며 거의 누워 지낸다. 상청에 나타나지 않았으며 나타나더라도 조문객들만 짧게 만나고는 바로 처소로 돌아갔다. 미실이 위로를 전하며 손을 잡을 때도 누구보다 슬픈 모습을 보였으나 돌아서서는 눈물을 닦고 음식을 먹었다.

설화랑이 낭산 자락에 묻힌 지 사흘 째 되는 날 밤,

파명은 기묘한 소리에 이끌린다. 들릴 듯 말 듯 예민한 귀를 후벼 파는 미세한 소리. 단순한 짐승의 소리는 아니다. 소리의 정체를 따라 신경을 집중하며 다가간다. 조금씩조금씩. 어느새 어두운 설화랑의 거처까지 와 있다. 어두운 방 안에서 소리가 들리는 듯하더니 멈춘다. 파명은 침을 삼킨다. 더욱 귀를 세운다. 여인의 소리.

조심스레 살짝 열린 문틈으로 안을 들여다본다. 긴머리를 풀어헤치고 흰옷을 입은 여자가 홀로 앉아있다. 어둠 속 자태가 낯익다. 가슴이 내려앉는다.

문을 열고 서서히 다가간다. 처연한 여인, 정금의 앞으로 가 마주 앉는다. 미세한 달빛에 작은 얼굴이 희미하게 보인다.

"애기씨?"

반짝인다. 얼굴이 젖어있다. 방울방울 눈에서 얼굴로 떨어진다. 울고 있다.

"애기씨!"

아무 반응이 없다. 그저 어깨만 들썩인다. 애써 소리를 참는다. 장례 기간 동안 담담하고 의연했던 정금이다. 울컥 감정이 솟구쳐 파명은 참기가 힘들어진다. 어찌할 바를 몰라 심장이 터질 것 같다. 순간, 파명은 정금은 와락 껴안는다. 이렇게라도 하지 않는다면 오히려 스스로를 지탱할 수 없어 의지한다. 정금에게. 놀라지도 밀어내지도 않는다. 그대로 품에 안겨 들썩인다.

흙냄새. 파명에게서 흙냄새가 난다. 푸근하다.

"나는 용서할 수가 없어. 그런데, 가슴이 아파. 너무 아파서 숨을 쉴 수가 없어. 날 이렇게 만들어놓고, 원망만 남기고 가버린 걸 용서 못하겠어. 그래서 아파."

한꺼번에 쏟아낸다. 눈물이 파명의 가슴을 적시는데 이것이 또한 저릿하다. 그 어깨가 한없이 약해서 안타깝다.

이때 무오는 설화랑의 제를 위해 여전히 능에 머물고 있었다. 오랜 장례에 지쳐 집안은 쥐죽은 듯 고요하다. 이 와중, 눈 두 개가 어둠 속을 뚫어져라 응시한다. 눈에서 불꽃이 인다.

상을 치르고 남은 음식을 밤참으로 챙겨 파명의 처소로 가던 고시라. 때마침 처소에서 나오는 파명. 반가움에 부르려는데 마치 뭔가에 이끌리듯 정신없이 어딘가로 가고 있었다. 무작정 뒤를 따랐다.

설화랑의 어두운 처소로 들어가자 고시라는 더욱 이상스러웠다.

미세한 소리가 그 귀에는 잡히지 않았다. 괜한 무섬증이 들어 소름이 돋았다. 급사한 상전의 방에 파명이, 그것도 이 밤중에 왜?

그냥 갈까 싶었지만 호기심에 고시라는 무서움을 참고 기다려봤다. 사람의 기척이 들렸다. 얼핏 여인의 소리 같았다. 용기를 내 조심히 다가갔다. 문이 열려 있었다. 망설이다 몸은 최대한 뒤로 빼고 고개만 빼꼼 들이밀었다. 고시라의 눈이 커졌다.

믿을 수 없는 광경에 새어나오려는 소리를 막으려 얼른 손으로 입을 가린다. 행여나 들킬세라 잽싸게 빠져나온다. 죄를 지은 양 안절부절못하며 마당을 서성인다. 도무지 이 상황이 이해도, 납득도 되지 않는다. 소하에게 가서 말할까도 싶었지만 일단은 혼자만 알고 있는 게 나을 성싶다.

방으로 돌아와 두근대는 마음을 진정시키며 고시라는 천천히 여러 가지를 되새긴다. 파명은 정금에게 참으로 충실한 시복이다. 그것을 그저 주인을 향한 아랫것의 충성 정도로 여기며 파명을 더욱 좋은 사람이라 여겼다. 배신감과 질투심이 인다.

그동안 수많은 남자들에게 시달리며 살았다. 반반한 얼굴 덕을 안 봤다고는 할 수 없으나 어딜 가나 치근덕대며 몸만 노리는 더러운 사내들에 질린 상태에서 만난 파명은 남달랐다. 이 사내를 갖고 싶단 생각이 들었다. 욕심나는 사내였다. 도무지 곁을 안줬지만 괘념치 않았다. 언젠가는 바라봐주겠지, 이런 마음이었다.

그런데, 다른 여인을 안고 있었다. 그것도 정금을. 타인은 범접하기 어려운 둘 만의 끈끈함이 묻어나는 광경이었다. 어떻게 이런 일이. 어떻게 이럴 수가.

뜬눈으로 밤을 새고 고시라는 아침부터 파명의 근처를 맴돈다. 언제나처럼 무덤덤하게 파명은 부지런히 움직인다. 고시라가 근처에서 줄곧 관찰하듯 바라보지만 전혀 의식조차 못하는 눈치다.

이제 막 걸음마를 떼고 말을 하게 된 나루. 어렴풋이 아버지란 것을 의식은 하는 듯하나 따뜻한 눈빛 한 번 보내주지 않기에 아이는 파명 근처로는 가지 않았다. 대신 엄마처럼 아껴주는 고시라에게 어느 순간부터 어무이라 부르며 따랐다.

파명을 미처 발견하지 못하고 종종걸음으로 나루는 고시라에게 어무이 소리치며 달려온다. 이 소리에 파명이 고개를 돌린다. 이미 나루는 고시라의 품에 안겨있다. 파명의 표정이 험악해진다. 성큼성큼 둘에게 다가간다.

그제서야 파명을 발견한 두 눈이 겁에 질려 더욱 고시라의 품으로 파고든다.

"누가 니 어무이란 말이냐? 아무리 어리다손 치더라도 제 어미도 구분 못하고 아무에게나 어무이라 부르다니, 참으로 가당치도 않아기가 차구나. 어서 이리 나오지 못할까?"

그러나 나루는 고시라의 품에 얼굴을 묻고 움직이지 않는다. 결국 파명이 아이의 팔을 잡아끈다. 우악스러운 행동에 울음을 터뜨린다. 고시라가 파명의 손을 밀치며 소리친다.

"아이에게 어찌 이러시오? 너무 심하지 않소?"

아이는 울고 큰소리가 나는 와중 소하가 달려온다.

"그러니 아이가 점점 저 모양인 것이야. 이리 오지 못할까?"

파명이 눈을 부라리며 더욱 큰소리로 윽박지른다.

"애기씨한테 하는 것 반만 나루한테 해보시오. 어찌 지 새끼한테 이리도 모질단 말이오?"

말을 해놓고 아차 하지만 이왕 이리된 거 고시라는 물러서지 않고 바락바락 대든다.

"아이가 오죽하면 이러겠소? 짐승도 지 미워하는 사람한테는 안 가는데 사람은 오죽할까. 아이만 나무라지 말고 아부지로서 자신을 좀 돌아보시오."

"참으로 주제를 모르고 나서는구나. 사람들에게 몰매를 맞아 죽을 것을 애기씨의 은혜로 살려냈더니 나설 데 안 나설 데 구분도 없이 이리 대드니 내 어이가 없어 상대하고 싶지도 않구나."

소리친 후, 파명은 그대로 어디론가 가버린다. 안절부절 지켜보던 소하는 파명을 뒤따른다.

집 후미진 곳 담벼락에 기대앉은 파명은 하늘을 잠시 쳐다보다 양손으로 머리를 감싼다. 소하가 다가오는 기척에도 움직임이 없다.

"나루라고 고시라가 어미가 아닌 걸 모르겠냐. 그저 어린 것이 남들 다 있는 어미가 없다 보니 지도 '어무이'라는 말을 해보고 싶어 저러는 걸 너무 그러지 마라. 아이가 먼저 안다. 자길 이뻐해 주는 사람은. 내가 니 마음을 모르는 것은 아니지만 우찌 아직도 나루에게 요만큼도 정을 안 주는가. 참말 내 아들이지만 니도 모질다."

말이 나온 김에 소하는 참았던 것을 마저 쏟아낸다.

"이미 죽은 사람 생각하며 남은 지 자식 원망하는 것도 그만 하그라. 어무이 없이 하나뿐인 아부지에게 정 못 받는 나루도 못지않게 불쌍타. 고시라 말도 그른 거 없다. 애기씨한테는 그리 살가우믄서 우찌 지 자식한테는 그러냔 말이다. 누가 뭐래도 니를 똑 빼닮은 니 자식이다. 아령이가 낳은 니 핏줄이란 말이다. 안 되더라도 노력이라도 해보그라."

말이 없다. 답답함에 소하는 한숨이 나온다.

"저기서 아령이가 내려다보며 얼마나 울까 싶다. 그리 힘들게 낳은 새끼가 누구도 아니고 니한테 이 취급을 당하니."

파명이 벌떡 일어선다. 울부짖듯 낮게 말한다.

"내 생각은 하지 않고 아이만 덜렁 두고 가버린 대가요. 그리 가슴에 못을 박고 가버린 대가란 말이오. 막 마음을 여니 그리 가버렸소. 그럴 줄 알았으면 더 빨리 아껴줄 걸… 내가, 내가 용서가 안 된단 말이오. 가슴이, 이 가슴에서 피가 흐른단 말이오!"

실바람이 분다. 나뭇가지가 흔들린다. 구름은 덧없이 흐르고 사방은 고요하다. 모든 게 무심하다.

집으로 온 무오는 설화랑의 죽음 이후 혼인 전 처소에 머물고 있는 정금을 먼저 찾아 건강을 살핀다. 수척해진 얼굴로 제를 지내고 설화랑의 능에 수묘인까지 둬 관리하게 한 경과를 보고한다. 정금은 별반응을 보이지 않는다. 핏기없는 얼굴을 잠시 바라보던 무오는 둘의 처소로 와 수염을 깎고 목욕을 한 후 한동안 잠에 빠진다. 반나절을 꼬박 단잠에 든다.

사방이 어둑할 무렵, 막 일어나 차를 마시는 무오 앞에 고시라가 찾아와 엎드린다.

"저는 애기씨 처소에서 일하는 자인데 드릴 말씀이 있습니다."

대답은 없이 고개를 들고 무오는 고시라를 내려다본다. 삐딱하게 앉아 귀찮으니 빨리 말하고 가라는 표정이 역력하다. 그러나 막상 고시라는 말을 쉬이 꺼내지 못하고 망설인다. 무오 옆에서 시중을 들던 늙은 가복이 채근한다.

"어서 아뢰고 물러나지 못할까? 가뜩이나 피곤하신 분에게 무에 대단한 말을 하려고 어디서 그리 뜸을 들이는 게냐?"

"지난밤에 제가 이상한 광경을 보았습니다."

그제서야 고시라는 급히 고한다. 무오의 표정엔 별다른 변화도, 관심도 없다. 대추 정과를 입에 넣은 후 다른 곳에 시선을 던지며 찡그린다.

"낭주께오서 홀로 밤중에 당주 어르신의 빈방에 계셨는데 파명이, 파명이가 뒤따라 들어가…"

아직 무오의 반응은 없다. 그저 시선만 고시라에게 돌릴 뿐. 그래서? 건조한 목소리로 되묻는다.

"낭주님이 울고 계시자 파명이가 낭주님을, 그러니까 낭주님을, 안았습니다. 너무 놀라 도망쳐 나와서 다음은 못 봤으나…"

무오는 자세를 바로잡고 차를 한 모금 더 들이킨다. 얼핏 코웃음 소리가 들린다.

"그래서 니가 원하는 바가 무엇이냐?"

고시라는 멀뚱히 고개만 쳐든 채 말을 못한다.

"그런 말을 할 때는 단순히 고하는 것이 다가 아닐 터, 그래 말하는 저의가 무엇이냐 묻는 것이다."

조금의 놀라움이나 반응 없이 평이한 어조로 묻는 무오의 태도와 질문에 고시라는 혼란스럽다. 당황하여 자신도 모르게 다른 말이 터져 나온다.

"이것을 고한 저의 뜻을 깊이 여겨 그자와 저를 상전의 명으로 혼인시켜주시면 더할 것 없이 감사하며 더는 감히 낭주님께 다른 맘을 품지 못하게 하겠습니다. 젊은 자가 부인 없이 홀로 살다 보니 그런 천인공노할 짓을 저지른 것이라 짝을 지어주면 다르지 않을까 합니다.

하여…."

피식, 무오가 웃음을 보인다.

"네 낭주로 인해 위험에서 구해지고 이리 몸을 의탁하며 살고 있다
아는데 그것만으로도 백골난망일 터, 상전의 치부를 고하며 원하는
바를 취하려 하다니 너는 참으로 그 입 때문에 화를 입을 것이다. 허
나, 너 역시 그것을 고할 땐 나름 용기가 필요했을 터 그것만은 가상
히 여기마. 그러나 나는 아무런 힘이 없다. 이 집의 엄연한 주인은 낭
주이지 내가 아니란 말이다. 그러니 내게 고한 것은 여기서 입을 다
물고 너는 다시 아무것도 모르던 때로 돌아가라. 낭주의 처소 시복이
면 네 주인의 치부 역시 입 다물어줘야 하는 자. 너는 그것을 지키지
못해 그 죄가 크나 방금 말했듯 가상히 여기는 부분도 있어 그냥 돌
려보내는 것이니 차후로는 이를 명심하고 이것으로 너는 내게 다른
것을 원할 처지가 아니니 그만 물러가라."

고시라는 그저 황망히 물러난다.

무오가 냉소 띤 얼굴로 내뱉는다.

"사람의 천함이란 근본까지도 천함일지니 하는 바가 도무지 귀를
다툴만한 조금의 여지도 없구나. 지위 고하를 막론하고 사람의 비루
함은 참으로 동정의 가치가 없다는 게 다시 한 번 드러나는구나. 저
런 자를 구해준 낭주의 자비가 한없이 가엾게 여겨질 지경이야."

겸연쩍게 서 있는 가복을 돌아보며,

"이 일이 낭주에게 들어가지 않도록 하라."

허탈함에 고시라는 힘없이 바닥에 주저앉는다. 온 집안이 뒤흔들릴
난리가 날 거라 여겼다. 아니 그 정도는 아니라도 적어도 파명에게 조
금이라도 해가 생길 거라 믿었다. 미웠다. 정금도. 파명도.

정금을 봤을 때 고시라는 놀라움을 금치 못했다. 세상에 이리 아름다운 여인이 있다니. 스스로의 아름다움에 자부심이 강했던 고시라는 자신과는 근본적으로 다른 분위기를 내뿜는 정금 앞에서 부끄러움까지 느꼈다.

게다가 정금의 식사와 옷은 상상을 초월했다. 산해진미를 끼니마다 먹으며 각양각색 아름다운 색감과 부드러운 천의 옷을 입고 이 또한 모든 시중은 다른 이가 알아서 해주는. 꿈조차 꿔본 적 없는 삶이었다.

그러나 어차피 신분부터가 다른 것, 그렇다 치부할 수 있었으나 지난 밤 그 광경을 보자 참을 수가 없었다. 아름답게 태어났으나 신분이 낮아 온갖 하찮은 사내들에게 더러운 꼴을 당하며 아름다움이 축복받지 못하고 살았던 것에 비해 정금은 더한 아름다움에 우월한 신분으로 태어난 것도 부족해 잘난 사내들의 사랑까지 한 몸에 받는다. 고시라의 단순한 사고로도 이는 있을 수 없는 일이었다. 억울했다.

여인은 참으로 꽃과 같구나. 어느 곳에 어떤 꽃으로 피어 있느냐에 따라 모든 게 다르구나. 사람이라고, 여인이라고 다 같지는 않구나. 이때로부터 고시라는 더욱 정금에 대해 동경과 시기를 동시에 품게 되었다.

달포가 넘었지만 무오와 정금은 아무런 육체적인 관계가 없었다. 여러 일이 겹친 탓도 있었으나 무엇보다 정금의 몸 상태를 고려해 배려한 때문이었다. 내내 정금은 전 거처에서 생활했고 무오 홀로 신혼방에서 머물렀다.

가장 달라진 게 있다면 파명의 지위였다.

이전의 그가 잡일이나 하는 가복에 불과했다면 지금의 그는 집안의 모든 일을 관장하는 입장이 된 것이다. 이는 전적으로 정금에 의

한 것으로, 설화랑 대신 집안을 이끌어가게 된 정금은 설화랑 때의 것들을 대부분 편제했다.

일단 안 그래도 소수인 가병 대부분을 내보냈으며 가복의 수도 줄였다. 오갈 데 없는 가복들은 외거가복 형식으로 내보내고 설화랑 소유의 땅을 경작하게 하는 대신 해마다 일정 양의 재물을 주인인 정금에게 바치도록 했다.

사실상 그 땅의 대부분은 농사를 짓기엔 부적합한 땅이었다. 허나 그마저도 없이 그저 맨몸으로 쫓겨나 구걸하며 사느니 이게 낫다 하여 마지못해 받아들였다. 이외에 설화랑을 시중들던 여인들을 대거 자신의 시복으로 뒤 더욱 성심껏 받들게 했다.

무엇보다 파명을 늘 곁에 두고 자신의 손이 미치지 못하는 부분의 일을 전담하도록 했다. 사사로이 가복들을 처리할 권한까지 부여했다. 이전에 거주하던 곳 대신 정금의 처소 가장 가까운 독채를 파명에게 내줬는데 정금의 이런 처사에 대부분은 놀라워했지만 딱히 입을 여는 자는 없었다.

설화랑이 아무리 가복이라지만 함부로 대하거나 내치지 않았다면, 정금은 언제고 길바닥에 쫓을 수 있다는 걸 알기 때문이다.

파명의 지위 상승과는 상관없이 소하는 여전히 남은 가병들의 시중을 들며 손자를 키워갔다. 파명은 변함없이 아들에게 무관심했으며, 그의 생활의 중심은 정금이었다.

고시라가 나루를 자신의 아이마냥 챙기고 아끼자 늙은 여가복이 한마디 한다.

"남의 새끼 이뻐해 봤자 말짱 소용없다. 결국 지 핏줄 찾아가게 돼 있다. 니 파명이한테 다른 마음을 품고 그러는가는 모른다마는, 보니 파명이 눈이 엥간히 높은 게 아니어서 니는 눈에도 안 찰그다. 하이고야. 그래 봐야 절름발이 주제에 니 인물이 아깝다. 집안에 사내가 파명이만 있는 거 아니고 너를 눈여겨보는 사내도 많으니 니가 마음만 좀 고쳐먹으면 좋을 거구만 그걸 못하나. 하긴 요새 분위기를 보믄 그럴 여가도 없을 기다. 주인어른 가시고 집안이 우찌 될라고 이러는가 참말로 희한타. 전의 어르신은 그래도 기강이 확실해 아무도 불만 가질 여가가 없었는데 돌아가시니 이래 되네. 참말 어린 주인어른 모시자니 정신이 하나 없다."

그저 홀로 파명이만 바라보는 고시라의 모습이 안쓰러워 한마디 한다는 게 다른 말까지 줄줄이 나온다. 고시라가 급히 노복의 입을 막는다. 그러나 기세등등한 노복은 손을 떼 가며 기를 쓰고 나불댄다. 자신은 여타의 가복들과는 다른 위치란 생각에. 누구보다 집안에 가장 오래 있었던 탓도 있으나 설화랑을 거의 업어 키우다시피 해 가복 중에서도 설화랑에게서 받은 대우가 남달랐기에.

"누가 나한테 뭐라 한다 말이가. 돌아가신 주인어르신도 나라면 일단 접고 들어가셨다. 나는 오늘 죽어도 할 말은 하고 죽을란다. 아무리 애기씨라도 나한테는 뭐라 할 수 없다. 나만큼 옳은 말 하는 사람도 없다. 내 평생 이것을 자랑으로 삼았고."

안절부절 고시라가 아무리 말려도 노복은 조금의 위축도 없다. 자신의 위치와 당당함을 조금 더 드러내고 싶어 해서는 안 될 말까지 해버린다. 도시 혀가 멈춰지질 않는다.

"혼인을 한 여인이 다른 사내, 그것도 시중드는 사내랑 너무 가까워도 문제라. 파명이가 어딜 봐서 시종이가. 남자라. 애기씨한테는 잘생긴 사내라. 누가 봐도 그렇지 않든가? 그러믄 안 된다. 다른 가복들

보기에도 전혀 기장이 안 선다. 파명이도 그렇다. 지 주제를 모른다. 애기씨가 오냐오냐해서 그런가, 상전마냥 거만한 데다 아무리 그렇다고 소하랑 나루한테 대하는 꼬라지가 그기 뭐가? 사람이 글렀다. 주어진 분이란 게 있고 사람으로서의 최소한의 도리란 게 있구마 그러믄 안 된다. 난주도 문제라. 뭔 일로다가 그리 파명이를 챙기는가. 아무래도 난주 야가 홀로 오래 살다보이 마음이 동한 것 같다. 파명이도 난주라면 소하보다 더 대우하고."

이는 곧 정금의 귀에 들어간다. 주인이 바뀌는 와중 가복들에게 엄격히 해 확실히 그들을 잡으려 벼르던 정금은 노발대발 작심을 하고 노복을 잡아들인다. 이게 다 나이 어린 여주인이기에 일어나는 일이라 여긴다.

정금 앞에 끌려올 때까지 노복은 사태의 심각성을 모른다. 온 집안의 가복들이 다 불려와 모여 있다. 그들을 둘러보면서 자신도 구경꾼이 된다.

그녀는 어릴 적부터 평생을 이 집에서 지냈고 그렇게 늙어왔다. 그러는 동안 어떤 기탄없는 언사에도 그로 인해 불이익을 받은 바가 없었다. 오히려 설화랑은 그녀를 중간 매개체로 삼아 가복들의 불만을 수용해 처우를 개선해주기까지 했다. 그럴 때마다 가복들은 추켜세우며 대우해줬다. 실로 가복들 사이의 개선장군이었다.

모두 살얼음판 같은 분위기에 숨죽이는 와중 정금은 노복의 당당한 얼굴을 빤히 쳐다본다. 주름투성이에 하얗게 샌 머리가 바람에 아무렇게나 날린다. 옷매무새 역시 제멋대로다. 본시 단정하게 매무새를 정리하는 여인도 아니었지만 나이가 든 뒤라 더욱 엉망이다. 정금이 싫어하는 몰골. 힘 좋은 사내가 채찍을 들고 서 있는데도 조금의 위축도 없다.

"애기씨 어째 이러시요? 내가 뭘 어쨌다고."

"모를 수도 있지. 허나 이래도 모르는지 볼까?"

노복의 몸 위로 채찍이 날아온다. 비명과 함께 쓰러진다. 그러나 아직 입은 살아있다.

"애기씨요 이럴 수는 없소. 아무리 어르신이 돌아가셨다 해도 나를 이리 취급할 수는 없소."

냉소 띤 얼굴로 노복을 바라보던 정금은 채찍을 든 사내에게 눈짓을 한다. 이번에는 입을 열 틈도 없이 채찍이 쏟아진다. 노쇠한 몸에 수차례 채찍이 쏟아지자 그새 축 늘어진다. 사내가 힐끗 정금을 바라본다. 그러나 정금은 멈추지 말라는 신호를 보낸다. 쓰러진 노복의 몸 위로 한동안 채찍이 더 쏟아진다. 여가복들은 차마 보지 못하고 눈을 감거나 고개를 돌린다.

이때 파명은 동시전에 심부름을 다녀온 후 마구간에서 정금의 수레를 손보고 있었는데 고시라가 달려와 애원한다. 애기씨 좀 말려주소. 제발.

파명이 갔을 땐 이미 매질이 끝나고 노복은 피를 흘린 채 방치돼 쓰러져 있었다. 참혹한 몰골이었다. 가복들 모두 파명을 향해 무언의 도움을 요청한다. 정금과 잠시 시선을 마주치던 파명은,

어서 옮기자. 먼저 노복의 머리를 들어 올린다. 정신을 잃은 여인은 아무런 힘도 쓰지 못한다. 멈칫대며 정금의 눈치를 보던 남가복이 다가온다. 그들이 노복을 끌고 나가자 정금은 늘어선 가복들을 굽어본다.

"이건 시작에 불과하다. 싫으면 이 집을 나가면 그만이다. 짐승도

먹여주고 재워주는 주인에게 충성하거늘 어찌 사람의 탈을 쓰고 짐승만도 못하리. 요즘 같은 흉년에 이 집의 그늘에 살면서 배부르고 등 따시니 고마움을 모르는구나. 앞으로 집안에서 함부로 입을 놀리는 자가 있다면 더한 꼴을 볼 터이니 각별히 명심토록 하라!"

호령하고 처소로 들어가 버린다. 난주를 향해 차를 대령하라 이른 후. 모두 기가 질려 흩어진다.

차와 복숭아를 들고 난주가 들어온다. 방석이 겹겹이 쌓인 의자에 파묻히듯 앉아 있는 정금의 얼굴은 평온하다. 난주가 기색을 살피며 차를 따른다. 살살 향을 맡으며 마시는 정금. 과일을 한 입 먹더니 칭찬한다. 올해는 맛이 잘 들었네.

차 한 잔과 복숭아 하나를 먹고 침상에 오른다.

"내 잠시 쉴 터이니 주변을 조용히 해줘."

사방 창의 휘장을 단단히 치고 난주는 정금의 몸 위로 이불을 덮어준다. 어둑하고 아늑한 분위기 탓에 금세 눈을 감고 잠에 빠진다. 지그시 잠든 얼굴을 바라보던 난주의 입에서 한숨이 샌다.

한없이 가엾다. 안타깝고 슬프다.

하늘의 달처럼 어여쁘고 밝았던 어린 정금은 모두의 자랑이자 기쁨이었다. 장차 서라벌의 햇살로 빛날 거라 믿었다. 그 앞날은 어떤 여인보다 영광스럽고 복될 거라 믿었다. 그때로부터 얼마 되지도 않았건만 정금의 삶은 전혀 달라져 있었다. 아니, 정금 자체가 변해 있었다.

애기씨는 몰아붙이는 것이다. 스스로를. 자비 없이 채찍질하며 스스로를 학대하는 것이다. 버티기 위해.

얼굴에 드리운 머리카락을 넘겨주고는 일어선다. 조금의 소리라도 날까 한껏 조심하며 방을 나선다.

"아버지?"

돌아가신 게 아니었다. 평소처럼 설화랑은 아침 일찍 몸단장을 하고 정금을 맞는다. 유난히 젊은 모습이다.

"괜찮으십니까?"

정금의 질문에 미소로 화답한다.

"우리 정금이는 서라벌에 그 귀함을 다툴 여인이 없을 것이야."

머리를 쓰다듬는다. 얼핏 동경에 비춰보니 다섯 살 무렵의 어린 정금이 비친다.

"아버지~!"

품에 안긴다. 따스하다. 아버지는 살아계시다. 모두 잘못된 것이었어.

내내 꿈을 꾸며 정금은 안도한다.

노복은 밤새 앓는다. 의원까지 불러 치료했지만 정신을 못 차린다. 장독에 살이 곪아 썩어들어갔다. 구더기까지 기어 다니며 악취가 무섭도록 집안을 휘감는다. 행여 냄새 때문에 무슨 벼락이 또 떨어질지 몰라 문을 닫고 고시라만이 겨우 드나들며 노복을 돌본다.

처참한 모습에 고시라는 눈물을 훔친다. 닷새째 되는 날 지독히도 앓다 노복은 숨을 거둔다. 파명에게 알려졌고 새벽 무렵 자고 있는 정금에게 따로 통보하지 않고 노복의 시신을 수습해 대문 밖으로 나간다. 파명과 고시라, 거적에 만 시신을 짊어진 남가복과 같이 땅을 팔 사내 하나가 더 따른다. 몇몇 여가복이 담 너머로 행렬을 보며 눈물을 훔친다. 참으로 쓸쓸하고도 비참한 광경이다.

거적에 싸인 채 묻힌 노복의 무덤을 쓰다듬으며 고시라는 한없이 눈물을 흘린다. 비록 입이 가벼워 이 사달이 났으나 처음 이 집에 왔을 때 누구보다 불쌍히 여기며 챙겨주던 이. 부모 없이 살던 고시라에게 처음으로 어미의 정이란 걸 느끼게 해준 이. 마음으로 의지했던 존재.

"아무 맺힌 거 없이 훨훨 날아 하늘로 가소. 부디 다음 생에서는 좋은 집에서 복 많은 이로 태어나소. 잘 가시오 할매, 잘 가시오…"

아침 무렵, 난주는 이 소식을 들었지만 정금에게 전하지 않는다. 찬을 신경 써 아침을 챙기고 먹는 모습을 옆에서 지켜볼 따름이다. 국만 두어 모금 뜨고 그만 숟가락을 놓는 정금이다. 조금만 더 드시소 하고 권하지만 정금은 고개만 가로젓는다.

"뭐 달리 드시고 싶은 거 있으시오? 바로 준비해드리겠소."

묻지만 말이 없다. 아침상은 이대로 물려진다. 뒤이어 다른 이들이 들어와 머리를 빗기고 단장을 시작하지만 정금은 종시 기운을 차리지 못한다.

바로 난주는 죽을 준비하고 단장을 마친 정금은 파명을 불러들인다. 어딘지 얼굴빛이 어둡고 피곤해 보인다. 수염까지 거뭇하다. 잠을 못 잔 게냐? 대수롭지 않게 정금이 묻는다. 지나가듯 네 하고 답한다.

죽이라도 한술 뜨고 가라, 몸도 성치 않은데 어딜 가느냐, 붙잡는 난주를 뒤로하고 정금이 향한 곳은 신모의 사당이다.

선도산 중턱에 자리 잡은 사당은 규모가 작고 지키는 이도 두어 명의 여인이 다였다. 그러나 신모를 모신 곳답게 조용하고 정갈했으며, 시조의 태를 묻어두었다는 태묘가 있어 아이를 원하거나 소원을 비는 이들이 자주 찾아 기도를 올리곤 했다.

올라가는 길이 평탄하다 할 수는 없어 긴 치맛자락을 끌고 정금은 몸도 성치 않은 가운데 땀을 흘리며 힘겹게 오른다. 파명이 이끌고 정금은 따르고 그렇게 한참 만에 도착한다.

여인 둘이 나와 맞는다. 중년의 여인과 어딘지 아파 보이는 젊은 여인. 더하지도 덜하지도 않는 정중함으로 정금에게 인사만 올리고 사라진다. 어느 댁 누구냐 묻지도 않는다.

아버지와 이곳을 찾았던 기억에 파명은 가슴이 뭉클해진다. 신모의 화상 앞에 나아간 정금은 그저 망연히 쳐다만 본다. 날 때부터 신모의 현신이라 칭송받았으나 정작 이곳은 처음이다. 나란히 서 화상을 바라보는 파명에게,

"저분, 어찌 생각하느냐? 성스럽니? 아름답니? 상상과 다르구나."

"어릴 적 아버지와 이곳을 찾은 적이 있습니다. 그때 화상을 보며 정말 신모님답다 여겼지요. 누린지라는 화공이 그렸는데 아버지 말에 따르면 그가 사랑했던 여인을 그린 거라고 합니다. 살면서 신모님을 닮은 사람을 딱 한 번 보았다 여겼는데 지금 와서 다시 보니 아닌 듯합니다."

같은 그림인데 오래전과 다르게 다가온다. 모진이 아니다. 저리 다르게 생겼는데 왜 모진을 떠올렸을까?

"저 화상 속 존재는 누린지란 자의 여인이지 수많은 이의 신모님은 될 수 없다. 우리 서라벌에서 저 정도의 얼굴은 칭송받을 수 없다. 절대. 그러나 난 저분께 기도를 올릴 생각이다. 화상이 아닌 저곳에 스며있을 신모님을 향해. 너도 빌어 보거라."

"저는 믿지 않습니다. 기도로 바뀌는 건 없습니다. 그저 사람이 스스로를 위로하기 위해 만든 것일 뿐. 운명을 만든 이에게 운명을 바꾸어 달라 기도하는 게 구차하고 우습습니다. 절벽에 서 있는 기분으

로 온 힘을 다해 기도하지만, 결국 정해진 운명대로 가고 신은 말하지요. 너의 기도가 부족했다. 저분은 바쁩니다. 우리 말고도 찾는 이가 많으니. 그래서 운명을 정해놓고 이후로는 아무리 우리가 불러도 돌아보지 않습니다. 기도는 다 헛짓이지요."

담담하게, 냉소적으로 파명이 말한다.

정금이 기도를 올릴 동안 파명은 그저 먼 곳만 바라본 채 앉아 있다. 간간이 기도를 올리는 정금을 향해 눈을 돌린다. 손을 모으고 서서 수없이 머리를 숙이며 절을 올리는 모습이 정갈하고 아름답다. 그러나 한편으로는 애잔하다.

사방은 고요하고 산 아래 서라벌은 평화롭다. 사당의 향로에서 뿜어져 나오는 향은 그윽하고 시간은 정지된 듯 느리게 움직인다. 이 속에 정금과 내가 있다. 서라벌의 두 사람이 세월 속 어느 즈음에 있다. 함께. 이 특별함에 감사한다.

말할 수 없는 벅차오름에 파명은 갑자기 눈물이 솟구친다. 저 여인, 누구란 말인가, 내 운명에서. 아령… 저기 어디에선가 날 보고 있을까? 공기처럼 사라졌을까? 삶과 죽음은 무엇이란 말이냐. 산 자가 죽은 자를 배신하는 것은 죄인가? 모진… 안 만났어야 할 여인. 한때 전부를 지배했던 사람.

"무슨 생각을 그리하느냐?"

이 여인. 웃으며 다가오는. 이해할 수 없는 사람. 그렇지만 미워할 수 없는 여인.

"내가 무얼 빌었을 것 같아? 난 앞으로 내가 기도한 것과 다른 행동을 하게 될 거다. 내가 진정 원하는 것과 삶이 원하는 것은 달라. 그래서 난 그러기로 했어."

이 말을 이해할 수 없었으나 파명은 다시 묻지는 않는다.

집으로 돌아온 정금은 지금까지와는 달리 저녁을 맛있게 먹고 깊은 잠을 잔다. 모처럼 식성이 좋아진 정금 탓에 난주는 들뜬다.

"내일은 메밀 반죽에 고기를 넣어 쪄드리겠습니다."

한동안 정금의 식욕은 폭발했고 끼니마다 상다리가 휘어졌다.

몸을 추스른 정금의 앞엔 큰 문제가 기다리고 있었으니, 설화랑을 따르던 무리들이 무오에 신뢰를 갖지 못해 우왕좌왕 다른 뜻을 품기 시작한 때문이다.

최종적 존재는 무오로 귀결되나 대부분 주요 관직이나 장군들은 설화랑의 명에 따라 그의 정치적 입장에 편승해 움직였고 차후로도 그러할 작정이었다. 말하자면 설화랑의 존재 때문에 무오를 지지한 것이다.

그러나 그 존재가 사라진 지금, 그들은 무오를 지지해 최종적 목표를 이뤄낼 수 있을까 하는 미심쩍음과 더불어 실질적 이익에 대해서는 회의가 들었다. 무엇보다 문제는 전과 다른 미실의 미지근한 태도였다.

무오가 그들과 그동안 전혀 교류가 없었던 것은 아니었다. 그러나 당시만 하더라도 설화랑의 사위가 될 확실한 상황은 아니었고, 무오 역시 설화랑의 사람들에 대해 지나친 개입은 삼가고 어디까지나 적당한 선에서의 친분만 유지한 채 설화랑에게 맡겼다. 사실상 모든 것을 관할하는 것은 미실과 설화랑이었으므로.

설화랑이 죽고 미실마저 언제 어느 때 어떻게 될지도 모르는 상황에 처하자 모든 것에 박차를 가하지 않을 수 없게 되었다.

즉, 하늘도 원치 않고 분노하여 수많은 재해를 내리는 현 왕을 쫓고 새로운 왕의 핏줄을 세우는 것. 백성들이 경외하고 하늘의 선택을 받은 자, 바로 무오가 위에 오르는.

이는 오래전부터 설화랑과 무오에 의해 조금씩 추진되어왔는데 군 조직부터 시작해 점차 여타의 상부조직으로 옮겨가는 형식으로 모두 장악하고 결국에는 그들의 도움으로 결정적인 일을 해내는 것.

중추는 설화랑과 무오, 그리고 미실이었다. 이들 중 어느 누구의 부재는 계획에 없었다. 그런데 지금은 하나가 아니라 둘이 위험한 상황. 한시가 시급했다. 이런 마당에 아직 내부에서는 중론이 분분하고 힘도 집결되지 않으니 난감하지 않을 수 없었다.

미실이 나서서 중요한 역할을 해줄 수도 있었다. 그러나 설화랑을 잃고 난 후 미실은 전과 같지 않게 모든 것에 달관한 사람마냥 무심했다. 그저 하루하루 맛있는 것을 먹고 차를 마시고 설화랑의 신상을 모신 포석사에 나가 명복을 빌고 정원과 남천 주변을 거닐며 시간을 보냈다. 그렇지 않아도 나른한 분위기의 그녀는 더욱 나른한 삶을 즐기고 있었다.

최근의 미실을 보면 그들이 추진했던 목표를 다 잊은 듯 보였다.

정금은 파명을 대동한 채 드디어 미실을 찾는다. 아름답고 화려하게 치장하고. 지금이야말로 자신이 나서야 할 때. 정금의 내왕 때면 늘 파명만이 따랐고, 이제 당연하게 되어 딱히 이상타 여기는 이도 없었다.

그 사이 더욱 비대해진 미실은 정금을 맞이할 때도 떡을 먹고 있었다. 온갖 색깔을 낸 절편과 경단이 가득 담긴 그릇을 앞에 놓고 줄곧 우물대는 모습은 흡사 아귀와도 같았다.

잠시 미실을 응시하던 정금은 그 탐욕스럽고 추한 몰골에 그만 눈을 돌린다. 나이 든 여인의 식탐은 연유가 무엇이든 이미 아름다움과는 거리가 멀었고 이는 미실을 더 이상 미실답지 않게 만드는 것이기도 하다. 그녀의 모든 귀와 기치가 무너져 보인다.

"아버지의 부재가 주는 타격이 매우 커 미진한 저로서는 감당키가 어려울 지경입니다. 하여 궁주님의 현명하신 조언을 얻고자 합니다. 세상은 산 자의 것이라 이전 아버지의 사람들과 지금 아버지의 사람들은 사뭇 달라 사람의 간사함과 가벼움과 신의 없음이 참으로 망극할 정도입니다. 부디 모른다 마시고 아버지의 빈자리를 조금이나마 메꿔 주시면 감읍하겠습니다."

내 아버지가 당신을 대신해 죽었으니 당신이 그 값을 하라, 이 말이다. 그러나 도통 미실은 관심이 없다. 정금이 진지한 말을 하는 와중에도 적당한 떡을 골라 입에 넣는 것에만 열중한다. 그러다 목에 메이면 과실 차를 벌컥벌컥 들이킨다든가.

참을성 있게 기다린다. 그릇에 가득 담긴 떡이 절반 이상이나 없어지도록 권하지도 않고 미실은 먹기만 한다. 통통하고 짧은 손가락이 떡을 집으면 얇고 작은 입이 냉큼 받아 쩝쩝댄다. 표정은 천진난만할 정도로 행복하다. 또한 게걸스럽다.

"내게 설화랑과 같은 이는 없었다. 전에도 이후로도. 무엇으로도 그의 자리를 대신할 수는 없다. 참으로 애통하고 애통하구나."

여전히 떡을 오물대며 애통함을 말한다.

"무오와는 잘 지내느냐? 그는, 제왕의 재목이지. 백성들은 그가 신비한 능력을 지닌 하늘의 자손이라 여기며 숭앙한다. 그와 연을 맺었다는 건 너 역시 선택을 받았다는 것이니, 부디 그것을 헛되이 만들지 마라. 모든 건 순간이다. 날아가 버리거나 거머쥐거나."

정금이 듣고자 하는 말은 이런 게 아니다. 확실한 언지다. 그런데 미실은 줄곧 빙빙 돌고 있다. 속마음을 측량할 길이 없다. 슬슬 화가 난다.

"무오는 아무런 것도 드러내지 않습니다. 조급해하지도, 무언가를 하려 하지도. 아버지의 사람들을 아우를 생각도 없습니다. 그렇다고 마냥 기다릴 수는 없습니다. 하여 궁주님이 허하신다면 감히 이름을 빌어 제가 나설까 합니다. 잠은 충분히 잤으니 이제는 움직일 요량입니다."

"무오는 생각이 없는 게 아니라 때를 기다리는 게 아닐까? 무엇이든 때라는 게 있단다. 네 생각하는 때와 그가 생각하는 때가 같은 수는 없다. 이도 아니면 다소… 생각이 바뀌었다거나. 설 공의 사람들은 네가 맡아라. 네가 아우르거라. 무오는 자신의 사람들만으로도 충분하니. 너는 아직 적당히라는 것을 모른다. 그러나 그는 알지. 그것을 알기까지는 많은 시일이 필요할 터. 내가 너에게 해주고픈 말은 적당히, 알아서 하란 것이다. 흠… 언젠가 네가 변방으로 압송될 한 사내를 구하려 내게 왔을 때 내가 했던 말 기억하느냐? 대신 추후 아주 사소한 부탁을 너에게 하겠다 했던 것."

갑작스러운 미실의 말에 정금은 잠시 의아해하며 기억을 더듬는다. 종시 부탁을 하겠다는 그 대목만은 기억에 없다. 정금의 반응과 상관없이 미실은 특유의 느릿한 자세로 말을 잇는다. 대수롭지 않게.

"나는 그렇다. 늙은이의 기우 같으나 네가 무슨 일이라도 당할까 늘 염려스럽다. 설 공에 대한 빚이라고 할까? 하여 네가 남 같지가 않아 마음에 드리워진다. 무오와 다정하게 한 세상 근심 없이 지내는 건 어찌 생각하느뇨? 나는 다시 태어난다면 무오와 같은 사내와 한평생 근심 없이 평화롭게 등 기대며 살아보고 싶구나. 내 이 자리가 남들이 보기엔 대단해 보이나 참으로 힘든 자리이다. 하루도 마음 편한 적이 없다. 세상에 공짜는 없단다. 이런 버거움을 아는데 내 어찌 귀한 네가 동일한 길을 가는 걸 가만히 보고만 있을 수 있겠느냐? 나는 그저 네가 안일무사하게 잘 지내는 것을 보고 싶다. 또한 그것이 참된 행복이고. 오랜 시간 수많은 일을 겪은 늙은 여인의 말이니 잘 새겨주었으면 한다."

말을 마칠 즈음 미실의 얼굴은 더할 수 없이 인자하다. 정금의 반응이나 답을 들을 생각 없이 그만 가라는 무언의 신호를 보낸다. 이미 시선은 정금을 떴다. 이쯤 되면 더 이상 재론의 여지는 없다.

"아, 피곤하구나. 한숨 자야겠다."

늘어지게 하품을 하던 미실은 정금이 아직 자리에서 일어서지도 않았건만 눕다시피 한다. 모욕감을 느끼며 자리에서 일어나 가려다 정금은 미실에게 한 마디를 남긴다.

"오래 사십시오. 부디."

정금이 문밖으로 나간 뒤 미실은 피식 웃는다.

"요망한 것."

"정금과 함께 온 자의 행색이 어떠하더냐?"

방금까지 나른하게 노곤해하던 미실은 오간 데 없다. 평생 시중을 들어온 늙은 여인이 능청스럽게 대답한다.

"생각하시는 바와 같습니다. 무오와 비견해 손색이 없어 보입디다. 외양만으로는."

"비천한 피에 이끌리는 것 역시 흐름인가. 흥미롭구나. 감히 무오

외의 남정네에게 눈을 돌리다니. 주제를 알아야지. 무오가 선택해주는 것만으로도 감지덕지해야 하거늘. 흠, 그는 날 택해야했어. 그러나 정말 이해할 수 없게도 저 아이를 택했고, 하여 내가 개입하고 해줄 수 있는 것에 한계가 생겼어. 저 아이가 가진 건 안타깝게도 그저 아름다움뿐. 하찮은 여인으로 살 거면 그것만으로도 좋하지만 그 이상을 원한다면 매우 미비한 것을. 그게 나와 다른 점이고. 하여 나는 서라벌에 오직 하나일 뿐."

미실은 비취로 장식된 동경을 들어 얼굴을 비춘다.

"남자로 인해 흔들리고 모든 기준이 그것인 아이. 나이를 감안한다손 치더라도 그릇이 그것뿐인 건 부인할 수 없어. 무오는 어쩌자고 그런 걸 감수하는 걸까? 가늠할 수 없구나."

집으로 오는 내내 정금은 분노를 억제하기 힘들어한다. 빛을 받으러 갔다 오히려 매만 맞고 온 기분이다. 깨닫는다. 미실은 내 아버지를 사모한 적이 없다.

"잠시나마 미실이 약해졌다 여겼다. 내 아버지를 종시 그리워한다고 여겼다. 하여 그것을 이용할 수 있다 여겼는데, 난 아직 멀었구나. 사람은 절대 안 변하는 것을. 틀린 말은 아니다. 그것은 그 누구의 일이 아닌 내 일일 터. 난 아버지가 기둥이 되어줄 때와 같은 나태함에 젖어있었구나. 모든 게 달라졌음에도. 불행한 설공, 어리석은 정금. 우리 부녀는 저 여인에게 놀아났을 뿐."

혼잣말하듯, 파명에게 말을 걸듯 조용히 뇌까린다. 아무 말 없이 수레를 몰며 파명은 정금의 마음을 헤아리려 한다.

자신의 마음보다 다른 이의 마음이 스스로에게 더한 영향을 주는 것이리라. 허나 낭주의 기분에 따라 나 역시 흔들리니 내 마음조차 측량할 길이 없구나.

정금이 손을 내밀자 자연스레 파명이 손을 잡으며 수레에서 내리는 것을 돕는다. 난주가 문 앞에서 정금을 맞고 파명은 수레를 마구간으로 옮긴다.

"낭주!"

대문이 닫히기 전 어디선가 나지막이 들리는 소리에 정금의 귀가 민감하게 반응한다. 낯익은 목소리. 갑자기 온몸이 들썩인다. 구석구석 피가 역류한다. 역한 기분으로 고개를 돌린다. 애처로운 몰골로 서 있는 그자. 짜증이 솟구친다.

난주가 더 놀라며 정금을 바라본다. 못 들은 척 무표정하게 바로 들어가려는 정금을 급히 불러 세운다.

"낭주, 잠시만…."

난주를 먼저 들여보내고 목소리의 주인에게 서서히 다가선다. 흰 얼굴, 붉은 입술. 막상 정금이 가까이 다가와 쳐다보자 유노는 더욱 안절부절못하며 곧 울 듯한 표정이 된다. 극한 감성에 젖어 눈물까지 글썽인다. 참으로 바보 같은 모습이다. 정금은 실소를 금치 못하며 느긋하게 유노가 입을 열길 기다려준다. 이 자는 대체 저 입으로 무슨 말을 하려 이러는가?

"오랜만입니다, 낭주. 여전하십니다. 다행입니다…."

정중한 존대이다. 잘난 얼굴이, 붉은 입술이 이리도 추해 보일 수 있다니. 정금은 소름이 돋는다. 그러나 미소를 지어 보인다. 어찌할 바를 몰라 하던 유노는 정금이 뜻밖에 미소를 보이자 안도하며 더욱 힘을 얻는다.

"누가 되는 것은 알지만 더는 참을 수 없어 이리 기다렸습니다. 혹여 낭주를 뵙지 못하면 다음 날 더 기다리려 했는데 이리 뵈니 참으로 기쁩니다."

"혼인하셨다는 말은 들었습니다. 늦었지만 감축드립니다."

유노의 낯빛이 어두워진다.

"그래, 어인 일로 이리 날 찾아오셨는지?"

어정쩡한 존대로 응한다.

"그것이… 사죄를 꼭 드리고 싶었습니다. 내 지난 행동에, 낭주께 드린 상처에. 이 말씀을 드리지 않고서는 도저히 견딜 수가 없어서, 이리 용기를 내…"

이 방자한 어리석음과 유치함과 이기적인 감정의 놀음에 순간 구토가 치민다. 이런 자였다니. 정금은 느닷없이 웃음을 터뜨린다. 한참을 멈추지 않고 웃어 젖힌다. 어안이 벙벙한 얼굴로 유노는 정금을 살핀다.

"아, 랑의 뜻이 하도 갸륵하고 가상하여 내 그만 웃음을 참기 힘들었습니다."

겨우 웃음을 멈추며 말한다. 유노의 표정이 살짝 일그러진다.

"유노랑, 내 아버지는 문노 공과 돈독한 우애를 가지고 싶었으나 여의치 않아 아쉬움이 많았습니다. 하지만 나는 다릅니다. 윤궁 낭주와도, 문노 공과도, 무엇보다 유노랑과 모든 묵은 감정을 다 버리고 좋은 관계를 유지하고 싶습니다. 허니, 차후 격의 없는 왕래를 하며 지냈으면 합니다. 사사로움보다 공적인 대의가 더 중요하다 그동안 깨달은 바가 큽니다."

정금의 말은 어느 때고 널 만나준다는 것이니, 유노는 한껏 부푼다. 이상스러울 정도로 무딘 사고를 하며 기뻐한다. 오직 정금이 지난 일을 다 덮고 자신을 다시 만나준다는 그 사실 하나만이 중요한 것이다. 그것만 생각하는 것이다.

문 안쪽에서 모든 대화를 듣고 있던 파명은 유노가 돌아가자마자 다소 원망 섞인 눈으로 정금을 바라본다. 눈빛을 느끼자 정금은,

"누구에 대한 의문인 것이냐? 나? 글쎄, 너무 재밌지 뭐냐. 정말 끝이 없구나, 사람의 비루함은."

변명하듯 말하고는 멀리 어둠 속으로 사라지는 유노의 뒷모습을 보며 혀를 찬다.

설화랑의 장례를 치르고 돌아와 이틀 동안 머문 후 다시 무오는 오랫동안 집을 비운 상태였다. 본가에도 없고 행방이 묘연했다. 전에도 한 번씩 이런 식으로 산천을 떠돌며 기도를 한다거나 밀교사원에 들어간 적이 있었다고 알고 있는지라 처음 정금은 크게 개의치 않았지만 점점 그 무심함과 무책임에 스멀스멀 원망이 치밀었다. 시간은 하루하루 빠르게 흘러가고 있었다.

정금은 아버지의 사람들을 하나하나 만나러 다닌다. 아주 어린 시절 외엔 교류가 전혀 없던 사람들을. 설화랑의 빈자리를 조금이나마 메우기 위해서는 몸소 뛰어다니는 수밖에.

아찬 '사림 공'은 존경을 받는 원로로서 그의 의견에 많은 이들의 행동이 달려 있었다. 일단 정금은 그의 집부터 방문한다.

때마침 늦은 아침을 들고 있던 사림은 한참이나 정금을 기다리게 한다. 차 한 잔을 마시며 아무리 기다려도 올 기미가 없다. 모멸감이 스멀스멀 올라왔지만 애써 내리누른다. 해가 중천에 떠오를 무렵, 사림은 느긋하게 나타난다.

최대한 정중하게 정금은 안부 인사를 드린다. 고개만 까딱하며 인

사를 받는 몰골을 외면한 채 하고자 하는 말을 꺼낸다.

"온갖 큰일 속에 여러모로 보살펴 주서 감사드립니다. 하여 차후의 일 역시 상의 드리는 게 옳을 듯싶어 이리 가르침을 받고자 찾았습니다. 비록 아버지에는 못 미치나 그분의 여식으로서 굳건히 자리를 지킬 터이니 지켜보시고 많은 도움 부탁드립니다."

그러나 사림의 반응이 영 시원찮다. 별말 없이 앉아 트림을 하더니 귀를 후빈다. 참을성 있게 그에게서 무슨 말이든 나오길 기다리다 정금은 다시 먼저 입을 연다.

"부족한 것이나 거슬리는 것이 있으시다면 말씀해주십시오. 공의 말씀을 아버지의 말씀이라 여기고 새기겠습니다."

사림의 얼굴에 난처한 기색이 돈다. 어렵게 말을 꺼내는데,

"그래 미실 궁주는 찾아뵈었느냐? 뭐라 하시더냐?"

미실의 의중을 묻는다. 잠시 멈칫하다,

"그분은 제게 맡기셨습니다. 오롯이 제가 할 일이라…"

방구석에 놓아둔 시든 난초를 뚫어져라 바라보던 사림은 그럴 줄 알았다는 듯 고개를 끄덕이더니,

"확실히 궁주는 설 공의 사후 변하셨구나. 그 의중을 알 수는 없다만 우리는 지금으로서는 너의 말을 들어줄 생각이 없다. 그리해야 할 이유가 없다."

냉정하다. 정금은 기가 막힌 얼굴로,

"어이 제 아버지가 돌아가시자마자 그리 돌아서십니까? 살아생전 벗이라 자처하시던 분들의 의기가 고작 이것이었단 말입니까?"

목소리를 높인다. 마치 어린아이를 달래듯 사림은 은근하게 말한다.

"정금아, 우리는 부족함이 없다. 간절함도 없다. 그런데 왜 설 공의

뜻에 동참했을까? 미실 궁주 때문이다. 지금 서라벌의 모든 건 궁주로 인해 시작되고 끝난다. 설 공이 우리를 업고 일을 도모할 뜻을 가진 건 다 미실 궁주의 의중이 네 아버지에게 있었기 때문이다. 우리에게 해가 없는 한 지금의 왕이든 그 누구든 우린 별 이견이 없다. 넌 우리에게 지금보다 더한 무엇을 앞으로 줄 수 있지? 모두 한뜻으로 일을 도모한다 하더라도 구족이 멸망당할 위험을 안아야 한다. 그렇다면 그에 버금가는 이득이 약속되어야만 한다. 설화랑은 우리에게 무엇을 약속했을까? 왕의 권력을 나눠준다는 것이었다. 지금껏 서라벌에서 단 한 번도 없었던 몇몇 신하들의 결정에 의한 국정 운영을. 그런데 네 그와 같은 걸 약속한다 해도 이제는 아니다. 그에 더해 미실 궁주의 조력이 필요한데 지금의 미실 궁주는 그럴 마음이 전혀 없어 보인다. 궁주의 마음이 없다면 우리는 움직일 생각이 전혀 없다."

더 이상 아무 말도 못하고 일어서는 정금에게 사람이 쐐기를 박는다.

"이러한 것들을 우리가 만나 입에 올렸다는 것만으로도 온 집안이 파토날 수 있으니 앞으로는 더욱 출입을 단속하고 더 이상은 언급조차 하지 말거라."

다시는 자신을 찾지 말라는 말이다. 씁쓸한 미소로 정금은 하직인사를 하고 집을 나온다. 대문을 나오자마자 가복이 문을 굳게 걸어 잠근다. 치욕에 몸을 떨던 정금의 눈에 눈물이 맺힌다. 분노가 치민다. 누구도 아닌 아버지와 미실에 대해.

미실은 이것을 알려주고자 한 것인가? 뼈저리게. 감히 궁주의 이름을 넘보는 나에게? 웃음이 난다. 잔인한 계집. 교활한 늙은 여우.

아버지, 당신은 예상조차 못했단 말입니까? 궁주의 안위에 눈이 가리신 겁니까? 다른 것은 안중에도 없을 만큼? 참으로 대단한 장부이십니다그려.

무능력한지고. 아무 쓸모 없는 나란 어린 계집.

왕에게 반감을 가진 자도 있었으나 단지 설화랑과의 우의로 연을 맺고 있는 자들도 많았는데, 그 대부분은 설화랑의 사후 연계성을 끊어버리기 다반사였다. 문제는 그들이 거의 왕족이거나 권력의 중심에 있는 자들이란 것이다.

왕에게 반감을 가진 자들은 대부분 변방 오지에 있는 자들로 왕이 본인들의 가치를 제대로 인정해주지 않았다 여겨 새로운 왕권이 등장하면 주요 요직에 등용될 기대를 가진 반면, 기존 중심 권력들은 현재로서도 큰 불만은 없었던 것. 그럼에도 설화랑에게 동조한 것은 미실과의 관계가 미치는 영향력을 무시할 수 없어서였다.

예를 들어 설화랑의 뜻은 곧 미실의 뜻이라 여겨도 되는 상황에서 주요 관직에 있는 입장으로 동조를 하지 않는다면 어떤 불이익을 당하고 현재 가진 것들을 언제 뺏길지 알 수 없었다. 사실상 그들은 왕이 누구든 자신들의 기득권만 지켜주면 별 상관없지만 뺏기는 것은 다른 문제인 것.

정금은 미실의 존재가 가지는 가치와 비중을 다시금 느낀다. 그 엄청난 무게를. 어떤 말도 소용이 없었다. 그냥 존재 자체만 의미가 있는 거. 살아있는 미실이란, 설화랑이란 존재를 대신할 무엇도 그들에게는 필요가 없었던 것이다.

미실은 어떻게 지금의 것들을 가진 것인가. 이렇게 웅장한 철옹성을. 무엇일까. 어떤 세월이었을까.

치욕감을 무릅쓰고 이후 다른 이들을 찾았으나 그들의 태도 역시 사림 공과 별반 다를 것은 없었다. 그저 정금을 예우하는 태도만이 조금씩 달랐을 뿐.

쓸쓸히 집으로 돌아오던 정금은 지겨움을 느낀다. 무얼 위해 이러는 것인가. 대체 무오는 무슨 생각인가? 이와 같다면 왕후가 된들 무엇하리. 더한 미실이란 존재가 버티고 있는 것을.

최후의 보루로 미뤘던 미생을 찾은 건 보름 후.

본시 정금은 미생을 싫어했다. 움푹 패인 눈으로 어린 자신을 음흉하게 보던 시선이 참으로 소름이 돋아 이후 의식적으로 마주치는 것을 피했다. 그러나 지금으로서는 누구보다 미생이 가장 필요하다.

온통 향나무로만 지어진, 서라벌에서 가장 화려한 가옥인 미생의 저택은 미실의 보명궁과도 흡사한 기운을 뿜었지만 다른 게 있다면 그보다 더욱 음탕한 기운이 기득하다는 것이다. 수많은 처자식들이 모여 살기에 잡음이 많아 소란스러울 듯하나 실지로 미생의 집은 조용하고 서로 우의가 좋기로 유명했다.

다른 이들과 달리 미생은 대문 앞에서 정금을 맞는다. 처로 보이는 두 명의 여인도 함께 나와 예를 갖추는데 매우 정중하다.

"아름다움으로 치면 이 서라벌에 누님을 대적할 자가 없다 여겼는데 어이구 낭주님을 뵈니 참으로 버금간다는 게 뭔가 알 듯합니다. 고우십니다."

마주 앉자마자 일단 칭찬이다. 미생의 버릇 중 하나다. 누구든 여인을 만나면 비록 천하의 박색일지라도 어떻게든 장점을 찾아 칭찬으로 시작한다.

"나는 매양 궁금했습니다. 궁주님의 위세는 어디서 온 것인가. 무엇이 그리 만들었는가. 단지 색공으로만 이루어 내기엔 너무도 거대한 것이라 뭐라 정의 내리기가 힘듭니다. 알고 싶지만 알려 할수록 기가 막혀서 차마 알고자 하는 바가 버겁게까지 느껴집니다."

청찬은 듣는 둥 마는 둥, 정금은 바로 본론을 꺼내는데 말투가 어딘가 서글프다.

"갑작스러운 말씀에 당황스럽습니다그려. 설 공댁의 낭주를 이리 뵙자마자 누님 말을 꺼내야 하다니. 허나 누님의 어릴 적 모습과 흡사한 낭주를 뵈오며 내 어찌 아니 말할 수 있겠습니까?"

말투야 어찌 되었든 미생은 정금의 말에 진지한 표정이 된다.

"낭주님, 한 가지 아셔야 할 게 있습니다. 설 공이 낭주님께 원하는 바가 무엇이었는지 아십니까? 상징이었습니다. 물론 다른 사책이 없었다 할 수는 없지만, 내 누님은 그것에 더해 가장 중요한 상징을 가졌습니다. 귀족들은 누님에게 충성을 맹세합니다. 여러 왕을 모셨지만 모든 이에게 왕보다 더한 존재로 각인된 누님입니다. 만일 그들이 죽이려 한다면 누구든 쉽게 죽일 수 있었습니다. 그러나 못하는 것이죠. 왕을 초월하는 상징을 가진 자를 죽인 후를 감당하지 못하는 것입니다. 귀족들에게 그런 존재인 자가 백성들에게는 어떻게 비칠지 뻔하겠지요? 아무도 함부로 하지 못하는 존재가 됨과 동시에 모든 것을 움직이는 힘을 지니게 됩니다. 그러나 이것은 하루아침에 이뤄지는 게 아닙니다. 설 공은 이를 알고 당신의 따님에게 그것을 주려 힘썼습니다. 허나 결과는 지금과 같죠."

미생이 입맛을 다신다.

'사다함'과 '미실'의 사랑은 백성들 사이에서 전설이 되었다. 이게 시작이었다. 사다함, 그가 누구던가. 일찌감치 서라벌 최고의 화랑으로 꼽히며 수많은 이들의 찬사를 받던 이. 어린 나이임에도 사람들의 존경을 받으며 그 남다른 존재감은 이미 당시 모든 이들을 아우르고도 남음이 있었다.

한미한 가문의 얼굴 반반한 여인에 불과하던 미실은 사다함으로 인해 이름이 알려졌다. 독보적인 존재이자 온 서라벌인들의 존경과 사랑을 한 몸에 받은 자. 동료를 위해 목숨까지 버린, 너무도 일찍 죽었기에 오히려 신화가 된 인물. 그런 자의 여인.

미실은 사다함을 사모한 것인가, 이용한 것인가. 날 때부터 자신의 나아갈 바를 배우고 알았던 여인. 어느 것 하나도 미실에게는 해가 됨이 없었다. 모든 것이 이득이 될 뿐. 운을 타고난 사람인가 탁월한 선택 덕인가.

선도산 신모의 현신, 늘 정금을 앞장세워 나서던 설화랑. 유노와의 사랑이 정금 자신의 상징화에 어떠한 영향을 줬을지, 아버지는 어떤 생각이었을지, 무오와의 혼인을 강요하다시피 하며 거기서 실질적으로 얻고자 한 바는 무엇인가. 정금은 이제야 구체적인 것이 잡힌다.

자책의 한숨이 나온다.

"그럼에도 누님은 도를 알았지요. 도란, 가한 것과 불가한 것을 구분할 줄 안다는 것인바. 불가란 바로 그러한 특별함을 통해 스스로 왕의 자리를 탐하는 것. 누님은 이것을 단 한 번도 가하다 여긴 적이 없습니다. 왜? 바로 서라벌이기 때문입니다. 서라벌은 엄격한 신분 질서가 서 있는 나라. 모든 근간은 이것으로부터 시작되는지라 성골이 아닌 자는 결단코 왕이 될 수 없고, 백성은 그러한 자를 왕으로 받들려 하지 않습니다. 성스러운 신의 핏줄만이 자신들을 다스릴 왕으로 가하다는 자존심이 있기 때문입니다. 누님의 부군인 세종 공은 애초 왕위에 별 뜻이 없을 뿐만 아니라 부계가 아닌 모계의 왕족입니다. 허나 무오랑은 당당한 부계로서 왕의 핏줄을 이은 자입니다. 결론은,

애초 낭주님은 누님보다 더한 유리한 위치에서 서라벌을 아우를 수 있었다는 것입니다."

미생이 안타깝다는 듯 시선을 돌린다. 어리석은 어린 여인에 대한 책망을 담으며.

"설 공은 당신의 따님을 많이 믿으신 듯합니다. 굳이 알려주지 않아도 스스로 깨달으리라. 반드시 미실보다 더한 여인이 되리라. 하여 묵묵히 기다리신 듯한데, 모든 세상일은 특히 자식의 일이란 내 뜻대로 되는 법이 없나 봅니다그려."

나는 지금껏 무슨 짓을 한 것인가? 미실은 사다함이라는 매개체를 통하여 상징이 되었다. 나는 나 자체로 족하였건만. 수레의 창을 열고 밖을 내다보며 정금은 끝없이 자책한다. 회의가 밀려오고 짜증이 인다.

마침 미생의 집에서 멀지 않은 곳에 위치한 무오의 본가를 지나친다. 문이 활짝 열린 상태다. 무오의 본가는 문을 닫아걸지 않고 늘 열어뒀다. 마음이 동한다. 수레가 멈춰진다. 파명은 수레에 남겨두고 정금만이 안으로 들어선다.

갑작스런 정금의 방문에 비창은 당황한다. 집안은 고즈넉했으며 맞는 이는 비창 외엔 없다. 살림을 책임지는 여인이 있다는 것은 알고 있었다. 그 여인의 소문도 모르는 바는 아니었으나 생각과는 다른 모습에 정금은 놀란다.

작은 몸집에 색기가 넘치는 여인. 많은 나이인데도 또래로 보이는 여인은 뚫을 듯한 눈으로 정금을 바라본다. 마치 자신의 영역을 침탈하러 온 적을 바라보듯. 적개심이 가득하다.

내가 여기 이따위 계집에게서까지 이런 대우를 받고 저 눈빛을 받아야 하나 싶다. 안 그래도 서라벌의 내로라하는 노인네들에게 치욕을 당하고 온 차라 정금은 더욱 심기가 불편해진다.

대충 집안 여기저기를 둘러보다 도화녀의 상을 모신 곳으로 들어서려 하자 막아선다. 인상을 쓰며 비창을 쏘아본다.

"이곳은 안 됩니다. 아무나 함부로 들어갈 수 없는 곳입니다."

"가소롭고 기가 차는구나. 네 감히 누굴 막는 게냐? 나는 무오랑의 부인이다. 아랫것이 주제를 모르고 날뛰는 것을 보니 네 머지않아 명을 다하겠구나. 비키거라."

그러나 비창은 비킬 기미가 없다. 비키거라. 조용히 명하듯 말하지만 요지부동이다. 린평의 얼굴이 겹친다. 정금은 더 기다릴 것도 없이 바로 얼굴을 내려친다. 비키거라. 붉은 손자국이 선명히 드러나며 고개가 돌아갈 지경이었지만 비창은 여전히 눈을 부릅뜨고 정금을 막아선다. 두 여인은 팽팽히 맞선다. 턱을 치켜들고 비창을 잠시 지켜보던 정금은 살짝 웃음을 짓는다.

"아무래도 무오랑이 널 오냐오냐했거나 네 뭔가 믿는 구석이 있나 본데 아랫것의 본분을 잊은 자를 처분하는 방법은 얼마든지 있지."

주위를 둘러보던 정금은 처마 밑에 세워진 대빗자루를 들고 와 그대로 비창을 친다. 조금 전과는 달리 있는 대로 비명을 지른다. 하는 바와 찢어질 듯한 소리가 더욱 심기를 건드려 정금은 사정을 두지 않는다. 참다못한 비창이 대빗자루를 잡고 더 이상 정금이 때리지 못하도록 방어한다.

두 여인은 서로 대빗자루를 잡고 물러섬이 없다. 정금이 먼저 빗자루에서 손을 뗀다. 그러나 이내 품속에서 비수를 꺼내 든다. 순간 비창의 얼굴이 새파래지며 뒷걸음친다. 정금은 칼을 단단히 잡고 비창을 따라간다. 닥치는 대로 머리카락을 쥐어 잡고 칼을 높이 드는 순간, 누군가 팔을 잡는다.

"애기씨, 안 됩니다. 그만 하소."

파명에게 잡힌 팔을 빼려 손을 비틀지만 놔주지 않는다. 파명과 정금의 눈이 마주친다. 부드러운 표정으로 파명이 눈을 감았다 뜬다. 의외로 쉽게 정금은 손에게 힘을 뺀다. 그러나 비창을 향한 분노만은 누그러뜨리지 않는다.

"네 오늘은 운이 좋은 줄 알거라. 파명이 아니었다면 벌써 두 동강이 났을 터, 차후로 한번만 더 이런 불손함을 보였다가는 그땐 두 번 다시 밝은 해를 보지 못하리."

겁에 질린 눈으로 비창은 입을 다문다. 파명이 이끄는 대로 나가려다 마지막 일갈한다.

"오래 무오랑을 모시다보니 네 랑의 여인이나 된 듯싶더냐? 이 집안의 안주인이라도 된 듯싶어? 천한 계집. 내 네년의 오늘 작태는 잊지 않으리."

정금이 완전히 시야에서 사라지자 비창은 흐트러진 머리를 매만지며 혼잣말을 한다.

"어리석은 기집. 무오랑, 당신은 아무래도 저 기집으로 인해 자신을 망치게 될 듯합니다. 나는 더욱 확신합니다. 순간의 사사로운 감정을 절제하지 못하는 자는 언제나 위험한 법이지요. 아, 나는 당신을 위해 무엇을 해야 할지 모르겠습니다. 신의 뜻이란 참으로 신묘하면서도 사람을 우롱하며 시험하는군요. 그리하여 인생은 슬픈가 합니다."

돌아오는 수레 안에서 정금은 언제 그랬냐는 듯 평온하다. 파명은 마음이 착잡해진다. 요 근래 정금의 모습이 우려스럽다.

"애기씨, 다음부터는 상대를 마소. 고귀한 자는 품만으로도 아랫것을 제압하는 법, 그리하소."

부드럽게 파명이 말한다. 순순히 고개를 끄덕인다. 한동안 묵묵히 밖만 응시하던 정금이 갑자기 웃음을 터뜨린다. 뜻밖의 행동에 파명은 그만 수레를 멈춘다. 한참을 정신없이 웃어 제친다.

"정말 우습지 뭐냐, 아까 상황 말이다. 다른 이의 눈이 되어 생각해보니 이렇게나 웃음이 나지 뭐냐. 호호호."

어린아이처럼 해맑게 한참을 까르르댄다.

"세상의 모든 일은 가만히 뒤에서 바라보거나 지나서 생각하면 왜 이리도 우습지 않은 게 없는지. 사람으로 사는 건 진지할 게 하나 없이 다 같은 것. 비극도 슬픔도 결국은 무뎌지고 아무것도 아닌 게 되니, 자연은 인간과는 아무 상관도 없이 고고하게 제 갈 길을 가며 유유히 흐르는데 인간은 그 속에서 아등바등. 그래서 오늘은 매우 웃음이 나는구나. 사람인 자, 누구든 웃음이 어이 안 날 소냐. 호호호."

"나는 그래서 자연이 무섭습니다. 그러나 생각해보면 결국 사람도 자연이나 진배없죠. 죽어 흙으로 가고 자연이 되어 사라집니다. 인생은 허망하고 꿈과 같습니다. 살아있는 것과 죽음은 그리하여 천지 차가 되고."

잠시 틈을 둔 후 파명이 말을 잇는다.

"애기씨, 자연이 춘하추동이 있고 날씨가 제각각이듯 사람의 생도 그러합니다. 봄날의 햇살과도 같은 운명으로 태어나신 걸 저버리지 마십시오. 애기씨는 그렇게 사십시오. 아무것도 자연을 건들지 못하듯, 봄날의 햇살이 모두에게 위로를 주고 사랑받듯 그리 사셔야 합니다. 이게 애기씨 운명의 섭리입니다. 자연이 내려준 애기씨만의 특권입니다. 더는 겨울 고목들이나 눈보라와 맞서지 마시고 오롯이 따스함과 밝음을 지키세요. 살아있는 지금을 맘껏 이용하고 즐기십시오. 아름다움은 추함을 이기고 자체로 언제나 칭송받아 마땅합니다. 애기씨가 있는 한, 저는 언제까지고 받들고 칭송할 것입니다."

말을 마치자 다시 서서히 수레를 움직인다. 집에 도착할 때까지 두 사람은 말이 없다. 얼핏 정금이 눈물을 훔치는 듯했으나 파명은 모른 척한다. 그 눈물이 가슴을 적셔오지만, 하여 뜨거운 것이 솟구치지만 애써 내리누른다.

아령아, 나는 애기씨가 불쌍타. 이상한 말이지만 아름다워서, 고귀해서, 외로워서, 그래서 불쌍타. 그래서 내가 사는 동안은 지킬 생각이다. 너라면 내 마음 이해하제? 참말 모를 것이 사람 마음이다. 괴이해서 무섭다.

유노는 정금을 만나고 온 뒤 린펑에게서 완전히 마음이 떴다. 애초 모든 게 린펑으로 인해 틀어졌단 생각만 들었다. 그럴수록 린펑은 더욱 집착하고 매달렸다. 그러나 이미 떠난 사내의 마음을 잡기에는 역부족이었다.

결국 유노는 문노를 찾아가 앞에 무릎을 꿇고 자신의 부족했던 판단을 눈물을 흘리며 사죄했다. 안 그래도 유노가 나간 뒤부터 내내 마음이 편치 않았던 문노다. 걸중에 대한 죄책감과 어머니에 불효란 생각에 여차하면 다시 받아들일 생각이었다. 그러던 차에 먼저 숙이고 들어오니 문노로서는 기쁘기 한량없었다.

애초 린펑과 유노는 혼인을 했다지만 관에 부부로 등록도 되어 있지 않은 상태였다. 문노는 할 수만 있다면 모든 걸 전과 같이 되돌리고 싶었다. 아무 일도 없었던 것처럼. 이는 유노도 마찬가지였다. 현실의 모든 것을 감당하는 게 무섭고 부담스럽고 무엇보다 지겨워졌다. 혼자서는 힘들다. 그 어느 때보다 문노의 도움이 절실했다.

형제는 모처럼 술잔을 기울이며 더욱 정을 돈독히 다진다. 안 보고 사는 동안 하루도 걱정하지 않은 날이 없던 아우. 언제나처럼 곱고 더없이 아름다운 나의 아우. 세상 누구보다 사모하고 사모하는, 나의 그.

문노는 목이 멘다. 눈물이 솟구친다. 문노의 눈물을 보자 유노 역시 눈물이 고인다. 이제 세상에 둘을 갈라놓을 건 아무것도 없어 보인다. 때마침 유노가 왔다는 소식을 듣고 윤실이 달려 들어온다. 조금의 망설임도 없이 품에 안긴다. 한참이나 유노의 품에 얼굴을 묻고 떨어질 줄을 모른다.

이것이다. 나는 이런 것으로 다시 돌아오고 싶다. 전엔 왜 몰랐을까. 이 푸근하고 넉넉함을. 이 그윽함을. 이 부유함을.

문노는 다음날 바로 린펑을 부른다. 안 그래도 호리호리한 몸이 더욱 말라 바람에도 휘청일 정도다. 안쓰럽게 쳐다보는 문노의 눈에 힘입어 린펑은 그가 채 말을 꺼내기도 전에 안도하며 먼저 울음을 터뜨린다.

"도와주십시오. 오라버니가 전과 같지 않습니다. 저는 어찌해야 할지 모르겠습니다. 공께서 랑에게 한마디만 해주십시오. 잘못이라고, 린펑을 아프게 하지 말라고, 그리 말해주십시오. 날마다 눈물만 납니다. 도시 살고 싶지가 않습니다."

그러나 문노는 난감해한다. 굳은 얼굴로 머뭇대며 별다른 말이 없다. 뜻밖의 태도에 당황한다. 자신이 울며 부탁하면 문노는 당장 편을 들어줄 거라 믿었다.

"이것은 어디까지나 너희 둘의 일이다. 또한 사람의 마음이란 다른 이가 왈가왈부할 바가 아닌 것이다. 혼인을 하였으니 너도 어른이다. 너의 감정과 상황은 스스로 해결하되 또한 그 결과도 책임을 져야 하는 것이다. 나는 안타깝지만 너희에게 뭐라 할 입장이 아니구나. 다만,"

냉정한 대답니다. 그렇다고 포기할 수는 없다, 지금으로서는 문노가 유일한 지푸라기다. 절박한 심정으로 린펑은 문노의 말을 막는다.

"아무래도 랑이 다른 마음을 품은 듯합니다. 다시 정금 낭주를 찾아가고 몰래 만나는 것 같습니다. 낭주는 이미 혼인을 한 몸, 가히 아름답지 못한 행동인지라 저도 불안합니다. 잘못하면 랑은 물론 공께서도 난처해지실 터, 미리 손을 써주십시오."

린펑은 최후의 보루를 내놓는다. 더욱 자극을 주지 않으면 문노가 움직일 리가 없기에.

사실, 문노는 유노와 린펑을 다시 집안으로 들일 요량으로 부른 것이다. 시간을 두고 서로의 감정이 정리되길 돕고 각자 다른 이를 찾아 혼인시키고자 했다. 이미 유노는 감정이 정리된 듯하니 린펑만 정리하면 된다. 아이들의 감정이란 간단하다. 유노는 곁에 두고 린펑만 다른 곳으로 보내면 다 잘 정리될 것이다. 몸이 멀어지면 마음도 멀어지는 법. 이것이 최선이다. 평화를 위해, 모두를 위해.

유노가 정금을 찾아간 것을 문노는 모르는바, 유노를 궁지에 빠뜨리고 동정을 사기 위해 린펑이 지어냈다 여긴다. 문노는 린펑이 요망하다 생각한다.

피를 나누지 않은 것이 이런 것이란 말인가. 린펑을 돌려보내고 탄식한다. 마지막까지 문노가 자신의 편을 들어줄 것이라 믿는 린펑이다. 유노에 대해서는 연민이 일더니 린펑에게는 미움이 이는 것에 문노의 맘은 매우 불편하다. 그럴수록 역시 린펑이 묘하게 싫어진다.

날마다 유노는 멀리서나마 정금을 바라보지 않고서는 견딜 수가 없었다. 린펑에게서 마음이 뜨니 다시 정금에게 모든 마음이, 전보다 더한 감정의 더미가 쏟아졌다. 비록 정금을 보지 못하더라도 그 집 근처에만 가도 위로가 됐다.

언젠가부터 유노의 뒤를 밟던 린펑. 유노의 변화를 크게 느낀다. 하소연 할 곳 하나 없이 그저 눈물만 흘리며 문노에게서 소식을 기다리는 게 다였다. 그러다가 참을 수 없을 지경에 이르면 말을 타고 나가 날짐승을 잡고 들어왔다. 그러나 모든 게 부질없이 느껴지며 아무런 재미가 없었다. 가슴에서 불이 나고 숨이 차올라 호흡하는 것조차 힘들어 가슴을 부여잡고 신음을 내며 뒹굴기 일쑤였다.

언제나처럼 하루 종일 아무것도 먹지 않고, 유노의 뒤를 밟는 것조차 포기하고 방에 처박혀 있다가 느닷없이 일어나 밖으로 나온다. 이대로는 죽을 것 같아 작정하고 미친 듯이 정금의 집으로 향한다.

죽여 버릴 작정이었다. 그 여자만 없다면 다 해결될 것이라 여겼다. 활과 화살을 챙겨들고 미친 듯이 정금을 죽일 생각으로 달려갔다.

그러나 막상 웅장한 건물과 담의 높이를 보자 자신은 절대 정금을 이길 수 없다는 위압감에 휩싸인다. 이따위 활과 화살이 다 무슨 소용이랴. 죽인들 달라질 게 있을까? 무력감이 몰려온다. 자리에 풀썩 주저앉아 망연자실 하늘을 바라보며 헛웃음을 짓는다. 이제야 내 주제를 절실히 깨닫다니. 실소를 금치 못한다.

한 대의 화려한 수레가 달려온다. 대문 앞에서 멈춰선 수레. 비단

장막이 걷히며 여인이 나온다. 더없이 화려하고 더없이 고귀하며 더없이 아름다운 여인.

차마 다가서지 못하고 머뭇대다 여인이 대문 안으로 들어서려하자 뛰어서 다가간다. 급히 소리친다.

"낭주, 유노랑을 흔들지 말아줘. 당신이 조금만 틈을 줘도 유노랑은 미친놈이 되어 천지분간 못하게 돼. 너는, 당신은 그가 없어도 살지만 난 아니야. 유노랑을 내처줘. 밀어내줘. 더 이상 늦지 않게 그렇게 해줘!"

정금은 경멸스럽게 린평을 위아래로 훑는다. 손에 든 활과 등에 멘 화살통까지 샅샅이. 유노의 보살핌을 받으며 자신을 향해 웃음을 보이던 그때가 떠오른다. 어떤 대꾸도 대응도 없이 정금은 안으로 들어가고 동시에 대문은 굳게 닫힌다. 절대 넘어다볼 수조차 없는 저 너머의 세상. 어느 때보다 초라해지는 순간이다. 처음으로 출생을 원망한다.

이 모든 것은 자신이 정금보다 출신이 낮아서 생긴 일이라 여긴다. 만일 정금 못지않은 신분의 여인이었다면 이리 쉽게 유노가 마음을 바꿀 리 없었을 거라는 생각이다. 그럴수록에 더욱 비참해지는 것은 린평 자신이었다.

다음날 정금은 윤궁에게 조만간 방문하겠다고 기별을 보낸다. 뒤늦게나마 혼례에 와주신 것에 대한 감사의 인사를 드리러 찾아뵙는다는 것. 이미 들어와 기거하고 있던 유노에게 윤궁이 넌지시 알려준다.

정금을 마중한다는 빌미로 아침부터 유노는 정금의 집 앞에서 대기한다. 먼저 수레를 끌고 나오는 파명. 느낌 탓인가. 이제는 다리를 저는 것조차 보이지 않는다. 단정하고 틈 하나 없는 품이다. 유노는 줄곧 파명을 의미심장하게 쳐다본다. 그러나 눈길 한 번 주지 않는 다. 꼿꼿하고 도도한 태도가 거슬린다. 적개심에 가득한 눈으로 파명을 경계한다.

정금이 난주의 배웅을 받으며 뒤이어 나온다. 유노는 훌쩍 말에서 뛰어내려 정금 앞으로 간다. 천진한 미소를 지으며 눈을 마주치기 위해 애쓴다. 그러나 슬쩍 쳐다보는 듯하던 정금은 이내 파명을 따라 수레에 오른다. 머쓱했으나 곧바로 말에 올라 호위한다.

직접 정금을 윤궁의 처소까지 안내한다. 내내 눈치를 살피며 무슨 말이라도 건넬 기회를 노렸으나 틈을 주지 않는다.

"많이 건강해지신 듯하여 기쁩니다."

몇 번이나 속으로 준비하다 겨우 정금을 붙잡다시피 한마디 내뱉는 다. 별 반응이 없다. 다시 무슨 말인가를 건네려 했으나 윤궁이 마중 나와 있어 그만둔다.

두 여인은 반갑게 서로 안는다. 멀뚱히 서서 이 모습을 바라보는 유 노. 그만 빠져줄 생각이 없다. 슬쩍 유노를 쳐다보던 윤궁이, 랑께서 도 같이 드시지요 하며 챙긴다.

먼저 윤궁은 설화랑을 조상하고 그동안 격조했던 관계가 다시 긴밀 해지기를 바라는 뜻을 전한다. 다소 어색하게 두 여인 사이에 앉아 있는 유노에게 정금은 전혀 신경을 쓰지 않는다.

"오늘 낭주를 찾은 것은 안부와 더불어 긴히 부탁드릴 바가 있어서 입니다."

일단 운을 뗀 정금은 이어,

"아버지가 돌아가시고 무오랑이 자리를 대신하려 하니 많은 어려움이 생깁니다. 저의 힘은 미진하여 별 도움이 되지 아니하니 참으로 자괴감마저 듭니다. 이렇듯 낭주님을 뵈오니 그간의 서러움이 위로받는 듯하여 부끄러움을 무릅쓰고 간청하오니, 부디 이 천지간에 오갈 데 없이 외롭고 망연히 마음 둘 데 없는 저희의 기둥이 되어주십시오. 부탁드립니다."

윤궁은 동정이 인다. 할 수 있는 한 이 어리고 아름다운 여인을 위로하고 돕고 싶다. 정금의 손을 덥석 잡는다. 최선을 다해 표정으로 위로한다.

아이를 낳은 후로 윤궁은 급작스럽게 노화해 스러졌다. 게다가 유노가 집을 나간 뒤부터 문노 역시 전보다 급격하게 말수가 줄어 이래저래 우울하던 차였다. 외모에 민감한 미실을 만나면 전과 다른 경멸의 시선이 느껴졌다. 딱히 주변에 만날 이도 없는데 정금이라면 더할 나위 없다.

묘한 세 사람 사이의 기류가 부담스러워 다음의 만남을 기약하며 윤궁은 일찌감치 자리를 파한다. 유노가 정금을 배웅하도록 빠진다. 대문까지 나오는 중 유노는 머뭇대다 정금에게 작심한 듯 말한다.

"예전 생각을 많이 해. 너랑 많이 가까웠던 시절. 다시 돌아갈 수 없다는 것은 알지만, 그래도 할 수만 있다면 전처럼 지내고 싶어. 너만 괜찮다면…"

더 이상 존칭은 생략이다. 걸음을 멈추고 무표정하게 유노를 쳐다보던 정금은 담담히,

"모든 건 너 하기에 달린 거야. 네가 전처럼 되면 우리도 전처럼 될 수 있을지 모르지."

의미심장한 답을 한다.

정금의 수레를 호위하듯 따르며 유노는 그 말뜻을 생각한다. 아니, 이미 알고는 있었으나 방법이 쉽지 않다. 가장 효율적으로 린펑을 떼어낼 방법. 지금 유노에게 정금 외엔 무엇도 가치가 없다. 무엇에도 관심이 없다. 그녀 하나를 위해서라면 못할 게 없다. 마음이 급해진다.

뒤도 돌아보지 않고 집 안으로 들어가 버리는 정금, 뒤이어 파명이 정금을 보호하듯 함께 사라지는 꼴을 보자 불이 인다. 유노는 린펑만이 홀로 지내는 그들의 과거 집으로 곧장 향한다.

굳게 닫힌 방문을 열자 린펑이 죽은 듯 엎드려 있는 게 보인다. 사방에 이불이며 옷가지가 어지럽게 널브러져 있다. 어둡고 눅눅한 공기가 가득하다. 유노는 인상을 찌푸린다.

사람이 왔지만 반응이 없다. 방으로 들어가 문을 닫고 옆에 앉자 그제서야 린펑은 무언가 느낀 듯 고개를 든다. 대번에 튀듯이 일어나 앉는다.

"오라버니~!"

들뜬 목소리로 부르며 유노를 안으려는 듯 다가선다. 교묘하게 손길을 피하며 유노는 급히 말을 꺼낸다.

"공께서는 네가 다시 집으로 들어오길 바라신다. 나 역시 그러하다. 우리는 그동안 참으로 많은 시행착오를 거쳤으나 이제 어느 정도 깨달음을 얻고 잘못되었음을 알았으니 모두를 위해서라도 원래대로 돌아가자. 나는 이미 정리가 다 되었다. 너만 마음을 바꾸면 모두가 행복해질 수 있다."

문노만을 믿고 있던 린펑은 황망하여 눈만 깜빡인다. 뭔가가 우르르 무너진다.

"원래대로 돌아가자고? 그러니까… 다시 들어가 우리가 부부로 사는 게 아니라? 누구 맘대로? 참말 무서운 사람들이다. 내 마음 같은 건 안중에도 없이 너희들 편할 대로 정리? 난 그리 못한다. 그래서 정리되면 행복해? 모두가? 정금이를 다시 만날 요량이니 너는 행복해지겠지? 그럼 나는? 짐승만도 못하다. 참말로 소름이 돋는다!"

린펑이 소리친다. 단순한 아이기에 금방 받아들이리라 여긴 유노는 린펑이 울부짖자 당황한다. 본능적으로 급히 손을 잡는다. 울상이 된 얼굴로 호소한다.

"나는 너를 미워하기 싫다. 그런데 이대로 있으면 점점 더 너를 미워할 것만 같다. 린펑아, 도와다오. 남녀 간의 감정과 관계는 시간이 지나면 흐려지고 끝나지만 남매의 정은 죽을 때까지 이어진다. 우리 그렇게 지내자. 내 잘못이다. 그러니 다 내 탓을 하고 이제 그만 관두고 되돌리자. 나도 정말 힘들다."

"참말 뻔뻔하구나. 오라버니가 이런 사람이었어? 어떻게 이렇게까지 해?"

"숨기기 싫었다. 더 이상은 널 여자로 대하기 힘들다. 차라리 사실대로 말하는 게 나을 성싶었다."

"…정말 안 되겠나? 죽어도?"

유노는 일그러진 얼굴로 고개만 끄덕인다. 오늘따라 린펑의 얼굴 흉터가 더욱 도드라졌지만 애써 피한다. 아, 싫다.

조용히 손을 빼고 린펑은 등을 돌린다. 차분하게,

"알았으니 그만 가. 더 이상 변명할 필요 없어."

무거운 마음으로 자리에서 일어선 유노는 선문으로 향한다. 비록 확고한 답은 아니지만 어느 정도 린펑에게서 긍정적인 답을 얻었다 여긴다. 그동안 미뤄뒀던 선문 일을 처리하고 다시 문노의 밑으로 들어갈 생각이다. 그러면 되는 것이다.

이튿날 아침, 문노의 집은 발칵 뒤집힌다. 아침에 방문을 열고 나온 유노를 대들보에 목을 맨 채 축 늘어진 린펑이 가로막는다.

그대로 주저앉은 유노는 한동안 아무 말도 못한 채 일어서지도 못하고 망연자실한다. 겨우 쥐어짜는 목소리로 사람을 부른다. 가복이 올 때까지 그렇게 넋을 놓고 앉아 있었다.

가복이 소리를 지르고 난리를 피우자 순식간에 사람들이 모여들고 이는 곧 문노와 윤궁에게 알려진다. 남 가복 둘이 와 유노를 일으켜 세운다. 누구도 감히 린펑의 시신에 선뜻 손을 대지 못한다. 윤궁은 린펑의 몰골을 보자마자 기절해 나가고 문노는 일단 린펑을 끌어내려 전에 거처하던 처소로 옮기라 명한다.

우왕좌왕하는 가복들에게 이 일이 새어나가지 못하게 입단속을 시키고 일의 수습에 나선다.

하루종일 가복 누구도 밖으로 나가지 못하고 무겁게 짓눌린 분위기 속 묵묵히 각자의 일을 한다. 문노는 선문에 나가고 유노는 자신의 방에서 나오지 않는다. 이러는 동안 린펑의 시신은 그대로 방에 누워 있었지만 누구도 내다보지 않는다.

문노가 퇴문하자 그제야 모든 것이 신속히 진행된다. 사방이 어둑해지고 린펑의 시신은 조용히 주변의 눈을 피해 작은 수레에 실려 나간다. 함께한 이는 땅을 팔 일꾼 두 사람뿐. 가복 누구도 따라나서지 못한다. 집안은 쥐죽은 듯 잡소리 하나가 나지 않고 일부러 가복들 모두 일찍 불을 끄고 잠자리에 든다.

다음날 문노의 가택은 평소처럼 모든 것이 움직인다. 조용히. 변한 것은 없었다.

아침 일찍 선문에 나갔다 밤늦게 들어온 문노는 먼저 윤궁의 처소에 들러 상태를 살핀다. 내내 아무것도 먹지 못하다가 겨우 죽을 먹고 앉아 있는 윤궁은 아직 핏기없는 얼굴로 멍한 상태다. 일말의 죄책감도 없지 않아 여러모로 마음이 복잡하고 힘들어 몸 상태를 물어도 아무 말 못한다.

본시 그러다가도 금방 괜찮아지는 성격인지라 문노는 별다른 걱정을 하지 않고 바로 유노의 처소로 향한다. 진짜 문제는 유노다. 착잡하고 무거운 마음으로 유노를 찾은 문노는 뜻밖의 광경에 다소 의아해한다.

피리를 꺼내 닦고 있었다. 깊숙이 넣어둔 오래된 피리까지 모조리 꺼내 늘어놓고 정성스레 닦는다. 어제 퇴문 후 잠시 들렀을 때 유노는 초췌한 몰골로 침상에 누워 있었다. 문노가 들어서도 아무런 기척 없이. 그런데 오늘은 전혀 다른 모습이다.

문노가 들어서자 기운 넘치게 벌떡 일어나 인사한다.

"퇴문하셨습니까?"

미간을 살짝 찌푸리며 말없이 문노는 자리를 잡고 앉는다.

"그래 끼니는 잘 챙겼느냐?"

"네, 찬모의 솜씨가 좋아 거르지 않고 잘 먹고 있습니다."

공손히 답한다.

아무 일도 없는 듯, 문노 역시 그 외에 다른 말은 꺼내지 않고 나열된 피리를 쳐다보다 하나를 집어 든다. 문노가 집은 작은 피리를 보며 유노가 미소 짓는다.

"기억하십니다그려. 형님이 주신 제 생애 첫 피리입니다."

"그렇구나, 나는 너에게 피리를 부는 재능이 있는 줄 모르고 그저 동시전에 갔다 충동적으로 사 온 것이었다. 그러고면 모든 물건도 그 임자가 따로 있는 법. 이 피리가 너를 만나 신묘한 물건으로 바뀌었구나."

"모든 것이 형님의 남다른 안목과 인자하신 마음 덕인가 합니다."

평소처럼 형제는 우애 가득한 대화를 나눈다.

"밤이 늦었구나 그만 자거라."

유노의 배웅을 받으며 방을 나서는 문노의 마음이 불안하다. 이상하리만치 유노는 멀쩡하다. 오히려 평소보다 더한 침착함이다. 그러나 눈빛이 떠있다. 오갈 데 없이 헤매며 정착하지 못하고 나댄다. 몸과 눈이 극한 괴리를 이루며 보는 이를 자극한다.

나의 아우, 너를 어찌해야 한단 말이냐. 나는 어이해야 할까. 참으로 어지럽구나.

날마다 유노는 피리를 불고 또 불었다. 같은 곡을 하루종일 부는가 하면, 내내 단 한 번의 반복도 없이 다른 곡을 불기도 했다. 문제는 한밤중에도 어느 날엔 새벽녘에도 피리를 불어제끼는 것이다. 특히 한밤중이나 새벽에 피리를 불 때면 그 소리가 음산하고 구슬퍼 듣기에 따라서는 공포를 느낄 정도였다.

전의 피리 소리가 한없이 맑고 청아해 듣는 이로 하여금 들뜬 기분이 되게 하였다면, 근래의 피리 소리는 같은 곡인데도 전혀 다른 분위기를 내뿜었다. 피리 소리가 달라진 것 말고 특별한 변화는 없었다. 어두운 낯도 아니었고 식사도 잘했다. 다시 문노의 수하로 들어가 일 처리도 깔끔히 처리해냈다.

안 그래도 린펑의 죽음 이후 무섬증이 들어 밤이면 잠을 설치던 윤궁은 유노의 피리소리가 들려올라치면 소름이 돋아 도무지 참을 수가 없을 지경이 됐다. 마음 같아서는 쫓아가서 피리를 부러뜨리고 싶었지만 차마 못하고 그저 귀를 틀어막거나 이불을 뒤집어 쓴 채 멈추기만을 기다렸다. 이는 다른 가복들이라고 다르지 않았다.

하지만 이런 분위기를 아는지 모르는지 유노는 변함없이 피리를 불어댔다.

그렇게 린펑의 죽음은 아무런 일도 없었던 것처럼 무마됐다. 집안 누구도 입에 올리지 않았고 본시 일 년여를 나가 있었던 터라 딱히 빈자리가 크게 느껴지지도 않았다. 선문 근처 한때 유노와 린펑이 살았던 곳은 집 없이 떠도는 이들에게 무상으로 넘어갔고, 선문의 몇몇은 그저 린펑이 다시 유노와 함께 집으로 들어갔다 여기고 별다른 관심을 두지 않았다.

윤궁은 시일이 좀 흐른 뒤에야 난주를 통해 린펑의 소식을 전한다. 정금은 별다른 반응 없이 입꼬리만 실룩댄다. 앞뒤 없이 오만방자하게 자신을 대했던 모습이 떠오른다. 천방지축 날뛰는 고비 풀린 망아지 같았던 새까만 얼굴의 천박한 년. 정금은 조금의 안타까움도 없이 그저 살아생전 린펑이 자신에게 행했던 짓거리를 생각하며 묘한 쾌감마저 느낀다.

"사람은 내 편이 아니지만, 하늘은 내 편임이 확실하니 차후 거리낄게 무엇이더냐. 알아서 치워주는구나."

유노가 다시 문노의 밑으로 들어갔으며 날마다 이상스레 피리만 불어댄다 전하자 정금은 말을 자르며 쏘아붙인다.

"그따위 소식은 전해줄 필요 없어."

얼마 전까지 유노를 대하던 정금의 태도와는 전혀 달라 난주는 갈

피를 잡기 힘들다. 그런데 며칠 후, 유노를 만나 대하는 정금의 태도는 또한 뭔가 은근하다. 난주는 이상스레 생각한다.

이제는 아예 정금의 집 앞에 자리를 펴고 앉아 피리를 불어대는 유노다. 사람들이 하나둘 모여들어 감탄하며 듣는다. 여간해서는 사람들 앞에서 피리를 불지 않던 전의 유노가 아니었다. 난주는 잠시 미친 것이 아닌가 의심한다.

정금은 유노를 안으로 들인다. 정자로 안내해 여러 곡을 청한다. 유노는 매우 기뻐하며 정성을 다해 연주한다. 결코 크지 않은 소리지만 멀리까지 퍼져나가는 울림에 가복들은 오랜만에 귀호강을 한다. 홀로 불 때는 그리도 음산하게 퍼지던 소리가 정금 앞에서는 다시 전과 같은 울림이 새어나온다.

오직 자신을 바라보는 정금 한 사람을 위해 유노는 최선을 다한다. 모든 근심이 사라지고 마치 꿈을 꾸는 듯하다. 세상에 둘뿐인 듯하다. 연주가 끝나자 정금은 그윽한 미소로 화답한다. 저것이면 된다. 저 미소 하나면. 유노는 가슴이 벅차오른다.

난주가 차를 내온다. 연주에 대한 대가 차원이다. 힐끗 난주를 쏘는 듯 쳐다보던 정금은 곧 차를 따라 유노에게 권한다. 국화의 은은함이 황홀하다. 모든 게 원래대로다. 언제까지고 이어질 것만 같다. 정금, 난 저 여인을 죽도록 사랑한다. 그렇다. 그랬던 것이다. 내 잠시 착각을 했지만 이제야 모든 것은 되돌아왔다.

이때 가복이 서찰 하나를 전한다. 뜻밖에도 무오로부터 온 것이었다. 잠시 표정이 복잡해지던 정금은 천천히 펼쳐본다. 별다른 말은 없이 오직 사나흘 안으로 돌아가겠다는 것과 건강을 물었다.

정금의 얼굴이 심각해지는 듯하자 유노는 넌지시 묻는다.

"무슨 서찰이야?"

빙그레 웃으며 가볍게 말한다.

"조만간 오겠다는 무오랑의 기별."

순간 유노의 얼굴이 굳는다. 잊고 있었다. 아니, 참으로 가볍게 치부하고 있었다, 무오의 존재를.

"기별을 준 건 처음이다. 늘 갑자기 오다가 갑자기 사라지곤 했는데. 이번엔 평소와는 다른 심경의 변화나 깨달음이 있었던가."

무오를 언급하는 정금의 얼굴에 생기가 돈다. 이상하다. 정금은 마지못해 혼인을 했다. 무오는 지옥의 사령 같은 존재다. 하여 저런 표정이면 안 된다. 정금에게 생기를 불러일으키고 그 마음을 움직이는 이는 오직 나 하나여야만 하는데. 그런 줄만 알고 있거늘. 유노는 괜한 분노가 치민다.

"무오랑의 주위엔 사람이 없어. 백성들은 랑을 숭배하는 이가 많으나 정작 거문귀족들은 위험한 존재로만 여겨 견제해. 알고 보면 랑은 아무런 사심이 없는 청아한 사람임에도. 보이는 게 단호하고 엄격해 오해를 많이 하나 그 마음은 늘 추호의 탐심도 없어. 하여, 걱정스러워. 늘 삿된 무리들에게 억울한 모함을 받아 몰리나 힘이 되어줄 이나 나서서 말 한마디 해줄 이가 없다는 것이."

유노를 그윽하게 바라보며 정금은 손을 잡는다. 흠칫 놀라며 유노가 몸을 꿈틀한다. 따스한 손의 온기가 스며든다. 가슴이 뭉클해진다.

"부탁이야. 날 봐서라도 힘이 되어줘. 문노 공만 있다면 무서울 게 없이 랑은 지금처럼 산천을 유유자적하며 심신을 드높이는 신선의 삶을 살 거야. 자꾸만 이상한 말을 지어내는 무리만 없다면. 그 무리 때문에 랑은 머물지 못하고 늘 어딘가로 가야만 하는 거야. 그걸 볼 때면 마음이 아프고 억울해. 너 같은 이가 필요해. 너라면 언제든 믿고 의지할 수 있을 듯해.”

결국 무오를 위한 부탁. 하지만 유노는 고개를 끄덕이며 진심으로 그러마고, 걱정 말라고 말해준다.

문 앞까지 배웅을 나가고 말에 올라타는 유노를 향해 손을 흔드는 정금.

유노는 자위한다.

그래, 지금은 저걸로 충분해. 얼굴을 볼 수 있는 것만으로도 감사해. 더한 걸 바랄 수는 없지. 어떤 상황에서도 변하지 않는 건, 정금에게 남자는 나뿐. 이것이 가장 중요한 것이니 난 다 견딜 수 있다. 기다릴 수 있어.

유노가 가자마자 정금은 그가 머문 자리에 소금을 뿌리고 침을 뱉는다. 그리고 무오를 맞기 위해 둘의 거처를 다시 정리하고 향료로 목욕을 한다.

늦은 밤, 무오는 조용히 집에 들어온다. 은은한 동백향이 가득한 방으로 들어서자마자 침상에 잠들어 있는 정금에게 다가간다. 이 모습이 얼마나 간절했던가. 얼굴선을 손가락으로 부드럽게 따라간다. 몸이 그대로 드러나는 얇은 잠옷을 입고 하체만 이불로 가린 모습은 고혹적이면서도 은근하다. 잠결에 손길을 느끼고 정금이 눈을 뜬다. 달빛과 마당의 석등 덕에 무오의 모습이 확연히 드러난다.

“오셨습니까?”

기다렸다는 듯 온화한 미소로 그를 맞는다.

“조만간이라 했지만 바로 오늘 오실 줄 알았습니다.”

만일 낮에 무오가 왔다면 정금은 일단 그를 책망했을 터다. 그동안의 무관심과 부재를. 모든 구차한 것을 홀로 감당하게 한 짜증을. 그러나 지금은 다르다.

일어나려는 정금을 가볍게 막고 무오는 옆에 눕는다. 바람과 나무, 그리고 뜨거운 태양의 냄새가 난다. 두 사람은 서로 마주보고 모로 눕는다.

짙은 눈썹, 날카로운 콧날, 다부진 입술. 이와 상반되는 슬픈 눈망울. 구레나룻이 거뭇하게 자라 초췌하다. 이번엔 정금이 손가락으로 눈앞의 얼굴을 따라간다. 그 손을 무오가 잡는다.

"보고 싶고, 그리웠소. 이제 당신을 홀로 두고 사라지는 일은 없을 것이오. 모든 게 다 정리되고 끝났소. 남은 건 그대와 더불어 아름답게 이 생을 즐기는 것뿐. 이 세상 무엇보다 중요한 건 그대이니."

"마음 두지 마십시오. 랑의 대의에 나는 언제나 따를 것이며 그것을 위해서라면 랑께오서 어딜 가시더라도 기다릴 것입니다."

이 아름다운 여인에게서 나오는 말을 보소. 벅차오르는 감정을 주체하기 힘들어진다. 구슬 같은 말을 내놓는 입술을 무오는 엄지 끝으로 매만진다.

간절히 원하는 마음으로 두 사람은 상대의 몸을 안는다. 욕망과 기교만이 아닌 마음과 몸이 더해져 무오는 더할 수 없는 지극한 손길로 정금을 움직인다. 지금까지 자신이 알던 그것이 아닌 새로운 세계에 정금은 경탄하며 황홀감을 느낀다. 마치 이 순간만이 온 세상의 전부이고 모든 시간의 중심인 양. 마음껏 몸을 움직이며 소리를 지른다. 간간이 서로를 바라보며 얼굴을 감싼 채 웃음을 교환한다. 오직 서로를 위해. 서로를 향한 진심으로.

이렇게 두 사람이 서로에게 집중하고 있을 때, 이들을 내내 문밖에서 지켜보던 그림자는 고개를 숙인다. 석등에서 타오르는 불을 바라보며 입술을 씹는다. 빛이 만든 음영에 얼굴은 더욱 음침해진다.

설화랑이 죽은 다음부터 파명은 매일 밤 정금의 처소 주변을 돌아보며 안전을 지켰다. 정금의 처소는 집안 깊숙이 위치해 있고 몇몇을 제외하고는 접근이 불가했다. 때문에 안전했지만 그렇기에 위험할 수도 있었다. 이에 파명은 매일 밤, 혹은 새벽에 기습적으로 정금의 처소에 나타났다.

누구보다 가장 가까운 곳에 있는 파명은 깊은 밤 조그만 소리에도 일어나 바로 정금의 처소로 가곤 했다. 이날은 다른 날과는 다른 기운이 감돌았다. 정적이던 공기가 흐트러졌고 미세하지만 바스락 소리가 귀를 날카롭게 자극했다.

커다란 검은 물체가 날렵하게 움직인다. 마치 날 듯이 담을 넘어 정금의 방으로 향한다. 칼을 들고 파명은 어둠에 몸을 숨긴 채 조심히 그림자를 좇는다. 물체는 낌새를 느꼈음인지 잠시 걸음을 멈추다 다시 움직인다. 휙, 석등 앞으로 지나치는 얼굴을 확인한다. 무오? 확연히 드러난 얼굴, 무오다.

박힌 듯 자리에 우뚝 선 파명은 물끄러미 그를 바라본다. 무오는 유유히 방문을 열고 안으로 들어선다. 문이 닫히고 다시 사방은 고요해진다. 무의식중에 방문으로 걸어간다. 바로 그 앞에 서서 귀를 기울인다. 신경이 온통 방안에 집중된다. 자괴감이 인다. 그러나 움직이지 않는다.

보름 동안 무오는 오로지 그동안 누리지 못했던 정금과 자신에게 주어진 모든 것을 즐기는 것에만 집중한다. 함께 수레를 타고 멀리 나가 노니다 들어오거나 시전을 거닐며 정금에게 이것저것 자질구레한 것들을 구입해주기도 한다. 늘 식사도 함께하며 잠시도 떨어지지 않는다.

사실상 파명이 할 일은 없었다. 그동안 그가 한 일을 모두 이제는 무오가 했다. 언제나처럼 수레를 준비하며 정금의 외출을 따르려 하는 파명에게서 말의 고삐를 앗아들고 무오가 정금을 수레로 안내한다. 그리고 직접 수레를 몬다. 밤중에 정금의 처소를 지킬 필요도 없어지고 무엇보다 집안의 대소사도 무오에게 직접 보고하도록 해 거의 정금 근처로 갈 일이 없어졌다.

이것에 대해 정금은 별달리 의식하지 않는 눈치다. 파명은 자신이 정금에게 특별한 존재라 여겼다. 그런데 무오가 오자 자신 따위는 있든 없든 별 관심이 없다. 말할 수 없는 서운함과 상실감에 파명은 의기소침해진다.

이대로 나는 필요 없는 사내가 되는 것인가…? 흠칫 놀란다. 사내? 나는 무슨 말을 하는가? 그녀에게 언제 사내였던 적이 있기나 했던가? 정신 차려라. 그냥 원래대로 된 것. 뭘 이리도 슬퍼하며 낙담하는가. 얼굴을 들 수가 없구나, 내 스스로에게. 어리석고도 어리석구나.

3

안
개
시
린
달

보름째 되던 날, 지금까지의 평화는 무너진다. 무오는 정금에게 놀라운 말을 한다.

갑자기 의식이 또렷해지며 설화랑은 남몰래 무오를 불렀다. 급히 달려온 무오에게 죽음을 앞둔 사람이라고는 믿기지 않을 확실한 말투로,

"내 말 잘 듣게. 자네는 즉시 '척한' 땅으로 가게. 그곳으로 가 실질적인 쓰임과 병력을 확인하게. 하여 적당한 때가 닥치면 이용하되 헛되이 손실하는 일을 경계하게. 내 대의를 위해 준비하였으되 모든 건 자네의 선택이고 평생을 품어온 바이지만, 이제 눈을 감으려하매 다른 마음이 드네. 대의보다 더 중요한 것은 정금의 행복이요, 이것을 넘어설 것은 없으니 자네만 믿네. 절대 미실을 믿지 말게. 그 여인은… 내 평생의 정인이었으나 그것으로 끝이네. 그 외 대사를 도모함에 신의를 바랄 여인은 아니니. 더욱이 내 없으니 더할 터. 이렇게 가게 되어 미안하네. 허나 내가 모든 걸 다 바친 여인을 위해 나는 이렇게밖엔 할 수가 없었어. 부디 자네와 정금에게 하늘의 선택과 자비가 가해지길…"

백제의 국경 근처 매월산 아래 위치한 척한은 오래 전부터 설화랑이 비밀리에 사람을 모아 훈련을 시키던 곳으로 이 사실은 무오 외에 미실조차 알지 못하였다.

설화랑의 장례 후 그길로 무오는 측근 한 명만을 대동한 채 척한 땅으로 향했다. 며칠을 달려 도착한 곳은 매월산에 둘러싸인 너른 벌판이었고 그동안 군사들이 가족과 정착해 농지까지 개간하며 새로운 마을을 형성하고 있었다. 서라벌의 통치가 미치지 않는 곳. 그렇다고 백제 땅도 아닌 곳으로 이는 설화랑이 일부러 그 땅을 모든 관공서의 기록에서 배제시킨 탓이었다. 어쩌다 길가는 이들에게 발견되어도 그저 평범한 농촌으로 보이며 유지되었다. 말하자면 이곳은 오롯이 설화랑 한 사람의 왕국과도 같았다.

무오가 어떠한 존재인지 모르지 않건만, 그를 대하는 태도는 의아할 정도로 불편했다. 심지어 무오의 가병으로 있었던 자들조차 마치 자신들의 것을 빼앗으러 온 강탈자를 대하는 듯한 묘한 경계심을 보였다.

병력의 정도를 꼼꼼히 살피고 우두머리들과 앞으로의 일들에 대한 논의를 하며 시간을 보냈다. 무오의 가병을 제외하고는 이들 대부분 설화랑 선문에 있던 낭도 출신이었고, 일부는 미실이나 귀족들로 인해 억울한 일을 당한 관리였으며, 노비와 전쟁 포로도 있었다.

새로운 세상. 지위가 낮고 억울한 일을 당한 이들이 당당히 살 수 있는 세상을 꿈꾸며 그들만의 세상을 만들어 느긋할 정도로 평화로운 나날을 보내고 있었다. 비록 설화랑이 필요를 위해 모았고 또한 쓰이기 위해 존재했지만, 이미 그들은 모든 것에서 벗어나 있었고 오히려 지금의 평화로운 삶을 방해받는 것 자체를 두려워했다.

말하자면 처음과는 달리 새로운 왕을 모시는 것이나 새로운 세상에 대한 갈망이 옅어진 상황이 된 것이다.

권력자의 통치도, 신분의 높낮이도, 엄격한 법도 없었다. 강한 왕만이 얻을 수 있을 것 같았던 원하는 세상을 그들은 이미 만들어 살고 있었던 것.

"그들 속에서 시간을 보내며 많은 생각을 하게 됐소. 진정한 삶의 의미와 행복, 성취를. 그리고 깨달았소. 이전의 내가 생각하던 것들이 바른 도는 아니었다는 것을. 하여, 낭주께서 이해해주시길 바라며 결론을 내렸소. 나는 오래도록 그대와 행복하길 바라고, 비록 서라벌의 아주 적은 일부에 지나지 않지만 그 땅의 사람들이 그대로 평화롭게 살도록 지켜주고 싶소."

설화랑이 따로 병력을 키우고 있었다는 것도 놀라웠지만 이후 이어진 무오의 말은 혼란스럽다. 무슨 말을 하려는 것인가? 선뜻 이해하지 못하고 몽롱한 눈으로 다음 말을 기다린다.

"최근 그대와 지내며 더욱 확신을 하였소. 무엇보다 소중한 것은 낭주와 내가 함께하는 행복인 것을. 그것을 지키고 싶다는 것을. 나는 지금 아무런 부족함을 느끼지 못하오. 설 공께서도 그것을 인지하신 바, 하여 내게 선택권을 주신 듯하오. 그래 나는 선택하였소. 이대로의 삶을, 그대와의 평화로운 일상을."

정금은 느릿하게 반문한다.

"그 말씀인 즉, 대의를 헌신짝처럼 버리신다는 말씀이신지? 아무래도 내가 잘못 알아들은 듯합니다."

정금은 어처구니없다는 웃음을 짓다가 곧 냉랭한 표정이 된다.

"장부의 대의가, 하늘을 뚫을 듯했던 기세가 겨우 이것이었단 말입니까? 참으로 이해가 되지 않고 랑께 실망하였습니다. 랑께서 선택하신 행복을 나에게까지 적용하지는 마십시오. 그것은 오직 랑의 행복이지 나의 것은 아니니. 그리고 무엇보다 내가 랑과 혼인을 한 이유를 모르시겠습니까? 그것이 아니었다면 지금의 우리는 없었습니다.

내 랑이 없는 동안 어떤 꼴을 당했고 어떤 마음으로 그것을 참았는
지… 그런데 어찌 그리 간단하게 결정을 하고 일을 뒤집는단 말씀입
니까?"

무오의 눈빛이 흔들린다.

"낭주도 아시다시피 많은 귀족이 등을 돌렸소. 그들이 지닌 병력마
저 사라진 것이오. 그렇다면 오롯이 우리의 힘만으로 일을 도모해야
하는데, 척한의 병력은 역부족이었소. 설 공께서 모르셨을 리 없습니
다. 결국 그분이 선택하신 것도 한 여인을 위한 것이었소. 나는 부부
가, 가족이 오순도순 사는 것을 알지 못하였소. 그런데 그곳에서 그
것을 보았소. 그리고 알았소. 저것이야말로 모든 사람이 궁극적으로
원하는 바며 어떤 것보다 높은 가치를 지닌 진정 최고의 행복이란 것
을. 낭주, 나는 가족을 일구고 싶소. 그렇게 우리의 후손이 태어나고
그들의 부모로서, 조상으로서 남고 싶소. 서라벌의 제왕이나 만백성
의 부모나 조상이 아닌 오직 우리 자손들의 선조로서 말이오."

무오는 간절히 정금에게 고한다. 이 모습이 정금의 눈에는 비겁하
고 매우 나약해 보인다. 참을 수 없는 분노가 치민다. 배신을 당한 듯
한 기분에 격해진다.

"어설프고 어리석고 무책임한 설화랑 공. 그는 고작 여인 하나 때문
에 죽을 거면서 그 많은 시간 동안 그까짓 병력을 키우고자 쓸데없
는 재물을 쏟고 고작 그 작은 고을의 왕이 되고자 청운의 꿈을 품었
구나."

이어 무오를 쏘아보며 말을 잇는다.

"가볍고도 가볍구나. 개나 소나 모든 천한 것까지 다하는 짓거리가
그리 위대해 보여 평생을 이어온 대의를 포기하나니. 그렇다면 그것

을 용납할 저급하고 천한 여인을 찾아 꿈을 이루시구려. 나는 기어이 서라벌 최고의 여인이 되어야겠는데 어쩌죠? 내게 무오 그대의 가치는 이미 사라졌소."

말을 마치자 정금은 자리에서 벌떡 일어선다. 무오가 따라 일어서며 정금의 팔을 잡고 호소한다.

"미실이 왜 설 공에게서 풍월주의 위를 거두고 문노에게 주었다 여기시오? 애초 미실은 설 공을 도울 생각이 없었던 것이오. 비록 설 공이 병부를 장악하고는 있다지만 가장 중요한 것은 젊은 피이자 백성들의 절대적인 지지를 받는 서라벌의 중심, 화랑이오. 또한 그들이 병부로 차후 들어오기에 화랑을 장악하는 것이 가장 큰 것이었소. 그럼에도 미실은 화랑의 당두 자리를 문노에게 주었소. 이는 이후 모든 병부의 권한까지 문노에게 간다는 말이오. 애초 미실을 알았기에 설 공은 전부터 사사로이 병력을 키웠던 것이오. 그러나 서라벌에서 미실의 뜻에 어긋나는 일은 무엇이 되었든 실패할 공산이 크오. 물론 그것을 어기고 도전할 수는 있소. 하지만 낭주, 내 모든 이유는 오래전부터 오직 그대였소. 그대로 인해 모든 게 결정되었단 말이오. 진정 난 그대와 행복하고 싶고 이 생을 즐기고 싶소. 그동안 모르고 살아왔던 삶을 알고 싶소. 모든 진리는 큰 것에 있지 않고 작고 사소한 것에 있다는 것을 알았소. 마음만 있다면 세상이 곧 내 것이오."

"그 입 닥치시오! 미실 그따위 늙은 여인이 뭐라고. 간사한 뱀처럼 그저 입만 살아 날 가지고 노는구려. 내 어릴 적부터 랑의 기운이 싫었소. 그러나 아버지의 뜻과 내 어리석음이 더해지고 거기에 대의의 높은 이상이 함께 해 잠시 눈이 멀어 당신을 선택했소만 결국 이리될 것을 나는 빈자리를 채우려 그 모진 치욕을 당하며 안간힘을 썼다니. 잠시도 사람은 내 편이 되어주질 않는구려. 그렇다면 내가 사람을 쳐야 하겠지요. 더 이상 날 가지고 놀지 못하도록."

"낭주의 마음 이해하오. 잠시 생각할 시간을 가집시다. 부디 낭주께서 날 이해해주시길 바랍니다."

"아니, 그럴 의향이 전혀 없습니다. 그리고 아버지가 돌아가신 후 집안의 모든 재정은 내가 다 알고 있다 여겼는데, 보니 척한 땅에 들어가는 재물은 따로 아버지가 랑에게 주신 듯 여겨집니다그려. 시끄럽게 하지 말고 그것을 나에게 돌려주시지요. 그리고 랑에게 그런 마음이 들게 한 사람들이라면 이미 기강이 해이해져 내 병력으로는 쓸 수가 없어 보이니 더 이상 그곳에 투자 같은 건 하지 않을 작정입니다. 빠른 시일 내에 그 쓸모없는 사람들을 다른 곳으로 이주시켜주세요. 게으른 자들을 먹여 살릴 이유가 내겐 없습니다. 엄연히 그 땅은 내 것이고, 아버지가 사람들을 먹여 살리셨더라도 지금 난 그들을 먹여 살릴 생각이 추호도 없으니. 인간이란 돼지와 같아 배불리 먹여주면 고마움을 모르고 언제까지고 가만히 앉아 하는 일 없이 먹여 달라 입만 벌리며 꿀꿀대는구려. 왜 아버지께서 자신들에게 구정물을 줬는지 새기거나 고마워하지도 않은 채. 정 그 알량한 사람들의 모습이 좋아 보이신다면 랑의 재산으로 알아서 하시고…."

잠시 숨을 고른다.

"만일 조금이라도 랑이 야망이 있는 사내였다면 척한 사람들을 보며 서라벌 전체를 그곳처럼 만들겠다는 대의를 품고 왔을 것입니다. 그런데 고작 랑은 그런 결정만을 했으니 이것이 랑의 한계입니다. 하여 나는 랑과의 혼인을 파할 생각입니다. 허니 내 집에서 나가 주시고 그 외 잡다한 일체의 정리 또한 알아서 해주세요. 나는 더 이상 당신의 모습을 이 집안에서 보고 싶지가 않습니다."

정금은 단호하다. 어느 정도 반발을 예상 못한 것은 아니다. 그러나 이토록 정금이 펄펄 뛰며 혼인까지 물릴 생각을 할 줄을 몰랐다. 무오는 당황한다.

이 이상 같이 있다가는 무슨 짓을 할지 몰라 그만 빠져나온 정금은 말을 준비토록 한다.

언제나처럼 파명만을 대동한 채 밖으로 내달린다. 채찍을 내려치며 거칠게 말을 몬다. 지칠 때까지 정신없이 달린 후에야 겨우 풀밭에 풀썩 누워 된 숨을 몰아쉰다.

옆에 걱정스레 서 있는 파명을 향해 정금이 손짓한다.

"이리 와."

어색한 걸음으로 다가오자 정금은 다시 재촉한다.

"더 가까이."

파명이 바로 옆으로 와 앉자 목을 잡아당기며 쓰러뜨린다. 입술에 자신의 입술을 가져다 대며 부빈다. 갑작스러운 행동에 파명은 어떠한 저항도 하지 못한다.

왜 갑자기 정금이 이러는지 알 수는 없다. 그러나 손길이 체취가 느낌이 좋다. 시간이 지나자 파명이 오히려 저고리를 열고 가슴에 얼굴을 묻으며 더 열정적으로 움직인다. 폭풍이 인다.

이런 느낌이었어. 남몰래 상상하며 죄책감을 갖던 정금의 몸. 그곳에 스며들며 파명은 생각한다. 이 순간을 위해서 지금까지 나는 살아왔던가. 나는 지금 이 여인을 가진 것이다. 이 여인은 나를 소유한 것이다. 나는 영원을 꿈꾼다. 지금의 영원을 위해서라면 못할 게 없다. 극락이 예 있구나.

벌거벗은 채 두 사람은 나란히 누워 하늘을 본다. 구름 한 점 없는 맑은 하늘 그 너머 검은 구름이 몰려오고 있지만 극한 쾌감을 맛본 후의 두 사람은 그저 지금이 만족스럽다. 날씨 따위야 알 바 아니다.

잠시 숨을 고르다 정금이 파명의 몸을 더듬으며 장난을 치듯 자극한다. 까르르 웃는 소리가 교태스럽다. 다시금 두 사람은 엉겨 붙어 서로를 탐한다. 처음과는 달리 다소 여유롭게 느끼며 천천히 즐긴다.

빗방울이 하나씩 떨어진다. 그러나 이들은 그걸 느낄 여가도 없이 여전히 서로에게 집중한 채 떨어진 줄을 모른다. 오히려 물방울은 좋은 자극제다. 빗방울은 이제 후두둑 굵어지며 거세게 내리친다.

비에 흠뻑 젖은 몰골로 두 사람은 집으로 들어온다. 집안 가복들은 애써 둘을 외면한다. 난주만이 반갑게 맞으며 행여 고뿔이라도 들까 걱정한다. 정금은 바로 처소로 향한다. 파명은 정금이 사라지도록 보며 서 있다.

방을 나서기 전 모습 그대로 무오는 앉아 있다. 정금의 젖은 모습을 보며 깊은숨을 내쉰다. 무오의 존재는 안중에도 없다는 듯 바로 앞에서 난주의 도움을 받아 옷을 벗는다. 더운 기운이 확 번진다. 야릇한 냄새가 비릿하게 코를 찌른다.

난주만이 숨죽이고 무오의 눈치를 보며 정금을 챙기다 급히 나가버린다. 밖으로 나온 난주는 그제야 큰 숨을 내쉬고 뒤를 돌아본다.

무오는 좁혀졌던 미간을 풀고 이내 평상을 찾으며 조용히 말한다.

"척한 땅은 공식적으로는 없는 땅, 하여 공식적인 주인도 없소. 그리고 그 땅의 용도가 밝혀진다면 그대나 나, 목숨을 잃게 될 뿐만 아니라 설 공의 시신까지 치욕을 당할 것이오. 나는 새로운 주인으로 인식되나 그렇다 하여 나가라는 말을 할 권리가 없소. 우리는 실질적으로 아무것도 아니기 때문이오. 더하여 내쫓을 생각 또한 전혀 없소. 그들의 평화와 행복은 본시 설 공으로부터 기인한바, 깨뜨릴 권리가 우리에게는 없소. 이를 낭주께서 알아주시길 바라며 다시 간곡히 바라건대, 나는 낭주와 행복하고 싶소. 지금은 어려울지라도 언젠가는 이 마음을 이해해주실 거라 믿소. 지난 세월 압박에 시달리며 다른 것을 위해 살았으나 낭주를 만나 부부가 되니 이로써 두 사람이 안정된 삶을 누리며 함께 나이 들어 자손의 부귀를 보는 것보다 좋은 것은 없다는 생각이 들었소. 낭주…."

"대단하십니다. 내 아버지도 랑도. 어찌 아버지는 끝까지 나를 이리 실망시키는지요. 결국 날 믿지 못하셨다는 말인데, 이를 어쩌나. 오히려 아버지의 뒤통수를 친 이는 랑인 것을. 아버지는 랑에게 선택을 하라하신 게 아니라 내 행복을 최우선에 두라 했소. 그런데 랑은 그것을 배반하고 랑의 행복을 우선시한 것이란 말이오. 나는 랑에게 삶의 모든 이유가 될 생각이 없소. 날 삶의 이유로 삼고 싶거든 랑이 양보를 하고 내게 맞추시오. 참으로 그대는 이기적이십니다그려. 또한 그들은 애초 우리에게 쓰이기 위해 오늘날 그 행복의 기반이 되는 척한 땅으로 가 수많은 지원을 받은바, 그것을 깨뜨릴 권한은 내게 충분히 있지요. 이것에 감히 누가 토를 달 수 있단 말이오?"

무오는 이제서야 천천히 일어선다. 정금에게 가까이 다가와 비에 젖은 머리카락을 손가락으로 슬쩍 잡더니,

"이 검은 머리칼이 마를 때쯤 그대는 설 공의 적녀 정금 낭주에서 다시 무오의 부인인 정금 낭주로 오실 터, 그대의 시선이 하나에 있지 않고 모든 것을 아우른다 하더라도 내 낭주의 탓을 할 생각은 추호도 없으니, 곧 유일무이 하나가 될 것을 믿기 때문이오. 언제나 나는

선택할 것이오, 그대를. 어떠한 방식으로든 그대를 내 곁에 머물게 할 방도를. 내 방식으로. 또한 내 이유를 들어 그대의 이유를 묵살할 생각은 없지만, 그대의 이유가 그대를 해하거나 불행하게 할 수 있다 여겨지면 내 모든 것을 바쳐 묵살할 것이오. 그러니 바라건대 나를 따라주시오."

무오의 목소리는 평소와 다르다. 저 밑바닥에서부터 끌어올려 절박하게 내뱉는 울림이다. 그러나 정금은 이것까지는 알아채지 못한다. 실소를 금치 못하며 대놓고 무오를 뿌리친다. 별다른 흔들림 없이 그저 애틋하게 정금을 잠시 바라보다 밖으로 나와 난처하게 서 있는 난주에게,

"부인께서 고뿔 들지 않게 잘 보살피거라."

명한다. 무오가 나간 뒷모습을 한참이나 노려보던 정금은 이를 악문다.

그랬다. 어린 시절부터 늘 저런 눈빛으로, 저런 말투로 아이를 얼르듯했다. 아무것도 모르는 아이를 가르치듯. 감시하듯. 자기 입맛대로. 동등한 선상에서가 아니라 늘 정금을 아래에 두고.

새삼스레 그동안 잊고 있었던 분노가 치민다. 감히 자신을 무시하는 모든 작태가 짜증이 난다. 잠시나마 그에게 마음을 줄 뻔한 스스로가 용서되지 않고 소름이 돋을 지경이다. 얼마 전 무오의 본가에서 있었던 비창과의 다툼까지 더해지니 피가 거꾸로 솟는다.

미친 듯이 소리를 지르며 닥치는 대로 집어 던진다. 이대로 가만히 있다가는 미쳐버릴 것 같다. 당황하며 난주가 정금을 말리지만 어찌나 힘이 센지 나가떨어진다.

근처에서 내내 동태를 살피던 파명이 놀라 달려오다 무심히 나서는

무오와 눈이 마주친다. 정금에게 무슨 짓을 했냐는 듯한 눈빛으로 쏘아본다. 파명의 채 갈아입지 못한 젖은 옷과 머리칼을 슬쩍 보며 알 수 없는 표정으로 무오는 사라진다.

한동안 이어진 정금의 난리를 파명은 묵묵히 밖에 서서 지켜보다 조용해지자 그제야 자신의 처소로 간다.

제왕의 운명. 그러나 정금은 왕비의 운명이 아니다. 세상의 모든 자리는 다 갖지만 단 한 자리만은 갖지 못한다고 한 도화녀. 그 한 자리란 왕의 자리가 아닌 정금의 오직 하나뿐인 부군의 자리인 것. 그러나 그 자리를 얻었다.

제왕의 운명이기에 여인 역시 왕비의 운명을 얻어야 할 것이나, 정금을 선택한다면 아무것도 얻지 못하는 것. 알면서도 혼인했다. 순간, 이미 제왕의 운명을 버린 것이다. 물론 쟁취하고자 한다면 못할 것도 없다. 그러나 그 순간 정금은 죽을 수밖에. 분에 차고 넘치는 것을 얻으면 대가는 목숨.

만일 정금을 보기 전에 알았다면 모든 것은 바뀌었을까? 혼인이 결정되기 전에라도 알았더라면? 훗. 이건 변명이다. 나는 그동안 애써 외면했다. 알고 싶지 않았다. 이미 본능적으로 정금의 운명을 알고 있었으면서도 단지 그것을 확인하는 것이 두려워 미뤘을 뿐.

충실히 이행할 것이다. 수백 번을 생각하여도 답은 하나로 종결된다. 오직 하나로만. '마음'. 이 하나로 모든 것을 감당하고자 한다. 자고로 사람의 마음은 천기마저 움직이는 법. 숙명에 대항하려 한다. 후회는 없다.

정금과 혼인을 한 순간, 천주사는 등을 돌렸다. 설화랑이 죽은 후 그 일파도 마음을 바꿨다. 척한 땅의 사람들은 평화로웠고, 나는 정금과 혼인을 하면서 새로운 운명을 만들었다. 선택의 여지는 없다. 모든 것은 수레바퀴처럼 돌아간다. 그리고 그 수레를 모는 이는 바로 나, 무오다.

"낭주를 선택한 이상, 이미 공의 운명 역시 우리가 알던 바가 아닐진대, 이는 애초 아니었다는 말일지도 모르니 누가 누굴 탓하리. 하늘의 뜻은 깊고 모든 것은 돌고 돌아 운명이 되나니. 우리가 아는 바가 전부는 아니니. 나는 공에게 어떤 말도 드릴 수 없소. 다만 우리의 믿음을 저버린 대가는 치르리니, 천주사는 이 이상 공을 지지할 수가 없습니다."

척한 땅에서 돌아오는 길 들른 천주사 '지묵'의 말이다. 사사롭게 지묵은 무오의 교리 스승이었다. 한 번 정해진 스승과 제자의 관계는 죽은 후에도 끊을 수 없는 영적인 것, 이는 사실상 모든 것을 아우르는 결별 선언이다.

"마음의 흐름은 측량할 길이 없어 이 역시 인간의 의지로 되는 바가 아니니 또한 운명이 아닐런지요. 나는 애초 제왕의 운명이 아니었을지도 모르되 우리는 믿음으로 알지 못하는 하늘의 뜻을 진실로 만들어 섬기나니, 이제야 그것을 깨닫고 바로 잡으려함이 아닐지 생각합니다. 사람은 스스로 오랜 시간 꿈을 좇으며 그 희망과 일념으로 생을 지탱하지만 결국 모든 것이 허망하고 잘못된 것이라 깨달으며 삶을 정돈하는가 합니다."

무오의 말에 지묵은 알 수 없는 미소를 머금는다.

"공의 교의에 반발할 생각은 없으나, 그렇다하여 스스로의 운명을 변질시키지는 마십시오. 몸조심하십시오. 인간이 천기를 알게 되고 그러면서도 그것을 거스르면 반드시 몸에 변고가 생기는 법. 한 몸을 잘 건사하십시오. 우리의 인연은 예서 다한 듯합니다."

"마음으로 모든 것을 이루나니, 이 마음의 흐름으로 나는 잘못된 운명을 바로 잡고 낭주와 이 생 만수를 누릴까 합니다. 그리고 반드시 다음 생 스승님과의 연 또한 다시 이을 것입니다."

드물게 지묵은 천주사 출구까지 무오를 배웅한다. 허리를 깊게 숙여 마지막 인사를 한 후, 무오의 모습이 멀리 어둠 속으로 자취를 감추고도 오래도록 자리에 우뚝 서서 움직일 줄을 모른다.

오래전, 도화녀의 손에 이끌려 천주사를 찾은 남자아이. 남다른 기상과 형형한 눈빛으로 자못 앞날이 기대되던. 이날 모든 이들은 하나같이 교리를 만천하에 뿌리고 부흥시켜줄 군주를 봤다. 남다른 운명을 지닌. 오래도록 기다려온.

이때부터 소년은 절대적인 존재가 됐다. 사그라져가던 교의 숨에 활력을 불어넣어 줄 존재를 위해 지묵을 스승으로 모든 수행승들은 최선을 다해 자신이 지닌 것을 가르쳤다. 이 하나의 존재에게 모든 것을 부여했고 떠받들었다.

"결국 우리 모두 스스로 만든 허상에 갇혀 바른 눈을 갖지 못했던 것인가. 마음이 시킨 대로 미래를 보고 그것이 진정 하늘의 뜻이라 믿으니 사람의 어리석음을 더 논해 무엇하리. 참으로 하늘의 뜻을 알고자 하는 바는 욕심이었던가. 이미 모든 것은 우리의 손을 벗어났으니 공의 앞날마저 측량할 길이 없소. 도화녀여, 당신의 아들은 당신이 지키시오. 이제 우리는 모든 손을 놓을 생각이오. 무오 공도, 오랜 세월 필생의 대망도…. 허망하고도 허망하구려."

무오가 돌아오고 그와 정금이 다정히 나들이 가는 장면이 목격되자 유노는 안절부절못한다. 손에 아무것도 잡히지 않고 온통 그 생각 뿐이다. 질투를 넘어선 절망감, 숨을 쉴 수조차 없는 두려움. 그러다 밤이면 공포에 잠을 이루지 못하고 피리를 분다.

린펑이 죽어 나간 그날부터 얼굴이 꿈에 보였다. 해코지를 하거나 무서운 모습은 아니다. 그저 슬픈 표정으로 물끄러미 유노를 바라보기만 했다. 그러나 모습이 보인다는 것만으로도 싫었다. 그렇게 꿈이 깨면 혼자 있을 수조차 없는 무섬증에 시달렸다. 주섬주섬 피리들을 모조리 꺼내 돌아가며 불고 또 불었다. 죄책감을 이기기 위해. 린펑을 쫓기 위해.

뜻밖이다. 정금의 부탁이. 침을 삼키며 진위를 파악하기 위해 정금을 한없이 쳐다본다. 무슨 속셈인가. 느닷없이 비밀히 만나자 청을 해왔고 들뜬 마음으로 나간 유노에게 엄청난 제안을 했다.

"그러니까… 너의 지금 말이 모두 정녕 진심이란 말이더냐? 나는 그것이 궁금하다. 그저 농이 섞인 푸념이라면, 그렇다 하더라도 이것은 심하구나."

더듬대며 재차 묻는다. 정금은 눈물을 그렁거리며 온 마음을 다해 유노의 손을 잡고 고개를 끄덕거려 보인다.

"그자가 살아 있는 한 나는 행복할 수 없어. 벗어날 수도 없어. 그자는 내게서 많은 걸 빼앗아갔어. 앞으로 얼마나 더 빼앗을지 몰라. 이대로 있다가는 나 스스로 자해를 하고 말거야. 무서워. 제발 도와줘. 내겐 너밖에 없어. 나는 모든 걸 걸고 너에게 부탁하는 거야. 지금 믿고 의지할 사람은 너밖에 없어."

그러나 유노는 쉬이 대답을 못한다. 사람을, 그것도 무오를 죽여 달라니. 정금은 내게 무슨 말을 하는가. 진정 원하는 바가 무엇이란 말인가.

"무오는 무예가 뛰어난 자다. 그냥 덤벼들다가는 당하기 십상. 사흘 후가 도화녀의 기일이다. 그 전 본가로 가 내내 금식하며 기도를 올린다. 그땐 헐거운 삼베옷 하나만 걸친 채 금줄을 치고 모든 사람들의 접근을 금지하고 일체의 무기도 근처에 두지 않지. 그때를 노려야 한다. 비창이란 계집 하나가 시중드는데 소리를 지르거나 귀찮게 굴면 없애도 상관은 없다. 아무런 연고도 없는 계집이니. 너는 일단 무오의 숨을 끊어만 줘. 이후는 내가 알아서 처리할게. 너에게는 어떠한 위해도 없도록."

유노가 긴가민가 의심하는 듯하자 정금은 구체적으로 말을 푼다. 그러나 여전히 표정이 굳어 있자 숨을 들이킨 후 나긋하게 말한다.

"나는 모든 걸 돌리고 싶어. 그러나 무오가 있는 한 어림없어. 그자만 없다면 자유롭게 원하는 사람과 함께할 수 있어. 내가 원하는 이. 그가 누군지는 내 입으로 말 안 해도 알지? 응?"

이제야 유노는 흔들린다. 정금이 다짐하듯 입술을 굳게 앙다문다. 양 입술 끝을 어색하게 올리는 유노의 눈빛은 아직 불안하다.

정확한 시간은 금식 마지막 날, 즉 도화녀의 기일 밤 자시 직전으로 잡고 둘은 헤어진다.

도화녀의 기일 때문에 무오는 오랜만에 본가로 간다. 비창이 맨발로 맞는다. 금방이라도 울 듯한 표정이 되어 아련히 바라본다. 고개만 끄덕여 보이고 무오는 바로 도화녀를 모신 방으로 직행한다. 비창이 졸졸 따른다.

말끔한 방에서는 항상 향로가 꺼지지 않고 타올랐다. 신상을 향해 절을 올리는 무오. 그 등과 어깨를 물끄러미 바라보며 비창은 만감이 교차한다. 늘 갑자기 사라졌다가 나타나곤 했지만 이번엔 서운하다. 무심한 사람.

비창의 얼굴에 없던 흥이 보였지만 무오는 묻지 않는다. 절을 올리고 간단한 기도문을 외며 인사를 마친 무오에게 비창은 결심한 듯 정금을 언급한다.

"공께오서는 늘 나보다 앞날을 내다보시는 바가 뛰어나서 감히 제가 나서 말을 하지 못하였으나, 이번엔 어쩔 수 없이 말씀을 올려야 할 듯합니다. 얼마 전 정금 낭주가 왔습니다. 그러나 상이 달라져 있었습니다. 살기가 가득했습니다. 강한 살생의 기운이 낭주를 감싸며 망치고 있었습니다. 부디 조심하십시오. 공께 무슨 일이 생긴다면 저는 살지 못합니다."

"낭주는 네 상대가 아니다. 투기하는 마음을 드러내 해하지 말거라. 내 용납지 않을 터. 그동안 내 대신 어머니의 신상을 받들며 마음을 닦은 줄 알았더니 여전하구나. 입에 낭주를 사사로이 올리지 말라 했거늘. 물러가라. 나보다 낭주를 잘 아는 이는 없다. 낭주는 곧 나이다. 전생에서도 현생에서도 차생에서도 그러할지니. 그리고 너의 목숨은 오롯이 너의 것이다. 나와 묶어 너의 삶을 말하지 말거라. 세상에 짝은 하나뿐. 내 넋의 짝은 낭주 외엔 없다."

비창이 소리친다.

"너무하십니다. 대체 그 여인의 무엇이 그토록 공의 넋까지 좌우하는지요. 겉껍질뿐인 얼굴? 아름다운 탈을 쓴 악귀에 불과한 것을. 제발 눈을 뜨십시오. 세상에 나보다 공을 위하는 자는 없습니다. 저를 봐달라 하지 않습니다. 다만, 그 여인의 본모습을 제대로 보시란 겁니다. 스스로를 해하는 공의 모습을 보시란 말입니다. 감히 공의 점을 보았습니다. 망극할 정도로 흉했습니다. 사악한 여인이 공을 향해 칼을 겨누고 있었습니다. 처음엔 미실일까? 생각했습니다. 그걸 알아내기 위해 며칠을 기도하며 점을 봤습니다. 아니었습니다. 미실이 아니라면 누구일까요?"

"네 나날이 방자해져 가는구나. 그만 천주사로 들어가라. 더 이상 네가 할 일은 없다. 내 혼인을 한 무렵부터, 그 전부터 너는 가야했으나 이리 늦춰진 것이 더한 화를 부른 것 같다. 어머니가 네게 맡긴 의무는 이미 충분히 수행하였으되 그동안의 노고에 누가 되지 않도록 이쯤에서 나를 뜨거라."

대답이 없다.

"의식은 치르셨습니까?"

오히려 되묻는다.

무오가 드디어 돌아앉으며 눈을 부릅뜬다. 그러나 비창은 작심한 듯 막무가내다.

"혼인으로 다른 기운이 합쳐져 공에게 사악한 기운이 스며들지 못하게 하기 위한 의식인데 중대한 그것을 지금껏 아니 하시지는 않으셨겠지요? 첫날밤에 해야 하나 차후 늦게나마 행한다면 미약하나마 방책이 될진대. 그래, 그 여인의 몸에 부적은 새기셨는지요?"

"내 어머니의 기일을 앞두고 있어 너에게 이 이상 해를 입히고 싶지는 않다. 하니 스스로 자중하고 단속하여 서로의 마음에 흠을 내지 말고 너는 이만 물러가라."

단호하게 돌아앉는다. 멈추지 않으면 칼을 빼 들지 모른다. 목숨이야 무오의 손에 진다면 그리 나쁠 것은 없다만, 이후 그가 받을 고통이 걱정스러워 비창은 입을 다문다.

감히 온 마음을 다해 사모한 이. 이미 불손을 행할 만큼 했으니 더이상 그를 모시지 못할 터, 결심한다.

무오의 등 뒤로 절을 한 후, 부겁게 내려앉은 뒷모습을 잠시 애절하게 바라보다 이내 고개를 돌리고는 비창은 방을 나선다. 무오는 눈을 감는다. 아무것도 보이지 않는다. 어느 순간부터 자신과 모든 것의 운명이 보이지 않는다. 느낌조차도 없다. 기도를 올려도 마음은 늘 산만하다.

비록 문노의 수하에 있었으나, 유노는 근본적으로 격검을 싫어했다. 기본적인 것은 배웠으나 마지못해 한 것이고 그마저도 손을 놓은 지 오래. 이런 자신이 무오 같은 자를 벤다는 것은 거의 불가능하다. 그런데도 정금은 위험한 일을 맡겨준 것이다. 다양하게 생각할 수 있으나, 유노는 그만큼 정금이 자신을 믿고 의지해서라 여긴다. 고통에서 벗어나게 해줘야 한다. 이는 정의로운 것이며 사랑하는 정금에게 해줄 수 있는 최고의 것. 그동안 잘못에 대한 대가이기도 하다.

방구석에 세워둔 검을 빼 들고 지그시 날을 바라본다. 여기에 무오의 피를 묻혀야 한다. 간단하다. 어렵게 생각할 필요 없다. 상대는 빈 몸이다. 어둠을 틈타 조용히 스며들어 처리하고 나오면 된다.

마음을 다잡는다. 무엇보다 정금이 부탁한 일이 아닌가. 인생을 걸고서. 아버지, 당신의 마음을 조금은 이해할 듯합니다. 내 비록 그 여인과 함께 묻히게 되는 운명일지라도, 그것만으로도 기쁠 듯합니다. 이렇듯 어리석어지는 것이 진정 사모하는 마음인가 합니다. 아버지. 낭주를 위해서라면 기꺼이 어리석어질 것입니다. 후회하지 않을 것입니다.

무오가 본가에 가자 정금은 처소를 치워버릴까 하다 생각을 바꾼다. 아무런 내색도 없이 평소처럼 지낸다. 본가에 찾아가 봐야 하는 것 아니냐는 난주의 부추김에 추후 행차하는 게 그를 방해하지 않고 위하는 것이란 말로 대충 받아친다.

무오는 물 한 모금 마시지 않고 날밤을 새워가며 꼬박 사흘을 기도에 매진한다. 단지 도화녀의 넋을 위함이 아닌, 자신과 정금을 위한 기도로. 정신이 어지러워 중심 잡기가 쉽지 않지만 애써 마음을 비우고 집중한다. 하지만 어느 해보다 힘들고 몸이 노곤하다.

사흘째 되던 날, 살풋 잠이 든다.

도화녀의 모습이 보인다. 가슴엔 갓난아이가 안겨 있다. 도화녀는 하늘로 올라간다. 멀리서 이를 지켜보며 무오는 손을 내민다. 어머니를 애타게 부른다. 그러나 못 들은 양 하늘로 하늘로만 한없이 오른다. 마지막 순간, 아이의 얼굴이 보인다. 무오, 자신이다.

잠이 깬다. 사방이 어둡고 고요하다. 벌떡 일어나 어머니의 신상을 바라본다. 범상치 않은 꿈이다. 무엇을 알려주려 함인가. 자세를 바로잡고 손을 모은다. 이때다. 귀에 바스락 소리가 잡힌다. 분명 사람의 기운이다. 그것도 살기 가득한. 본능적으로 몸을 가다듬는다.

조금의 움직임도 없이 돌처럼 앉아 신상을 바라보지만 온 신경을 소리에 집중한다. 얼핏 여인의 움직임 같기도 하다. 살기는 서서히 다가온다. 문을 열고 들어서던 물체는 앉아 있는 무오를 발견하고 잠시 멈칫한다. 그러나 곧 빠르게 등을 향해 칼을 내리친다. 잽싸게 옆으로 몸을 굴리듯 피하며 무오는 상대의 허벅지를 발로 가격한다. 단한 번의 가격만으로도 힘없이 그대로 나가떨어진다.

복면도 없이 고스란히 얼굴을 드러내며 대범하게 달려든 자. 부드러운 곡선의 빚은 듯한 얼굴선이 찌그러진다. 머리카락이 얼굴로 흘러내리며 마치 그림처럼 그늘을 드리운다. 붉은 입술에서 가는 신음도 들린다. 얼굴이며 몸짓이 필시 여인이었으나, 그는 사내. 무오는 의아한 표정으로 바닥에 나동그라진 상대를 바라본다.

잠시 지체하는 사이 상대는 바로 태세를 가다듬고 다음 공격을 해온다. 살기가 가득하나 망설임이 깃든 칼끝이 아슬아슬하게 무오의 어깨를 스치고 삼베옷이 칼에 찢긴다. 비록 무기도 없이 맨몸으로 겨루지만 무오는 만만한 상대가 아니다.

그렇게 좁은 방안에서 두어 합을 겨루다 다시 밖으로 나온 두 사람. 더 갈 것도 없이 유노는 무오의 주먹에 쓰러진다. 어찌나 세게 맞았던지 다시 일어날 줄을 모른다. 애초에 상대가 되지 않았다. 유노 앞에 버티고 서서 무오는 호령한다.

"어찌 네가 내게 해를 가하는고? 그것도 목숨을 걸고? 우리가 좋은 관계는 아니지만 그렇다고 목숨을 해하여야만 할 정도는 아니지 않은가?"

날카로운 목소리와는 달리 태도는 여유롭다. 유노는 아무런 말도 없다. 사흘을 굶은 무기 하나 없는 자에게 칼을 지니고도 이리 쉽게 무릎을 꿇다니. 치욕스러워 견딜 수가 없다. 이제 처분만 기다려야 한다.

"네 자의로 한 짓이냐, 아니면 누가 시킨 것이냐?"

애써 머릿속에 스치는 의구심을 잠재우려 무오는 진지하게 유노의 입만 쳐다본다. 그 입에서 다른 말이 나오길 간절히 기다리며. 그러나 유노는 아이처럼 씩씩댈 뿐 종시 입을 열지 않는다. 무오는 유노가 떨어뜨린 칼을 집어 든다. 서슬 퍼런 날을 손가락으로 쓸어내린다. 유연한 손놀림으로 곧 칼끝은 유노의 목에 겨누어진다.

"다시 묻는다. 누가 시킨 것이냐? 본시 자객이란 죽음을 각오하고 들어오는 법, 실패했으니 난 너를 죽일 것이다. 허나 이대로 죽으면 억울하지 않겠느냐? 자초지종을 말하면 선처를 해줄 터."

유노는 참담한 기분으로 머리를 굴린다. 이대로 죽고 싶지 않다. 비록 죽음을 각오했고, 여기서 실패했으나, 정금은 무오와 끝난 상태고 어쩌면 이제 정금과 자신은 다시 맺어질 수 있다. 그런데 죽어야 한다. 그럴 수는 없다. 이 순간을 잘 모면하고 싶다. 그럼 된다. 입에서 생각지도 않던 인물이 튀어나온다.

"너의 계집 비창이 시킨 일이다. 당신이 변해가는 것을 더는 볼 수 없다며 너를 위해서 죽이고자 했다. 그러나 자기 손으로는 힘드니 내게 부탁을 한 것이다. 내가 정금 낭주로 인해 너에게 감정이 좋지 않을 거라 여기고 부탁해온 것이다. 만일 일을 성사시키면 많은 재물을 준다 했다. 알다시피 나는 빈털터리다. 재물이 필요하다. 다시 말한다. 이미 실패한 마당에 무엇을 감추리. 비창, 그 계집이다."

무오의 볼이 실룩대는 것을 보며 유노는 부지런히 변명한다. 물론 조금도 믿지 않는다. 그러나 알고 싶지 않다. 더 이상. 그냥 이것으로 됐다. 진실보다는 거짓이 더 낫다. 웃음이 난다.

갑자기 무오는 너털웃음을 터뜨린다. 놀란 눈으로 유노가 무오를 빤히 쳐다본다. 칼을 던지며 허탈한 웃음으로 사건을 마무리하고 돌아서는 무오. 한순간 그의 모습은 한없이 작아져 있었다. 그만큼 모든 경계를 늦췄다는 것이고 빈틈이 고스란히 드러났다는 것이다.

채 미처 다 돌아서기도 전, 누군가 등에 칼을 꽂는다. 움찔하며 무오는 서서히 돌아선다. 두 눈이 커다랗게 떠진다. 고개를 갸웃하는 듯 손을 내민다. 조금은 겁에 질린 얼굴로 자신을 바라보는 이, 그녀를 향해 간절히 손을 뻗는다.

정금은 뒷걸음질 친다. 막상 일을 저지르니 손이 떨린다. 유노는 놀라 정금을 보고, 정금은 유노에게 눈짓을 한다. 주춤대던 유노의 손에 무오가 던진 칼이 들린다. 마지막 혼신을 다해 무오의 심장에 정면으로 꽂는다.

드디어 고꾸라진다. 마치 커다란 산이 무너지듯 그렇게 두 사람 앞으로. 고꾸라지던 무오가 유노를 덮친다. 무게에 눌려 유노는 다시 쓰러진다. 피투성이가 돼 축 늘어진 무오가 유노의 몸 위에서 움쩍달싹하지 않는다. 이미 숨은 끊어진 상태였다. 더는 회생할 수 없음을 확인한 후 정금은 빠르게 벗어나 도망친다. 무오에 눌린 유노야 알 바 없다.

천근과도 같은 무게를 이기지 못하고 유노는 밑에 깔린 채 한동안 허우적댄다. 겨우 빠져나와 정신을 가다듬기도 전에 이번에는 유노 앞에 비창이 경악한 표정으로 서 있는 게 보인다. 유노는 매우 당황한다. 그러나 곧 사태 파악에 들어갔고 칼을 바로 세운다.

무오에게 크게 실망하고 서러움에 비창은 그대로 하직 인사를 하고 집을 나섰다. 한동안 잔걸음으로 천주사를 향했지만 흉측한 점괘가 아무래도 마음에 걸렸다. 무오를 이대로 떠날 수는 없었다. 어떠한 일이 있더라도 그와 함께 해야 한다. 뒤늦게 후회하며 급히 비창은 다시 발길을 돌렸다.

문 앞에 들어서자마자 피비린내와 살기가 진동하자 우려했던 바가 현실이 된 것에 가슴이 내려앉았다. 이미 일이 걷잡을 수 없게 일어났음을 직감했다. 모진 후회가 밀려왔다. 우려는 현실이 되어 있었고 모든 것은 무너진 상태. 더 지체할 것이 없었다. 놀랄 틈도 없었다.

비창은 눈치와 행동이 매우 빠른 여인이었다. 그녀는 더 이상 머뭇
대지 않고 바로 몸을 피해 관으로 달린다.

다리가 말을 듣지 않는다. 온몸이 돌처럼 굳어 움직여지지 않는다.
무오에게 가격당한 허벅지가 뼈라도 부서진 듯 심한 통증을 일으킨
다. 어서 이 자리를 벗어나야 하건만, 마음은 굴뚝인데 마치 무오가
막아서기라도 하는 듯 여전히 유노는 꼼짝을 못한다.

뒤늦게 절룩대며 비창을 쫓아 나갔으나 이미 사라지고 없다. 유노
는 선뜻 움직이지 못하고 자리에 서서 망설인다. 이후 행동에 대한 지
침이 서지 않는다. 어디로 가야 한단 말인가. 도무지 모든 게 현실로
와 닿지 않는다. 정금? 그래, 정금에게 가자.

멀리 말발굽 소리가 들린다. 점차 가까워진다. 한 마리가 아니다. 사
람들이다. 유노는 멍하니 그들이 가까이 오도록 꼼짝 없이 서 있는다.

약속한 날이 되자 정금은 하루 종일 초조하게 움직였다. 오직 유노
와 자신만이 아는 일. 묘한 외로움마저 느껴졌다. 초저녁부터 정금은
난주나 파명도 모르게 말을 타고 무오의 본가로 향했다. 어둠 속에
몸을 숨기고 내내 본가를 정탐하는 한편, 유노가 나타나길 기다렸다.
어둠이 깊어지자 멀리 유노가 나타났다. 잠시 망설이는 듯하더니 이
내 안으로 들어갔다. 혹여 안 나타날까 내심 걱정했던 정금은 안도하
며 조심히 뒤를 따랐다.

두 사람의 거친 몸싸움이 시작되자 담 너머에서 몰래 지켜보던 정
금은 자신이 나서야 할 때를 가늠하며 기다렸다. 애초 유노에게만 맡
길 생각은 없었다.

무오의 칼이 유노의 목에 겨눠진 찰나, 나설까 했지만 참았다. 유노

따위 죽는 거야 별 상관없지만, 이 상황에서 나서봐야 아무런 이득도 없다. 뒤를 노리자. 드디어 무오가 등을 돌렸다.

당연히 이때를 노려야 함에도 유노 저 멍청한 자는 그대로 보고만 있구나. 앞뒤 생각할 겨를이 없었다. 그대로 나아가 온 힘을 다해 칼을 꽂았다. 무오가 쳐다봤다. 그 어느 때보다 간절한 눈으로 손을 내밀며 쳐다봤다. 숨이 막혔다. 무서웠다. 마지막 최후의 일격은 유노가 해줘야 한다. 눈짓을 보냈다. 망설이는 저자의 멱살이라도 잡아끌고 싶었지만 참았다.

드디어 무오의 숨이 끊어진 것을 보자마자 그대로 밖으로 나와 정신없이 말을 메어둔 곳으로 뛰었다. 급히 말에 오르려니 손에 들린 피 묻은 칼이 방해했다. 저고리 안쪽 깊은 곳에 칼을 밀어 넣고 말을 몰았다. 칼에 맞은 무오가 멀쩡히 뒤쫓아올 것만 같은 두려움에 달리고 또 달렸다.

정신을 차려보니 집 앞이었다. 파명이 문 앞에서 기다리고 있었다. 말머리까지 다가와 손을 내밀었다. 안다시피 정금을 말에서 내린 파명은 말고삐를 잡고 마구간으로 향했다. 아무것도 묻지 않았다. 잠시 흔들리는 눈으로 그 뒷모습을 바라보던 정금은 이내 처소로 향했다.

빠르게 옷을 갈아입고 붉은 천으로 칼을 닦은 후 다시 원래의 자리에 보관했다. 피 묻은 천은 그대로 화로에 던져져 사그라졌다. 이후 파명을 불러 입었던 옷을 모두 버리라 명한 후 목욕물을 준비시켰다. 뜨거운 물에 몸을 담그고 이성적으로 생각을 정리했다. 아직 가슴이 뛰었지만 머리는 냉정해졌다.

모두 잘 된 것이다. 문제 될 것은 아무것도 없다. 무오의 마지막 모습이 방해를 하지만 애써 없앤다.

깊은 추궁을 할 것도 없이 유노는 자백한다. 문노는 이 일과 아무런 상관이 없으며 오직 치정에 의한 살인으로 판결이 나고 참수형이 결정된다. 왕족을 죽인 죄는 매우 큰 것이었고 미실의 분노가 있었으나 세종의 영향으로 그나마 참수로 결정된 것이다.

문노는 이해하지 못한다. 닷새 후 있을 형의 집행 전까지 거의 모든 시간을 유노와 보낸다. 알고 있다. 절대 유노는 남을 해할 사람이 아니란 것을. 다른 뭔가가 있다 믿는다.

정금의 가복 고시라가 선문으로 직접 문노를 찾아왔다.

사건이 일어난 날 밤, 정금이 검은 옷을 입고 조용히 집을 나서는 것을 본다. 잠시 후 파명이 몰래 정금의 뒤를 따르는 것도 발견했다. 평소와 다른 이 상황이 고시라는 뭔가 의심스러웠다. 줄곧 문 앞을 맴돌다 파명과 정금이 시간을 달리해 들어오는 것 또한 숨어서 확인했다.

석등 앞을 지나던 정금이 머리를 쓸어 올리는 순간 손에 묻어있던 붉은 자국을 고시라는 똑똑히 보았다.

무오의 사건과 연계하여 생각하지 않을 수 없어 고심 끝 문노를 찾았다. 하찮은 가복의 확실하지 않은 말일지라도 문노는 진지하게 들었다. 실낱같던 의혹이 거의 확신이 되었다.

묻는다. 당연히 정금을 의심한다. 그러나 끝내 유노의 입에서 정금의 이름은 나오지 않는다. 대신 문노에게, 정금이 보고 싶다, 그녀를 불러 달라 청한다.

비명에 간 무오의 부인으로서 정금은 장례를 치르고 있었다. 혼인한 지 얼마 되지도 않아 배필을 잃은 애달프고 청초한 어린 부인. 사람들은 정금에게 더할 수 없는 동정을 전한다. 아버지의 죽음 후 채 얼마 되지 않아 맞은 비극에 정금은 몸을 가누지 못할 정도로 슬퍼한다.

문노가 윤궁과 문상을 온다. 살인자의 형님이란 신분을 차치하고, 현재 서라벌 최고의 선문 조직의 우두머리로서 정금은 정중히 맞는다. 윤궁은 정금의 손을 맞잡고 눈물을 흘리며 위로한다. 지극한 망극함에 말조차 꺼내지 못한다. 유노의 행위를 무엇으로 변명하리. 기다란 검은 머리를 늘어뜨린 채 온통 흰 옷으로 가냘픈 몸을 감싼 아름다운 여인. 참으로 처연하고 안타까운 모습이다. 때문에 더욱 가책에 시달리며 눈물을 쏟는다.

물론 윤궁 역시 유노가 무오를 죽였다는 사실이 믿어지지 않았다. 그러나 상상을 초월하는 온갖 일이 일어나는 게 인생이요, 무슨 일이든 벌일 수 있는 게 인간의 본성인바, 그저 받아들였다.

문상의 절차를 마치자 문노는 정금에게 조심스레 유노를 만나줄 것을 청한다. 난감한 표정이 역력하다.

"감히 얼굴을 들어 낭주를 바라볼 염치도 도리도 아니지만 이리 어리석고 못난 청을 드리니 마지막 가는 아우의 청을 부디 하해와 같은 아량으로 들어주신다면 이 은혜는 결단코 잊지 않을 터, 다시 말씀드리지만 감히 얼굴을 들 기운이 없소이다."

한껏 치뜬 눈으로 정금은 문노를 경멸하듯 내려다본다. 그 모습이 어찌나 당당하고 거만한지 문노는 굴욕을 느낀다. 목구멍으로 밀고 올라오는 의혹의 말을 삼키며 정금에게 머리를 조아린다. 지금은 아우만 생각하자. 불쌍한 내 아우만. 엄청난 아량을 베풀 듯 정금은 마지못해 승낙한다.

돌아오는 길에 윤궁이 문노를 책한다.

"공께서는 참으로 잔인하십니다. 낭주가 누굽니까? 유노랑에게 배신을 당하고 갖은 치욕까지 당했습니다. 고귀한 여인으로서 차마 견디기 힘든 일을 겪었단 말입니다. 그런데 하물며 유노랑은 부군마저 죽였습니다. 우리의 문상을 받아준 것만도 대단한 아량인데 더하여 원수의 마지막을 위로해 달라니요. 우리는 평생 낭주에게 사죄하며 엎드려야 합니다. 그리고 공께서 알아서 하시겠지만 한동안 윤실이 모르게 해주세요. 아랫것들 입이 좀 가벼워야지요."

"그래야겠지. 그렇지…. 그러할진대 낭주는 아우를 만나왔고 갑자기 아우는 무오랑을 죽였다…. 마지막으로 낭주를 애타게 찾고. 무오랑을 죽이면 반드시 잡힐 것을 알면서도 굳이 그런 일을 했다. 자진해서는 절대 그 같이 행할 수 없다. 그럴 수 있다 여기면 평범하지만 왜 뭔가 한없이 평범치 않은 생각이 드는가. 참으로 기괴하도다."

문노가 낮게 속삭이듯 말한다.

"뭐라 하셨어요?"

윤궁이 되묻지만 연신 문노는 낮게 되뇌이다 어두운 바깥으로 고개를 돌린다.

유노가 처형되기 하루 전 늦은 밤, 검은 너울로 얼굴을 가린 정금은 유노를 만나러 온다. 문노가 기다렸다 안내한다. 냄새나고 더러운 좁은 통로를 지나며 정금은 코를 막고 얼굴을 찡그린다.

"귀녀를 이런 데 오시게 해 참으로 망극합니다."

앞서가던 문노가 사과한다. 그러나 말투는 메말랐으며 얼핏 조소마저 느껴진다.

유노의 모습은 생각보다 말끔했다. 눈빛 또한 맑았으며 조금도 죽음을 앞둔 사람처럼 보이지 않는다. 문노는 안내만 하고 바로 자리를 비켜준다.

　작은 구멍이 군데군데 난 나무 담을 사이에 두고 두 사람은 마주선다. 정금에게 조금이라도 가까이 다가서기 위해 유노는 담을 잡고 최대한 얼굴을 내민다. 애절하게 바라보는 눈에 눈물이 고인다. 그러나 정금은 가까이 다가서지 않은 채 그저 멀뚱히 쳐다만 본다.

　"이리 가까이 와 보거라. 그동안 네 생각만 했다. 비록 내 아비 못지않게 비참한 죽음을 맞이하지만 너를 위해서라 여기니 그리 억울하지는 않더구나. 정금아, 좀 더 다가오너라. 손을 좀 잡아다오."

　"내 부군을 죽인 자가 뻔뻔도 하구나. 주제에 감히 나에게 지난 날 그 치욕을 준 것도 부족해 너는 내 부군마저 죽였다. 내 생을 송두리째 망가뜨린 악랄한 자다. 참으로 주제를 모르는 구역질나는 자로구나. 내 넓은 아량과 문노 공이 머리를 조아리기에 할 수 없이 왔다만 더는 참기가 힘들다. 이쯤하면 충분한 듯하니 그만 가겠다."

　뜻밖의 조롱에 유노는 갈피를 잡지 못하고 혼란스러운 표정이 된다.

　"정금아…"

　도무지 믿을 수 없어 정금을 부르며 손을 내민다.

　"네 아비의 천한 피를 탓하려무나. 더러운 것."

　극도로 잔인한 마지막 말을 던지고 정금은 쌩하니 뒤돌아선다. 등 뒤로 부르는 소리가 진동한다. 비명이다. 뒤집어질 듯한 몸부림이다. 그 소리가 하도 소름이 끼쳐 정금은 귀를 막는다. 문노가 급히 들어서며 의문 가득한 눈빛을 던지지만 애써 피하며 정금은 급히 파명의 손에 이끌려 수레에 오른 후 도망치듯 사라진다.

　별다른 죄책감도 안타까움도 없다. 그런데 몸이 떨린다. 추운 것도 아니건만 정금은 양팔을 손으로 감싸며 웅크린 채 떤다. 걱정스레 파명이 쳐다본다. 눈을 깜빡이며 괜찮단 표시를 한다.

문노는 넋을 놓은 유노에게 급히 묻는다.

"분명 저 여인이 연관된 것이지? 말을 하거라. 진실을 말하거라. 그것이 나와 어머니, 결중에 대한 네 마지막 도리다. 나의 아우야, 나는 이대로 널 보낼 수가 없다."

그러나 유노는 실없이 배시시 웃는다. 눈은 풀린 채 허공을 향해 있다.

어리석은 자로구나. 진실로 나는 그런 자구나. 허망하고 또 허망하다. 허나 모든 것은 내가 자초한바, 누굴 원망하리. 린펑아, 내 너를 어찌 볼 수 있을까? 이 생에서도 저 생에서도 나는 고개를 들 수 없으니 이 어찌 어리석지 않으리.

밤새도록 문노는 유노의 곁을 뜨지 않는다. 그리고 다음 날 마지막을 지켜본다. 눈물 없이 그저 망연히. 아무런 흔들림 없이 담담히 유노는 목을 내민다. 저 멀리 담 아래 붉게 핀 동백꽃을 흘려보며.

문노는 국선의 자리에서 물러났다. 세종의 만류가 있었지만 문노의 의지는 강력했다.

이후는 전과 달리 가정생활에 모든 시간을 할애하며 중요시했다.

부부는 항상 아이들을 대동한 채 수레를 타고 야외로 나가 노닐곤 했다. 그 화락하고 조용한 모습이 매우 아름다워 세상 사람들은 마치 그들이 원앙과 물수리 같다 칭찬했다. 또한 윤궁이 입으로 빨아 문노의 종기를 낫게 한 일과 더불어 서라벌 모든 부부들의 귀감이 되어 늘 입에 오르내렸다.

부군을 택하는 데는 마땅히 문공 같아야 하고, 처를 얻는 데는 마땅히 윤궁 낭주와 같아야 한다. 이것은 어느덧 유명한 구절이 되었다. 그렇게 유노의 일은 잊혀졌고, 문노의 아우라는 존재는 애초 없었던 사람처럼 여겨졌다.

더 이상 정금의 삶에 거칠 것은 없었다. 평생 아버지의 눈엣가시였던 문노까지 위에서 내렸으니.

정금과 파명은 더욱 가깝게 지냈다. 귀족가의 여인이 사적으로 통교하며 아이를 낳는 일이 없지는 않았으나, 무오가 비명에 간 지 얼마 되지도 않은 때에 다른 이도 아닌 집안 가복과 사통을 한다는 것은 보기 좋은 광경은 아니었다.

하루하루 식사량도 늘어 정금은 전보다 살이 올라 더욱 희고 풍성해졌다. 그러던 것이 갑자기 소화가 되지 않아 음식을 제대로 먹지 못하기 시작했다. 그러다 토하기까지. 다시 병이 도졌나 싶어 의원을 불렀다. 결과는 뜻밖이었다. 아이를 가진 것.

누구의 아이인지는 중요치 않다. 오직 무오의 아이여야 하기에. 왕족의 아이. 그렇다면 이것은 간단한 게 아니다. 정금은 미소를 짓는다. 무오의 죽음 이후 자신의 나아갈 바를 선뜻 정하지 못하고 있었던 차다. 선도산 신모님은 늘 나를 보살펴 주시는구나. 이렇듯 운명이 날 부추길 줄이야.

아버지, 당신은 아무것도 해준 것이 없지만 나는 당신의 영원한 숙적을 망하게 했습니다. 정녕 나야말로 제왕의 풍모를 지닌 자가 아닌가 합니다. 다 가지고 다 누리며 살 것입니다. 모를 일이지요, 내 지금은 성골이 아니나 언젠가 성골이 되어 이 서라벌의 첫 여왕이 될지도. 진정 대국에도 없었던 그런 제왕 말입니다. 미실에 버금가는. 나는 그것을 몰랐지요. 왜 무오 같은 자에게만 기대 꿈을 꿨는지. 먼바다 너머 이국에서는 이미 여자가 다스리는 바가 더없이 많았거늘. 하여, 당신이 마련해둔 척한 땅도 그대로 둘 생각입니다. 언제 쓰임이 있을지 모르니. 생각해보면 당신이나 무오나 서라벌 사람들은 참으로 어리석습니다. 여인의 나라를 생각지 못한다는 것은 그 갇힌 세상이 좁아 다른 시선을 두지 못한다는 것이기에. 나는 그것을 벗어났지요. 이 어찌 난 여인이라 하지 않을 수 있으리오.

정금은 자신이 무오의 유복자를 가졌다 사방에 떠들썩하게 알린다.

파명은 의미심장한 눈빛으로 정금에게 묻지만 아무런 답변도 듣지 못한다. 그러나 아이의 부친이 누구인지 온 마음으로 느낄 수 있었다. 이것은 당연한 것이며 자연의 순리이며 확고한 사실이다. 적어도 파명은 이리 생각한다.

아들 나루는 소하의 반대에도 불구하고 가시라기의 집으로 보냈다. 이는 파명뿐 아니라 정금 역시 존재를 그리 달가워하지 않아서였다. 집에서 떠나는 날, 서로를 놓지 못하고 울고불고하는 소하와 나루, 그리고 고시라의 모습은 참으로 애달팠다. 아들과 손자 중 하나를 선택해야만 하는 소하는 결국 아들을 택했다. 안타깝고 불쌍한 손자지만 파명을 떠날 수는 없었다.

배가 불러갈수록 정금은 태교에 전념하며 장차 태어날 아들을 위해 최선을 다한다. 큰 도움을 줄 아이. 처음만 잠시 힘들었을 뿐, 무엇이든 잘 먹고 큰 어려움 없이 달을 채워간다.

정금은 부른 배를 안고 미실을 찾는다. 명목은 안부인사지만 기실 적대감 때문이다. 늙은 여인 앞에 젊고 아름다운, 더구나 아이까지 수태한 특권을 가진 몸으로 내 건재함과 미래를 보여주리. 당신이 못한 것을 이루리라. 결국 승자는 내가 되리니.

미실은 무오의 죽음에도, 정금이 아이를 가졌다는 소식을 들었을 때도 아무런 반응을 보이지 않았다. 윤궁은 이미 여러 차례 선물을 보내며 축하를 했고 다른 귀족가의 여인들 역시 예의상 모른 척하지 않았다. 그런데 오직 미실만이 조금의 움직임도 내보이지 않고 무관심했다.

윤기 도는 얼굴과 빛나는 눈빛으로 미실에게 인사를 드리는 정금의 모습을 못마땅하게 찬찬히 훑는 미실. 뭔가를 탐색하는 눈빛이다. 그런 기운을 모를 리 없지만 정금은 천연덕스럽게 미소 지으며 덕담을 한다.

"흉사로 오래 뵙지 못하여 참으로 마음이 울적하였으나 이제라도 뵈오니 더없이 푸근하고 안심이 되어 기쁘기 한량이 없습니다. 더욱 힘써 궁주님을 모시겠으니 부디 책망 마십시오."

전에 없던 능글맞음까지 더해져 정금의 모습은 교활해 보이기까지 한다. 미실은 곧 온화한 표정으로,

"그리 말하여 주니 내 참으로 고맙구나. 하루가 다르게 몸이 노쇠하여 움직임이 힘들고 망기까지 들었음인지 자주 잊어 난감할 때가 많다. 내 굳이 말하지 않아도 너라면 알아 이해하려니 하여 다른 챙김을 하지 않았지만 마음만은 늘 그득하다는 것을 알거라 여긴다. 워낙에 총기 어린 너인지라. 어려운 일을 슬기롭게 이겨내며 더욱 성숙해진 모습을 보니 되었다 싶다. 부디 무탈하게 아이를 생산하여 서라벌의 복된 자로 키우거라. 어렵거나 필요한 게 있다면 기탄없이 내게 청하고."

시종일관 훈훈한 말이 오간다. 두 여인은 각각의 가면을 쓰고 상대를 경멸하며 짧은 시간을 보내고 하직한다. 일어서려는 정금에게 미실이 마지막 일갈한다.

"다 좋은데, 너무 티를 내지는 말거라. 너는 측은하고 아름답고 청초한 유복자의 어미여야만 한다. 그런데 지금의 너는 참으로 기름지고 풍성하고 무엇보다 눈빛에 기운이 넘치는구나. 비명에 무오랑을 잃은 자 같지가 않구나. 안 그래도 일부 너에 대한 의혹이 불씨로 남아 있는 판에 부디 드러내지 말고 아이는 반드시 딸을 낳아 몸을 보전토록 하거라."

정금의 눈썹이 치켜 올라간다. 아랑곳없이 미실이 덧붙인다.

"늘 희고 깨끗하게 감추며 살거라. 내가 그리하였소 그렇게 보여주면 난처하지 않겠느냐? 모든 건 순간이란다. 올라가는 것도 내려오는 것도."

일단 느긋한 몸짓으로 답하고 나온 정금. 그러나 머릿속은 미실의 본의를 파악하기 위해 분주하다. 아주 조금 가닥이 잡힌다. 여우 같은 늙은 여인. 구미호가 되었구나. 서서히 밝혀지기 시작하는 보명궁의 불빛을 바라보며 정금은 목을 치켜든다.

그러나 운명은 호락호락하지 않았다.

그렇게나 몸 보전을 하며 신경 쓰고 좋다는 온갖 것을 먹고 조심했지만, 아이를 유산하고 만 것.

정금은 결단코 이를 인정하려 들지 않는다. 하늘이 이렇게 자신을 버릴 리 없다 소리친다. 그러나 이미 흘러버린 아이는 더 이상 정금의 몸에 존재하지 않았다.

처음부터 여지가 없었다면 몰라도 원대한 꿈을 품은 후 포기해야하는 것은 잔인한 일. 죽은 듯 하루하루를 보내며 정금은 온갖 생각에 빠지지만 아무런 방도가 없다. 현실을 받아들이고 모든 것을 처음부터 다시 시작하든 정리해야만 한다.

일 년여의 시간 동안 수많은 고뇌를 반복하다 정금은 스스로 타협을 하고 일부분을 내려놓는다.

결코 포기가 아니다. 그저 고삐를 늦추며 기다릴 뿐. 이제껏 거침없이 달려왔던 것에서 한숨을 돌리기 위해. 운명을 믿는다. 반드시 새로운 기회를 줄 것이다. 어떤 방식일지 지금은 가늠조차 어려우나 의심하지 않는다. 왜? 나는 선택받은 자이므로.

운명은 예상치 못한 때에 이상한 방식으로 다가온다. 마음을 누그러뜨렸을 즈음 희망을 안고 찾아오는 것이 또한 운명이기도 하다. 이것을 운명의 장난이라고도 하니.

정금은 서라벌 곳곳을 유람하며 보냈다. 이렇게라도 하지 않으면 미쳐버릴 것 같았다. 유유자적 시간을 보내며 상실감을 달랬다. 여유롭게 기다릴 참이었다.

왕실과 귀족들의 단골 피서지인 암각바위 계곡까지 먼 길을 다녀오던 와중 가던 길과는 다른 길로 돌아오며 산천을 두루 돌아보던 정금의 앞에 천주사가 나타난다.

무오에게서 천주사의 존재를 들어 알고는 있었으나 정금은 와본 적도, 구체적인 위치조차 몰랐다. 멀리 보이는 절의 웅장함과 이국적인 모습에 호기심과 묘한 이끌림을 받는다. 기존 서라벌을 차지하고 있는 수많은 절의 형태와 확연히 달랐다.

날카로운 철로 만들어진 치미는 하늘을 찌를 듯 솟았는데 그 모양이 흡사 불꽃과 같았고, 사방으로 난 길고 긴 회랑은 굽이굽이 곡선을 이루며 절 여기저기 끝이 없었으며, 탑 대신 돌로 만든 조각상들이 절을 지키듯 산재해 있었다.

진동하는 향냄새를 따라 정금은 난주, 파명과 절에 들어선다. 일주문이며 아무런 절의 정체를 나타내는 명문조차 없다. 사람은커녕 짐승 한 마리 보이지 않는다.

본시 천주사는 엄격히 통제되어 아무에게나 쉬이 출입을 허하지 않았으나 어느 순간부터 모든 것이 달라졌다.

신기한 곳도 다 있구나. 서라벌에 이런 곳이 있었다니. 이상한 느낌을 주는 곳이구나. 마치 꿈속에서나 나올 것 같은 곳이다.

한참 만에 적막한 넓은 뜰에 그림자 하나가 나타난다. 키며 나뭇짐을 지고 있는 걸로 보아 절에서 일하는 자거나 수행승이러니, 정금은 그림자의 정체에 말이라도 걸어볼 요량으로 다가선다.

가까이 다가오는 존재, 순간 정금은 흠칫한다. 소년이다. 그것도 어린 소년. 소년이라 하기엔 매우 큰 키와 체격으로 착각을 한 것. 그런데 더욱 놀라운 것은 소년의 얼굴.

"무오?"

놀란 소리가 입 밖으로 터져 나온다. 동시에 난주와 파명 역시 멈칫한다.

장대한 기골이며, 형형한 눈빛이며, 얼굴 생김이며, 누가 봐도 아이는 무오를 닮아있었다. 참으로 희한할 정도로.

낯선 내방객들에 아이는 걸음을 멈춘다. 시선에 놀라움이 그득하다. 특히 정금을 바라보는 눈이 경이로 반짝인다. 곧 고개를 숙여 인사한다. 아이답지 않은 굵은 목소리로 묻는다.

"어이 오셨습니까?"

정금 대신 난주가 답한다.

"오가며 들른 곳이라오. 행자께서는 이곳에서 수행하시는 분이신가? 이 사찰의 명이 무엇이오?"

"이곳은 천주사라 합니다."

"천주사라, 어쩐지 낯설지가 않습니다."

난주가 고개를 갸웃한다.

"비량아."

멀리서 늙은 승려가 부른다. 그러자 아이는 냉큼 뛰어가 허리를 굽힌다.

"예서 무얼 꾸물대고 있는 것이냐? 오늘은 운기가 심상찮아 자중하고 있으라 했거늘."

"공양간에 나무가 부족해 충당하던 중입니다."

푸른색 장삼을 입은 승려는 때문인지 눈에서 나오는 섬광마저 푸르게 빛나 매우 차가운 기운을 풍긴다. 힐끗 정금 일행을 본다. 아이가 무슨 말인가를 하려 하나 무시하고 정금 일행에게 다가와 냉정한 말투로,

"미리 통보하지 않은 내방객은 들이지 않습니다. 그만 나가주시지요."

거의 내쫓다시피 한다. 그러나 정금은 조금도 갈 생각이 없다. 아이의 정체를 알아내야만 한다.

승려는 정금 일행과 아이가 만난 것이 언짢은 듯 서둘러 아이를 보낸다. 줄곧 주시하던 정금과 눈이 마주치자 아이는 안타까운 눈빛을 보낸다. 가기 싫은 티가 역력하다.

"차 한 잔만 대접해 주실 수는 없는지요? 긴 유람에 심신이 지친 길손에게 목 축일 자비를 베풀어주세요."

정금이 매달린다. 차를 얻어 마시기 전엔 절대 가지 않겠다는 듯 강경한 어조로 버틴다. 그러나 승려는 조금의 여지도 주지 않고 돌아서 가버린다.

"그만 가입시다."

난주의 재촉에도 요지부동 승려의 뒤를 따른다. 이렇게까지 나오는 데야 승려도 하는 수 없어 그만 정금을 안으로 들인다.

아무런 장식이나 물건도 없이 텅 빈 정갈한 공간에 정금은 홀로 승려와 마주 앉는다. 난주와 파명은 들이지 않고 오직 정금의 입실만을 허락한 것. 바닥은 따스했으나 열린 창 너머 대나무 숲 때문인지 공기는 차가웠다. 대접이랄 것도 없이 그저 냉수 한 사발만이 놓인다. 대놓고 푸대접이다. 아무래도 상관없다.

"방금 전 아이, 어찌 들어온 아이인지요?"

단도직입적으로 묻는다. 질문을 예상이나 한 듯 즉시 답이 나온다.

"갓난쟁이 때 절 앞에 버려진 아이입니다."

"그렇다면 부모가 어떤 이인지 모르신다는 것입니까?"

잠시 승려는 정금의 얼굴에 시선을 고정한다. 민망할 정도의 시선을 받으면서도 정금은 피하지 않는다.

"그렇습니다."

"참으로 비범해 뵈는 아이였습니다."

"비범할 것 없습니다. 또래보다 덩치가 크다는 것 외엔 아직 어린아이일 뿐입니다. 또한 태어나자마자 버려졌다는 것은 업이 많다는 뜻. 평생을 이곳에 머물며 수행해야 할 아이입니다. 그것이 비량이도 세상을 위해서도 적합합니다."

정금이 슬쩍 웃음을 띤다.

"세상을 위해서라… 저 어린아이의 거취 하나를 말함에 세상까지 나오다니요. 외람되오나 나는 사량부 설화랑댁의 정금이라 합니다. 어떤 식으로든 설마 저를 모르지는 않으실 거라 여깁니다. 이것이 또한 놀라운 하늘의 예지하심이 아닌가 합니다. 내가 다른 곳도 아닌 천주사에 와서 내 부군이었던 무오랑과 똑같이 생긴 아이를 보다니 말입니다."

가늠하기 어려운 표정의 승려는 벽으로 시선을 옮긴다. 흐트러짐 없는 얼굴이었으나 미세하게 흔들리는 눈동자를 정금은 놓치지 않는다.

"낭주께서 뉘댁 분인가는 중요치 않습니다. 이미 소승은 할 바를 다했으니 그만 가주셨으면 합니다."

거의 강제로 정금은 밖으로 내쳐진다. 분명 무오와 무관하지 않은 아이다. 저리 닮을 수는 없다. 만에 하나 무오의 아이라면? 가슴이 뛴다. 하늘은 역시 날 버리지 않았다. 드디어 기회가 왔다. 의도치도 못한 방식으로 생각보다 더 빨리. 아직 끝나지 않았다.

인기척이 들린다. 몰래 정금과 승려의 대화를 엿듣던 아이가 도망치는 뒷모습이 보인다. 급히 뒤를 따른다. 뒤쫓는 것을 느낀 '비량'은 그만 걸음을 멈춘다. 부끄러운 듯 서서 정금이 다가오기를 기다린다.

가까이 다가가 얼굴을 마주하고는 한참이나 비량의 얼굴을 살핀다. 참으로 똑같구나. 아무 상관 없는 타인이 이렇게나 같을 수는 없다. 분명하다. 내 생각지도 않은 때에 무오의 정신적 터전인 이곳에서 그의 분신을 만나다니.

"몇 살이냐?"

냉큼 답한다.

"여덟입니다."

정금의 나이 스물여섯.

"이곳이 좋으냐? 저 바깥세상이 궁금하지 않느냐?"

구슬리듯 묻는다.

비량은 고개를 숙인다. 금세 시무룩해지며,

"조금이라도 바깥으로 나가려 하면 스승님께 야단맞습니다. 하여 호기심은 있으나 억누릅니다. 게다가 여기 외에 날 받아줄 곳은 세상 천지 어디에도 없습니다. 평생 이곳에만 있어야 합니다."

"왜?"

"…업보가 많다 하셨습니다. 이번 생 여기서 업장소멸을 하지 않으면 안 됩니다. 저는 태어나지 말아야 할 사람인 듯합니다."

뭔가 애처롭다.

"아니, 넌 내가 지금껏 봤던 어떤 아이보다 뛰어난 풍모와 눈빛을 지녔다. 너 같은 아이가 이곳에서 평생 나오지 않는다면 그것은 서라벌을 위해서도 못할 짓이다. 나는 전 병부령 설화랑 공의 적녀 정금이라 한다. 무슨 인연으로 이곳에서 우리가 만났는지는 모른다만 범상치가 않다. 널 곁에 두고 싶다. 그러나 지금은 힘들 듯하니 만일 네가 원한다면 수일 내로 기필코 다시 와 데리고 갈 것이다. 왜 저 승려가 앞길이 창창한 어린 너에게 그런 이상한 소릴 해대는지 모르지만 절대 아니다. 넌 장차 서라벌의 중요한 동량이 될 자질이 충분하다. 어떠냐, 내게로 올 생각이 있느냐?"

반드시 이 아이를 가지고야 말리.

"정말이십니까? 정말 저 같은 것을 원하십니까?"

믿을 수 없다는 얼굴로 묻는다. 들썩이며 흥분한 기색이 역력하다. 대답 대신 정금은 손을 잡아준다. 단단하고 큰 손. 무오가 겹친다. 섬 뜩하면서도 이상하게 가슴이 쩡하다. 홍조 띤 얼굴의 작은 무오. 몸 둘 바를 몰라 한다.

단단히 약조를 한 후, 정금은 일단 천주사를 뜬다. 비량은 정금 일행이 사라지고도 한참이나 그 자취를 더듬으며 서성인다.

난주가 아이에 대해 묻는다. 모두 말은 않지만 무오를 떠올렸다. 손가락을 꼼지락거리며 정금은 비량을 뺏어올 방도에 골몰한다. 무력으로? 방도가 있을까? 수만 가지 생각이 스치지만 딱히 마땅한 것은 없다.

더 고민할 것도 없이 일이 풀린다.

비량이 홀로 정금의 가택을 찾아온 것이다. 이때 정금은 출타 중이었는데, 가복들로부터 문전박대를 당한 채 내내 밖에 쪼그리고 앉아 한 사람을 기다린다. 멀리 수레가 나타나자 비량은 팔짝팔짝 뛰며 달려가 큰소리로 부른다.

"낭주님, 정금 낭주님!"

정금이 천주사를 뜬 후 비량은 내내 열에 달떴다. 달아오른 몸은 심한 고뿔에라도 걸린 양 뜨거웠고, 물 한 모금 못 먹고 잠 또한 이루지 못한 채 앓았다.

이것이 정금으로 인해 생긴 것을 모르지 않았으나 지묵은 그저 부모의 정에 굶주린 어린아이의 일시적인 그것으로 치부하고 넘겼다. 그러나 하루가 지나자 거의 죽을 듯 숨 쉬는 것조차 버거워했다. 그래도 지묵은 꿈쩍도 하지 않았다. 다 지나가리라.

닷새째 되던 날, 비량은 아픈 몸을 이끌고 홀로 무작정 천주사를 나와 정금을 찾아 나섰다. 비량의 빈자리에 지묵은 하늘을 보며 중얼거린다.

정녕 인간의 것이 아니었던가. 내가 할 것이 아니었던가. 앞으로 비량이의 운명은 또 어이 될까. 참으로 운명의 본질은 예측할 수 없고 또한 지극히 짓궂구나.

정금은 비량의 존재를 암암리에 알린다. 무오의 숨겨둔 아들로.

미뤄뒀던 꿈을 다시 잡아당긴다. 성골이 되는. 보명궁 따위가 아닌 대궁의 주인이 되는. 무오의 아비가 앉았던 자리에 앉는.

정금은 비량을 맨 처음 미실에게 데리고 간다.

소문만 들었을 때 헛웃음을 지었다. 정금이 어설픈 잔꾀를 부린다 여긴 것. 그러나 막상 자신 앞에 서 있는 비량을 본 순간 미실마저도 입을 다물지 못한다.

"무오가 다시 살아 내 앞에 나타난 듯 놀라울 따름이구나. 아무리 그렇다 하여도 저 아이가 무오의 핏줄이란 것은 어찌 확신하느뇨?"

"본시 무오에게는 침비가 있었습니다. 혼인 전부터. 그러나 모든 걸 차치하고서라도 궁주께오서 말씀하신 바와 같이 그저 이 아이의 외양을 보시면 다른 무슨 증거가 필요하리오."

"모든 것이 우연히 이뤄진 것이라니. 그저 놀랍구나. 하여 운명은 무섭고도 인간의 힘으로는 어찌할 수 없는 영역인가 한다."

다시 한번 미실은 비량을 굽어본다. 저 상서롭지 못한 푸른 눈의 계집에게 이런 행운이 찾아들다니. 결국 무오는 전에도 지금도 내 차지는 되지 못한단 말인가.

궁을 나서며 정금은 비량에게 묻는다.

"너는 내게 궁금한 것이 없느냐?"

비량의 출신에 대해 다른 이들에게 알리는 사실에 대한 생각을 묻는 것이다.

"없습니다. 저는 그저 낭주께오서 하시는 모든 것을 따를 뿐입니다. 거기엔 다 그만한 이유가 있을 터, 어린 소견으로 어찌 토를 달겠습니까? 그저 거둬주시고 곁에 있도록 해주신 것만으로도 감읍하거늘 이리 남다른 취급까지 해주시니 더 무슨 말을 하겠습니까?"

정금은 다시금 비량이 무오의 소생임을 확신한다. 나이답지 않은 능란한 말솜씨마저 그를 연상시키는구나. 이날로 비량은 정식으로 정금의 아들이 된다.

할 수 있는 모든 것을 비량에게 해준다. 서라벌에 따를 자가 없을 뛰어난 자질을 심어주기 위해 스승을 여럿 두어 가르친다. 되도록 다른 이들에게 자주 보이며 무오의 아들임을 두루 확신시킨다.

영특한 데다 열의까지 대단해 비량은 놀라울 정도로 빠르게 익히고 습득했는데, 위에 대한 남다른 자부심과 왕가의 후손에게서만 뿜어져 나오는 귀골의 풍모까지 더해져 자타공인 사다함과 비견되기에 이르렀다.

"정녕 비량이 무오랑의 아들임을 확신하십니까?"

파명이 묻는다.

"당연하다."

"성급히 결정 내릴 것이 아닙니다. 낯선, 근본도 모르는 사람을 낭주님의 아들로 삼는 문제입니다. 이는 집안의 모든 운명이 저 아이에게 달려있다 해도 과언이 아닐 정도로 큰일입니다. 조금 더 살펴본 후에 결정함이 가당할 줄로 압니다."

"더 살펴볼 것도 없다. 비량의 기골을 봐라. 생김을 봐라. 아니라고 누가 할 수 있으리오. 설령 아니라 할지라도 반드시 그자의 아들이어야만 한다. 이는 하늘이 내게 주는 기회. 이를 놓치면 오히려 하늘을 배반하는 것이다. 나는 그저 하늘이 주는 바를 충실히 따를 뿐이다. 더는 다른 말 마라."

비량의 출신에 관한 한 파명은 이후 어떠한 말도 하지 못한다. 존재로 이미 절대성을 확보했고 여기엔 누구도 끼어들 여지가 없다. 그럼에도 여전히 비량이 꺼려진다. 눈이 마주칠 때마다 오금이 저릴 정도로 강한 눈빛. 아이라 하기엔 지나치게 영악하고 성숙한 것이 못내 불안하다. 딱히 잡히지 않는 껄끄러움, 묘한 이질감과 섬뜩함. 무오랑과는 전혀 다르다. 얼핏 비슷하지만 몸 전체에서 풍기는 느낌은 절대가 아니다.

난주에게는 애지중지하던 '천둥'이라는 고양이가 있었다. 금빛 털에 근육이 빼어나고 영리해 정금 역시 아끼는 바였다. 그러나 도도하기가 이를 데 없고 조금이라도 기분이 나쁘면 사람을 할퀴기 일쑤였다. 이 영악한 것이 위의 높고 낮음까지 알아서 주로 가복들만 할퀴고 무시했는데, 그럼에도 상전 받들 듯 수발을 들 수밖에 없었다.

이를 비량은 매우 눈에 거슬려 했고 이 짐승은 다른 이들, 심지어 정금에게까지 함부로 하면서도 유독 비량 앞에서만은 설설 기었다.

봄날, 햇볕 바른 정자에서 나른한 평화로움을 만끽하며 정금은 살풋 달콤한 오수에 빠져 있었다. 이때 슬금슬금 천둥이 다가오더니 정금의 무릎 위로 냅다 뛰어올랐다. 손을 간지럽히며 정금이 깨어나 쓰다듬어주기를 기다렸지만 의자에 기대 잠에 빠진 정금은 일어날 줄을 몰랐다.

슬슬 약이 올라 발을 들어 이리저리 신호를 보내다 급기야 정금의 얼굴을 할퀴고야 말았다. 어찌나 날카롭게 긁었는지 외마디 소리를 지르며 깨어났고 붉게 부푼 상처에서는 급기야 피까지 흘렀다.

건드리면 안 되는 이를 알고 있었던 천둥이 먼저 놀라 뛰어내리며 도망쳤다. 다른 곳도 아닌 얼굴을 그리 만들었건만 정금은 별달리 화를 내지 않았고 난주만이 벌을 준다는 명목으로 천둥에게 먹이 외의 간식을 끊었다.

그런데 이틀 후, 천둥이 종적을 감추었다. 가복들까지 나서 찾았지만 행방이 묘연했다. 난주는 울고불고 천둥을 그리워했고 정금 역시 안타까워했다.

파명은 내내 비량을 살폈다. 아무렇지도 않게 정금과 난주를 위로하고 함께 걱정하는 모습을 보며 소름이 돋았다.

늦은 밤, 언제나처럼 여기저기 어슬렁대던 천둥이 순식간에 죽임을 당하고 땅에 묻히는 것을 목격했다. 어둠 속 형태만으로는 덩치 큰 사내의 소행이라 여기겠지만 기실 그 얼굴은 어린아이, 비량이었다. 지켜보는 것만으로도 파명은 식은땀이 흘렀다. 달빛에 비추인 아이의 얼굴은 무덤덤했고 하여 더욱 괴기스러웠다.

파명은 비량이 무서워졌다. 잔인함은 점차 커갈 것이고 그 한계치는 가늠조차 되지 않았다. 눈조차 마주치기가 힘들었다.

세월은 느릿하게 흘러갔고 정금은 여전히 젊고 아름다우며 넘치는 부는 줄어들지 않았다. 날마다 꾸는 꿈은 더욱 확고해져 간다.

"아들아, 너는 더없이 성스러운 피를 이어받은 자다. 이것은 아비로부터 이어진 것이 아닌 나, 정금으로부터 이어진 것으로 너는 한 시도 그것을 잊지 말아야 할 것이다. 말인즉 너의 영광된 미래는 오롯이 나로부터 기인할 것인바, 이것이 너와 나의 운명이다. 비록 네 아비가 허울을 물려줬다고 하나 그것만으로 이룰 것은 아무것도 없다. 선도산 신모의 현신은 이미 왕족의 핏줄을 넘어섬이 가하여 모든 것을 아우를 것이니 네 거칠 것이 없다. 내 분신인 너에게 나는 모든 것을 다 바칠 것이다. 허니, 너 역시 이 어미를 위해 모든 사사로움을 버리고 따름에 있어 부족함이 없어야 할 것이다. 네 만일 이를 잠시라도 잊는다면 신모님이 너에게 합당한 처분을 내릴 것이지만, 내 어미로서 그것만은 볼 수 없으니 부디 내 가슴에 아픔을 주는 일 따위 없길 바란다. 천지사방 버금가는 것은 효심, 그것뿐이다."

날마다 같은 말을 들으며 비량은 자랐다. 정금의 말은 아이에게 경전이며 존재는 신과 같았다. 오직 어머니를 위해 존재하며 그 마음을 흡족하게 하는 것이 최고의 덕이었다.

비량은 웬만해서는 뜻을 거스르는 법이 없었다. 눈치가 빨라 호불호를 단박에 파악했다. 그럼에도 조금이라도 잘못하거나 마음을 거스르면 정금은 불같이 화를 냈다. 어떠한 상황에서든 단 한 번도 비량은 어리광을 부리거나 반발하지 않고 순응했다. 이것이 또한 정금은 매우 만족스러웠다.

비량은 자라면서 더욱 무오와 같아졌다. 마치 무오가 살아서 자신 앞에 서 있는 듯한 착각에 몸이 떨렸다. 더할 데 없이 흡족하였거늘 장성해가는 모습은 어딘지 정금에게 두려움과 이상한 경계심, 거리감을 주었다.

무오가 그러했듯 비량 역시 누구보다 정금을 사랑했다. 모든 명을 행했고 조금이라도 아프면 곁을 뜨지 않고 간호했다. 하늘이 내린 효자라 칭송받으며 더욱 정금의 확실한 아들로 자리 잡아갔다.

정금에게는 그토록 지극한 아들이지만 그 외 아랫것들, 특히 파명에게는 매우 엄격하고 냉정했다. 감히 범접할 수 없는 위엄과 강한 자부심으로 똘똘 뭉친 작은 무오는 가복들에게 조금의 여지도 주지 않았다.

비량이 정금의 집으로 온 지 3년이 지난 어느 날, 전갈이 온다. 지묵이 위독하다는 것. 무단으로 천주사를 나온 이후 늘 스승인 지묵에 불편한 기분으로 살던 비량은 즉시 천주사로 향한다.

나들이 나갔다 밤늦게 들어온 정금은 비량의 부재를 물었고 난주로부터 상황을 듣는다. 이때는 별다른 반응이 없다가 다음날 막상 비량이 집으로 돌아오자 불같이 진노한다.

즉시 비량을 냉방에 가두고 물 한 모금 주지 않는다. 난주마저 정금이 이토록 심하게 하는 것이 의아했지만 아무런 말도 하지 못한다. 모두 눈치를 보느라 냉방 근처에도 얼씬하지 않는다.

이 와중, 파명이 물과 먹을 것을 챙겨 온다. 딱히 비량이 안타까워서는 아니다. 그저 정금이 바라는 듯하여 할 뿐.

양 다리 사이로 머리를 박고 웅크린 비량을 잠시 바라보다 앞에 먹을 것을 들이민다. 비량이 무표정하게 고개를 든다. 음식은 쳐다도 보지 않는다.

"네 감히 내 어머니의 명을 어기고 음식을 들여온 것이냐? 들고 나가라."

냉정하게 말한다. 그러나 파명은 못 들은 척 일어서 나간다. 등에 대고 비량이 소리친다.

"주제 넘는 짓 하지 마라. 네 무엇이관데 가복들과 다른 행동을 하며 스스로 다르다 여기는 게냐? 마땅히 아랫것으로서의 처신을 똑바로 하라. 차후 다시 어머니의 명을 어긴다면 그때는 내가 가만있지 않을 터."

잠시 걸음을 멈추다 이내 꼿꼿이 나가는 파명의 뒤에 쏘는 눈빛이 꽂힌다.

참으로 무오의 소생이 확실한 것인가? 침이 마른다. 불과 10여 세를 넘긴 아이가 아닌가. 그런데 헤아릴 수가 없다, 그 속을. 감당할 수가 없다, 그 위압감을.

비량은 파명의 자신을 향한 눈빛과 행위가 싫었다. 정금과 동등한 자리에서 사사건건 마치 아버지나 되는 양 보호하고 가르치려 드는 것이다. 가끔 안타까운 눈으로 자신을 바라보며 쓰다듬는 파명의 손길을 비량은 의식적으로 피했다. 파명의 가식이 싫고 이해할 수 없는 넘침이 싫었다. 알게 모르게 경계하는 매서운 눈초리로 쳐다보는 것을 비량은 알고 있었다. 집안 누구보다 자신을 싫어한다는 것도.

알 수 없는 것은 정금의 태도다. 확연히 드러나게 파명을 대하는 바가 다른 여타의 아랫것들과 달랐다. 이는 아랫것들도 마찬가지. 그들은 이미 같은 지위의 사람으로 여기고 있지 않았다. 게다가 정금과 파명 사이에는 누구도 침범 못할 은근함이 흘렀다. 이것이 비량의 눈에 심히 거슬렸다.

지묵의 위독함에 천주사로 향한 것은 걱정 때문이 아니었다.

정금의 아들이 되어 지내는 동안 비량은 간절히 바랐다. 정금이 믿는 것이 사실이길. 고귀한 왕의 핏줄일 뿐만 아니라 희망이며 나아가서는 이 나라를 통치할. 스스로 새기고 또 새겼다. 무오란 자의 아들임을.

그러나 확인해야만 했다. 확실히.

병석에 누운 지묵은 찾아올 것을 알았다는 듯 비량이 머리맡에 무릎을 꿇고 앉자마자 바로,

"잘 들거라. 무슨 일이 있더라도 스스로를 속이며 살지 말거라. 너는 낭주가 말하는 사람의 아들이 아니다. 너의 아버지는 실종됐고 어머니는 사형수였다. 내 관옥 병사와의 사사로운 인연으로 갓난아이인 널 데려와 키운 것이다. 네 어미에게 너를 승려로 키우겠다 하여 부

모의 죄와 너의 업보를 모두 씻어주겠다 약조했다. 그러나 하늘은 우리네 사람에게 감당키 어려운 운명을 지우는구나. 아무 상관도 없는 네가 무오 공과 같은 모습으로 자란 것부터가 이미 인간의 범주를 벗어난 것일 터. 왜 하필 모든 것을 내려놓은 낭주가 천주사로 이끌림을 받았든가…. 내가 모르는 다른 것이 있음인가. 아니면 죽은 무오의 뜻인가. 내 오랜 시간 수행을 했지만 도무지 알 수가 없구나…."

말을 멈추고 힘겹게 숨을 들이쉬다 비량의 손을 잡았다. 물론 어렴풋이 알고는 있었다. 어린 시절부터 늘 듣던 말. 업 때문에 평생 이곳에서 수행해야 한다던. 하여 죄 많은 출생임은 알았지만 막상 들은 말은 충격이었다.

"비량아, 무오 공은 내 평생 가슴에 얹어놓은 돌이었다. 더 이상 너마저 그의 이름을 더럽히지 말거라. 그만하거라. 부탁한다. 그만 돌아오거라. 너는 날카로운 비수를 품은 것과 같아 만일 이곳을 벗어난다면 수많은 이에게 그 비수가 꽂힐 터. 더는 업을 짓지 말거라. 내 이제 머지않아 눈을 감으매 오직 너와 무오 공만이 내 가슴을 누르는구나."

비량은 두 손으로 머리를 감싼다. 지묵의 말이 날카롭게 후벼 판다. 냉방에 가슴을 대고 엎드려 비량은 머리를 굴린다. 말을 돌리고 또 돌려본다. 죽은 무오의 뜻….

정금의 말에 따르면 그는 대망을 이루지 못한 채 비명에 갔다. 그런 자의 뜻이라면, 나로 다시 이루고자 하는 정금의 뜻과 일치하는 것이 아닐지, 판단한다.

지묵은 곧 죽을 목숨. 그럼 내 출생을 아는 이는 아무도 없다. 업 따위가 뭐란 말인가? 부모의 업은 그들 스스로 해결하면 될 일. 나는 그저 불행히 그들을 빌어 태어난 것뿐. 이것은 억울한 일이지 내 업은 아니다. 설령 업이라 할지라도 이미 새로운 어머니를 가진바, 모든 지난 것은 이미 소멸됐다.

비로소 비량은 미소를 머금는다. 이제 갓 열한 살이 된 아이의 눈이 번뜩임으로 어둠속에서 불꽃을 일으킨다.

열다섯 살이 되자 비량의 힘과 장대한 풍모를 당할 자가 없을 지경이 된다.

이때로부터 파명은 정금 근처에 얼씬도 못한다. 파명이 정금과 가까이하는 것을 매우 경계하며 싫어하다 드디어는 거의 차단하다시피 한다. 이것은 매우 미묘한 문제로 딱히 트집을 잡을 바가 없도록 이뤄졌다.

이전, 파명과 아령의 아들 나루가 병으로 죽었다. 그러나 파명은 가지 않았다. 소하만이 사락리로 가 눈물을 흘리며 불행한 손자의 삶을 애도했다. 공교롭게도 이날은 정금의 생일이기도 했는데, 그저 생일잔치 준비에만 여념이 없는 파명에게 고시라는 저주와 같은 말을 퍼부었다.

"너무 믿지 마소. 두 눈에서 피눈물 나기 전에 너무 믿지 마소."

비량은 그 하는 바를 묵묵히 지켜보다 더욱 파명을 멀리했다. 이것을 딱히 정금 역시 뭐라 하지는 않았다. 새로운 젊은 남자들이 눈을 사로잡기 시작한 탓이다. 귀골에 풍모가 빼어나고 호전적이면서도 부드럽고, 무엇보다 사지육신이 멀쩡한. 게다가 실질적으로 지금은 물론 훗날 여러 도움을 줄.

젊고 아름다운 정금은, 신비한 신모의 이미지가 아직 채 사라지지 않은 탓에 많은 서라벌 남정네들의 동경의 대상이었다. 하여 상대를 찾는 것이 어렵지는 않았으나 그동안은 세간의 시선 때문에 억누르며 살아왔던 터다. 물론 다른 누군가에게 애정을 쏟는 것이 탐탁찮고 귀찮기도 했다. 그러나 이제는 아니다.

그 중 특출한 서넛을 비교해가며 번갈아 만나고 저울질하던 정금에게 더 이상 파명의 존재는 안중에도 없었다. 특히 그 오랜 시간 아무렇지도 않게 여겨지던 다리의 장애가 근래 들어 매우 눈에 거슬렸고, 무엇보다 자신의 모든 것을 다 아는 존재가 늘 곁에 있다는 것이 싫었다. 남색을 즐기는 것과 동시에 귀골들과의 인맥을 대의에 이용하려는 정금의 뜻에도 더 이상 부합하지 않았다.

물론 생각 같아서는 파명이 알아서 사라져주면 좋을 터지만, 그렇다고 억지로 사라지게 할 생각은 아직 없다. 이런 정금의 마음을 비량은 눈치채고 있었다.

어머니가 원하는 것이라면 못할 게 없는 비량은 '때'를 기다린다. 언젠가는 다가올 때. 그녀를 위해 자신의 손으로 해줘야 할 그것.

이즈음 미실이 세상을 떴다. 설화랑이 죽은 후 바로 따르마던 미실은 이후로도 오랫동안 건강하게 살다 간 것이다.

세종이 세상을 버린 뒤라 장례는 살아생전 위세에 비해 매우 초라했다. 사실상 따지고 보면 왕족도 아니고 단지 왕족의 부인일 따름이었다. 그렇다 하더라도 문상객 또한 극소수에 불과했고 왕이 내린 재물도 없었다.

초라한 신위 앞에서 미생은 울분을 터뜨렸지만, 이것 또한 권세의 오고 감이요 세류인 것을 그 역시 인정하지 않을 수 없었다. 누구보다 정금은 이를 확연히 눈으로 보고 느끼며 다시금 마음을 다잡는 계기로 삼는다.

"왕보다 더한 존재도, 백성들에게 더할 데 없는 상징이었던 자도 죽음은 이러한가 봅니다. 궁주께오서 이러할진대 하물며 나 같은 이는 어떠할지 모골이 송연할 따름입니다."

위로도 비꼬는 것도 아닌 말을 슬픈 어조로 전하는 정금을 미생은 쳐다도 보지 않는다.

기세등등 아들을 앞세우며 나타난 정금은 마치 왕비의 그것마냥 화려했고, 위세가 가히 모두를 내리누르고도 남았다. 비량의 존재가 그러하였으며, 정금의 미모가 그러했다. 딱히 왕에게 적당한 아들이 없어 더욱 그러하였다.

이것이 바량과 함께 공식적으로 사람들 앞에 나타난 정금의 첫 행보였다.

"이후 미실을 기억하는 이는 없을 것이다. 이것으로 모든 것은 끝나고 사라졌다. 사실상 미실의 업적이랄 것은 없다. 하여 역사 역시 기억하지 않을 터. 나는 이러한 바를 심히 애도한다. 또한 같은 전철을 밟지 않을 것이다. 그러기 위해서는 누구보다 너의 도움이 필요하다. 내가 존재하는 유일한 이유는 바로 너다. 너는 잠시도 이것을 잊지 말아야 한다."

문상 후 돌아오는 수레 안에서 정금은 비량에게 다짐을 둔다. 어둠 속에서 어머니의 옆모습을 한없이 바라보며 내뱉지 못하는 말을 한다.

아름다운 당신을 위해서라면 내 무엇을 못하리오. 나 역시 존재하는 유일한 이유가 바로 정금, 당신인 것을. 우리에게는 오직 서로만이 존재할 뿐 누구도 끼어들 자리는 없습니다. 이것이 그대와 나의 마지막 운명입니다.

미실의 죽음으로 정금의 행보는 더욱 거침이 없어졌다. 미실의 눈치를 보던 늙은이들도 대부분 세상을 떴고 세대는 바뀌어갔다. 무엇보다 특정한 한 사람의 마음이 어디에 있느냐에 따라 대사가 좌우되는 세상이 아니었다. 그러면서도 왕실에는 딱히 후계로 점 찍을 만한 아들 또한 없어 기반이 위태로운 상황이었다. 이것인즉슨, 누구라도 힘을 키우면 대의를 이룰 수 있다는 것이기도 했다.

정금은 천천히 한 발 한 발 내디뎠다. 조심스럽게, 혹은 과감히.

과거 파명이 했던 모든 것은 비량의 몫이 됐다. 파명은 이들 모자 사이에서 소외되어 갔다. 정금의 작은 행동 하나하나 비량의 눈 밖에서 이뤄지는 것은 없었다.

지금도 앞으로도 정금에게는 비량이 필요했다. 더 이상 파명은 필요가 없었다. 무오와 같아지는 비량이 싫었지만 일면 든든했고, 무엇보다 지극한 공경심 탓에 아들이 자신에게 집착하고 온통 혼자만이 소유하려는 바를 넘겼다. 오로지 효심 때문이라 일축하며.

정금은 여전히 해마다 무오의 제사를 경건하게 지내는 현숙한 부인이었다. 그동안 만나왔던 모든 귀골 남자들과의 사적인 통교는 차단됐다. 유일하게 세간의 평이 좋은 윤궁만이 정금과 사적인 교류를 유지했다.

하나하나 찾아가 어머니인 정금을 더는 더럽히지 말라 비량이 경고한 탓. 어린아이의 객기 정도로 치부하며 만났던 이들은 장대한 기골과 살기 어린 눈빛에 그만 별다른 토를 달지 못했다. 소식을 듣고 정금이 비량에게 물어도 답은 늘 강경했다.

"세상은 어머니를 선도산 신모의 현신으로 더는 여기지 않는다 합니다. 하지만 이는 틀린 말입니다. 장차 큰 뜻을 품은 자는 어떤 상황에서도 출신을 드높임에 게을리해서는 아니 된다 여깁니다. 하물며 이를 스스로가 아닌 다른 이들로 더 희석시키거나 변질시킨다면 이처럼 어리석은 일이 어디 또 있겠습니까? 대의를 위해 어머니는 서라벌인들에게 다시금 상징을 형상화해야 합니다. 제가 어머니 대신 그들과의 공적인 통교는 계속할 것이니 과히 걱정 마십시오. 하니, 부디 청아하고 성스러운 어머니의 기품을 보존하시길 간곡히 청합니다. 무엇도 아닌 상징, 무력보다 더한 효과가 있는 이 하나를 위해서 말입니다."

정금은 잊고 있었던 것을 되새겨주는 비량에게 감탄을 금치 못한다. 그리고 더욱 그를 믿고 일체를 다 맡긴다.

사실상 모든 것은 이 작은 무오에 의해 차단되며 움직이고 있었다. 정금은 자신의 삶이 점차 비량에 의해 통제되고 지배당하게 되었다는 것을 깨닫지 못했다. 사람들을 모아 대의를 이루려는 꿈은 누구도 아닌 비량에 의해 조금씩 차단되어 갔다.

비량을 데리고 정금은 오래전부터 벼르던 선도산 신모 사당을 찾는다.

신모의 성스러운 기운은 온전히 우리의 것이다. 미래의 일이야 누가 알리. 그러나 나 정금과 아들의 미래는 오직 나의 뜻이다. 그것만이 다이다. 내가 무오의 아들을 만난 날부터 이미 우리의 대의는 결정되었고 미래는 정해진 것이다. 이것은 하늘마저 내 편이라는 바. 삶이란 참으로 행복한 것이로다.

정금은 신모 앞에 서 있는 비량을 바라보며 미소 짓는다. 멀리 비라도 오려는지 먹구름이 몰려온다. 그러나 지금 햇살 아래 정금은 나른하고 더없이 행복하다. 이거면 된다. 바람마저 검게 치지만 알 바 없다.